C. J. Tudor

Der Kreidemann

GOLDMANN

C. J. Tudor

Der Kreidemann

Thriller

Deutsch von
Werner Schmitz

GOLDMANN

Die Originalausgabe erschien 2018 unter dem Titel
»The Chalk Man« bei Michael Joseph, London.

Erstmals im Taschenbuch im August 2021 bei Goldmann erschienen.

Neuausgabe mit aktualisiertem Cover.

MIX
Papier | Fördert
gute Waldnutzung
FSC® C014496

Penguin Random House Verlagsgruppe FSC® N001967

2. Auflage
Neuausgabe Januar 2023

Umschlaggestaltung: UNO Werbeagentur, München
Umschlagmotiv: FinePic®, München
CN · Herstellung: ik
Satz: Uhl + Massopust, Aalen
Druck und Bindung: GGP Media GmbH, Pößneck
Printed in Germany
ISBN: 978-3-442-49363-0

www.goldmann-verlag.de

Für Betty. Alle beide.

Prolog

Der Mädchenkopf lag auf einem kleinen Haufen orangebrauner Blätter.

Ihre Mandelaugen starrten in das Geäst der Platanen, Buchen und Eichen, sahen aber nicht die Finger aus Sonnenlicht, die zaghaft durch die Zweige drangen und den Waldboden mit Gold bestreuten. Sie blinzelten nicht, wenn glänzende schwarze Käfer über ihre Pupillen trippelten. Sie sahen gar nichts mehr, nur Dunkelheit.

Etwas davon entfernt ragte eine bleiche Hand aus ihrem kleinen Leichentuch aus Laub, als suche sie Hilfe oder wolle sich vergewissern, dass sie nicht allein sei. Aber da war nichts. Der Rest ihres Körpers lag außer Reichweite, versteckt an anderen abgelegenen Stellen im Wald.

Ganz in der Nähe knackte ein Zweig laut wie ein Böller in der Stille, und ein Schwarm Vögel brach lärmend aus dem Unterholz. Da kam jemand.

Und kniete neben dem blinden Mädchen nieder. Strich ihr mit fiebrig zitternden Fingern sanft übers Haar und über die kalte Wange. Hob dann den Kopf auf, wischte ein paar am Halsstumpf klebende Blätter ab und schob den Kopf vorsichtig in eine Tasche, wo er zwischen Kreidestummeln zu liegen kam.

Langte nach kurzem Überlegen hinein und schloss ihre

Lider. Zog den Reißverschluss der Tasche zu, stand auf und trug sie fort.

Einige Stunden später trafen Polizei und Spurensicherung ein. Sie nummerierten, fotografierten und untersuchten die Leiche des Mädchens und brachten sie schließlich in die Gerichtsmedizin, wo sie wochenlang auf Vervollständigung wartete.

Die kam nicht. Es gab großangelegte Suchaktionen, Zeugenbefragungen und Aufrufe, aber trotz aller Anstrengungen seitens der Polizei und der gesamten Einwohnerschaft wurde der Kopf nie gefunden, und das Mädchen vom Wald wurde nie wieder ganz zusammengesetzt.

2016

Doch von Anfang an.

Das Problem war nur, wir konnten uns über den Anfang nicht einig werden. War es, als Fat Gav zum Geburtstag den Eimer mit Kreidestiften bekam? War es, als wir anfingen, die Kreidefiguren zu zeichnen, oder als sie anfingen, von selbst zu erscheinen? War es der schreckliche Unfall? Oder war es, als die erste Leiche gefunden wurde?

Jede Menge Anfänge. Ich denke, jeden davon könnte man den Anfang nennen. Aber tatsächlich fing es wohl auf dem Jahrmarkt an. Der Tag ist mir am deutlichsten in Erinnerung. Wegen des Waltzer-Mädchens, klar, aber auch, weil an diesem Tag alles aufhörte, normal zu sein.

Wenn unsere Welt eine Schneekugel wäre, war dies der Tag, an dem irgendein Gott vorbeigeschlendert kam, sie einmal kräftig schüttelte und wieder hinstellte. Und nachdem Schaum und Flöckchen sich gesetzt hatten, war nichts mehr wie zuvor. Nicht genau wie zuvor. Durchs Glas mag es genauso ausgesehen haben wie vorher, aber im Innern war alles anders.

Dies war auch der Tag, an dem ich Mr. Halloran kennenlernte, und wie es mit Anfängen nun einmal ist, dürfte dieser so gut wie jeder andere taugen.

1986

»Heute gibt's ein Gewitter, Eddie.«

Mein Dad liebte es, mit seiner tiefen autoritären Stimme das Wetter vorherzusagen, wie die Leute im Fernsehen. Er sprach jedes Mal mit absoluter Überzeugung, auch wenn er meist danebenlag.

Ich sah aus dem Fenster in den vollkommen blauen Himmel, so strahlend blau, dass man blinzeln musste.

»Sieht mir nicht nach einem Gewitter aus, Dad«, sagte ich mit einem Bissen Käsesandwich im Mund.

»Weil es keins geben wird«, sagte Mum, die plötzlich lautlos wie ein Ninja-Krieger in die Küche gekommen war. »Die BBC sagt, das ganze Wochenende wird warm und sonnig … und sprich nicht mit vollem Mund, Eddie«, fügte sie hinzu.

»Hmmmm«, machte Dad, wie immer, wenn er anderer Meinung war als Mum, ihr aber nicht zu widersprechen wagte.

Niemand wagte Mum zu widersprechen. Mum war – und ist – irgendwie unheimlich. Sie war groß, hatte kurzes dunkles Haar und braune Augen, die vor Vergnügen funkeln konnten oder fast schwarz wurden, wenn sie wütend war (und ähnlich wie den unglaublichen Hulk wollte niemand sie wütend machen).

Mum war Ärztin, aber keine normale Ärztin, die den Leuten wieder ihre Beine annähte oder einem irgendwelche Spritzen gab. Dad hat mir mal erzählt, dass sie »Frauen hilft, die in der Klemme sind«. Was genau das sein sollte, sagte er nicht, aber ich nahm an, es musste schon was ziemlich Schlimmes sein, wenn man dafür einen Arzt brauchte.

Dad arbeitete auch, aber von zu Hause aus. Er schrieb für Zeitschriften und Zeitungen. Doch nicht immer. Manchmal stöhnte er, niemand wolle ihm Arbeit geben, oder meinte mit bitterem Lachen: »Diesen Monat einfach nicht mein Publikum, Eddie.«

Als Kind kam es mir nicht so vor, als hätte er einen »richtigen Job«. Nicht für einen Dad. Ein Dad sollte Anzug und Krawatte tragen und morgens zur Arbeit gehen und abends zum Essen nach Hause kommen. Mein Dad ging zur Arbeit ins Gästezimmer und setzte sich manchmal sogar ungekämmt in Schlafanzug und T-Shirt an den Computer.

Mein Dad sah auch nicht aus wie andere Dads. Er hatte einen Zottelbart und lange, zu einem Pferdeschwanz gebundene Haare. Er trug abgeschnittene Jeans mit Löchern drin, sogar im Winter, und verwaschene T-Shirts mit den Namen alter Bands wie Led Zeppelin oder The Who. Manchmal trug er auch Sandalen.

Fat Gav nannte meinen Dad einen »beknackten Hippie«. Wahrscheinlich hatte er damit recht. Aber damals empfand ich das als Beleidigung und schubste ihn, worauf er mich brutal zu Boden stieß und ich zerschrammt und mit blutiger Nase nach Hause wankte.

Später vertrugen wir uns natürlich wieder. Fat Gav konnte ein richtiger Mistkerl sein – einer dieser Fettklöße, die immer die Lautesten und Fiesesten sein müssen, um die echten Schlägertypen auf Abstand zu halten – aber er war auch einer meiner besten Freunde und so treu und großzügig wie sonst keiner, den ich kannte.

»Kümmere dich um deine Freunde, Eddie Munster«, sagte er einmal feierlich zu mir. »Freunde sind das Wichtigste.«

Eddie Munster war mein Spitzname. Weil ich mit Nachnamen Adams hieß, wie in *Addams Family*. Natürlich hieß der Junge in der *Addams Family* Pugsley, und Eddie Munster war aus *The Munsters*, aber damals schien es irgendwie logisch und blieb, wie es mit Spitznamen so geht, an mir hängen.

Eddie Munster, Fat Gav, Metal Mickey (wegen seiner riesigen Zahnspange), Hoppo (David Hopkins) und Nicky. Das war unsere Gang. Nicky hatte keinen Spitznamen, weil sie ein Mädchen war, auch wenn sie sich alle Mühe gab, das zu verbergen. Sie fluchte wie ein Junge, kletterte auf Bäume wie ein Junge und prügelte sich fast so gut wie die meisten Jungen. Aber sie sah schon wie ein Mädchen aus. Ein echt hübsches Mädchen mit langen roten Haaren und blasser Haut voller Sommersprossen. Nicht dass mir das wirklich aufgefallen wäre oder so.

An diesem Samstag waren wir verabredet. Samstags trafen wir uns fast immer, entweder bei einem von uns zu Hause oder auf dem Spielplatz, manchmal auch im Wald. Aber an diesem Samstag war Jahrmarkt, also was Besonderes. Der wurde einmal im Jahr veranstaltet, in dem Park am Fluss. Und dieses Jahr durften wir zum ersten Mal allein dahin, ohne Erwachsene, die auf uns aufpassten.

Wir hatten uns seit Wochen darauf gefreut. Überall in

der Stadt hingen die Plakate, auf denen Autoscooter, ein Meteor, ein Piratenschiff und eine Rakete angekündigt wurden. Sah spitze aus.

»Ich treff mich um zwei mit den anderen vorm Park«, nuschelte ich, während ich den Rest meines Käsesandwiches verschlang.

»Bleib auf der Hauptstraße, wenn du da hingehst«, mahnte Mum. »Nimm keine Abkürzungen, sprich mit keinem, den du nicht kennst.«

»Ist gut.«

Ich rutschte vom Stuhl und rannte zur Tür.

»Und nimm deine Gürteltasche mit.«

»*Oh, Muuuum.*«

»Und was, wenn dir auf dem Karussell das Portemonnaie aus der Hosentasche fällt? Keine Widerrede. Du nimmst die Gürteltasche.«

Ich machte den Mund auf und wieder zu. Meine Wangen brannten. Ich hasste diese blöde Gürteltasche. Fette Touristen trugen Gürteltaschen. Kein Mensch würde das cool finden, vor allem Nicky nicht. Doch wenn Mum so war, hatte man keine Chance.

»Okay.«

Das war es nicht, aber ich sah die Uhr in der Küche auf zwei vorrücken und musste los. Ich lief die Treppe rauf, schnappte die blöde Gürteltasche und schob mein Geld rein. Fünf Pfund. Ein Vermögen. Dann rannte ich wieder nach unten.

»Bis nachher.«

»Viel Spaß.«

Den würde ich mir nicht nehmen lassen. Die Sonne

schien. Ich hatte mein Lieblings-T-Shirt und die Converse an. Schon glaubte ich das ferne Wummern der Jahrmarktsmusik zu hören und den Duft von Hamburgern und Zuckerwatte zu riechen. Heute konnte nichts schiefgehen.

Fat Gav, Hoppo und Metal Mickey warteten schon am Eingang, als ich kam.

»Hey, Eddie Munster. Hübsches Täschchen!«, kreischte Fat Gav.

Ich lief dunkelrot an und zeigte ihm den Mittelfinger. Hoppo und Metal Mickey kicherten über Fat Gavs Scherz. Hoppo, der immer der Netteste und der Friedensstifter war, sagte zu Fat Gav: »Immerhin sieht die nicht so schwul aus wie deine Shorts, Sackgesicht.«

Fat Gav packte grinsend seine Shorts am Saum und schmiss die Stummelbeine hoch wie eine Ballerina. So war das mit Fat Gav. Man konnte ihn nicht beleidigen, weil ihm einfach alles egal war. Jedenfalls erweckte er bei allen diesen Eindruck.

»Außerdem«, sagte ich, weil ich trotz Hoppos Ablenkungsmanöver immer noch fand, dass die Gürteltasche blöd aussah, »trage ich sie gar nicht.«

Ich löste die Schnalle, steckte das Portemonnaie in die Hosentasche und sah mich um. Die Hecke um den Park schien mir ein gutes Versteck. Da stopfte ich die Gürteltasche rein, damit keiner sie im Vorbeigehen sah, aber nicht so tief, dass ich sie später nicht wieder herausholen konnte.

»Willst du die wirklich dalassen?«, fragte Hoppo.

»Ja, und wenn deine Mummy das erfährt?«, säuselte Metal Mickey höhnisch.

Er war zwar in unserer Gang und Fat Gavs bester Freund, trotzdem konnte ich Metal Mickey nicht leiden. Er hatte was an sich, das so kalt und hässlich war wie die Zahnspange in seinem Mund. Aber wenn man an seinen Bruder dachte, war das eigentlich keine große Überraschung.

»Ist mir egal«, log ich schulterzuckend.

»Uns auch«, sagte Fat Gav ungeduldig. »Können wir jetzt diese dämliche Tasche vergessen und endlich reingehen? Ich will als Erstes zum Orbiter.«

Metal Mickey und Hoppo setzten sich in Bewegung – wir machten eigentlich immer, was Fat Gav wollte. Wahrscheinlich weil er der Größte und Lauteste war.

»Aber Nicky ist noch nicht da«, sagte ich.

»Na und?«, gab Metal Mickey zurück. »Die kommt immer zu spät. Lass uns gehen. Die findet uns schon.«

Mickey hatte recht. Nicky kam wirklich immer zu spät. Andererseits war das so nicht abgemacht. Wir sollten alle zusammenbleiben. Allein war man auf dem Jahrmarkt nicht sicher. Besonders als Mädchen.

»Wir geben ihr noch fünf Minuten«, sagte ich.

»Du hast sie wohl nicht mehr alle!«, schrie Fat Gav und fuchtelte wütend herum wie einst John McEnroe, was aber bei seiner Figur ziemlich albern aussah.

Fat Gav machte dauernd irgendwen nach. Hauptsächlich Amerikaner. Und immer so schlecht, dass wir uns vor Lachen kaum noch einkriegten.

Metal Mickey lachte nicht ganz so laut wie Hoppo und ich. Er mochte es nicht, wenn er das Gefühl hatte, die Gang sei gegen ihn. Aber egal, es spielte keine Rolle, weil wir gerade aufgehört hatten zu lachen, als eine vertraute Stimme fragte: »Was ist denn so komisch?«

Wir drehten uns um. Nicky kam den Hügel hinauf auf uns zu. Wie immer bekam ich bei ihrem Anblick ein komisches Gefühl im Bauch. So eine Art Mischung aus Hunger und Übelkeit.

Heute trug sie ihre roten Haare offen, sie hingen wild durcheinander fast bis an den Bund ihrer zerfransten Jeans. Sie hatte eine ärmellose gelbe Bluse an, mit blauen Blümchen um den Kragen. Ich sah etwas Silbernes an ihrem Hals aufblinken. Ein kleines Kreuz an einer Kette. Über ihrer Schulter hing ein großer und schwer aussehender Jutebeutel.

»Du bist spät dran«, maulte Metal Mickey. »Wir haben auf dich gewartet.«

Als ob das seine Idee gewesen wäre.

»Was hast du in dem Beutel?«, fragte Hoppo.

»Ich soll diesen Scheiß hier für meinen Dad unter die Leute bringen.«

Sie nahm ein Flugblatt aus dem Beutel und zeigte es herum.

Kommt in die Kirche St. Thomas und preist den Herrn. Das bietet mehr Nervenkitzel als die beste Jahrmarktsattraktion!

Nickys Dad war der Pfarrer unserer Gemeinde. Ich selbst ging nicht zur Kirche – so was machten meine Eltern nicht –, sah ihn aber manchmal in der Stadt. Er trug eine kleine runde Brille, und seine Glatze war so voller Sommersprossen wie Nickys Nase. Er lächelte immer und sagte Hallo, aber irgendwie war er mir unheimlich.

»Ich glaub, mein Schwein pfeift, Alter«, sagte Fat Gav.

»Mein Schwein pfeift« war auch so einer von Fat Gavs Lieblingsausdrücken, und wenn er »Alter« sagte, hörte sich das immer ziemlich hochgestochen an.

»Aber das tust du nicht, oder?«, fragte ich und malte mir schon aus, wie wir den ganzen Tag hinter Nicky herlatschten, während sie diese Flugblätter verteilte.

Sie bedachte mich mit einem Blick, der mich an meine Mum erinnerte.

»Natürlich nicht, du Flachkopf«, sagte sie. »Wir lassen nur ein paar fallen, als ob Leute sie weggeworfen hätten, und der Rest kommt in den Papierkorb.«

Wir grinsten. Es gibt nichts Besseres, als etwas zu tun, das man nicht darf, vor allem, wenn man Erwachsenen damit eins auswischen kann.

Wir verstreuten ein paar Zettel, schmissen den Beutel weg und stürzten uns ins Getümmel. Der Orbiter (echt spitze), der Autoscooter, wo Fat Gav mich so heftig rammte, dass mir beinahe das Rückgrat brach. Die Rakete (voriges Jahr noch ganz schön aufregend, aber jetzt eher langweilig), die Riesenrutsche, der Meteor und das Piratenschiff.

Wir aßen Hotdogs, und Fat Gav und Nicky versuchten, Enten zu angeln, und mussten sich sagen lassen, »Jeder gewinnt einen Preis« bedeutet nicht unbedingt, dass man sich den Preis aussuchen kann, worauf sie sich kichernd mit den bescheuerten kleinen Stofftieren bewarfen, die sie gewonnen hatten.

Allmählich rann uns der Nachmittag durch die Finger. Die Wirkung des Adrenalins ließ nach, und dazu kam der Gedanke, dass mein Geld wahrscheinlich nur noch für zwei oder drei Fahrten reichte.

Ich griff in die Hosentasche. Mein Herz machte einen Satz. Das Portemonnaie war weg.

»Scheiße!«

»Was?«, fragte Hoppo.

»Mein Portemonnaie. Ich hab's verloren.«

»Bist du sicher?«

»Klar bin ich sicher.«

Ich tastete trotzdem die andere Tasche ab. Beide leer. Mist.

»Wo hattest du es denn zuletzt?«, fragte Nicky.

Ich überlegte. Nach der letzten Fahrt hatte ich es noch; erstens hatte ich nachgesehen, und zweitens hatten wir die Hotdogs gekauft. Beim Entenangeln hatte ich nicht mitgemacht, also ...

»Die Hotdog-Bude.«

Die Hotdog-Bude war weit weg vom Orbiter und dem Meteor, wo wir gerade standen.

»Scheiße«, sagte ich.

»Komm«, meinte Hoppo. »Lass uns da hingehen.«

»Ist doch sinnlos«, sagte Metal Mickey. »Das hat längst irgendwer aufgehoben.«

»Ich kann dir Geld leihen«, bot Fat Gav an. »Aber viel hab ich nicht mehr.«

Das war bestimmt gelogen. Fat Gav hatte immer viel mehr Geld als wir anderen. Genau wie er immer das beste Spielzeug und das neueste, glänzendste Fahrrad hatte. Seinem Dad gehörte eine Kneipe, The Bull, und seine Mum war Avon-Beraterin. Fat Gav war zwar großzügig, aber ich wusste auch, dass er auf jeden Fall noch etliche Fahrten machen wollte.

Ich schüttelte den Kopf. »Danke. Ist schon gut.«

War es nicht. Hinter meinen Augen brannten Tränen. Nicht nur, weil ich das Geld verloren hatte. Ich kam mir dumm vor, der Tag war im Eimer. Und ich wusste schon, wie verärgert Mum reagieren würde: »Hab ich's dir nicht gesagt?«

»Macht ihr nur weiter«, sagte ich. »Ich geh da mal nachsehen. Wir brauchen nicht alle unsere Zeit zu verschwenden.«

»Cool«, sagte Metal Mickey. »Kommt. Gehen wir.«

Sie dackelten los. Eindeutig erleichtert. Sie hatten kein Geld verloren, ihr Tag war nicht im Eimer. Ich machte mich auf den Weg zum Hotdog-Stand. Der war direkt gegenüber dem Waltzer, also nahm ich den zur Orientierung. Das alte Kirmeskarussell war nicht zu übersehen. Ziemlich in der Mitte des Jahrmarkts.

Verzerrte Musik dröhnte aus den alten Lautsprechern. Bunte Lämpchen flimmerten, und Kinder kreischten, während die hölzernen Wagen des Karussells schneller und immer schneller im Kreis herumrasten.

Als ich näher kam, verlangsamte ich meine Schritte und suchte den Boden ab. Müll, Hotdog-Servietten, kein Portemonnaie. Natürlich nicht. Metal Mickey hatte recht. Irgendwer hatte es längst aufgehoben und mein Geld geklaut.

Stöhnend blickte ich auf. Und sah zum ersten Mal den Bleichen Mann. Das war natürlich nicht sein Name. Später erfuhr ich, dass er Mr. Halloran hieß und unser neuer Lehrer war.

Der Bleiche Mann war kaum zu übersehen. Zunächst einmal war er sehr groß und dünn. Er trug verwaschene Jeans, ein bauschiges weißes Hemd und einen riesigen Strohhut. Er sah aus wie dieser alte Sänger aus den Siebzigern, den meine Mum so mochte. David Bowie.

Der Bleiche Mann stand neben der Hotdog-Bude, trank einen blauen Slush mit Strohhalm und beobachtete den Waltzer. Jedenfalls dachte ich, er beobachtet den Waltzer.

Dann sah auch ich dorthin, und da erblickte ich das Mädchen. Ich war noch immer stinksauer wegen meinem Geld, aber ich war auch ein Junge von zwölf Jahren, in dem schon die Hormone zu köcheln anfingen. Abends in meinem Zimmer tat ich auch anderes, als mit der Taschenlampe unter der Bettdecke Comics lesen.

Sie stand da mit einer blonden Freundin, die ich schon mal in der Stadt gesehen hatte (ihr Dad war Polizist oder so was), doch die tat ich gleich ab. Es ist traurig aber wahr, dass Schönheit, echte Schönheit alles und jeden in ihrer Nähe in den Schatten stellt. Die blonde Freundin war hübsch, aber das Waltzer-Mädchen – wie ich sie für mich immer nannte, auch nachdem ich ihren Namen erfahren hatte – war ausgesprochen schön. Groß und schlank, lange dunkle Haare und noch längere Beine, so glatt und braun, dass sie in der Sonne glänzten. Sie trug einen Rara-Minirock und ein weites, mit »Relax« beschriftetes Jäckchen über einem neongrünen Top. Sie strich sich die Haare hinters Ohr, und eine goldene Kreole glänzte in der Sonne auf.

Zu meiner Schande muss ich gestehen, dass ich anfangs kaum auf ihr Gesicht achtete, doch als sie sich umdrehte und etwas zu ihrer Freundin sagte, wurde ich nicht enttäuscht. Ihr Gesicht war herzzerreißend schön, mit vollen Lippen und schrägen Mandelaugen.

Und dann war es weg.

Eben noch war *sie* da, war ihr *Gesicht* da, und dann auf einmal kam dieser entsetzliche, ohrenzerfetzende Krach, wie das Gebrüll eines Ungeheuers aus dem Bauch der Erde. Später erfuhr ich, es war das Geräusch, mit dem der altersschwache und zu selten gewartete Drehkranz an der Achse des Waltzers brach. Ich sah ein Metallstück, das ihr Gesicht, eine Hälfte davon, wegriss und eine klaffende Masse aus Knorpel, Knochen und Blut hinterließ. Sehr viel Blut.

Sekundenbruchteile später, bevor ich auch nur die Chance hatte, den Mund zu einem Schrei aufzumachen, schoss ein riesiges schwarzrotes Ding an mir vorbei. Es gab einen ohrenbetäubenden Knall – ein Wagen des Waltzer, der in den Hotdog-Stand krachte und einen Hagelsturm herumfliegender Metall- und Holzsplitter auslöste. Und dann überall Schreie von Leuten, die panisch in Deckung sprangen. Ich selbst wurde umgerissen und zu Boden geschleudert.

Andere fielen auf mich drauf. Irgendwer trampelte mir aufs Handgelenk. Ein Knie schlug mir an den Kopf. Ein Stiefel trat mich in die Rippen. Ich schrie auf, schaffte es aber, mich aufzurappeln. Dann schrie ich wieder. Das Waltzer-Mädchen lag neben mir. Zum Glück waren ihr die Haare übers Gesicht gefallen, doch ich erkannte das T-Shirt und das neongrüne Top, obwohl beides voller Blut war. Blut lief ihr am Bein entlang. Ein zweites scharfes Metallteil hatte ihr direkt unter dem Knie die Knochen durchtrennt. Ihr Unterschenkel hing nur noch an ein paar dünnen Sehnen.

Ich wollte bloß noch weg – sie war eindeutig tot. Ich konnte nichts machen – und da streckte sie plötzlich die Hand aus und packte meinen Arm.

Ihr blutiges, verwüstetes Gesicht wandte sich mir zu. Irgendwo aus all dem Rot starrte mich ein braunes Auge an. Das andere hing ihr auf die zerstörte Wange.

»Hilf mir«, krächzte sie. »Hilf mir.«

Ich wollte weglaufen. Ich wollte schreien und weinen und mich übergeben. Und vielleicht hätte ich das alles auf einmal getan, doch dann packte mich eine andere, große und starke Hand an der Schulter, und eine ruhige Stimme sagte: »Alles gut. Ich weiß, du hast Angst, aber du musst mir jetzt ganz genau zuhören und einfach tun, was ich sage.«

Ich drehte mich um. Der Bleiche Mann sah zu mir runter. Erst jetzt fiel mir auf, dass sein Gesicht unter dem großen Hut fast so weiß war wie sein Hemd. Seine Augen waren von einem durchsichtigen Grau, wie Nebel. Er sah aus wie ein Gespenst, ein Vampir, und unter anderen Umständen hätte ich wahrscheinlich Angst vor ihm gehabt. Jetzt aber war er ein Erwachsener, und ich brauchte einen, der mir sagte, was ich tun sollte.

»Wie heißt du?«, fragte er.

»Ed–Eddie.«

»Okay, Eddie. Bist du verletzt?«

Ich schüttelte den Kopf.

»Gut. Aber die junge Frau, die ist verletzt. Also müssen wir ihr helfen, okay?«

Ich nickte.

»Pass auf, ich sage dir, was du tun sollst… nimm ihr Bein, da, und halt es ganz fest.«

Er legte meine Hände um das Bein des Mädchens. Bei all dem Blut fühlte es sich warm und schleimig an.

»Hast du's?«

Wieder nickte ich. Ich hatte einen bitteren, metallischen Geschmack im Mund, den Geschmack der Angst. Zwischen meinen Fingern quoll Blut hervor, dabei drückte ich sie ganz fest zusammen, so fest wie ich konnte…

Von weit weg, viel weiter weg als es in Wirklichkeit war, hörte ich Musik und lautes Lachen. Das Mädchen schrie nicht mehr. Sie lag jetzt reglos und stumm da, nur das leise Rasseln ihres Atems war noch zu hören, und auch das wurde immer schwächer.

»Eddie, du musst dich konzentrieren. Okay?«

»Okay.«

Ich sah nur noch den Bleichen Mann. Er löste den Gürtel seiner Jeans. Es war ein langer Gürtel, zu lang für seine schmale Taille, mit zusätzlichen Löchern, damit er überhaupt passte. Komisch, was einem in den schlimmsten Situationen so alles auffällt. Zum Beispiel, dass das Waltzer-Mädchen einen Schuh verloren hatte. Einen Plastikschuh. Pink, mit Glitzer. Und ich dachte, den wird sie wahrscheinlich nicht mehr brauchen, wo ihr Bein praktisch abgeschnitten ist.

»Hörst du mir zu, Eddie?«

»Ja.«

»Gut. Wir haben's gleich. Du machst das großartig, Eddie.«

Der Bleiche Mann nahm den Gürtel und schlang ihn

um den Oberschenkel des Mädchens. Und zurrte ihn fest, richtig fest. Er war stärker, als er aussah. Fast im selben Augenblick spürte ich, dass der Blutstrom nachließ.

Er sah mich an und nickte. »Du kannst jetzt loslassen. Ich hab sie.«

Ich nahm die Hände weg. Jetzt, wo die Anspannung sich gelöst hatte, begannen sie heftig zu zittern. Ich klemmte sie mir unter die Achseln.

»Wird sie wieder gesund?«

»Das weiß ich nicht. Hoffen wir, dass man ihr Bein retten kann.«

»Und ihr Gesicht?«, flüsterte ich.

Er sah mich an, und etwas in diesen blassgrauen Augen beruhigte mich. »Hast du ihr Gesicht vorher gesehen, Eddie?«

Ich machte den Mund auf, wusste aber nicht, was ich sagen sollte, und verstand auch nicht, warum seine Stimme sich plötzlich nicht mehr so freundlich anhörte.

Er wandte den Blick ab und sagte leise: »Sie wird überleben. Das ist das Wichtigste.«

In diesem Augenblick ertönte ein gewaltiger Donnerschlag, und langsam setzte Regen ein.

Hier begriff ich wohl zum ersten Mal, wie Dinge sich von einer Sekunde zur anderen ändern können. Wie uns alles, was wir für selbstverständlich halten, mit einem Schlag genommen werden kann. Vielleicht hatte ich deswegen zugepackt. Um etwas festzuhalten. Es zu bewahren. So jedenfalls erklärte ich es mir.

Aber wie so vieles, was wir uns sagen, war auch dies wahrscheinlich nur ein Haufen Mist.

Die Zeitung nannte uns Helden. Man brachte Mr. Halloran und mich in den Park zurück und machte Fotos von uns.

Kaum zu glauben, aber die zwei Leute in dem Waltzer-Wagen erlitten bloß Knochenbrüche und leichte Schnittwunden. Einige Passanten erwischte es schlimmer, ihre Wunden mussten genäht werden, und bei der panischen Massenflucht kam es zu weiteren Knochenbrüchen und angeknacksten Rippen.

Und das Waltzer-Mädchen (Elisa hieß sie) überlebte tatsächlich. Den Ärzten gelang es, ihr Bein wieder anzunähen, und sogar ihr Auge konnten sie retten. Die Zeitungen sprachen von einem Wunder. Vom Rest ihres Gesichts sprachen sie nicht so viel.

Wie bei allen Dramen und Tragödien ließ das Interesse daran allmählich nach. Fat Gav verzichtete auf seine geschmacklosen Witze (über Leute ohne Beine), und Metal Mickey wurde es leid, mich Hero Boy zu nennen und zu fragen, wo ich meinen roten Umhang gelassen hätte. Andere Nachrichten und Gerüchte rückten in den Vordergrund. Eine Massenkarambolage auf der A36, der Vetter eines unserer Mitschüler starb, und dann wurde Marie Bishop aus der Fünften schwanger. Und so ging das Leben weiter wie üblich.

Ich machte mir keine großen Gedanken. Irgendwie hatte ich die ganze Sache satt. Ich war keiner von denen, die gern im Mittelpunkt stehen. Außerdem, je weniger ich davon sprach, desto weniger musste ich an Elisas verschwundenes Gesicht denken. Die Albträume verblassten. Und ich schlich immer seltener mit beschmutzten Bettlaken zum Wäschekorb.

Mum fragte ein paarmal, ob ich Elisa nicht im Krankenhaus besuchen wolle. Ich sagte jedes Mal nein. Ich wollte sie nicht wiedersehen. Ihr zerstörtes Gesicht. Diese braunen Augen, die mich so anklagend anstarrten: *Ich weiß, dass du weglaufen wolltest, Eddie. Wenn Mr. Halloran dich nicht festgehalten hätte, hättest du mich sterben lassen.*

Mr. Halloran hat sie besucht. Oft. Anscheinend hatte er Zeit genug. Er sollte erst im September bei uns an der Schule anfangen. Aber er hatte sein Haus schon ein paar Monate vorher bezogen, um sich erst einmal in der Stadt einzuleben.

Das war bestimmt eine gute Idee. So hatten alle die Chance, sich an seinen Anblick zu gewöhnen. Alle Fragen ausgeräumt, bevor er ins Klassenzimmer kam:

Was ist mit seiner Haut? Er sei ein Albino, erklärten die Erwachsenen geduldig. Das bedeutete, ihm fehlte etwas, das sie »Pigmente« nannten; die sorgten dafür, dass Haut rosa oder braun wurde. *Und seine Augen?* Dasselbe. Ihnen fehlten bloß die Pigmente. *Er ist also keine Missgeburt, kein Monster oder Gespenst?* Nein. Ein ganz normaler Mann mit einer körperlichen Störung.

Das stimmte nicht. Mr. Halloran war manches, aber normal war er ganz bestimmt nicht.

2016

Der Brief kommt aus heiterem Himmel. Er fällt durch den Briefkastenschlitz, zusammen mit einem Spendenaufruf für Macmillan und dem Flyer eines neuen Pizzaladens.

Und wer zum Teufel schreibt heutzutage noch Briefe? Selbst meine Mutter mit ihren achtundsiebzig Jahren benutzt nur noch E-Mail, Twitter und Facebook. Und hat mehr Ahnung davon als ich. Ich hab's nicht so mit Technik. Für meine Schüler bin ich eine Witzfigur, und wenn sie von Snapchat, Favoriten, Tags und Instagram reden, klingt das für mich wie eine Fremdsprache. *Ich dachte immer, ich bringe euch Englisch bei*, beklage ich mich oft bei ihnen. *Aber ich verstehe kein Wort von dem, was ihr da redet.*

Die Handschrift auf dem Umschlag sagt mir nichts, aber meine eigene kann ich ja auch kaum noch entziffern. Wo wir alle nur noch auf Tasten und Touchscreens herummachen.

Ich reiße den Umschlag auf, dann sitze ich am Küchentisch, trinke eine Tasse Kaffee und beginne zu lesen. Doch das stimmt nicht so ganz. Ich sitze am Tisch und starre den Brief an, und der Kaffee neben mir wird kalt.

»Was hast du da?«

Ich zucke zusammen und sehe mich um. Chloe tappt in die Küche, gähnend und noch vom Schlaf zerknautscht.

Ihre schwarzgefärbten Haare sind verwuschelt, die Ponyfransen stehen zu Berge. Sie trägt ein altes Cure-T-Shirt und Reste der Schminke von gestern Abend.

»Das«, sage ich und falte das Blatt sorgfältig zusammen, »nennt man einen Brief. In alten Zeiten haben die Leute so etwas zum Kommunizieren verwendet.«

Sie bedenkt mich mit einem vernichtenden Blick und zeigt mir den Mittelfinger. »Offenbar sprichst du mit mir, aber ich höre nur bla bla bla.«

»Das ist das Problem mit der heutigen Jugend. Ihr hört einfach nicht zu.«

»Ed, du bist kaum alt genug, um mein Vater zu sein, warum hörst du dich also wie mein Großvater an?«

Sie hat recht. Ich bin zweiundvierzig, und Chloe ist Ende zwanzig (glaube ich. Wie alt genau, hat sie mir nie gesagt, und als Gentleman frage ich natürlich nicht.) Nicht so sehr viele Jahre zwischen uns, aber oft fühlt es sich wie Jahrzehnte an.

Chloe wirkt jung und cool und könnte noch als Teenager durchgehen. Ich bin ganz anders und könnte eher als Rentner durchgehen. »Vergrämt« wäre noch eine freundliche Beschreibung. Doch was heißt schon Gram, wenn man ständig von Sorgen und Reue geplagt wird.

Mein Haar ist noch dicht und ziemlich dunkel, aber meine Lachfalten haben vor einiger Zeit ihren Sinn für Humor verloren. Wie viele große Leute gehe ich gebeugt, und meine Lieblingsklamotten sind Sachen, die Chloe als »Flohmarkt-Schick« bezeichnet. Anzüge, Westen und ordentliches Schuhwerk. Ich besitze auch einige Jeans, doch damit gehe ich nicht zur Arbeit, und ich arbeite – falls ich mich nicht in meinen Bau verkrieche – fast immer und gebe zusätzlich in den Ferien noch Nachhilfestunden.

Ich könnte behaupten, das sei so, weil ich den Lehrerberuf liebe, aber so sehr liebt niemand seinen Beruf. Ich tu es, weil ich das Geld brauche. Deshalb wohnt auch Chloe hier. Sie ist meine Untermieterin und, bilde ich mir gern ein, Freundin.

Zugegeben, wir sind ein seltsames Paar. Chloe ist nicht die Art von Frau, die ich normalerweise zur Untermiete nehmen würde. Aber ich war gerade von einem anderen möglichen Mieter im Stich gelassen worden, als die Tochter eines Bekannten von »diesem Mädchen« erzählte, das dringend ein Zimmer suchte. Es scheint zu funktionieren, und die Miete kann ich brauchen. Ebenso die Gesellschaft.

Es mag merkwürdig scheinen, dass ich überhaupt einen Untermieter nötig habe. Ich werde relativ gut bezahlt, das Haus, in dem ich lebe, wurde mir von meiner Mum überlassen, und so dürften die meisten davon ausgehen, dass ich ein behagliches, von Hypotheken unbelastetes Leben führe.

Die traurige Wahrheit ist, das Haus wurde zu einer Zeit gekauft, als die Kreditzinsen zweistellig waren, dann musste für Renovierungen ein weiterer Kredit aufgenommen werden, und dann noch einer, damit wir das Pflegeheim für meinen Vater bezahlen konnten, als sein Zustand sich so sehr verschlechterte, dass wir zu Hause nicht mehr damit zurechtkamen.

Mum und ich lebten bis vor fünf Jahren zusammen, bis sie Gerry kennenlernte, einen sympathischen Banker, der aus seinem Job ausgestiegen war und sich für ein unabhängiges Landleben in einem selbstgebauten Ökohaus in Wiltshire entschieden hatte.

Ich habe nichts gegen Gerry. *Für* ihn spricht eigentlich auch nichts, aber Mum scheint mit ihm glücklich zu sein, und das ist, wie wir uns gern weismachen, die Hauptsache. Ich bin zwar schon zweiundvierzig, trotzdem ist es mir irgendwie nicht recht, dass Mum mit einem anderen Mann als Dad glücklich ist. Ich weiß, das ist kindisch, unreif und egoistisch. Aber was soll's.

Davon abgesehen, Mum ist achtundsiebzig, und meine Meinung ist ihr scheißegal. Sie hat das nicht wortwörtlich so gesagt, als sie mir ihren Entschluss mitteilte, mit Gerry zusammenzuziehen, doch es lief schon darauf hinaus:

»Ich muss raus aus diesem Haus, Ed. Hier sind mir zu viele Erinnerungen.«

»Du willst das Haus verkaufen?«

»Nein. Ich will es dir lassen, Ed. Mit ein wenig Liebe kann es ein wunderbares Haus für eine Familie sein.«

»Mum, ich habe nicht mal eine Freundin, geschweige denn eine Familie.«

»Dazu ist es nie zu spät.«

Ich antwortete nicht.

»Wenn du das Haus nicht haben willst, dann verkauf es einfach.«

»Nein. Ich … Ich will doch nur, dass du glücklich bist.«

»Von wem ist denn der Brief?«, fragt Chloe, die sich an der Kaffeemaschine einen Becher eingießt.

Ich stecke ihn in die Tasche meines Hausmantels. »Nicht wichtig.«

»Oooh. Ein Geheimnis.«

»Nicht doch. Bloß … ein alter Bekannter.«

Sie zieht eine Augenbraue hoch. »Noch einer? Wow. Wie sie auf einmal alle aus ihren Löchern kriechen. Wusste gar nicht, dass du so viele Freunde hattest.«

Ich sehe sie fragend an. Und dann fällt mir ein, dass ich ihr erzählt hatte, wer heute Abend zum Essen kommt.

»Tu nicht so überrascht.«

»Bin ich aber. Dass ein so ungeselliger Mensch wie du überhaupt Freunde hat, versteht sich schließlich nicht von selbst.«

»Ich habe Freunde, hier in Anderbury. Du kennst sie. Gav und Hoppo.«

»Die zählen nicht.«

»Warum?«

»Weil das keine richtigen Freunde sind. Das sind bloß Leute, die du dein ganzes Leben lang kennst.«

»Nennt man das nicht Freunde?«

»Nein. Das nennt man provinziell. Mit Leuten herumhängen, weil man sich aus Gewohnheit dazu verpflichtet fühlt, und nicht, weil einem wirklich etwas an ihrer Gesellschaft liegt.«

Stimmt schon. Irgendwie.

»Aber jetzt«, wechsle ich das Thema, »sollte ich mich mal anziehen. Ich muss noch in die Schule.«

»Habt ihr nicht Ferien?«

»Im Gegensatz zur landläufigen Meinung müssen Lehrer auch arbeiten, wenn die Schule für den Sommer dichtmacht.«

»Wusste gar nicht, dass du auf Alice Cooper stehst.«

»Ich liebe ihre Musik«, sage ich trocken.

Chloe grinst, eine komische Grimasse, und plötzlich sieht ihr eher unscheinbares Gesicht nach etwas aus. Manche Frauen sind so. Auf den ersten Blick nichtssagend, aber schon ein Lächeln oder ein Heben der Augenbrauen kann sie vollkommen verwandeln.

Kann sein, dass ich ein bisschen verknallt in sie bin, nur würde ich das niemals zugeben. Ich weiß, für sie bin ich eher der gute Onkel als ein potenzieller Freund. Ich würde sie niemals in die Verlegenheit bringen, annehmen zu müssen, dass ich sie mit etwas anderem als väterlicher Zuneigung betrachte. Außerdem ist mir sehr bewusst, dass man einem in meiner Position in einer Kleinstadt ein Verhältnis mit einer viel jüngeren Frau falsch auslegen könnte.

»Wann kommt denn dein ›alter Bekannter‹?«, fragt sie und setzt sich mit ihrem Kaffee an den Tisch.

Ich schiebe meinen Stuhl zurück und stehe auf. »Gegen sieben.« Und dann: »Du kannst gern dabei sein.«

»Das lass ich lieber. Möchte euer Wiedersehen nicht stören.«

»Okay.«

»Vielleicht ein andermal. Nach dem, was ich gelesen habe, scheint er ganz interessant zu sein.«

»Ja.« Ich zwinge mich zu einem Lächeln. »Interessant, das kann man wohl sagen.«

Zur Schule ist es ein flotter Fußmarsch von fünfzehn Minuten. An einem Tag wie heute – sommerlich warm, ein Hauch von Blau hinter dünnen Schleierwolken – ist es ein angenehmer Spaziergang, auf dem ich vor der Arbeit meine Gedanken sortieren kann.

Während der Schulzeit kann das nützlich sein. Viele meiner Schüler an der Anderbury Academy sind das, was man »schwierig« nennt. Zu meiner Zeit hätte man von einem »Haufen kleiner Arschlöcher« gesprochen. An manchen Tagen reicht es, wenn ich mich geistig auf den Umgang mit ihnen vorbereite. An anderen Tagen gelingt mir die Vorbereitung nur mit einem Schuss Wodka im Morgenkaffee.

Wie viele Kleinstädte macht Anderbury auf den ersten Blick einen malerischen Eindruck. Idyllisches Kopfsteinpflaster, Teeläden, ein halbwegs berühmter Dom. Zweimal die Woche ist Markt. Dazu die hübschen Parkanlagen und Promenaden am Fluss. Die Sandstrände von Bournemouth und die weite Heidelandschaft von New Forest sind mit dem Auto leicht erreichbar.

Blickt man hinter diese touristische Fassade, sieht die Sache ganz anders aus. Viele Saisonarbeiter, hohe Arbeitslosigkeit. Scharen gelangweilter Jugendlicher treiben sich in Geschäften und Parks herum. Minderjährige Mütter schieben kreischende Babys die Hauptstraße rauf und runter. Das ist nichts Neues, scheint aber häufiger zu sein als früher. Jedenfalls kommt es mir so vor. Mit zunehmendem Alter wird man nicht unbedingt klüger, nur intoleranter.

Ich komme am Old Meadows Park vorbei. Unser alter Treffpunkt hat sich seit damals sehr verändert. Was auch sonst. Es gibt jetzt eine Skateranlage, und die Spielwiese am anderen Ende des Parks, wo unsere Gang sich immer getroffen hat, musste einem modernen »Freizeitgelände« weichen. Neue Schaukeln, eine riesige Tunnelrutsche, Kletterseile und alles mögliche coole Zeug, von dem wir als Kinder nicht mal träumen konnten.

Seltsamerweise ist der alte Spielplatz noch da, verlassen und verfallen. Das Klettergerüst ist verrostet, die Schaukeln hängen schief und krumm, von dem einst bunt bemalten Holzkarussell blättert die Farbe, überall sieht man verblasste Graffiti, und *Helen ist eine Schlampe* oder *Andy W ich liebe dich* sagt längst keinem mehr was.

Ich bleibe stehen, sehe mir das an und lasse die Erinnerungen kommen.

Das leise Quietschen einer Babyschaukel, die beißende Kälte des frühen Morgens, das Knirschen weißer Kreide auf schwarzem Asphalt. Noch eine Botschaft. Aber diese war anders. Kein Kreidemännchen … etwas anderes.

Ich wende mich ab. Jetzt nicht. Nicht schon wieder. Ich lasse mich nicht wieder da reinziehen.

In der Schule habe ich nicht lange zu tun. Mittags bin ich fertig. Ich packe meine Bücher, schließe ab und gehe ins Stadtzentrum.

The Bull ist eine Eckkneipe an der Hauptstraße, die letzte alte Kneipe hier. Früher gab es in Anderbury zwei weitere, The Dragon und The Wheatsheaf, dann kamen die Imbissketten. Die alten Kneipen machten zu, und Gavs Eltern mussten die Preise senken und Frauenabende und Happy Hours und Familientage einführen, um zu überleben.

Irgendwann hatten sie genug davon und zogen nach Mallorca, wo sie jetzt eine Bar namens Britz betreiben. Gav, der seit seinem sechzehnten Geburtstag halbtags in der Kneipe gearbeitet hatte, wurde zum neuen Herrscher der Zapfhähne und ist es bis heute geblieben.

Ich stoße die schwere alte Tür auf und trete ein. Hoppo und Gav sitzen an unserem üblichen Fenstertisch in der Ecke. Von der Hüfte aufwärts ist Gav immer noch kräftig genug gebaut, um daran zu erinnern, warum wir ihn früher Fat Gav genannt haben. Nur dass er jetzt mehr Muskeln als Fett hat. Seine Arme gleichen Baumstämmen, die Adern treten hervor wie stramme blaue Drähte. Sein Gesicht ist wie gemeißelt, sein kurzgeschorenes Haar grau und schütter.

Hoppo hat sich kaum verändert. In seiner Klempnermontur könnte man ihn bei nicht so genauem Hinsehen immer noch für einen verkleideten Zwölfjährigen halten.

Die zwei sind ins Gespräch vertieft. Die Gläser vor ihnen sind kaum angerührt. Guinness für Hoppo, Cola light für Gav, der selten Alkohol trinkt.

Ich bestelle ein Taylor's Mild bei der missmutig dreinblickenden Thekenfrau, die erst mich, dann den Zapfhahn mit einem Blick bedenkt, als hätten wir sie tödlich beleidigt.

»Muss erst das Fass wechseln«, brummelt sie.

»Okay.«

Ich warte. Sie verdreht die Augen.

»Ich bring's dann.«

»Danke.«

Ich gehe zu den anderen. Als ich mich umdrehe, steht sie immer noch da.

Ich setze mich auf den wackligen Stuhl neben Hoppo.

»Tag.«

Sie blicken auf, und sofort ist mir klar, irgendwas stimmt nicht. Irgendwas ist passiert. Gav rollt sich hinter dem Tisch hervor. Seine Armmuskeln bilden einen starken Kontrast zu den dürren Beinen, die reglos von seinem Rollstuhl hängen.

Ich drehe mich um. »Gav? Was …«

Seine Faust fliegt auf mich zu, meine linke Wange explodiert vor Schmerz, und ich stürze rückwärts zu Boden.

Er starrt zu mir runter. »Wie lange weißt du das schon?«

1986

Fat Gav war größer als wir alle und der Anführer unserer Gang, aber er war auch der Jüngste von uns.

Sein Geburtstag war Anfang August, zu Beginn der Sommerferien. Darauf waren wir ganz schön neidisch. Vor allem ich. Ich war der Älteste. Mein Geburtstag lag auch in den Ferien, drei Tage vor Weihnachten. Und das hieß, statt zwei richtigen Geschenken bekam ich fast immer nur ein einziges »großes« Geschenk oder zwei nicht so gute.

Fat Gav bekam immer haufenweise Geschenke. Nicht nur weil seine Eltern reich waren, sondern auch, weil er eine Million Verwandte hatte. Tanten und Onkel und Vettern und Kusinen und Großeltern und Urgroßeltern.

Auch darauf war ich ein bisschen neidisch. Ich hatte nur meine Eltern und meine Oma, die wir nur selten sahen, weil sie weit weg lebte und außerdem allmählich »plemplem« wurde, wie mein Dad es ausdrückte. Ich besuchte sie nicht gern. In ihrem Wohnzimmer war es immer zu warm und stickig, und immer lief derselbe Film bei ihr im Fernsehen.

»War Julie Andrews nicht schön?«, seufzte sie jedes Mal mit verschleiertem Blick, und wir alle mussten dann nicken und »Ja« sagen und weiche Kekse aus dieser rostigen Blechdose mit dem tanzenden Rentier drauf essen.

Fat Gavs Eltern schmissen jedes Jahr eine große Party für ihn. Für dieses Jahr war Grillen angesagt. Dann der Auftritt eines Zauberers und anschließend Disco.

Meine Mum verdrehte die Augen, als sie die Einladung sah. Ich wusste, sie mochte Fat Gavs Eltern nicht besonders. Einmal hatte ich gehört, wie sie zu Dad sagte, sie seien »großkotzig«. Erst als ich älter wurde, verstand ich, dass damit nicht irgendeine seltsame Krankheit gemeint war.

»Disco, Geoff?«, sagte sie zu meinem Dad. Sie betonte das so komisch, dass ich nicht erkennen konnte, ob sie das gut oder schlecht fand. »Was sagst du dazu?«

Dad ließ den Abwasch stehen, trat zu ihr und sah sich die Einladung an. »Könnte lustig werden«, meinte er.

»Du kommst nicht mit, Dad«, sagte ich. »Das ist eine Kinderparty. Du bist nicht eingeladen.«

»Doch, das sind wir.« Mum zeigte auf die Einladung. »Eltern willkommen. Bitte Würstchen mitbringen.«

Ich sah noch einmal hin und verzog das Gesicht. Eltern auf einer Kinderparty? Keine gute Idee. Gar keine gute Idee.

»Was schenkst du Fat Gav zum Geburtstag?«, fragte Hoppo.

Wir saßen auf dem Klettergerüst im Park, ließen die Beine baumeln und lutschten Cola-Wassereis. Murphy, Hoppos alter schwarzer Labrador, döste unter uns im Schatten.

Das war Ende Juli, knapp zwei Monate nach der schrecklichen Sache auf dem Jahrmarkt und eine Woche vor Fat Gavs Geburtstag. Langsam fanden wir in den Alltagstrott zurück, und ich war froh. Aufregung und Katastrophen waren nichts für mich. Normale Tage waren – und sind – mir lieber. Schon mit zwölf räumte ich meine Socken ordentlich in die Schublade und stellte meine Bücher und Kassetten alphabetisch geordnet ins Regal.

Vielleicht tat ich das, weil alles andere in unserem Haus so chaotisch war. Zum Beispiel war es nicht fertig gebaut. Auch das war typisch für den Unterschied zwischen meinen Eltern und anderen Eltern, die ich kannte. Abgesehen von Hoppo, der mit seiner Mum in einem alten Reihenhaus wohnte, wohnten die meisten meiner Mitschüler in schönen modernen Häusern mit gepflegten Vorgärten, die alle gleich aussahen.

Und wir wohnten in diesem hässlichen alten viktorianischen Haus, an dem ständig irgendwas repariert werden musste. Hinten gab es einen großen, zugewucherten Garten, bis an dessen hinteres Ende ich noch nie vorgedrungen war, und oben mindestens zwei Zimmer, wo man durch die Decke den Himmel sehen konnte.

Mum und Dad hatten es als »renovierungsbedürftig« gekauft, als ich noch klein war. Das war vor acht Jahren, und soweit ich das beurteilen konnte, gab es immer noch reichlich zu renovieren. Die Zimmer waren halbwegs bewohnbar. Aber in Flur und Küche war noch der nackte Putz an den Wänden, und Teppiche hatten wir nirgendwo.

Oben war noch das alte Badezimmer. Eine prähistorische Emaillewanne mit einer Spinne als Untermieter, einem undichten Waschbecken und einem antiken Klo mit Kettenspülung. Keine Dusche.

Als zwölfjähriger Junge fand ich das ungeheuer peinlich. Wir hatten nicht mal einen Elektroofen. Dad musste draußen Holz hacken, es reinschleppen und Feuer machen. Wie im finstersten Mittelalter.

»Wann wird das Haus endlich mal fertig?«, fragte ich manchmal.

»Dazu braucht es Zeit und Geld«, sagte Dad dann.

»Haben wir denn kein Geld? Mum ist Ärztin. Fat Gav sagt, Ärzte verdienen einen Haufen Geld.«

Dad seufzte. »Darüber haben wir doch schon gesprochen, Eddie. Fat … *Gavin* weiß auch nicht alles. Und vergiss nicht, meine Arbeit wird nicht so gut bezahlt und kommt auch nicht so regelmäßig.«

Und meistens hätte ich dann gern gefragt: »Warum kannst du dir nicht einfach einen richtigen Job suchen?« Aber dann hätte sich mein Dad nur aufgeregt, und das wollte ich nicht.

Ich wusste, Geldfragen waren Dad unangenehm, weil er nicht so viel verdiente wie Mum. Wenn er gerade mal nicht für Zeitschriften schrieb, arbeitete er an einem Buch.

»Wenn ich meinen Bestseller fertig habe, wird alles anders«, sagte er oft grinsend und zwinkerte mir zu. Er tat so, als sei das ein Scherz, aber ich denke, insgeheim glaubte er wirklich daran, dass es eines Tages passieren würde.

Doch dazu kam es nie. Höchstens ein bisschen. Ich weiß, dass er Manuskripte an Agenten schickte und dass eins davon sogar ein wenig Interesse weckte. Nur wurde irgendwie nie etwas daraus. Vielleicht hätte er es am Ende doch noch geschafft, wenn er nicht krank geworden wäre. Aber die Krankheit nahm ihm den Verstand, und als Erstes nahm sie ihm, was er am meisten liebte. Seine Sprache.

Ich lutschte fester an meinem Wassereis. »Über ein Geschenk hab ich noch gar nicht richtig nachgedacht«, sagte ich zu Hoppo.

Eine Lüge. Ich *hatte* darüber nachgedacht, lange und gründlich. Das war das Problem mit Fat Gav. Weil er so ziemlich alles hatte, war es echt schwierig, ihm ein Geschenk zu kaufen.

»Und du?«, fragte ich.

Er zuckte die Schultern. »Weiß noch nicht.«

Ich wechselte das Thema. »Kommt deine Mum zu der Party?«

Er verzog das Gesicht. »Kann ich nicht sagen. Vielleicht muss sie arbeiten.«

Hoppos Mum arbeitete als Putzfrau. Oft sah man sie in ihrem rostigen alten Reliant Robin in der Stadt herumtuckern, den Kofferraum mit Schrubbern und Eimern vollgestopft.

Metal Mickey nannte sie »Zigeunerin«, wenn Hoppo nicht dabei war. Ich fand das gemein, aber tatsächlich sah sie mit ihren struppigen grauen Haaren und ihren formlosen Kleidern ein bisschen wie eine Zigeunerin aus.

Wo Hoppos Dad abgeblieben war, weiß ich nicht genau. Hoppo sprach praktisch nie von ihm, aber ich hatte den Eindruck, dass er abgehauen war, als Hoppo noch ganz klein war. Hoppo hatte einen älteren Bruder, doch der war zur Armee gegangen oder so was. Im Rückblick kommt mir der Verdacht, unsere Gang könnte hauptsächlich deswegen zusammengefunden haben, weil keine unserer Familien ganz »normal« war.

»Kommen deine Eltern?«, fragte Hoppo.

»Glaub schon. Aber hoffentlich wird's dann nicht langweilig.«

Er zuckte die Schultern. »Glaub ich nicht. Und dann kommt ja auch ein Zauberer.«

»Ja.«

Wir grinsten. Dann meinte Hoppo: »Wenn du willst, könnten wir uns ja mal die Schaufenster ansehen, ob wir was für Fat Gav finden.«

Ich zögerte. Eigentlich war ich gern mit Hoppo zusammen. Bei ihm musste man nicht dauernd kluge Sprüche absondern. Oder auf der Hut sein. Man konnte ganz locker bleiben.

Hoppo war zwar nicht der Gescheiteste, aber einer von denen, die immer zurechtkamen. Er versuchte nicht, sich bei allen beliebt zu machen wie Fat Gav, oder sein Fähnchen in den Wind zu hängen wie Metal Mickey, und dafür bewunderte ich ihn.

Deswegen war mir jetzt nicht ganz wohl, als ich sagte: »Geht leider nicht. Ich muss heim und Dad bei irgendwas im Haus helfen.«

Damit redete ich mich meistens raus. Kein Mensch konnte bezweifeln, dass in unserem Haus immer »irgendwas« zu tun war.

Hoppo nickte; er war mit seinem Wassereis fertig und ließ die Verpackung auf den Boden fallen. »Okay. Dann geh ich mit Murphy.«

»Okay. Bis später.«

»Bis dann.«

Er schlenderte davon, Ponyfransen im Gesicht, Murphy munter an seiner Seite. Ich warf mein Papier in den Abfalleimer und wandte mich in die entgegengesetzte Richtung, nach Hause. Und als ich außer Sichtweite war, machte ich kehrt und ging in die Stadt.

Ich belog Hoppo nicht gern, aber es gibt Dinge, die kann man nicht gemeinsam machen, nicht mal mit den besten Freunden. Auch Kinder haben Geheimnisse. Manchmal mehr als Erwachsene.

Ich wusste, ich war der Außenseiter in unserer Gang; fleißig und ein bisschen spießig. Ein Sammler – Briefmarken, Münzen, Modellautos. Und noch anderes: Muscheln, Vogelschädel aus dem Wald, Schlüssel. Erstaunlich, wie viele verlorene Schlüssel man findet. Mir gefiel die Vorstellung, mich in fremde Häuser einzuschleichen, auch wenn ich natürlich nie wusste, wem die Schlüssel gehörten oder wo die Leute wohnten.

Mit meinen Sammlungen war ich sehr eigen. Ich hielt sie immer gut versteckt. Anscheinend gefiel es mir irgendwie, Herr über etwas zu sein. Kinder sind sonst ja nicht gerade Herr über ihr Leben, aber nur ich allein wusste, was in meinen Schachteln war, und nur ich allein konnte etwas dazulegen oder wegnehmen.

Seit dem Jahrmarkt hatte ich immer mehr gesammelt. Sachen, die ich fand, Sachen, die Leute liegen ließen (mir war aufgefallen, wie sorglos die Leute waren; als wüssten sie nicht, dass man Dinge festhalten muss, wenn man sie nicht für immer verlieren will).

Und manchmal – wenn ich etwas sah, das ich unbedingt haben musste – nahm ich Sachen, für die ich eigentlich hätte bezahlen müssen.

Anderbury war keine große Stadt, aber im Sommer war immer viel los, wenn ganze Busladungen Touristen, hauptsächlich Amerikaner, bei uns einfielen. Die stolperten dann überall in ihren geblümten Strandkleidchen und Schlabbershorts herum und verstopften die schmalen Bürgersteige, während sie mit Stadtplänen vor der Nase auf irgendwelche Gebäude zeigten.

Außer dem Dom hatten wir einen Marktplatz mit einem großen Debenhams, einer Menge kleiner Teeläden und einem eleganten Hotel. Die Hauptstraße war eher langweilig, da gab es nur einen Supermarkt, eine Drogerie und eine Buchhandlung. Und einen riesigen Woolworth.

Für uns Kinder war Woolworth – oder »Woolies«, wie alle es nannten – der absolute Lieblingsladen. Dort gab es alles, was man sich nur wünschen konnte. Endlose Regale voller Spielzeuge, von teuren großen bis zu Bergen billiger Plastiksachen, von denen man haufenweise kaufen konnte und dann immer noch Geld für eine Tüte Bonbons übrig hatte.

Und es gab da einen echt fiesen Ladendetektiv, vor dem wir alle Schiss hatten. Jimbo hieß er, ein Skinhead, von dem es hieß, unter seiner Uniform sei er von oben bis unten tätowiert, auf dem Rücken angeblich ein riesiges Hakenkreuz.

Zum Glück war Jimbo in seinem Job eine Niete. Die meiste Zeit lungerte er draußen herum, rauchte und schielte den Mädchen nach. Das hieß, wenn man es schlau und geschickt anstellte, war es kinderleicht, Jimbos Aufmerksamkeit zu entgehen. Man musste nur warten, bis er abgelenkt war.

Heute hatte ich Glück. An der Telefonzelle nebenan

standen ein paar Schülerinnen herum. Es war warm, alle trugen Miniröcke und Shorts. Jimbo lehnte draußen neben dem Eingang, eine Zigarette lässig zwischen den Fingern, die Zunge hing ihm bis auf die Füße, dabei waren die Mädchen nur ein paar Jahre älter als ich, und er war mindestens *dreißig* oder so.

Ich wetzte über die Straße und schlenderte an ihm vorbei hinein. Der ganze Laden gehörte mir. Links die Süßigkeiten, rechts Kassetten und Schallplatten. Weiter vorn die Spielzeugabteilung. Mich überlief ein Schauer. Aber ich konnte die Vorfreude nicht genießen. Jetzt musste es schnell gehen. Bevor mich ein Verkäufer bemerkte.

Zielstrebig ging ich zu den Spielzeugen, überflog das Angebot und rechnete meine Chancen aus. Zu teuer. Zu groß. Zu billig. Zu lahm. Dann sah ich es. Ein Magic 8 Ball. Steven Gemmel hatte so einen. Er hatte in der Schule damit angegeben, und ich weiß noch, wie begeistert ich davon war. Und ich war mir ziemlich sicher, dass Fat Gav noch keinen hatte. Und das wollte schon was heißen. Mal davon abgesehen, dass nur noch dieser eine im Regal lag.

Ich nahm ihn und sah mich um. Und ließ ihn blitzschnell in meinem Rucksack verschwinden.

Dann schlenderte ich zu den Süßigkeiten. Jetzt nur nicht die Nerven verlieren. Das Gewicht meiner Beute drückte mir in den Rücken. Ich nahm eine Tüte und zwang mich, in aller Ruhe auszuwählen: Colabrause, weiße Mäuse und fliegende Untertassen. Dann ging ich zur Kasse.

Eine dicke Frau mit einer riesigen, stark gelockten Dauerwelle wog die Süßigkeiten und sagte lächelnd: »Dreiundvierzig Pence, Kleiner.«

»Danke.«

Ich nahm die Münzen aus meiner Hosentasche und gab sie ihr.

Sie warf sie einzeln in die Kasse und meinte schließlich: »Ein Penny fehlt noch, Kleiner.«

»Oh.«

Mist. Ich wühlte noch einmal in meiner Tasche. Da war nichts mehr.

»Ich, äh, dann muss ich was zurückbringen«, sagte ich mit rotem Kopf und feuchten Händen, und der Rucksack schien immer schwerer zu werden.

Dauerwelle sah mich kurz an, beugte sich dann vor und zwinkerte mir zu. Ihre Augenlider waren faltig wie zerknülltes Papier. »Schon gut, Kleiner. Vielleicht hab ich mich ja verzählt.«

Ich nahm die Tüte. »Vielen Dank.«

»Geh schon. Mach dass du rauskommst.«

Das ließ ich mir nicht zweimal sagen. Ich eilte in den Sonnenschein hinaus, an Jimbo vorbei, der gerade mit seiner Zigarette fertig war und mich kaum beachtete. Dann ging ich schneller und immer schneller die Straße hinunter und fing, beflügelt von meiner geglückten Heldentat, an zu laufen und rannte mit einem irren Grinsen im Gesicht fast den ganzen Weg nach Hause zurück.

Ich hatte es getan, und nicht zum ersten Mal. Sonst war ich kein schlechtes Kind, bilde ich mir gerne ein. Ich versuchte immer nett zu sein, verpetzte meine Freunde nicht und zog nicht hinter ihrem Rücken über sie her. Ich versuchte sogar, auf meine Eltern zu hören. Und, ganz ehrlich, Geld habe ich nie gestohlen. Wenn ich ein Portemonnaie auf der Straße fand, gab ich es immer zurück, mit allem Geld, das darin war (kann höchstens sein, dass ich mir ein Familienfoto rausnahm).

Ich wusste, es war unrecht, nur wie gesagt, jeder hat seine Geheimnisse, Dinge, die man nicht tun sollte, aber trotzdem tut. Bei mir war es das *Sammeln*. Blöd daran war nur eins: Wenn ich versuchte, etwas zurückzubringen, ging es meistens schief.

Dann kam die Party. Es war ein heißer Tag. Jeder Tag in diesem Sommer kam einem heiß vor. Aber das täuschte wohl. Ein Meteorologe – ein richtiger, nicht so einer wie mein Dad – würde garantiert erklären, dass es auch jede Menge regnerische, bewölkte und richtig schlechte Tage gab. Doch die Erinnerung ist etwas Seltsames, und für ein Kind hat die Zeit ganz eigene Gesetze. Drei heiße Tage nacheinander sind wie ein Monat heißer Tage für einen Erwachsenen.

An Fat Gavs Geburtstag war es jedenfalls heiß. Die Kleider klebten einem am Leib, auf dem Autositz verbrannte man sich die Beine, und auf den Straßen schmolz der Asphalt.

»Bei den Temperaturen braucht man keinen Grill, um das Fleisch zu garen«, scherzte Dad, als wir losgingen.

»Mich wundert, dass du nicht sagst, wir sollen Regenmäntel mitnehmen«, sagte Mum, während sie die Haustür abschloss und zur Sicherheit ein paarmal kräftig daran rüttelte.

Sie hatte sich feingemacht. Hübsches blaues Sommerkleid und Römersandalen. Blau stand ihr gut. Eine kleine glitzernde Spange hielt ihr die Haare aus dem Gesicht.

Dad sah aus wie, nun ja, wie Dad: über den Knien abgeschnittene Jeans, Grateful-Dead-T-Shirt und Ledersandalen. Immerhin hatte Mum ihm den Bart gekürzt.

Fat Gavs Haus stand in einer der jüngsten Neubausiedlungen von Anderbury. Sie waren erst vor einem Jahr eingezogen. Davor hatten sie über der Kneipe gewohnt. Das Haus war so gut wie neu, trotzdem hatte Fat Gavs Vater es ausgebaut, und manches davon passte überhaupt nicht zu dem ursprünglichen Haus, vor allem die dicken weißen Säulen vor der Eingangstür – wie an einem alten griechischen Tempel.

Heute waren viele mit »12« bemalte Ballons an die Säulen gebunden, und über der Tür hing ein riesiges glitzerndes Banner, auf dem stand: »Happy Birthday, Gavin«.

Bevor Mum verächtlich schnauben, etwas sagen oder auf die Klingel drücken konnte, wurde die Tür aufgerissen, und dahinter stand Fat Gav, bombastisch herausgeputzt in Hawaiishorts, neongrünem T-Shirt und Piratenhut. »Hi, Mr. und Mrs. Adams. Hi, Eddie.«

»Herzlichen Glückwunsch zum Geburtstag, Gavin«, sagten wir im Chor, obwohl ich mich sehr zusammenreißen musste, um nicht »Fat Gav« zu sagen.

»Wir grillen hinten im Garten«, erklärte Fat Gav meinen Eltern und packte mich am Arm. »Komm schnell, du musst den Zauberer sehen. Der ist *fantastisch*.«

Fat Gav hatte recht. Er war wirklich fantastisch. Auch das Essen war ziemlich gut. Und es gab jede Menge Spiele und zwei große Eimer voll Wasser und Wasserpistolen. Nachdem Fat Gav seine Geschenke ausgepackt und den Magic-8-Ball für »spitze« befunden hatte, stürzten wir uns mit ein paar anderen Kindern aus der Schule in eine gewaltige Wasserschlacht. Es war so heiß, dass man kaum nass wurde, weil alles gleich wieder trocknete.

Irgendwann mittendrin musste ich aufs Klo. Ich taperte in meinen feuchten Sachen durch den Garten zum Haus, vorbei an den Erwachsenen, die mit Tellern in der Hand in kleinen Gruppen herumstanden und Bier aus Flaschen und Wein aus Plastikbechern tranken.

Nickys Dad war auch gekommen, was alle überraschte. Ich hätte nicht gedacht, dass Pfarrer auf Partys gehen oder überhaupt mal Spaß haben. Er trug seinen weißen Kragen. Daran erkannte man ihn schon von weitem, so wie das Ding in der Sonne leuchtete. Ich weiß noch, wie ich dachte, der muss ganz schön schwitzen. Vielleicht trank er deswegen so viel Wein.

Er unterhielt sich mit meinen Eltern, was mich ebenfalls überraschte, da sie mit der Kirche nicht viel am Hut hatten. Als Mum mich sah, fragte sie lächelnd: »Alles in Ordnung, Eddie?«

»Ja, Mum. Toll.«

Sie nickte, schien aber nicht sehr glücklich. Als ich weiterging, hörte ich Dad sagen: »Ich weiß nicht, ob man das auf einer Kinderparty besprechen sollte.«

Pfarrer Martins Antwort bekam ich gerade noch mit: »Aber es geht um das Leben von Kindern.«

Ich verstand nur Bahnhof; typisches Erwachsenengerede. Außerdem war ich schon wieder abgelenkt. Noch eine bekannte Gestalt. Groß und dünn, trotz der sengenden Hitze im dunklen Anzug und mit einem Schlapphut auf dem Kopf. Mr. Halloran. Er stand ganz hinten im

Garten neben der Statue eines kleinen Jungen, der in eine Vogeltränke pinkelte, und plauderte mit irgendwelchen Eltern.

Ich fand es merkwürdig, dass Fat Gavs Eltern einen Lehrer zu der Party eingeladen hatten, besonders einen, der an der Schule noch gar nicht angefangen hatte, aber vielleicht wollten sie ihm damit nur zeigen, dass er willkommen sei. So waren die nun mal. Außerdem hatte Fat Gav mir einmal erklärt: »Meine Mum muss immer alle kennen. Weil sie immer über alles auf dem Laufenden sein will.«

Komisch, aber die meisten Leute spüren es, wenn einer sie anstarrt, und auch Mr. Halloran sah sich jetzt um, erblickte mich und hob die Hand. Ich hob auch die Hand. Peinliche Situation. Sicher, wir beide hatten dem Waltzer-Mädchen das Leben gerettet, aber er war trotzdem ein Lehrer, und es war einfach nicht cool, dabei gesehen zu werden, wie man einem Lehrer zuwinkte.

Fast als könnte er meine Gedanken lesen, nickte Mr. Halloran nur kurz und wandte sich wieder ab. Dankbar – und nicht nur wegen meiner vollen Blase – lief ich über die Terrasse ins Haus.

Im Wohnzimmer war es kühl und dunkel. Ich wartete, bis meine Augen sich darauf eingestellt hatten. Überall lagen Geschenke verstreut. Dutzende und Aberdutzende von Spielsachen. Spielsachen, die ich für *meinen* Geburtstag auf dem Wunschzettel hatte, aber niemals bekommen würde. Ich blickte mich neidisch um … und da sah ich es. Eine ziemlich große Schachtel genau in der Mitte des Zimmers, eingewickelt in Transformers-Geschenkpapier. Ungeöffnet. Jemand musste später gekommen sein und sie da hingelegt haben. Ausgeschlossen, dass Fat Gav das Geschenk sonst nicht ausgepackt hätte.

Ich tat, was im Bad zu tun war, und sah auf dem Rückweg durchs Wohnzimmer noch einmal nach dem Geschenk. Nach kurzem Zögern nahm ich es mit nach draußen.

Überall waren Kinder. Fat Gav, Nicky, Metal Mickey und Hoppo saßen im Halbkreis auf dem Rasen, tranken Limo und sahen erhitzt und verschwitzt und zufrieden aus. Nickys Haare waren noch feucht und zerzaust. Wassertropfen glitzerten auf ihren Armen. Heute trug sie ein Kleid. Das stand ihr. Es war lang und mit Blumen bedruckt und bedeckte einige der vielen Schrammen auf ihren Beinen. Ich kann mich nicht erinnern, sie jemals ohne blaue Flecken oder blutige Schrammen irgendwo gesehen zu haben. Einmal hatte sie sogar ein blaues Auge.

»Hey, Munster!«, sagte Fat Gav.

»Hey, soll ich dir was sagen?«

»Hast du endlich aufgehört, als Schwuchtel rumzulaufen?«

»Ha ha. Ich hab ein Geschenk gefunden, das du noch nicht ausgepackt hast.«

»Kann nicht sein. Ich hab alles ausgepackt.«

Ich hielt ihm die Schachtel hin.

Fat Gav nahm sie. »Wahnsinn!«

»Von wem ist das?«, fragte Nicky.

Fat Gav schüttelte die Schachtel und untersuchte das Einwickelpapier. Kein Etikett.

»Ist doch egal.« Er riss das Papier auf und machte ein langes Gesicht. »Was soll das denn?«

Wir alle starrten das Geschenk an. Ein großer Eimer voll bunter Kreidestifte.

»Malkreide?« Metal Mickey kicherte. »Wer schenkt dir Malkreide?«

»Keine Ahnung. Da steht nichts drauf, du Genie«, sagte Fat Gav. Er machte den Deckel ab und nahm ein paar Stifte heraus. »Was soll ich denn mit diesem Scheiß?«

»Ist doch nicht schlecht«, fing Hoppo an.

»Nein, das ist das Allerletzte, Alter.«

Ich fand das ein bisschen übertrieben. Immerhin hatte sich da jemand die Mühe gemacht, ein Geschenk zu kaufen und einzupacken und alles. Aber Fat Gav war wie unter Strom, vielleicht lag's an der Sonne oder an der vielen Limo. Uns allen ging es so.

Er warf den Eimer angewidert hin. »Weg damit. Machen wir weiter mit den Wasserpistolen.«

Wir standen auf. Ich ließ die anderen vorgehen, dann bückte ich mich, nahm ein Stück Kreide und steckte es ein.

Kaum hatte ich mich aufgerichtet, hörte ich einen Knall und einen Schrei. Ich fuhr herum. Ich weiß nicht, was ich erwartet hatte. Vielleicht, dass jemand was hatte fallen lassen oder gestolpert war.

Ich brauchte eine Weile, bis ich kapierte, was los war. Pfarrer Martin lag auf dem Rücken inmitten von Tassen und Tellern und zerbrochenen Ketchup- und Saucenflaschen. Er hielt sich die Nase und gab ein seltsames Stöhnen von sich. Eine große, zerzauste Gestalt in Shorts und zerrissenem T-Shirt stand mit erhobener Faust über ihm. Mein Dad.

Ach du Kacke. *Mein Dad* hatte Pfarrer Martin umgehauen.

Gelähmt vor Schreck hörte ich, wie er ihn anherrschte: »Wenn Sie noch einmal meine Frau anquatschen, ich schwör's Ihnen, werde ich …«

Weiter kam er nicht mit seinem Schwur, weil Fat Gavs Vater ihn wegzerrte. Jemand half Pfarrer Martin auf die Beine. Er hatte einen roten Kopf, seine Nase blutete. Sein weißer Kragen war schon ganz rot.

Er zeigte auf meine Eltern. »Gott wird euer Richter sein.«

Dad wollte sich wieder auf ihn stürzen, aber Fat Gavs Vater hielt ihn fest. »Lass gut sein, Geoff.«

Ich sah etwas Gelbes vorbeiflitzen: Nicky, die zu Pfarrer Martin lief. Sie nahm seinen Arm. »Komm, Dad. Wir gehen.«

Er schüttelte sie ab, so grob, dass sie ins Taumeln geriet. Dann nahm er ein Papiertaschentuch, tupfte seine Nase ab und sagte zu Fat Gavs Mutter: »Danke für die Einladung«, und ging steifbeinig ins Haus.

Nicky blickte im Garten umher. Ich bilde mir gern ein, dass ihre grünen Augen mich ansahen, dass zwischen uns so etwas wie gegenseitiges Verstehen strömte, doch in Wirklichkeit wollte sie wohl nur feststellen, wer den Zwischenfall mitbekommen hatte – *alle* natürlich –, bevor sie ihrem Vater ins Haus folgte.

Einen Augenblick lang schien alles stillzustehen. Bewegung, Unterhaltung. Dann klatschte Fat Gavs Vater in die Hände und rief aufgekratzt: »Wer will noch eins von meinen Riesenwürstchen?«

Wahrscheinlich wollte keiner mehr eins, aber alle nickten lächelnd, und Fat Gavs Mutter drehte die Musik ein kleines bisschen lauter.

Jemand schlug mir auf den Rücken. Ich zuckte zusammen. Es war Metal Mickey. »Wow. Nicht zu fassen, dein Dad hat einen Pfarrer verprügelt.«

Ich konnte es auch nicht glauben. Mein Gesicht brannte vor Scham. Ich sah Fat Gav an. »Tut mir echt leid.«

Er grinste. »Spinnst du? Das war spitze. Das ist die beste Geburtstagsparty aller Zeiten!«

»Eddie.« Meine Mum kam zu uns. Sie lächelte verkrampft. »Dein Dad und ich gehen jetzt nach Hause.«

»Okay.«

»Du kannst bleiben, wenn du willst.«

Ich wollte, aber ich wollte auch nicht, dass die anderen mich anstarrten wie eine Art Missgeburt, und ich wollte mir auch nicht weiter Metal Mickeys Sprüche anhören, also sagte ich gereizt: »Nein, schon gut. Ich komme mit.« Dabei war gar nichts gut.

»Okay.« Sie nickte.

Bis zu diesem Tag hatte ich noch nie gehört, wie meine Eltern sich bei irgendwem entschuldigten. Unmöglich. Entschuldigen müssen sich immer nur die Kinder. Doch an diesem Nachmittag entschuldigten sich beide gleich mehrmals bei Fat Gavs Eltern. Fat Gavs Eltern hörten sich das freundlich an und sagten schon gut, schon gut, aber ich spürte, sie waren ganz schön sauer. Trotzdem gab Fat Gavs Mutter mir noch ein paar Süßigkeiten und ein Stück Kuchen mit.

Als die Haustür hinter uns ins Schloss gefallen war, fragte ich meinen Dad: »Was war da los, Dad? Warum hast du ihn geschlagen? Was hat er zu Mum gesagt?«

Dad legte mir den Arm um die Schultern. »Später, Eddie.«

Am liebsten hätte ich ihn angebrüllt. Schließlich hatte er meinem Freund die Party versaut. Aber ich hielt den Mund. Weil ich meine Eltern doch liebhatte und etwas in ihren Gesichtern mir sagte, dass jetzt nicht die Zeit zum Streiten war.

Also ließ ich mich von Dad in den Arm nehmen; Mum hakte sich auf der anderen Seite bei mir ein, und so gingen wir zusammen los. Und als Mum fragte: »Hast du Lust auf Pommes zum Abendessen?«, zwang ich mich zu einem Grinsen und sagte: »Ja. Spitze.«

Dad hat es mir nie erzählt. Später erfuhr ich es trotzdem. Als die Polizei kam und ihn wegen versuchten Mordes festnahm.

2016

»Zwei Wochen«, sage ich. »Er hat mir eine Mail geschickt. Tut mir leid.«

Hoppo streckt mir die Hand hin. Ich nehme sie und lasse mich schwer auf meinen Hocker zurückfallen. »Danke.«

Ich hätte Gav und Hoppo sagen sollen, dass Mickey wieder in Anderbury ist. Gleich als Erstes hätte ich das sagen sollen. Ich weiß auch nicht genau, warum ich es nicht getan habe. Vielleicht aus Neugier. Oder weil Mickey mich gebeten hatte, nichts zu sagen. Vielleicht wollte ich nur selbst herausfinden, was er vorhatte.

Ein wenig hatte ich über unseren alten Freund schon in Erfahrung gebracht. Vor ein paar Jahren. Aus Langeweile und mit zu viel Wein im Schädel. Sein Name war nicht der einzige, den ich bei Google eintippte, aber der einzige, der irgendwelche Treffer ergab.

Er hat es ziemlich weit gebracht. Arbeitet für eine Werbeagentur – so eine mit unnötigen Umlauten im Namen und einer Aversion gegen Großbuchstaben. Ich fand Bilder von ihm: mit Kunden, bei Produkteinführungen, mit Sektglas in der Hand, mit jenem Lächeln, das dem Zahnarzt einen angenehmen Ruhestand sichert.

Nichts davon überraschte mich. Mickey war immer ein kluger Kopf gewesen, der überall durchkam. Und kreativ war er auch. Besonders, wenn es um die Wahrheit ging. Was bei seinem Beruf nichts schaden konnte.

In seiner Mail hat er ein Projekt erwähnt, an dem er gerade arbeitet. Etwas, das »allen Seiten nützlich« sein könne. Um ein Klassentreffen geht es dabei bestimmt nicht. Tatsache ist, ich kann mir nur einen einzigen Grund denken, warum Mickey nach all dieser Zeit mit mir reden möchte. Offenbar hat er vor, ein stumpfes Messer in eine rostige alte Blechdose voller halb verfaulter Würmer zu stoßen.

Davon sage ich Gav und Hoppo nichts. Ich reibe mir die heiße Wange und sehe mich in der Kneipe um. Nur ein Viertel der Tische ist besetzt. Die wenigen Gäste sehen schnell weg, zurück in ihre Biergläser und Zeitungen. Bei wem sollen sie sich beschweren? Es ist ja nicht so, dass Gav sich selbst aus seiner eigenen Kneipe schmeißt, weil er einen Streit vom Zaun bricht.

»Wie hast du es erfahren?«, frage ich.

»Hoppo hat ihn gesehen«, sagt Gav. »Auf der Hauptstraße, hell wie der Tag und doppelt so hässlich.«

»Aha. Verstehe.«

»Er war sogar so dreist, Hallo zu sagen. Und dass er dich besuchen wollte. Hat mich überrascht, dass du nichts davon erzählt hast.«

In mir steigt die Wut hoch. Guter alter Mickey, immer muss er Ärger machen.

Die Kellnerin kommt mit meinem Bier und stellt es achtlos auf den Tisch. Es schwappt über.

»Nett, die Kleine«, sage ich zu Gav. »Richtig temperamentvoll.«

Gav lächelt widerwillig.

»Tut mir leid«, sage ich noch einmal. »Ich hätt's euch sagen sollen.«

»Allerdings«, brummt er. »Wir sind doch Freunde.«

»Warum hast du nichts gesagt?«, fragt Hoppo.

»Weil er mich darum gebeten hat. Er wollte erst mit mir reden.«

»Und du warst einverstanden?«

»Ich fand, ich sollte mir erst mal anhören, was er zu sagen hat.«

»Ich hätte dich nicht schlagen dürfen«, sagt Gav und nimmt einen Schluck von seiner Cola light. »Hab die Nerven verloren. Aber als ich ihn gesehen habe, war plötzlich alles wieder da.«

Ich starre ihn an. Keiner von uns ist das, was man einen Fan von Mickey Cooper nennen könnte. Aber Gav hasst ihn noch mehr als wir anderen.

Wir waren siebzehn. Es gab eine Party. Ich ging nicht hin, war auch nicht eingeladen. Ich weiß nicht mehr genau. Mickey baggerte Hoppos Freundin an. Es kam zum Streit. Dann war Gav so besoffen, dass man Mickey überredete, ihn nach Hause zu fahren … nur dass sie nie da ankamen, weil Mickey auf einer schnurgeraden Straße ins Schleudern geriet und an einen Baum krachte.

Mickey lag eine Woche im Koma, erholte sich aber wie durch ein Wunder wieder. Fat Gav, nun ja, Fat Gav trug etliche Wirbelbrüche davon. Nichts zu machen. Seitdem sitzt er im Rollstuhl.

Wie sich herausstellte, hatte Mickey zu viel Promille im Blut, viel zu viel, trotz seiner Beteuerungen, er habe den ganzen Abend nur Cola light getrunken. Fat Gav und

Mickey haben nie mehr ein Wort miteinander gesprochen. Und Hoppo und ich gingen dem Thema auch immer aus dem Weg.

Manche Dinge im Leben kann man ändern – sein Gewicht, sein Äußeres, sogar seinen Namen –, bei anderen hingegen hilft alles Wünschen und Wollen und Kämpfen nicht. Und diese Dinge sind es, die uns formen. Nicht die, an denen wir etwas ändern können, sondern die, an denen wir nichts ändern können.

»Also«, sagt Gav, »was will er hier?«

»Damit hat er nicht richtig rausgerückt.«

»Was hat er gesagt?«

»Er hat ein Projekt erwähnt, an dem er zur Zeit arbeitet.«

»Sonst nichts?«, fragt Hoppo.

»Nein.«

»Aber das ist auch nicht die Frage, oder?«, sagt Gav. Er sieht uns an, seine blauen Augen funkeln. »Die Frage ist: Was machen wir jetzt?«

Als ich heimkomme, ist das Haus leer. Chloe trifft sich entweder mit Freundinnen oder ist bei der Arbeit. Ich komme da nicht mehr ganz mit. Chloe arbeitet in einem alternativen Kleiderladen in Boscombe mit wechselnden freien Tagen. Wahrscheinlich hat sie es mir gesagt, aber mein Gedächtnis ist nicht mehr so gut wie früher. Das macht mir mehr Sorgen, als es sollte.

Bei meinem Dad fing es Ende vierzig mit den Gedächtnisstörungen an. Kleinigkeiten, die wir alle nicht ganz ernstnahmen. Zum Beispiel vergaß er, wo er seine Schlüssel hingelegt hatte, oder verwechselte irgendwelche Gegenstände, legte die Fernbedienung in den Kühlschrank und eine Banane in die Kommode, wo wir die Fernbedienungen aufbewahrten. Verstummte mitten im Satz oder brachte einzelne Wörter durcheinander. Suchte krampfhaft nach dem richtigen Wort und ersetzte es schließlich durch ein ähnliches.

Als es mit dem Alzheimer schlimmer wurde, kam er mit den Wochentagen durcheinander, bis er, und das machte ihm richtig Angst, nicht mehr wusste, welcher Tag nach Donnerstag kam. Der letzte Arbeitstag der Woche wollte ihm nicht mehr einfallen. Ich erinnere mich noch an die Panik in seinen Augen. Dass er etwas so Wichtiges nicht mehr wusste, etwas, das wir seit unserer Kindheit wissen, zwang ihn schließlich zuzugeben, dass er nicht bloß zerstreut sei. Es war bei weitem ernster.

Mag sein, dass ich da ein wenig hypochondrisch bin. Ich lese viel, um meinen Verstand wachzuhalten, und löse Sudokus, obwohl ich keine besondere Freude daran habe. Tatsache ist, Alzheimer wird häufig vererbt. Ich habe gesehen, was die Zukunft für mich bereithält, und würde alles tun, um dem zu entgehen, selbst wenn dies bedeuten würde, meinem Leben vorzeitig ein Ende zu machen.

Ich werfe meine Schlüssel auf den wackligen alten Flurtisch und sehe in den kleinen verstaubten Spiegel darüber. Auf meiner linken Gesichtshälfte prangt ein mattblauer Fleck, der aber in der hohlen Wange fast untergeht. Gut. Ich bin nicht besonders scharf darauf, erklären zu müssen, dass mir ein Mann im Rollstuhl eine verpasst hat.

Ich gehe in die Küche, überlege, ob ich mir Kaffee machen soll, und stelle fest, an Flüssigkeitsmangel leide ich seit dem Lunch nicht gerade. Also gehe ich nach oben.

Im Zimmer meiner Eltern wohnt jetzt Chloe, ich schlafe in meinem alten Zimmer nach hinten raus, und das Arbeitszimmer meines Vaters zusammen mit dem zweiten Gästezimmer dient mir als Lagerraum für meine Sachen. Viele Sachen.

Ich würde mich nicht als Hamsterer bezeichnen. Meine »Sammlerstücke« sind ordentlich in Schachteln verstaut, sorgfältig etikettiert und in Regalen gestapelt. Aber sie füllen tatsächlich die meisten Zimmer im oberen Stockwerk, und es stimmt auch, dass ich ohne die Etiketten längst nicht mehr wüsste, was ich da alles angehäuft habe.

Ich streiche mit dem Finger über die Etiketten: Ohrringe. Porzellan. Spielzeug. Von Letzterem gibt es mehrere Schachteln. Alte Sachen aus den Achtzigern, manche aus meiner Kindheit, andere später – meist zu Wucherpreisen – auf eBay erworben. In einem anderen Regal liegen zwei Schachteln »Fotos«. Nicht alle davon sind von meiner Familie. Dann eine Schachtel mit Schuhen. Blanke glitzernde Damenschuhe. Ein halbes Dutzend Schachteln mit Bildern. Aquarelle und Pastelle vom Flohmarkt. Viele Schachteln sind aus Faulheit nur mit »Verschiedenes« beschriftet. Nicht mal im Kreuzverhör könnte ich mit Sicherheit sagen, was sich darin befindet. Nur von einer einzigen Schachtel kenne ich den Inhalt auswendig – betipptes Papier, ein Paar alte Sandalen, ein schmutziges T-Shirt und ein nie benutzter Elektrorasierer. Auf dem Etikett steht »Dad«.

Ich setze mich an den Schreibtisch. Chloe ist offenbar

nicht zu Hause und kommt wahrscheinlich erst später, aber ich habe mich trotzdem eingeschlossen. Ich öffne den Umschlag, den ich heute früh bekommen habe, und sehe mir noch einmal den Inhalt an. Nichts Schriftliches. Aber die Botschaft ist eindeutig. Ein Strichmännchen mit einer Schlinge um den Hals.

Es ist mit Buntstift gezeichnet, und das ist falsch. Vielleicht hat der Absender deswegen noch etwas dazugelegt, sozusagen als weitere Erinnerungshilfe. Ich tippe an den Umschlag, und es fällt in einer kleinen Staubwolke auf den Tisch. Ein Stück weiße Malkreide.

1986

Ich hatte Mr. Halloran seit dem Tag auf dem Jahrmarkt nicht mehr gesehen. Seit dem »furchtbaren Tag auf dem Jahrmarkt«, wie ich das bei mir nannte. Das heißt, *gesehen* hatte ich ihn schon – in der Stadt, am Fluss, auf Fat Gavs Party –, aber wir hatten nicht miteinander gesprochen.

In Anbetracht der Ereignisse mag das seltsam scheinen. Aber nur weil wir zusammen in eine entsetzliche Situation geraten waren, mussten wir ja nicht gleich wie die Kletten aneinanderhängen. Zumindest empfand ich das damals so.

Ich schob mein Fahrrad durch den Park, wo ich mich mit den anderen treffen wollte, und da sah ich ihn. Er saß auf einer Bank, einen Skizzenblock im Schoß und ein Kästchen mit Buntstiften oder so was neben sich. Er trug schwarze Jeans, derbe Schuhe und ein weites weißes Hemd mit dünner schwarzer Krawatte. Wie immer hatte er zum Schutz vor der Sonne einen breiten Hut auf dem Kopf. Trotzdem fragte ich mich, wie er diese Hitze aushielt. Ich selbst hatte nur ein Unterhemd, Shorts und meine alten Turnschuhe an.

Unschlüssig blieb ich stehen. Ich wusste nicht, was ich zu ihm sagen sollte, aber ich konnte auch nicht einfach so an ihm vorbeigehen. Während ich noch zögerte, blickte er auf und sah mich.

»Hi, Eddie.«

»Hi, Mr. Halloran.«

»Wie geht's?«

»Ähm, danke, gut, Sir.«

»Schön.«

Wir schwiegen. Ich hatte das Gefühl, noch etwas sagen zu müssen, und fragte: »Was zeichnen Sie da?«

»Leute.« Er lächelte. Seine Zähne sahen immer ein bisschen gelb aus, weil sein Gesicht so bleich war. »Möchtest du mal sehen?«

Eigentlich hatte ich keine Lust, doch das hätte sich ziemlich unhöflich angehört, also sagte ich »Okay«.

Ich legte mein Fahrrad hin, ging zu ihm und hockte mich neben ihn auf die Bank. Er drehte den Block so, dass ich sehen konnte, was er gezeichnet hatte. Ich war von den Socken.

»Wow. Echt gut.«

Das war kein leeres Gerede (obwohl ich auch dann gesagt hätte, es sei gut, wenn es gar nicht gut gewesen wäre). Skizzen von Leuten im Park. Ein älteres Pärchen auf einer Bank in der Nähe, ein Mann mit seinem Hund, zwei Mädchen im Gras. Das hört sich nicht besonders an, aber etwas an diesen Zeichnungen war wirklich verblüffend. Sogar ich als Kind konnte erkennen, dass Mr. Halloran richtig talentiert war. Bilder von talentierten Leuten haben so ein gewisses Etwas. Jeder kann irgendwas abmalen, und das Ergebnis sieht dann ungefähr so aus wie das Abgemalte, doch um eine Szene oder Leute lebendig zu machen, braucht es noch mehr als das.

»Danke. Willst du noch weitere sehen?«

Ich nickte. Mr. Halloran blätterte zurück. Ein alter Mann im Regenmantel mit Zigarette im Mund (man konnte den zartgrauen Rauch förmlich riechen); ein paar schwatzende Frauen auf einer Kopfsteinpflasterstraße unweit des Doms; der Dom selbst, der mir nicht so sehr gefiel wie die Leute, und …

»Aber ich will dich nicht langweilen«, sagte Mr. Halloran und zog den Block weg, bevor ich mir das nächste Bild richtig ansehen konnte. Irgendwas mit langen dunklen Haaren und einem braunen Auge.

»Das ist nicht langweilig«, sagte ich. »Die Bilder gefallen mir sehr. Sind Sie unser neuer Kunstlehrer?«

»Nein. Ich unterrichte Englisch. Kunst ist nur so ein Hobby.«

»Okay.« Mit Zeichnen hatte ich es sowieso nicht besonders. Manchmal kritzelte ich Bilder von meinen Lieblingsfiguren aus Zeichentrickfilmen, aber die waren nicht sehr gut. Schreiben, das konnte ich. Englisch war mein bestes Fach.

»Womit zeichnen Sie eigentlich?«, fragte ich.

»Damit.« Er zeigte mir das Päckchen mit den Stiften, die aussahen wie Kreide. »Das sind Pastellstifte.«

»Die sehen aus wie Kreide.«

»Sind auch ganz ähnlich.«

»Fat Gav hat zum Geburtstag Malkreide bekommen, aber er fand das ziemlich lahm.«

In seinem Gesicht zuckte es. »Ach ja?«

Aus irgendeinem Grund hatte ich das Gefühl, das Falsche gesagt zu haben.

»Fat Gav, na ja, der ist schon ein bisschen …«

»Verwöhnt?«

Ich nickte und kam mir wie ein Verräter vor. »Irgendwie schon. Glaub ich.«

Er überlegte. »Als Kinder hatten wir Malkreide. Ich weiß noch, wie wir auf dem Bürgersteig vorm Haus damit gemalt haben.«

»Tatsächlich?«

»Ja. Macht ihr das nicht?«

Ich dachte nach. Nein, das hatte ich noch nie gemacht. Wie gesagt, ich hatte es nicht so mit Malen.

»Weißt du, was wir noch getan haben? Meine Freunde und ich, wir dachten uns Geheimzeichen aus, mit denen wir uns überall in der Stadt Botschaften hinterließen und die nur wir verstehen konnten. Wenn ich mich zum Beispiel mit meinem besten Freund im Park treffen wollte, malte ich unser Zeichen dafür vor seine Haustür, und er wusste, was damit gemeint war.«

»Konnten Sie nicht einfach bei ihm anklopfen?«

»Ja, sicher, aber das hätte nicht so viel Spaß gemacht.«

Ich stellte es mir vor. Die Idee war nicht schlecht. Wie die Hinweise bei einer Schnitzeljagd. Eine Geheimschrift.

»Na ja«, sagte Mr. Halloran, nachdem er mir – wie ich heute weiß – gerade genug Zeit gelassen hatte, die Idee aufzunehmen, aber nicht genug, sie zurückzuweisen. Er klappte seinen Zeichenblock zu und schloss den Deckel des Malkästchens. »Ich gehe jetzt besser. Ich habe noch jemanden zu besuchen.«

»Okay. Ich muss auch weiter. Ich bin mit meinen Freunden verabredet.«

»Schön, dich wiederzusehen, Eddie. Immer tapfer bleiben.«

Es war das erste Mal, dass er auf den Vorfall beim Jahrmarkt anspielte. Das war mir sympathisch. Viele Erwachsene hätten gleich als Erstes davon angefangen. *Wie fühlst du dich? Alles in Ordnung?* Und so weiter.

»Sie auch, Sir.«

Wieder lächelte er mit seinen gelben Zähnen. »Ich bin nicht tapfer, Eddie. Ich bin nur ein Narr.«

Angesichts meiner verblüfften Miene legte er den Kopf schief. »Narren stürzen sich auf Dinge, die Engel nicht zu berühren wagen. Kennst du diesen Spruch?«

»Nein, Sir. Was bedeutet das?«

»Nun, wie ich es sehe, sollte man lieber ein Narr sein als ein Engel.«

Ich dachte nach. Irgendwie kapierte ich das nicht. Er tippte sich an den Hut. »Wir sehen uns, Eddie.«

»Ja, Sir.«

Ich sprang von der Bank und hob mein Fahrrad auf. Ich mochte Mr. Halloran, aber unheimlich war er schon. *Narren stürzen sich auf Dinge, die Engel nicht zu berühren wagen*. Unheimlich, und ein bisschen gruselig.

Der Wald ging bis an den Rand von Anderbury, wo die Vorstadt in Weideland und Äcker auslief. Aber nicht mehr lange. Schon breitete die Stadt sich dorthin aus. Ein großes Stück Land war bereits für eine neue Siedlung gerodet. Ziegelsteine, Zement und Gerüste wurden geliefert.

»Salmon Bau« stand in schwungvollen Großbuchstaben auf einem Schild. »Hausbau und zufriedene Kunden seit 30 Jahren.« Die Baustelle war mit einem hohen Maschendrahtzaun gesichert. Dahinter sah ich riesige Maschinen, wie eiserne Dinosaurier, die gerade nichts zu tun hatten. Kräftige Männer in Jeans und orangen Westen standen herum, rauchten und tranken aus Bechern. Aus einem Radio plärrte Shakin' Stevens. An dem Zaun waren noch ein paar Schilder befestigt. BETRETEN VERBOTEN. GEFAHR.

Ich radelte einmal um die Baustelle herum und fuhr dann auf einem schmalen Pfad durch die Felder. Vor mir erschien ein Holzzaun, über den ein Zauntritt führte. Ich sprang vom Rad, hob es auf die andere Seite und folgte dem Pfad in die kühle Umarmung des Waldes.

Der Wald war nicht sehr groß, aber dicht und dunkel. In einer natürlichen Senke gelegen, verlor er sich in flachen Gräben und kleinen Anhöhen, wo die Bäume niedrigem Gestrüpp und weißen Kalkfelsen Platz machten. Als ich tiefer dort eindrang, konnte ich das Rad nur noch schieben oder tragen. Ich hörte das Rieseln und Flüstern eines kleinen Bachs. Einzelne Sonnenstrahlen fielen durch das Blätterdach.

Ein Stück vor mir hörte ich leise Stimmen. Sah flüchtig Blaues und Grünes. Eine Speiche blitzte auf. Fat Gav, Metal Mickey und Hoppo hockten auf einer kleinen Lichtung, geschützt von Laubwerk und Gebüsch. Sie hatten schon etwa die Hälfte einer ziemlich beeindruckenden Höhle fertig gebaut, ein Flechtwerk aus Zweigen, das sie über einen tief hängenden, abgebrochenen Ast gelegt hatten.

»Hey!«, rief Fat Gav. »Da kommt Eddie Munster, der Sohn von dem Monster.«

Das war Fat Gavs aktuelle Masche, uns zu unterhalten. Alles musste sich reimen.

Hoppo blickte auf und winkte. Metal Mickey reagierte nicht. Ich kämpfte mich durch das Unterholz und ließ mein Rad, dieses rostige alte Ding, neben ihre schicken Rennräder fallen.

»Wo ist Nicky?«, fragte ich.

Metal Mickey zuckte die Schultern. »Keine Ahnung. Spielt wahrscheinlich mit ihren Puppen«, sagte er und kicherte über seinen eigenen Scherz.

»Glaub nicht, dass sie kommt«, sagte Hoppo.

»Oh.«

Ich hatte Nicky seit der Party nicht mehr gesehen, wusste aber, dass sie mit Hoppo und Metal Mickey durch die Geschäfte gezogen war. Ich begann mich schon zu fragen, ob sie mir aus dem Weg ging, und hatte gehofft, sie heute zu sehen, und dass wir uns wieder vertragen würden.

»Bestimmt soll sie wieder was für ihren Dad machen«, sagte Hoppo, als habe er meine Gedanken gelesen.

»Ja, oder sie ist immer noch sauer auf dich, weil dein Dad ihren Dad zusammengeschlagen hat. *Bamm!*« Das kam wieder von Metal Mickey, der keine Gelegenheit ausließ, für Unfrieden zu sorgen.

»Ich finde, er hat's verdient«, sagte ich.

»Ja«, sagte Hoppo. »Er war ja auch ziemlich besoffen.«

»Wusste gar nicht, dass Pfarrer trinken.«

»Vielleicht trinkt er heimlich.« Fat Gav legte den Kopf zurück, machte *gluck gluck*, verdrehte die Augen und lallte: »Ich heiße Pfarrer Martin. Lobet den Herrrrn. Hick.«

In diesem Augenblick raschelte es im Unterholz, und

ein Schwarm Vögel brach laut flatternd aus den Bäumen. Wir zuckten zusammen wie aufgeschreckte Kaninchen.

Nicky stand mit ihrem Rad am Rand der Senke. Irgendwie hatte ich das Gefühl, sie habe schon länger da gestanden.

Sie sah uns herausfordernd an. »Was sitzt ihr da herum? Ich dachte, wir wollen eine Höhle bauen?«

Zu fünft brauchten wir nicht lange, bald war die Höhle fertig. Und gar nicht so übel. Groß genug, dass wir alle reinpassten, auch wenn es dann ziemlich eng wurde. Wir hatten sogar eine Tür aus belaubten Ästen, mit der wir den Eingang verschließen konnten. Und das Beste: Die Höhle war erst zu sehen, wenn man dicht davor war.

Jetzt saßen wir im Schneidersitz davor. Erhitzt, von oben bis unten verschrammt, aber zufrieden. Und hungrig. Wir packten unsere Sandwiches aus. Nicky hatte die Party mit keinem Wort erwähnt, also ließ auch ich es sein. Alles normal. So ist das bei Kindern. Schwamm drüber ist die Devise. Wenn man älter wird, ist das nicht mehr so leicht.

»Hat dein Dad dir nichts mitgegeben?«, fragte Fat Gav Nicky.

»Er weiß nicht, dass ich hier bin. Ich musste mich wegschleichen.«

»Hier«, sagte Hoppo. Er wickelte zwei Käsesandwiches aus der Frischhaltefolie und gab sie ihr.

Ich mochte Hoppo, aber in diesem Augenblick hasste ich ihn, weil er mir zuvorgekommen war.

»Meine Banane kannst du auch haben«, sagte Fat Gav. »Ich mag diese Dinger nicht.«

»Und du kannst was von meinem Saft haben«, sagte ich schnell, um auch mit dabei zu sein.

Metal Mickey stopfte sich ein Erdnussbuttersandwich rein. Von ihm bekam Nicky nichts.

»Danke«, sagte Nicky, schüttelte aber den Kopf. »Ich muss zurück. Mein Dad wird sauer, wenn ich zu Mittag nicht da bin.«

»Aber wir haben doch grade erst die Höhle gebaut«, sagte ich.

»Tut mir leid. Ich muss.«

Sie schob ihr T-Shirt hoch und rieb sich die Schulter. Und da sah ich den großen blauen Fleck.

»Was ist denn mit deiner Schulter?«

Sie zog den Ärmel wieder runter. »Nichts. Hab mich an einer Tür gestoßen.« Sie stand schnell auf. »Also, ich geh jetzt.«

Ich stand auch auf. »Ist das wegen der Party?«, fragte ich.

Sie zuckte die Schultern. »Dad ist immer noch stinksauer. Aber er wird schon drüber wegkommen.«

»Tut mir leid«, sagte ich.

»Lass gut sein. Er hat's verdient.«

Ich wollte noch etwas sagen, nur fiel mir nichts ein. Ich machte den Mund auf.

Etwas traf mich an der Schläfe. Schwer. Ich sah Sterne. Meine Beine knickten ein. Ich fiel auf die Knie. Ich fasste mir an den Kopf. Alles ganz klebrig.

Wieder zischte etwas durch die Luft, dicht an Nickys Kopf vorbei. Sie schrie auf und duckte sich. Der nächste dicke Stein schlug vor Hoppo und Metal Mickey ein, Erdnussbutter und Brot spritzten durch die Gegend. Sie sprangen kreischend auf und rannten zwischen die Bäume in Deckung.

Dann hagelte es nur so. Steine, Felsbrocken, alles mögliche. Von dem steilen Hang oberhalb der bewaldeten Senke drang Johlen und lautes Gebrüll. Ich blickte auf und sah da oben die Umrisse von drei älteren Jungen. Zwei mit dunklem Haar. Ein größerer Blonder. Ich erkannte sie sofort.

Metal Mickeys Bruder Sean und seine Kumpels Duncan und Keith.

Fat Gav packte meinen Arm. »Alles klar bei dir?«

Mir war schwindlig und ein bisschen schlecht. Aber ich nickte. Er schob mich zu den Bäumen. »Geh in Deckung.«

Metal Mickey drehte sich um und schrie zu den älteren Jungen hinauf: »Lass uns in Ruhe, Sean!«

»Lass uns in Ruhe. Lass uns in Ruhe«, rief der Blonde – sein Bruder – mit quiekender Mädchenstimme zu uns runter. »Was? Heul doch! Willst du mich bei Mummy verpetzen?«

»Warum nicht?«

»Ja. Aber nur mit gebrochener Nase, du Grützkopf!«, schrie Duncan.

»Ihr seid in unserem Wald!«, brüllte Sean.

»Von wegen euer Wald!«, schrie Fat Gav zurück.

»Okay. Dann kämpfen wir.«

»Scheiße«, murmelte Fat Gav.

»Los. Die nehmen wir uns vor!«, brüllte Keith.

Sie kamen den Hang herunter auf uns zu, immer noch mit Steinen werfend.

Ein dicker Brocken segelte durch die Luft und krachte auf Nickys Fahrrad.

Sie schrie: »Das ist mein Rad, ihr Trottel!«

»Hey, das ist Rotkäppchen!«

»Rotkäppchen, hast du auch schon rote Schamhaare?«

»Verpisst euch, ihr Schwuchteln.«

»Blöde Tussi.«

Ein Ziegelstein schlug durch die Wipfel und traf sie an der Schulter. Sie stöhnte auf und geriet ins Taumeln.

Allmählich wurde ich wütend. So was tat man mit Mädchen nicht. Man warf nicht mit Steinen nach ihnen. Ich rappelte mich hoch und rannte aus der Deckung. Packte den dicksten Stein, den ich finden konnte, und schleuderte ihn mit aller Kraft nach oben.

Wäre der Stein nicht so schwer gewesen und hätte nicht solchen Schwung gehabt, und wäre Sean nicht schon den halben Hang hinuntergeklettert, sondern oben geblieben, hätte ich ihn wahrscheinlich meilenweit verfehlt.

Aber jetzt hörte ich einen Schrei. Kein höhnisches Gejohle. Ein Schmerzensschrei. »Scheiße. Mein Auge. Das Arschloch hat mich am Auge getroffen.«

Dann war alles still. Einer dieser Momente, wo die Zeit stillzustehen scheint. Fat Gav, Hoppo, Metal Mickey, Nicky und ich starrten uns an.

»Ihr kleinen Scheißer!«, brüllte einer der anderen. »Das sollt ihr uns büßen!«

»Lass uns verschwinden«, sagte Hoppo.

Wir rannten zu unseren Fahrrädern. Hinter uns hörte ich Rascheln und Keuchen, als die Gang den steilen Hang herunterkletterte.

Sie würden noch eine Weile brauchen. Trotzdem waren wir im Nachteil, weil wir unsere Räder erst einmal aus dem Wald schieben mussten, bevor wir auf den Weg kamen. Wir kämpften uns mit den Rädern durch das Unterholz. Das Fluchen und Rascheln war nicht mehr so weit hinter uns. Nicht weit genug. Ich versuchte schneller voranzukommen. Hoppo und Metal Mickey waren schon weit vor mir. Auch Nicky war schnell. Fat Gav war erstaunlich flink dafür, dass er so dick war, außerdem war er vor mir gestartet. Ich hatte die längsten Beine, aber wenn es ums Laufen ging, war ich ein Totalversager. Ich erinnerte mich dunkel an einen Witz, den mein Dad oft erzählt hatte: Was tun, wenn man vor einem Löwen davonlaufen muss? Man muss ihm gar nicht davonlaufen. Man muss nur schneller sein als der Langsamste. Doch der Langsamste war in diesem Fall ich selbst.

Wir kamen aus dem Schatten des Waldes in die glühende Sonne und rannten den Weg hinunter. Vor uns war der Zauntritt. Ich sah zurück. Sean war schon aus dem Wald heraus. Sein linkes Auge war rot und geschwollen. Blut lief ihm die Wange hinunter. Was ihn aber kein bisschen zu stören schien. Wenn überhaupt etwas, trieben Wut und Schmerz ihn erst recht voran. Er fletschte die Zähne. »Ich bring dich um, Arschloch.«

Ich rannte weiter. Mein Herz hämmerte so laut und schnell, als ob es gleich explodieren würde. Mir platzte der Schädel. Schweiß lief mir über die Stirn und brannte in meinen Augen.

Hoppo und Mickey erreichten den Zauntritt, schwangen ihre Räder und dann sich selbst hinüber. Nicky kam als nächste, hob ihr Rad auf die andere Seite und kletterte gelenkig wie ein Affe hinterher. Dann Fat Gav. Auch er schaffte es irgendwie. Dann war ich dran. Ich hob mein Rad hoch, aber das war älter und sperriger als die anderen. Es blieb hängen. Ein Rad hatte sich in dem Zauntritt verfangen. Ein Stück Holz stak zwischen den Speichen.

»Scheiße.«

Je heftiger ich an dem Rad zerrte, desto fester verhakte es sich. Ich bekam es einfach nicht rüber, ich war zu klein und das Rad zu schwer, ganz davon abgesehen, dass ich vom Höhlenbauen und Rennen sowieso schon erschöpft war.

»Lass es!«, schrie Fat Gav.

Der hatte gut reden mit seinem tollen Rennrad. Meine Mühle sah dagegen aus wie ein Haufen Schrott.

»Nein«, keuchte ich. »Das war ein Geburtstagsgeschenk.«

Fat Gav drehte sich um; Hoppo und Nicky kamen zurückgelaufen, Metal Mickey folgte nach kurzem Zögern. Alle vier zogen von der anderen Seite. Ich drückte. Eine Speiche brach, und es kam frei. Fat Gav stolperte rückwärts, und das Rad krachte auf die Erde. Ich kletterte über den Zauntritt, schwang ein Bein rüber und fühlte, wie mich etwas an meinem T-Shirt nach hinten riss.

Beinahe wäre ich gestürzt, konnte mich aber noch an einem Zaunpfosten festhalten. Ich drehte mich um. Hinter mir stand Sean. Er hielt mich am T-Shirt gepackt. Blut und Schweiß liefen ihm übers Gesicht. Er grinste, seine Zähne leuchteten unheimlich weiß. Aus seinem gesunden Auge sprühte der blanke Hass. »*Du bist tot, Arschloch*.«

In rasender Panik trat ich so fest ich konnte nach hinten aus. Mein Fuß krachte ihm in den Magen, und er krümmte sich mit einem Schmerzensschrei zusammen. Der Griff um mein T-Shirt lockerte sich. Ich schwang das andere Bein über den Zauntritt und sprang. Ich hörte das T-Shirt reißen. Egal. Ich war frei. Die anderen saßen schon auf ihren Rädern. Als ich mich aufrappelte, fuhren sie los. Ich hob mein Rad auf, schob es laufend neben mir her, sprang dann auf den Sattel und trat so fest ich konnte in die Pedale. Diesmal blickte ich nicht zurück.

Der Spielplatz war leer. Wir saßen auf dem Karussell, die Räder hatten wir auf die Erde geworfen. Der Adrenalinschock ließ nach, aber mir platzte immer noch der Schädel. Meine Haare waren voller Blut.

»Du siehst furchtbar aus«, erklärte Nicky trocken.

»Danke.«

Ihr Arm war total zerschrammt, ihre Bluse verdreckt. In ihren kastanienbraunen Locken hatten sich kleine Zweige und Farnfetzen verfangen.

»Du auch«, sagte ich.

Sie sah an sich hinunter. »Mist.« Sie stand auf. »Jetzt bringt mein Dad mich wirklich um.«

»Du kannst mit zu mir kommen und dich sauber machen«, schlug ich vor.

Fat Gav kam ihrer Antwort zuvor. »Nein, zu mir geht es schneller.«

»Schon möglich«, sagte Nicky.

»Aber was machen wir dann?«, winselte Metal Mickey. »Der ganze Tag ist im Eimer.«

Wir sahen uns an, ziemlich niedergeschlagen. Er hatte recht, obwohl ich ihn gern darauf hingewiesen hätte, dass es *sein* bescheuerter Bruder war, der uns den Tag versaut hatte. Besser nicht. Stattdessen schoss mir plötzlich was durch den Kopf, und ich hörte mich sagen: »Ich hab eine coole Idee, was wir machen können.«

2016

Ich kann nicht gut kochen. Das habe ich mit meiner Mutter gemeinsam. Aber als Single braucht man wenigstens Grundkenntnisse in der Küche. Ein anständiges Brathähnchen mit Kartoffeln, ein Steak, Pasta und diverse Fischgerichte bekomme ich schon hin. An meinem Curry arbeite ich noch.

Ich nehme an, Mickey speist gewöhnlich in guten Restaurants. Tatsächlich schlug er als Erstes vor, wir sollten uns in einem Restaurant in der Stadt treffen. Doch ich wollte bei unserem Wiedersehen Heimvorteil haben. Und ihn in die Defensive drängen. Eine Einladung zum Essen kann man schlecht ausschlagen, ohne unhöflich zu erscheinen, auch wenn er sie sicher nur widerstrebend angenommen hat.

Ich entscheide mich für Spaghetti Bolognese. Ein einfaches Gericht. Fast jeder mag es. Dazu habe ich einen guten Rotwein und eine Stange Knoblauchbrot im Gefrierfach. Kurz vor sechs bin ich gerade mit der Hackfleischsauce beschäftigt, als Chloe zurückkommt. Mickey erwarte ich um sieben.

Sie atmet tief ein. »Mmmmm, du entwickelst dich noch zur perfekten Ehefrau.«

»Im Gegensatz zu dir.«

Sie spielt die Beleidigte, fasst sich an die Brust. »Und ich wollte immer nur Hausfrau sein.«

Ich lächle. Chloe gelingt es oft, mich zum Lächeln zu bringen. Sie ist, nun ja, »hübsch« ist nicht das richtige Wort. Sie ist mal wieder typisch Chloe. Heute hat sie ihr dunkles Haar zu zwei Zöpfen geflochten. Sie trägt ein schwarzes T-Shirt mit einem Bild von Jack Skellington, einen rosa Minirock, schwarze Leggings und Springerstiefel mit bunten Schnürbändern. Manche Frauen sähen lächerlich darin aus. Doch Chloe steht es.

Sie schlendert zum Kühlschrank und nimmt sich eine Flasche Bier.

»Gehst du noch aus?«, frage ich.

»Nein, aber keine Sorge, wenn dein Freund kommt, verziehe ich mich.«

»Das ist nicht nötig.«

»Nein, schon gut. Ich würde mir doch nur überflüssig vorkommen, wenn ihr zwei von alten Zeiten redet.«

»Okay.«

Stimmt ja auch. Je mehr ich darüber nachdenke, desto besser scheint es mir, Chloe nicht dabei zu haben. Ich bin mir nicht sicher, wie gut sie über Mickey und unsere Vorgeschichte in Anderbury Bescheid weiß, aber die Zeitungen haben im Lauf der Jahre ziemlich viel darüber geschrieben. Ein Verbrechen wie dieses weckt nun einmal allgemeines Interesse. Weil da einfach alles dran ist, nehme ich an. Die unheimliche Hauptfigur, die mysteriösen Kreidezeichnungen, der grausame Mord. Wir haben unsere Spur in der Geschichte hinterlassen. Eine Spur in Gestalt eines kleinen Kreidemännchens, denke ich bitter. Natürlich wurden die

Tatsachen über die Jahre hin ausgeschmückt, die Wahrheit rundherum abgeschliffen. Geschichte selbst ist auch immer nur eine Geschichte, erzählt von denen, die sie überlebt haben.

Chloe nimmt einen kräftigen Schluck Bier. »Falls du mich brauchst, ich bin oben in meinem Zimmer.«

»Soll ich dir eine Portion Spaghetti abzweigen?«

»Nein, nicht nötig. Ich hab spät zu Mittag gegessen.«

»Okay.« Ich warte.

»Also gut. Vielleicht krieg ich ja nachher noch Hunger.«

Chloe isst mehr, als ich für menschenmöglich halten würde bei einer Frau, die sich locker hinter einem Laternenpfahl verstecken kann. Und sie isst viel zwischendurch. Schon oft habe ich sie in der Küche über einem Teller Pasta oder mit ein paar Sandwiches angetroffen, einmal sogar nach Mitternacht bei einer ausgedehnten Mahlzeit. Aber da ich selbst an Schlaflosigkeit leide und gelegentlich als Schlafwandler durchs Haus geistere, steht es mir nicht zu, andere wegen ihrer nächtlichen Gewohnheiten zu kritisieren.

Chloe bleibt in der Tür stehen. Sie macht ihr besorgtes Gesicht.

»Jetzt mal im Ernst, falls du ihn loswerden willst, könnte ich dich auf deinem Handy anrufen – einen Notfall vortäuschen?«

Ich starre sie an. »Das ist ein alter Freund, der mich zum Essen besucht. Kein Blind Date.«

»Ja, aber das entscheidende Wort ist ›alter‹. Du hast ihn seit Jahrzehnten nicht mehr gesehen.«

»Danke, dass du es mir unter die Nase reibst.«

»Ist doch so. Ihr hattet praktisch keinen Kontakt mehr. Kann sein, dass ihr gar nichts mehr zu bereden habt.«

»Immerhin haben wir nach so langer Zeit viel aufzuholen.«

»Wenn es irgendwas Wichtiges gäbe, hättet ihr längst darüber gesprochen, oder? Es hat bestimmt einen Grund, dass er jetzt plötzlich auftaucht.«

Ich verstehe, worauf sie hinauswill, und fühle mich nicht wohl dabei.

»Nicht alles muss immer einen Grund haben.«

Ich greife nach dem Glas Wein, das ich mir zum Kochen eingeschenkt habe, und trinke es halb aus. Ich spüre, wie sie mich beobachtet.

»Übrigens weiß ich, was da vor dreißig Jahren passiert ist«, sagt sie. »Der Mord.«

Ich konzentriere mich darauf, die Bolognese umzurühren. »Aha. Verstehe.«

»Die vier Kinder, die die Mädchenleiche gefunden haben. Du warst eins davon.«

Ich blicke immer noch nicht auf. »Du hast also deine Hausaufgaben gemacht.«

»Ed, ich sollte als Untermieterin in das große alte Gespensterhaus eines fremden, alleinstehenden Mannes ziehen. Natürlich habe ich mich über dich umgehört.«

Natürlich. Ich entspanne mich ein wenig. »Du hast bloß nie davon gesprochen.«

»Weil ich es nicht nötig fand. Weil ich dachte, dass du nicht gern darüber sprechen würdest.«

Ich drehe mich um und kann sogar lächeln. »Danke.«

»Keine Ursache.«

Sie trinkt ihr Bier aus.

»Was soll's«, sagt sie und stellt die leere Flasche in die Recyclingkiste neben der Hintertür. »Also viel Spaß. Tu nichts, was ich nicht tun würde.«

»Ich wiederhole, das ist kein Date.«

»Ja, weil ein Date wirklich was Weltbewegendes wäre. Da würde ich glatt ein Flugzeug mieten und mit einem Spruchband über der Stadt kreisen lassen – ED HAT EIN DATE.«

»Vielen Dank, mir geht's gut.«

»Ich sage nur, das Leben ist kurz.«

»Wenn du jetzt auch noch sagst, ich soll den Tag nutzen, konfisziere ich das ganze Bier.«

»Nicht den Tag, nur eine Gelegenheit.« Sie zwinkert mir zu und tänzelt aus der Küche und die Treppe rauf.

Wider besseres Wissen gieße ich mir noch ein Glas Wein ein. Ich bin nervös, aber das versteht sich wohl von selbst. Wer weiß, was gleich auf mich zukommt. Ich sehe auf die Uhr. Halb sieben. Vielleicht sollte ich mich ein wenig zurechtmachen. Ich stapfe nach oben, springe kurz unter die Dusche und ziehe mich um, graue Cordhose und ein Hemd, das ich für angemessen sportlich halte. Ich fahre mir mit einem Kamm durch die Haare, und schon sind sie noch struppiger als vorher. Mein Haar verweigert sich hartnäckig jeder Methode, es zu stylen, da hilft kein Kamm, kein Wachs und kein Gel. Ich hatte es mir fast bis auf die Knochen abrasiert, und praktisch über Nacht ist es schon wieder fingerlang nachgewachsen. Ein Wunder. Immerhin habe ich noch Haare. Nach den mir bekannten Fotos von Mickey zu urteilen, hatte er kein solches Glück.

Ich reiße mich vom Spiegel los und gehe nach unten. Gerade rechtzeitig. Es klingelt, dann klappert der Türklopfer. Mir sträuben sich die nicht vorhandenen Nackenhaare. Ich hasse es, wenn Leute klingeln *und* den Klopfer benutzen, als sei ich schwerhörig, oder als müssten sie so dringend in mein Haus kommen, dass sie dazu einen Frontalangriff starten.

Ich nehme mich zusammen und gehe durch den Flur. Ich warte noch kurz und öffne die Tür …

Solche Augenblicke sind in Büchern immer viel dramatischer. Die banale Wirklichkeit ist enttäuschend.

Ich sehe einen kleinen, drahtigen Mann mittleren Alters. Der spärliche Rest seiner Haare ist rundum kurz geschoren. Er trägt ein kostspielig aussehendes Hemd, ein Sportsakko und dunkelblaue Jeans, glänzende Slipper ohne Socken. Männer, die in Schuhen ohne Socken herumlaufen, fand ich immer lächerlich. Als hätten sie sich hastig und verkatert im Dunkeln angezogen.

Was *er* sieht, weiß ich. Einen dünnen, überdurchschnittlich großen Mann in abgetragenem Hemd und ausgebeulter Cordhose, die Haare zerzaust und mehr Falten im Gesicht, als ein Zweiundvierzigjähriger haben sollte. Freilich muss man sich manche Falten erst verdienen.

»Ed. Schön, dich zu sehen.«

Ich kann das ehrlicherweise nicht erwidern, also nicke ich nur. Bevor er die Hand ausstrecken kann und ich gezwungen bin, sie zu schütteln, trete ich zur Seite und mache eine einladende Geste. »Bitte, komm rein.«

»Danke.«

»Einfach geradeaus.«

Ich nehme sein Jackett, hänge es an die Flurgarderobe und zeige ihm den Weg zum Wohnzimmer, auch wenn Mickey sich bestimmt noch auskennt.

Vielleicht macht mir erst Mickeys tadellose Erscheinung bewusst, wie schäbig und dunkel das Zimmer wirkt. Ein müder, verstaubter Raum, bewohnt von einem Mann, dem seine häusliche Umgebung gleichgültig ist.

»Darf ich dir was zu trinken bringen? Ich habe eine gute Flasche Barolo offen, aber du kannst auch Bier haben, oder …«

»Bier ist gut.«

»Okay. Ich habe Heineken …«

»Egal. Ich bin kein großer Trinker.«

»Okay.« Noch etwas, das wir nicht gemeinsam haben. »Ich hol dir eins aus dem Kühlschrank.«

Ich gehe in die Küche, nehme ein Heineken und mache es auf. Dann genehmige ich mir einen ordentlichen Schluck Wein und will mir gerade aus der schon halb leeren Flasche nachschenken.

»Du hast ja richtig was aus dem alten Kasten gemacht.«

Ich fahre zusammen. Mickey steht in der Tür und sieht sich um. Ob er gesehen hat, wie ich den Wein runtergestürzt habe? Kann mir aber auch egal sein.

»Danke«, sage ich, obwohl wir beide wissen, dass ich kaum etwas aus »diesem alten Kasten« gemacht habe.

Ich reiche ihm das Bier.

»So ein altes Haus verschlingt sicher eine Menge Geld, oder?«, sagt er.

»Geht so.«

»Möchte wissen, warum du's nicht verkaufst.«

»Vielleicht bin ich sentimental.«

Ich trinke einen Schluck Wein. Mickey nippt an seinem Bier. Der Augenblick währt ein wenig zu lange, aus einer natürlichen Pause wird verlegenes Schweigen.

»Und«, sagt Mickey, »wie ich höre, bist du Lehrer?«

Ich nicke. »Ja, zur Buße für meine Sünden.«

»Macht's Spaß?«

»Meistens.«

Meistens liebe ich mein Fach. Und diese Liebe will ich mit meinen Schülern teilen. Sie sollen Freude am Unterricht haben und etwas lernen.

Aber es kommt auch vor, dass ich müde und verkatert bin und am liebsten allen eine Eins geben würde, nur damit sie endlich die Klappe halten und mich in Ruhe lassen.

»Komisch.« Mickey schüttelt den Kopf. »Ich habe immer gedacht, du wirst mal Schriftsteller, wie dein Dad. Du warst immer gut in Englisch.«

»Und du warst immer gut darin, dir was auszudenken. Nehme an, deswegen bist du in die Werbung gegangen.«

Er lacht, ein wenig unbehaglich. Wieder eine Pause. Ich tue so, als müsse ich nach den Spaghetti sehen.

»Ich habe Nudeln aufgesetzt. Bolognese. Magst du doch?«

»Ja, großartig.« Ein Stuhl scharrt, als er sich hinsetzt. »Danke, dass du dir solche Mühe machst. Ich hätte aber auch gern ein Essen im Pub spendiert.«

»Doch nicht etwa im Bull?«

Seine Miene erstarrt. »Sag bloß, du hast denen von meinem Besuch erzählt.«

Mit »denen« meint er offenbar Hoppo und Gav.

»Nein, hab ich nicht. Hoppo hat erzählt, er habe dich neulich in der Stadt getroffen, und da…«

Er zuckt die Schultern. »Na ja, ich hatte nicht vor, ein Geheimnis draus zu machen.«

»Warum soll ich es denen dann nicht erzählen?«

»Weil ich ein Feigling bin«, sagt er. »Nach dem Unfall, nach allem, was geschehen ist… Ich konnte mir einfach nicht vorstellen, dass die beiden was von mir hören wollen.«

»Man kann nie wissen«, sage ich. »Die Leute ändern sich. Die Sache ist lange her.«

Auch das ist gelogen, klingt aber vielleicht besser als: *Du hast recht. Die hassen dich immer noch wie die Pest, vor allem Gav.*

»Möglich.« Er setzt die Bierflasche an und trinkt sie in großen Zügen aus. Für einen, der nicht viel trinkt, hat er einen ordentlichen Zug am Leib.

Ich hole ihm noch eine aus dem Kühlschrank und setze mich ihm gegenüber an den Tisch. »Ich will damit sagen, wir alle haben Dinge getan, auf die wir damals nicht besonders stolz waren.«

»Außer dir.«

Plötzlich zischt es hinter mir laut. Die Spaghetti kochen über. Ich drehe das Gas runter.

»Kann ich dir helfen?«, fragt Mickey.

»Nein. Schon gut.«

»Danke.« Er hebt die Flasche. »Ich habe etwas mit dir zu besprechen.«

Jetzt kommt's.

»Ach?«

»Du fragst dich wahrscheinlich, warum ich wieder hier bin?«

»Wegen meiner legendären Kochkünste?«

»Dieses Jahr sind es dreißig Jahre, Ed.«

»Das ist mir bekannt.«

»In den Medien tut sich schon was.«

»Die Medien interessieren mich nicht sonderlich.«

»Kluger Mann. Alles erstunken und erlogen. Aber gerade deshalb finde ich es wichtig, dass jemand die wahre Geschichte erzählt. Einer, der wirklich dabei war.«

»Einer wie du?«

Er nickt. »Und ich möchte, dass du mir hilfst.«

»Was schwebt dir vor?«

»Ein Buch. Vielleicht was im Fernsehen. Ich habe Beziehungen. Und ich habe schon eine Menge Hintergrundmaterial zusammen.«

Ich starre ihn an. Und schüttle den Kopf. »Nein.«

»Hör doch erst mal zu.«

»Nein. Kein Interesse. Ich will das nicht alles wieder ausgraben.«

»Aber ich.« Er nimmt einen kräftigen Schluck. »Ich habe jahrelang versucht, nicht mehr daran zu denken. Alles zu verdrängen. Weit wegzuschieben. Sinnlos. Ich denke, ich sollte all diesen Ängsten und Schuldgefühlen endlich ins Auge sehen und irgendwie damit fertig werden.«

Ich persönlich finde es viel besser, wenn man seine Ängste in eine fest verschlossene Kiste legt und im hintersten, dunkelsten Winkel seines Gehirns verstaut. Aber jedem das Seine.

»Und was ist mit uns anderen? Woher willst du wissen, ob wir uns unseren Ängsten stellen und das alles noch mal ans Licht ziehen wollen?«

»Ich verstehe, was du meinst. Wirklich. Deswegen möchte ich ja, dass du mitmachst – nicht nur beim Schreiben.«

»Nämlich?«

»Ich bin seit zwanzig Jahren nicht mehr in dieser Stadt gewesen. Ich bin ein Fremder. Du lebst immer noch hier. Du kennst die Leute, sie vertrauen dir …«

»Du erwartest, dass ich bei Gav und Hoppo ein gutes Wort für dich einlege?«

»Du würdest das nicht umsonst tun. Es gibt einen Vorschuss. Tantiemen.«

Ich zögere. Mickey versteht das als fortgesetzte Weigerung.

»Und da ist noch etwas.«

»Was?«

Er grinst, und mir wird augenblicklich klar, dass alles, was er bisher gesagt hat – von wegen zurückkommen und sich seinen Ängsten stellen –, bloß Gefasel war, nichts als leere Sprüche.

»Ich weiß, wer sie wirklich umgebracht hat.«

1986

Die Sommerferien gingen zu Ende.

»Nur noch sechs Tage«, hatte Fat Gav gejammert. »Und da ist ein Wochenende drin, das zählt nicht, also eigentlich nur vier Tage.«

Ich war genauso geknickt wie er, versuchte aber jeden Gedanken an die Schule zu verdrängen. Sechs Tage waren immerhin sechs Tage, und daran klammerte ich mich aus mehreren Gründen. Bis jetzt hatte Sean Cooper seine Drohung nicht wahr gemacht.

Ich hatte ihn mehrmals in der Stadt gesehen, doch es war mir jedes Mal gelungen, von ihm unbemerkt davonzukommen. Sein rechtes Auge war dick und blutunterlaufen, von der üblen Platzwunde ganz zu schweigen. Die Narbe hätte er wahrscheinlich noch als Erwachsener gehabt – nur dass ihm ein so langes Leben nicht mehr beschieden war.

Metal Mickey war der Meinung, Sean habe mich längst vergessen, aber das glaubte ich nicht. In den Ferien war es kein Problem, ihm aus dem Weg zu gehen. Wie die Cowboys sagen: Die Stadt war groß genug für uns beide. Sobald wir alle wieder zur Schule gingen, würde es jedoch äußerst schwierig werden, ihm Tag für Tag – in der Mittagspause, auf dem Schulhof, auf dem Heimweg – auszuweichen.

Auch anderes machte mir Sorgen. Die Leute denken,

Kinder hätten ein sorgenfreies Leben. Aber das stimmt nicht. Kindersorgen sind größer, weil wir kleiner sind. Ich sorgte mich wegen Mum. In letzter Zeit war sie immer gereizt und noch schneller auf die Palme zu bringen als gewöhnlich. Dad meinte, sie habe Stress wegen der Eröffnung der neuen Klinik.

Mum arbeitete in Southampton. Doch jetzt sollte diese neue Klinik in Anderbury aufgemacht werden, in der Nähe der technischen Hochschule. Früher war in dem Gebäude was anderes. Was, weiß ich nicht mehr, irgendwas Belangloses. Und genau das ist der Punkt. Es gab nicht mal ein Hinweisschild. Man hätte direkt an der Klinik vorbeilaufen können, ohne sie zu bemerken, wenn nicht diese Leute davorgestanden hätten.

Ich kam mit dem Rad vom Einkaufen, als ich sie sah. Eine Gruppe von vielleicht fünf Leuten. Sie hielten Plakate hoch, marschierten im Kreis und sangen und riefen im Chor. Auf den Plakaten standen Sachen wie: »SAG JA ZUM LEBEN«, »NIEDER MIT DEN BABYMÖRDERN«, »LASST DIE KINDER LEBEN«.

Ein paar davon kannte ich. Eine Frau, die im Supermarkt arbeitete, und die blonde Freundin des Waltzer-Mädchens vom Jahrmarkt. Kaum zu glauben, dass die Blonde an dem Tag nichts abgekriegt hatte. Ein Teil von mir – ein kleiner, aber nicht sehr freundlicher Teil – fand das ein bisschen unfair. Sie war nicht so hübsch wie das Waltzer-Mädchen und offenbar auch nicht so nett. Sie trug auch so ein Plakat und marschierte hinter noch einem, den ich kannte. Pfarrer Martin. Er schrie am lautesten, irgendwas aus der Bibel, die er aufgeschlagen vor sich her trug.

Ich bremste und sah mir das an. Nach der Prügelei auf Fat Gavs Party hatte Dad mir einiges erzählt, und daher wusste ich so ungefähr, was sich in Mums Klinik abspielte. Trotzdem, mit zwölf kann man die ungeheure Tragweite eines Themas wie Abtreibung nicht wirklich erfassen. Ich wusste nur, dass Mum Frauen half, die sich nicht um ihre Babys kümmern konnten. Und mehr wollte ich auch nicht wissen.

Allerdings spürte ich selbst als Kind den Zorn – die *Erbitterung* – dieser Demonstranten. Die Wut in ihren Augen, die Spucke, die von ihren Lippen sprühte, die Plakate, die sie wie Waffen schwangen. Sie sangen von Liebe, waren aber voller Hass.

Ich radelte schneller nach Hause. Dort war alles still, bis auf Dad, der irgendwo herumsägte. Mum war oben und arbeitete. Ich brachte die Einkäufe rein und legte das Wechselgeld daneben. Gern hätte ich mit ihnen darüber geredet, was ich gesehen hatte, aber sie waren beide beschäftigt. Ohne bestimmtes Ziel ging ich zur Hintertür hinaus. Und da sah ich das Kreidezeichen in der Einfahrt.

Die Sache mit den Kreidesymbolen ging jetzt schon eine ganze Weile. Ideen von Kindern sind wie Samen im Wind. Manche gehen nicht auf, werden fortgeweht und vergessen. Andere schlagen Wurzeln. Beginnen zu wachsen und breiten sich aus.

Die Kreidezeichen zählten zu jenen verrückten Ideen, auf die wir alle spontan ansprangen. Als Erstes malten wir auf dem Schulhof Strichmännchen mit riesigen Schwänzen und schrieben überall »Verpisst euch« hin. Aber als ich einmal von den Geheimbotschaften angefangen hatte, bekamen die Kreidemännchen plötzlich eigene Beine.

Jeder von uns hatte seine Farbe, sodass wir immer wussten, wer die Botschaft hinterlassen hatte, und verschiedene Zeichen hatten verschiedene Bedeutungen. Ein Strichmännchen mit einem Kreis bedeutete: Wir treffen uns auf dem Spielplatz. Ein paar Linien und Dreiecke: Wir treffen uns im Wald. Wir hatten Symbole für die Hauptstraße und den Sportplatz. Warnzeichen für Sean Cooper und seine Gang. Ich muss gestehen, wir hatten auch Zeichen für Schimpfwörter und konnten »Verpisst euch« und Schlimmeres vor die Häuser von Leuten schreiben, die wir nicht mochten.

Wir waren richtiggehend besessen. So sind Kinder nun einmal. Ein paar Wochen oder Monate lang sind sie Feuer und Flamme für eine Sache, bis sie ihrer schließlich überdrüssig werden und nie mehr damit zu tun haben wollen.

Ich weiß noch, wie ich einmal zu Woolies ging, um Kreidenachschub zu kaufen. Dauerwelle saß hinter der Kasse. Sie sah mich irgendwie komisch an, als verdächtige sie mich, im Rucksack ein zweites Päckchen Kreide versteckt zu haben. Aber sie sagte nur: »Ihr Kinder spielt wohl gern mit Kreide, was? Du bist heute schon der Dritte. Und ich dachte immer, ihr kennt jetzt nur noch Donkey Kong und Pac-Man.«

Die Botschaft in der Einfahrt war mit blauer Kreide gezeichnet, das hieß, sie kam von Metal Mickey. Ein Strichmännchen und ein Kreis, dazu ein Ausrufezeichen (was bedeutete: Komm schnell). Dass Mickey mich benachrichtigte, war eher ungewöhnlich. Normalerweise schrieb er zuerst Fat Gav oder Hoppo. Da ich aber sowieso keine

Lust hatte, zu Hause zu bleiben, schob ich meine Bedenken beiseite, rief durch die Tür, dass ich zu Mickey gehe, nahm mein Rad und fuhr los.

Der Spielplatz war leer. Wieder einmal. Das war nicht ungewöhnlich. Er war fast immer leer. In Anderbury gab es viele Familien mit vielen kleinen Kindern, die hier bestimmt gern geschaukelt hätten. Nur gingen die meisten Eltern mit ihren Kindern lieber auf einen anderen Spielplatz.

Metal Mickey erklärte die Abneigung der Leute gegen diesen Spielplatz damit, dass es dort spuke. Anscheinend hatte man hier vor Jahren ein totes Mädchen gefunden, ermordet: »Sie lag auf dem Karussell. Der Hals so tief aufgeschlitzt, dass der Kopf beinahe abgetrennt war. Und er hatte ihr auch den Bauch aufgeschnitten, sodass ihr die Eingeweide raushingen wie Würste.«

Metal Mickey konnte Geschichten erzählen, das musste man ihm lassen; je blutrünstiger, desto besser. Aber es waren halt nur Geschichten. Er dachte sich das einfach aus, auch wenn manchmal ein Körnchen Wahrheit darin versteckt war.

Auf jeden Fall stimmte mit dem Spielplatz irgendwas nicht. Zum Beispiel war es dort immer dunkel, auch an sonnigen Tagen. Was selbstredend an den vielen Bäumen lag, das war nichts Übernatürliches, wobei mir das Karussell doch ein bisschen unheimlich war, und oft empfand ich den seltsamen Drang, mich nach hinten umzusehen, als ob sich da jemand anschleichen würde, und nie wäre ich allein dorthin gegangen.

Ich schob das quietschende Tor auf und ärgerte mich, dass Metal Mickey noch nicht da war. Ich lehnte mein Rad an den Zaun. Mir wurde ganz mulmig. Metal Mickey kam eigentlich nie zu spät. Irgendwas stimmte hier nicht. Und da hörte ich wieder das Tor quietschen, und eine Stimme hinter mir sagte: »Hey, Arschloch.«

Ich drehte mich um, und eine Faust krachte mir an die Schläfe.

Ich machte die Augen auf. Sean Cooper starrte mich an. Sein Gesicht war im Schatten. Ich sah nur den Umriss, war mir aber ziemlich sicher, dass er lächelte, und keineswegs freundlich. Das alles war gar nicht gut.

»Bist du uns aus dem Weg gegangen?«

Uns? Ich lag auf dem Rücken am Boden, drehte meinen Kopf mühsam nach links und rechts und sah zwei weitere Paar schmutzige Turnschuhe. Die Gesichter dazu brauchte ich nicht, das konnten nur Duncan und Keith sein.

Meine Schläfe pochte wie wild. Panik schnürte mir die Kehle zu. Seans Gesicht war dicht über meinem. Er packte mein T-Shirt und zog es mir fest um den Hals. »Du hast mir einen Stein ans Auge geschmissen, Arschloch.« Er schüttelte mich. Mein Kopf knallte auf den Asphalt. »Wie wär's mit einer Entschuldigung?«

»Tut… mir… leid«, würgte ich hervor. Ich bekam kaum noch Luft.

Sean riss mich hoch, sodass mein Kopf vom Boden freikam. Das T-Shirt zog sich noch enger um meinen Hals.

»*… leid?*«, winselte er höhnisch. Er warf Duncan und Keith einen Blick zu, die, wie ich jetzt sah, am Klettergerüst lehnten. »Habt ihr das gehört? Dem Arschloch tut es *leid.*«

»Hört sich nach einem kleinen Arschloch an«, stimmte Duncan zu.

Sean zog mich noch näher heran. Ich roch seinen Zigarettenatem. »Ich glaub nicht, dass du das ernst meinst, Arschloch.«

»Doch… ehrlich.«

»Quatsch. Aber egal. Denn gleich wird es dir wirklich leidtun.«

Meine Blase zog sich zusammen. Zum Glück war es ein heißer Tag, ich hatte viel geschwitzt und war völlig ausgetrocknet, denn sonst hätte ich mir jetzt in die Hose gemacht.

Sean riss mich an meinen T-Shirt auf die Beine und hob mich hoch. Ich versuchte strampelnd die Füße auf den Boden zu kriegen, um nicht zu ersticken. Dann schob er mich rückwärts auf das Klettergerüst zu. Mir war schwindlig. Fast wäre ich zusammengeklappt, aber sein fester Griff hielt mich aufrecht.

Ich sah mich verzweifelt auf dem Spielplatz um, nur war da nichts und niemand außer Sean und seiner Gang und ihren glänzenden BMX-Rädern, die sie achtlos neben die Schaukeln geworfen hatten. Das von Sean erkannte man immer sofort. Es war knallrot, und an die Seite war ein schwarzer Schädel gemalt. Vor dem Spar auf der anderen Straßenseite parkte ein blaues Auto. Keine Spur von dem Fahrer.

Und dann sah ich etwas: Da war jemand im Park. Ich konnte es nicht genau erkennen, aber die Gestalt sah aus wie…

»Hörst du mir überhaupt zu, Arschloch?«

Sean rammte mich mit voller Wucht an die Stangen des Klettergerüsts. Mein Kopf krachte an Eisen, und plötzlich sah ich nur noch unscharf. Die Gestalt verschwand; alles verschwand. Dicke graue Vorhänge schlossen sich vor meinen Augen. Meine Knie schlotterten. Ein gähnender schwarzer Abgrund tat sich unter mir auf. Etwas schlug mir hart an die Wange. Und noch einmal. Mein Kopf flog zur Seite. Die Wange brannte. Die Vorhänge flogen wieder auf.

Sean grinste mir ins Gesicht. Jetzt sah ich ihn deutlich. Das dichte blonde Haar. Die kleine Narbe über seinem Auge. Hellblaue Augen wie die seines Bruders. Aber sie funkelten von einem anderen Licht. *Todeslicht*, dachte ich. Kalt, hart, wahnsinnig.

»Gut. Jetzt habe ich deine volle Aufmerksamkeit.«

Seine Faust krachte in meinen Magen. Ich bekam keine Luft mehr. Ich knickte zusammen. Ich konnte nicht mal mehr schreien. Ein Gefühl, als stünde mein Inneres in Flammen.

Sean packte mich an den Haaren und riss meinen Kopf hoch. Wasser und Rotz strömten mir aus Augen und Nase.

»Och, hab ich dir wehgetan, Arschloch? Ich mach dir einen Vorschlag: Du kriegst keine Prügel mehr, wenn du uns zeigst, wie leid es dir tut.«

Ich versuchte zu nicken, obwohl das praktisch unmöglich war, weil Sean mich so fest an den Haaren gepackt hielt, dass sie in den Wurzeln kreischten.

»Kannst du das tun, was meinst du?«

Noch ein schmerzhafter Versuch zu nicken.

»Okay. Auf die Knie.«

Mir blieb auch nichts anderes übrig, da er mich mit dem Kopf nach unten drückte. Duncan und Keith kamen dazu und hielten mich an den Armen fest.

Meine Knie scharrten über den rauen Asphalt. Das tat höllisch weh, aber ich wagte nicht zu schreien. Dazu hatte ich zu viel Angst. Ich starrte auf Seans weiße Nike-Schuhe. Ich hörte etwas, Gürtelschnalle, Reißverschluss, und plötzlich wusste ich, was mich erwartete, und Panik und Ekel überwältigten mich.

»Nein.« Ich strampelte, aber Duncan und Keith hielten mich fest.

»Zeig mir, wie leid es dir tut, Arschloch. Lutsch meinen Schwanz.«

Er riss meinen Kopf hoch. Ich starrte auf seinen Schwanz. Ein riesiges Ding. Rosa und dick geschwollen. Und es roch. Nach Schweiß und irgendwie säuerlich. Krauses blondes Schamhaar ringelte sich um den Ansatz.

Ich biss die Zähne zusammen und versuchte, den Kopf zu schütteln.

Sean presste die Schwanzspitze an meine Lippen. Der ranzige Gestank zog mir in die Nase. Ich biss mir noch fester auf die Zähne.

»Lutschen!«

Duncan verdrehte mir den Arm bis hoch in den Rücken. Ich schrie. Sean schob mir seinen Schwanz in den Mund.

»*Lutschen*, du Drecksau.«

Ich konnte nicht atmen; ich würgte. Tränen und Rotz liefen mir übers Kinn. Ich war kurz davor, mich zu übergeben. Und dann rief von weitem eine Männerstimme:

»*Hey!* Was macht ihr da?«

Der Griff an meinem Kopf lockerte sich. Sean wich zurück, nahm seinen Schwanz aus meinem Mund und stopfte ihn hastig in seine Shorts zurück. Meine Arme wurden losgelassen.

»Ich hab euch gefragt, was zum Teufel ihr da macht?«

Ich blinzelte. Durch Tränenschleier sah ich am Rand des Spielplatzes einen großen bleichen Mann. Mr. Halloran.

Er schwang sich über den Zaun und kam auf uns zu. Wie immer trug er ein viel zu weites Hemd, enge Jeans und Stiefel. Und heute einen grauen Hut, unter dem ihm die weißen Haare in den Nacken hingen. Sein Gesicht war wie aus Stein, aus Marmor. Die beschatteten Augen schienen von innen heraus zu leuchten. Er sah wütend aus, ungeheuer bedrohlich, wie ein Racheengel aus einem Comic.

»Nichts. Wir machen gar nichts«, hörte ich Sean sagen, aber nicht mehr ganz so großspurig. »Wir hängen bloß so rum.«

»Bloß so rum?«

»Ja, Sir.«

Mr. Hallorans Augen richteten sich auf mich. Sein Blick wurde freundlich. »Alles in Ordnung mit dir?«

Ich rappelte mich hoch und nickte. »Ja.«

»Und stimmt es, dass ihr hier nur so rumhängt?«

Ich sah zu Sean. Er warf mir einen Blick zu. Ich wusste, was dieser Blick bedeutete. Wenn ich jetzt was sagte, war ich geliefert. Ich würde nie mehr aus dem Haus gehen können. Wenn ich den Mund hielt, war die Sache vielleicht erledigt, aber auch nur vielleicht. Ich hatte meine Strafe bekommen.

Ich nickte noch einmal. »Ja, Sir. Nichts passiert.«

Er sah mich durchdringend an. Ich senkte den Blick auf meine Schuhe und fühlte mich feige, dumm und klein.

Schließlich wandte er sich ab. »Okay«, sagte er zu den anderen. »Ich weiß nicht genau, was ich hier gesehen habe, und das ist der einzige Grund, warum ich nicht auf der Stelle mit euch zur Polizei gehe. Und jetzt verschwindet, bevor ich es mir anders überlege.«

»Ja, Sir«, murmelten sie, plötzlich lammfromm.

Sie stiegen auf ihre Räder und fuhren hastig davon. Mr. Halloran sah ihnen nach. Ich dachte schon, er habe mich vergessen, doch dann drehte er sich wieder zu mir um. »Mit dir ist wirklich alles in Ordnung?«

Etwas in seinen Augen, in seiner Stimme, machte es mir unmöglich, ihn weiter anzulügen. Ich schüttelte den Kopf, kurz davor, in Tränen auszubrechen.

»Das dachte ich mir.« Seine Lippen wurden schmal. »Ich kann diese Schlägertypen nicht ausstehen. Aber weißt du, was diese Typen in Wirklichkeit sind?«

Ich schüttelte den Kopf. Im Augenblick wusste ich gar nichts. Ich war völlig durcheinander. Alles tat mir weh, mein Bauch und mein Kopf, und ich schämte mich entsetzlich. Am liebsten hätte ich mir den Mund mit Seife ausgespült und mich so lange gewaschen, bis mir die Haut in Fetzen hing.

»Das sind Feiglinge«, sagte Mr. Halloran. »Und Feiglinge bekommen immer ihre Quittung. Karma. Weißt du, was das ist?«

Wieder schüttelte ich den Kopf. Allmählich wünschte ich mir, dass er ging.

»Das bedeutet: Was man sät, das wird man ernten. Wer Schlechtes tut, wird irgendwann davon eingeholt und bekommt es heimgezahlt. Dieser Junge wird es noch büßen. Da kannst du ganz sicher sein.«

Er legte mir eine Hand auf die Schulter und drückte sie. Ich brachte ein Lächeln zustande.

»Ist das dein Rad?«

»Ja, Sir.«

»Schafft du's nach Hause?«

Ich wollte Ja sagen, konnte mich jedoch kaum auf den Beinen halten. Mr. Halloran sah mich teilnahmsvoll an.

»Mein Auto steht da drüben. Nimm dein Rad. Ich fahr dich heim.«

Wir gingen über die Straße zu seinem Wagen. Ein blauer Princess. Er parkte in der prallen Sonne; als er die Tür aufzog, schlug mir die Hitze entgegen. Zum Glück waren die Sitze mit Stoff bezogen, nicht mit Plastik wie in Dads Auto, und ich verbrannte mir nicht die Beine, als ich mich reinsetzte. Mein T-Shirt war mit einem Schlag durchnässt.

Mr. Halloran kletterte auf den Fahrersitz.

»Puh. Ganz schön warm, was?«

Er kurbelte das Fenster auf. Ich auf meiner Seite auch. Als wir losfuhren, zog ein leichtes Lüftchen durch den Wagen.

Dennoch, erst in dieser heißen Kapsel merkte ich so richtig, wie sehr ich nach Schweiß stank, von Dreck und Blut und allem anderen mal ganz abgesehen.

Mum bringt mich um, dachte ich. Ich sah sie schon vor

mir: »*Was ist denn nun schon wieder, Eddie? Hast du dich geprügelt? Du bist ja ganz schmutzig – und was ist mit deinem Gesicht? Wer hat das getan?*«

Sie würde wissen wollen, wer mich geschlagen hatte, und dann würde sie da hingehen und ein Riesentheater veranstalten. Mein Magen sank mir bis auf die Füße.

Mr. Halloran sah zu mir rüber. »Alles in Ordnung?«

»Meine Mum«, murmelte ich. »Sie wird echt wütend sein.«

»Was da passiert ist, war doch nicht deine Schuld.«

»Das ändert nichts.«

»Wenn du ihr sagst …«

»Nein, das kann ich nicht.«

»Okay.«

»Sie hat gerade viel Stress am Hals.«

»Ah«, sagte er, als wisse er Bescheid. »Vorschlag. Wir fahren zu mir und machen dich ein bisschen sauber, ja?«

Er hielt an der Kreuzung und blinkte, aber statt links zu mir nach Hause abzubiegen, bog er rechts ab. Einige Straßen weiter hielt er vor einem kleinen weißgetünchten Haus.

»Na komm, Eddie«, sagte er lächelnd.

Drinnen war es kühl und dunkel. Alle Vorhänge zugezogen. Die Haustür öffnete sich direkt in ein kleines Wohnzimmer. Viele Möbel gab es da nicht. Nur zwei Sessel, einen Couchtisch und einen Hocker, auf dem ein kleiner Fernseher stand. Und es roch irgendwie komisch nach Kräutern. In einem Aschenbecher auf dem Tisch lagen ein paar weiße Kippen.

Mr. Halloran griff danach. »Ich räum das noch weg. Das Bad ist oben.«

»Okay.«

Ich ging die schmale Treppe rauf. Oben war ein winziges Bad, alles grün gekachelt. Hellorangerote Matten lagen ordentlich neben der Wanne und um das Klo. Über dem Waschbecken hing ein Spiegelschränkchen.

Ich schloss die Tür und besah mich im Spiegel. Rotzkrusten klebten an meiner Nase, schwarze Striemen an meinen Wangen. Ein Glück, dass meine Mum mich nicht so sehen würde. Dann könnte ich den Rest der Ferien in meinem Zimmer und höchstens noch im Garten verbringen. Ich tupfte mein Gesicht mit einem Waschlappen ab, den ich in warmes Wasser tauchte; es wurde immer grauer, je mehr Schmutz ich abwischte.

Ich besah mich noch einmal. Schon besser. Fast normal. Ich trocknete mich mit einem großen rauen Handtuch ab und verließ das Bad.

Ich hätte nach unten gehen sollen. Dann wäre alles okay gewesen. Ich hätte nach Hause gehen und diesen Besuch vergessen können. Stattdessen blieb ich vor den zwei anderen Türen da oben stehen. Beide waren zu. Ich war neugierig, was wohl dahinter wäre. Nur mal kurz reinschauen. Ich drückte eine Klinke und schob eine der Türen auf.

Das war kein Schlafzimmer. Überhaupt keine Möbel. In der Mitte des Zimmers eine Staffelei, das Bild darauf mit einem schmutzigen Laken abgedeckt. An den Wänden lehnten jede Menge Gemälde. Manche mit Kreide gemalt, oder wie immer Mr. Halloran das genannt hatte, andere mit richtiger, dick aufgetragener Farbe.

Auf den meisten Bildern waren zwei Mädchen zu sehen. Die eine war blass und blond, so ähnlich wie Mr. Halloran. Hübsch, aber irgendwie traurig, als hätte ihr jemand etwas gesagt, das sie eigentlich nicht hören wollte, und jetzt machte sie gute Miene zum bösen Spiel.

Die andere erkannte ich sofort. Das Waltzer-Mädchen. Auf dem ersten Bild saß sie in einem weißen Kleid am Fenster. Man sah nur ihr Profil, aber sie war gut zu erkennen und immer noch schön. Das nächste war ein wenig anders. Da saß sie in einem feinen langen Sommerkleid im Garten und blickte etwas mehr in Richtung des Malers. Ihr seidig braunes Haar fiel ihr in Wellen über die Schultern. Man sah die glatte Linie ihrer Wange und ein großes Mandelauge.

Das dritte Bild zeigte noch mehr von ihrem Gesicht, oder genauer die Seite ihres Gesichts, die das versprengte Metallstück weggeschnitten hatte. Es sah nicht mehr so schrecklich aus, weil Mr. Halloran die Narben so weich gezeichnet hatte, dass sie eher wie ein hübsches Durcheinander verschiedener Farben aussahen; und das verletzte Auge war halb von den Haaren verdeckt. Sie sah beinahe wieder schön aus, nur eben anders.

Ich schielte nach dem Bild auf der Staffelei. Ging darauf zu. Hob das Laken an einer Ecke an. Und hörte plötzlich die Dielen knarren.

»Eddie? Was machst du?«

Ich fuhr herum, zum zweiten Mal an diesem Tag schämte ich mich in Grund und Boden.

»Entschuldigung. Ich wollte nur… ich wollte nur mal schauen.«

Erst dachte ich, Mr. Halloran würde mich ausschimpfen, aber dann lächelte er. »Ist gut, Eddie. Ich hätte die Tür zumachen sollen.«

Fast hätte ich gesagt, die Tür sei ja zu gewesen. Dann erkannte ich, dass er mir nur helfen wollte.

»Die sind echt gut«, sagte ich.

»Danke.«

»Wer ist das?«, fragte ich und zeigte auf das Bild von dem blonden Mädchen.

»Meine Schwester. Jenny.«

Daher die Ähnlichkeit.

»Sie ist sehr hübsch.«

»Ja, war sie. Sie ist gestorben. Vor ein paar Jahren. Leukämie.«

»Das tut mir leid.«

Ich wusste nicht, wofür ich mich eigentlich entschuldigte, aber das sagten die Leute doch immer, wenn jemand gestorben war.

»Schon gut. Die Bilder helfen mir sozusagen, sie am Leben zu erhalten … Die andere hast du erkannt? Elisa?«

Das Waltzer-Mädchen. Ich nickte.

»Ich habe sie oft besucht, im Krankenhaus.«

»Geht es ihr gut?«

»Nicht so richtig, Eddie. Das wird schon noch. Sie ist stark. Stärker als sie weiß.«

Ich blieb still. Mr. Halloran sah aus, als wollte er noch etwas sagen.

»Ich hoffe, die Bilder helfen ihr, wieder auf die Beine zu kommen. Ein Mädchen wie Elisa hat ihr Leben lang gehört, wie schön sie sei. Und wenn das dann plötzlich fehlt, kann es sich so anfühlen, als sei gar nichts mehr übrig. Aber da ist noch ganz viel, innen drin. Und diese Schönheit möchte ich ihr zeigen. Ich will ihr zeigen, da ist noch etwas, an dem festzuhalten sich lohnt.«

Ich betrachtete noch einmal das Bild von Elisa und glaubte ihn zu verstehen. Sie sah nicht aus wie früher. Er hatte eine andere Art von Schönheit zum Vorschein gebracht, eine ganz besondere Art. Ich verstand auch, was es hieß, an etwas festzuhalten. Dafür zu sorgen, dass es nicht für immer verloren ging. Beinahe hätte ich das ausgesprochen. Als ich mich wieder zu Mr. Halloran umdrehte, starrte der auf das Bild, als habe er ganz vergessen, dass ich überhaupt da war.

Und da begriff ich noch etwas. Er war in sie verliebt.

Ich mochte Mr. Halloran, nur fühlte ich mich jetzt unbehaglich. Da stimmte doch etwas nicht. Mr. Halloran war ein Erwachsener. Kein alter Erwachsener (später erfuhr ich, er war einunddreißig), aber immerhin ein Erwachsener, und das Waltzer-Mädchen, nun ja, war zwar kein Schulkind mehr, aber doch sehr viel jünger als er. Er konnte sie nicht lieben. Nicht ohne Ärger zu kriegen. Jede Menge Ärger.

Plötzlich kehrte er in die Gegenwart zurück und bemerkte, dass ich noch mit ihm in dem Zimmer war.

»Ich rede zu viel. Ich wäre ein schlechter Kunstlehrer. Bei mir würde keiner je mit irgendwas fertig werden.« Er lächelte mit seinen gelben Zähnen. »Möchtest du jetzt nach Hause?«

»Ja, Sir.«

Nichts wie weg.

Mr. Halloran hielt am Ende meiner Straße.

»Ich dachte, du willst vielleicht nicht, dass deine Mum Fragen stellt.«

»Danke.«

»Soll ich dir helfen, das Rad aus dem Kofferraum zu holen?«

»Nein, schon gut, das schaff ich alleine. Danke, Sir.«

»Immer gern, Eddie. Nur noch eins.«

»Ja, Sir?«

»Ich mache dir einen Vorschlag. Ich erzähle keinem, was heute passiert ist, wenn du auch keinem was erzählst. Besonders von den Bildern. Die sind meine Privatsache.«

Da brauchte ich nicht lange zu überlegen. Niemand sollte erfahren, was heute passiert war.

»Ja, Sir. Vorschlag angenommen.«

»Gut. Bis bald, Eddie.«

»Bis bald, Sir.«

Ich schob mein Rad die Straße runter in die Einfahrt und lehnte es neben die Haustür. Auf der Stufe lag ein Paket. Daran klebte ein Zettel: Mrs. Adams. Ich fragte mich, warum der Postbote nicht an die Tür geklopft hatte. Oder meine Eltern hatten ihn nicht gehört.

Ich hob die Schachtel auf und trug sie hinein.

»Hi, Eddie«, rief Dad aus der Küche.

Ich warf rasch einen Blick in den Flurspiegel. Eine Schramme an der Stirn, mein T-Shirt ziemlich schmutzig, aber das ließ sich jetzt nicht ändern. Ich holte tief Luft und ging in die Küche.

Dad saß am Tisch, vor ihm stand ein großes Glas Limonade. Er sah mich an und verzog das Gesicht.

»Was hast du da am Kopf?«

»Ich, äh, bin vom Klettergerüst gefallen.«

»Alles in Ordnung? Dir ist doch nicht schlecht? Schwindlig?«

»Nein. Alles gut.«

Ich stellte das Paket auf den Tisch. »Das lag vor der Haustür.«

»Ah, gut. Ich hab die Klingel nicht gehört.« Er stand auf und rief nach oben: »Marianne … Paket für dich.«

Mum rief zurück: »Okay, komme gleich.«

»Willst du Limonade, Eddie?«, fragte Dad.

Ich nickte. »Danke.«

Er ging zum Kühlschrank und nahm eine Flasche aus dem Türfach. Ich schnüffelte. Irgendwas roch komisch.

Mum kam in die Küche. Sie hatte sich die Brille in die Haare geschoben und sah müde aus.

»Hi, Eddie.« Sie sah nach dem Paket. »Was ist das?«

»Keine Ahnung«, sagte Dad.

Sie schnüffelte. »Riecht ihr das auch?«

Dad schüttelte den Kopf, meinte dann aber: »Hm, vielleicht doch.«

Mum sah noch einmal nach dem Paket und bat dann leicht nervös: »Geoff, gibst du mir eine Schere?«

Dad holte ihr eine aus der Schublade. Sie zerschnitt das braune Klebeband und klappte das Paket auf.

Mum brachte nichts so schnell aus der Fassung, doch jetzt fuhr sie schaudernd zurück. »O Gott!«

Dad beugte sich vor. »Nein!«

Bevor er die Schachtel wegziehen konnte, erhaschte ich einen Blick hinein. Darin lag etwas, klein und rosa, voller

Schleim und Blut (später erfuhr ich, es war ein Schweinefötus). Daran war mit einem schmalen Messer ein Zettel aufgespießt, und auf dem Zettel stand:

»BABYMÖRDER.«

2016

Prinzipien sind nichts Schlechtes. Wenn man sie sich leisten kann. Ich halte mich gern für prinzipienfest, doch das tun die meisten. Tatsache ist, wir alle haben einen Preis, wir alle haben einen Knopf, auf den man drücken kann, um uns Dinge tun zu lassen, die nicht ganz anständig sind. Mit Prinzipien kann man weder Hypotheken noch sonst welche Schulden abbezahlen. Im Alltag sind Prinzipien eine ziemlich nutzlose Währung. Ein Mann mit Prinzipien ist meist einer, der alles besitzt, was er will, oder aber nichts zu verlieren hat.

Ich lag lange wach, und nicht etwa nur, weil zu viel Wein und Spaghetti meine Verdauung durcheinandergebracht hatten.

»Ich weiß, wer sie wirklich umgebracht hat.«

Er machte es spannend. Mit so was kannte Mickey sich aus. Und natürlich gab er keine weiteren Erklärungen ab.

»Ich kann dir das jetzt nicht sagen. Vorher muss ich noch einiges in Ordnung bringen.«

Blödsinn, dachte ich. Nickte aber, starr vor Schreck.

»Schlaf erst mal drüber«, hatte Mickey gesagt, als er ging. Er war nicht mit dem Wagen da und wollte sich von mir kein Taxi rufen lassen. Er übernachtete in einer Travelodge am Rand der Stadt.

»Der Spaziergang wird mir guttun«, sagte er.

Das glaubte ich weniger, so unsicher, wie er auf den Beinen war. Aber ich stimmte ihm zu. Schließlich war es noch nicht so spät, und er war erwachsen.

Nachdem er gegangen war, räumte ich das Geschirr in die Spülmaschine und zog mich mit einem großen Bourbon ins Wohnzimmer zurück, um über seinen Vorschlag nachzudenken. Dabei fielen mir wohl die Augen zu. Verdauungsschläfchen – der Fluch der mittleren Jahre.

Knarrende Dielen weckten mich unsanft, Schritte auf der alten Treppe.

Im Türspalt erschien Chloes Kopf. »Hey.«

»Hallo.«

Sie trug schon ihr Nachtgewand. Ein weites T-Shirt, eine Männerschlafanzughose und schlabbrige Socken. Die dunklen Haare offen. Sexy, verletzlich und zerzaust, alles auf einmal.

»Wie war's?«, fragte sie.

Ich überlegte. »Interessant.«

Sie kam herein und hockte sich auf die Sofalehne. »Erzähl.«

Ich trank einen Schluck Bourbon. »Mickey will ein Buch schreiben oder ein Drehbuch fürs Fernsehen. Über das, was passiert ist. Er möchte, dass ich ihm dabei helfe.«

»Jetzt wird's spannend.«

»Nicht wahr?«

»Und?«

»Was und?«

»Nun, du hast Ja gesagt, nehme ich an.«

»Noch habe ich gar nichts gesagt. Ich weiß nicht, ob ich das will.«

»Warum?«

»Weil es da einiges zu bedenken gibt – zunächst einmal, was die Leute in Anderbury davon halten, wenn in der Vergangenheit herumgewühlt wird. Gav und Hoppo. Unsere Familien.«

Und Nicky, dachte ich. Hatte er mit Nicky gesprochen?

Chloe runzelte die Stirn. »Okay. Verstehe. Aber was ist mit dir?«

»Mit mir?«

Sie seufzte und sah mich an, als sei ich ein besonders begriffsstutziges Kleinkind. »Das könnte eine großartige Gelegenheit sein. Und das Geld würde bestimmt auch nichts schaden.«

»Darum geht es nicht. Außerdem ist das alles hypothetisch. Solche Projekte bleiben doch meistens auf der Strecke.«

»Ja, aber man sollte auch mal was riskieren.«

»Sollte man?«

»*Ja*. Sonst kommt man im Leben nicht weiter. Am Ende sitzt man nur herum und versteinert, und das Leben geht an einem vorbei.«

Ich hob mein Glas. »Vielen Dank. Weiser Rat von einer, die sich gerade mal so durchs Leben schlägt und halbtags in einem beschissenen Kleiderladen arbeitet. Du bist echt eine, die an die Grenzen geht.«

Sie stand auf und stapfte eingeschnappt zur Tür. »Du bist betrunken. Ich leg mich wieder hin.«

Reue überschwemmte mich. Ich war ein Idiot. Ein Idiot höchster Güte, mit Prädikatsexamen und Diplom.

»Entschuldige.«

»Vergiss es.« Sie lächelte säuerlich. »Morgen früh erinnerst du dich sowieso nicht mehr dran.«

»Chloe…«

»Schlaf deinen Rausch aus, Ed.«

Schlaf deinen Rausch aus. Ich lege mich auf die Seite, dann auf den Rücken. Das wäre ein guter Rat. Wenn ich schlafen könnte.

Ich stopfe mir Kissen unter den Kopf, aber das bringt nichts. Ich habe bohrende Magenschmerzen. Irgendwo müsste ich noch was gegen Sodbrennen haben. Vielleicht in der Küche.

Widerwillig schwinge ich meine Füße auf den Boden und tappe nach unten. Ich knipse das grelle Küchenlicht an. Es brennt sich in meine entzündeten Augen. Blinzelnd durchwühle ich eine Schublade voller Gerümpel. Klebeband, Klebestift, Kugelschreiber, Schere. Irgendwelche Schlüssel und Schrauben und ein uraltes Kartenspiel. Schließlich finde ich die Tabletten, ganz hinten neben einer Nagelfeile und einem Flaschenöffner.

Ich nehme die Schachtel und stelle fest, es ist nur noch eine Tablette drin. Das wird reichen. Ich stecke sie in den Mund und kaue. Das Zeug soll fruchtig schmecken, aber es schmeckt wie Kreide. Als ich in den Flur gehe, fällt mir etwas auf. Genau genommen zweierlei: im Wohnzimmer ist Licht, und irgendwie riecht es komisch. Süßlich, muffig, ekelhaft. Verwest. Vertraut.

Ich mache einen Schritt und trete auf etwas Knirschendes. Ich schaue nach unten. Flecken schwarzer Erde den ganzen Flur entlang. Fußabdrücke. Als sei da etwas mit schmutzigen Füßen durch den Flur geschlurft. Etwas, das sich aus der Tiefe hierher geschleppt hat, aus einem kalten und dunklen Ort voller Käfer und Würmer.

Ich schlucke. Nein. Nein, unmöglich. Mein Kopf spielt mir einen Streich. Zerrt einen alten Albtraum hervor, geträumt von einem Zwölfjährigen mit einem Übermaß an Fantasie.

Klarträume. So nennt man das. Träume, die sich unglaublich real anfühlen. In solchen Träumen kann man sogar Dinge tun, die die Illusion von Realität noch steigern, zum Beispiel Gespräche führen, Essen zubereiten, Badewasser einlaufen lassen … oder anderes.

Das ist nicht real (trotz des sehr realen Gefühls von Erde zwischen meinen Zehen und der kreidigen Tablette in meinem Mund). Ich brauche nur aufzuwachen. *Wach auf! Wach auf!* Aber leider lässt sich der Zustand des Wachseins genauso wenig erreichen wie das Vergessen, das ich zuvor gesucht habe.

Ich gehe weiter und lege eine Hand an die Wohnzimmertür. Natürlich tue ich das. Es ist ein Traum, und Träume wie diese (*schlechte* Träume) folgen einem unausweichlichem Pfad; einem schmalen, gewundenen Pfad durch tiefen, dunklen Wald, mitten hinein in das Knusperhäuschen am Grund unserer Seele.

Ich schiebe die Tür auf. Auch hier drin ist es kalt. Nicht normal kalt. Nicht die leichte Kälte eines Hauses in der Nacht. Sondern eine Kälte, die sich einem um die Knochen schlingt und wie ein Eisklumpen in den Eingeweiden nistet. Angstkälte. Und der Geruch ist stärker. Überwältigend. Ich kann kaum noch atmen. Ich möchte rückwärts aus dem Zimmer laufen. Wegrennen. Schreien. Stattdessen mache ich das Licht an.

Er sitzt in meinem Sessel. Weißblondes Haar klebt an seiner Kopfhaut wie zähe Spinnenfäden, darunter sind Knochen und Hirnmasse sichtbar. Sein Gesicht ist ein Totenschädel, locker behangen mit Fetzen verwesender Haut.

Wie immer trägt er ein weites schwarzes Hemd, enge Jeans und schwere schwarze Stiefel. Die Kleidung ist zerlumpt und zerrissen. Die abgestoßenen Stiefel starren vor Schmutz. Sein verbeulter Hut liegt auf der Armlehne.

Ich hätte es wissen müssen. Die Zeit für den schwarzen Mann meiner Kindheit ist abgelaufen. Ich bin jetzt erwachsen. Zeit, mich dem Kreidemann zu stellen.

Mr. Halloran dreht sich zu mir um. Seine Augen sind weg, aber in diesen leeren Höhlen schwelt so etwas wie Verstehen oder Erkennen… und noch etwas anderes, das mich davon abhält, allzu tief hineinzuschauen, aus Angst, niemals mehr vollständig von dort zurückzukehren.

»Hallo, Ed. Lange nicht gesehen.«

Chloe ist schon auf, sie sitzt bei Kaffee und Toast in der Küche, als ich kurz nach acht hundemüde nach unten komme.

Sie hat einen anderen Sender eingestellt, und statt Radio 4 kommt etwas aus dem Lautsprecher, das sich anhört wie die Schmerzensschreie eines Mannes, der sich umzubringen versucht, indem er eine Gitarre auf seinem Schädel zertrümmert.

Klar, dass das Wummern in meinem Kopf davon nicht besser wird.

Sie blickt kurz auf. »Du siehst beschissen aus.«

»So fühle ich mich auch.«

»Gut. Geschieht dir recht.«

»Danke für dein Mitgefühl.«

»Selbst zugefügtes Leid verdient kein Mitgefühl.«

»Noch mal danke... und könntest du den wütenden weißen Mann mit Vaterproblemen etwas leiser stellen?«

»Das nennt man Rockmusik, Opa.«

»Sag ich doch.«

Sie schüttelt den Kopf, dreht aber die Lautstärke um ein Winziges leiser.

Ich gehe zur Kaffeemaschine und gieße mir einen schwarzen Kaffee ein.

»Wie lange bist du noch aufgeblieben, nachdem ich ins Bett gegangen bin?«, fragt Chloe.

Ich setze mich an den Tisch. »Nicht lange. Ich war ziemlich betrunken.«

»Tatsächlich?«

»Entschuldige.«

Sie hebt eine bleiche Hand. »Vergiss es. Ich hätte mich nicht einmischen sollen. Die Sache geht mich schließlich nichts an.«

»Nein, soll heißen, ja, du hast recht. Was du gesagt hast. Aber manche Dinge sind nicht so klar.«

»Gut.« Sie nippt an ihrem Kaffee. »Bist du sicher, dass du nicht mehr lange aufgeblieben bist?«

»Ja.«

»Und du bist nicht zwischendurch mal aufgestanden?«

»Na ja, einmal habe ich mir hier unten meine Magentabletten geholt.«

»Sonst nichts?«

Ein Bruchstück eines Traums huscht durch mein Gedächtnis. *»Hallo, Ed. Lange nicht gesehen.«*

Ich schiebe es weg. »Nein. Warum?«

Sie sieht mich seltsam an. »Ich möchte dir was zeigen.«

Sie steht auf und geht aus der Küche. Widerstrebend verlasse ich meinen Stuhl und folge ihr.

An der Wohnzimmertür bleibt sie stehen. »Ich habe mich bloß gefragt, ob dir nach der Plauderei mit deinem Freund vielleicht irgendetwas keine Ruhe gelassen hat.«

»Zeig's mir einfach, Chloe.«

»Okay.«

Sie stößt die Tür auf.

Zu den wenigen Neuerungen, die ich an dem Haus vorgenommen hatte, zählte ein neuer Holzofen mit Schieferverkleidung anstelle des alten Kamins.

Ich starre ihn an. Der Ofen ist mit Zeichnungen bedeckt. Weiße Figuren auf dem grauen Schiefer. Dutzende und Aberdutzende, alles übereinander gezeichnet wie von einem Rasenden. Weiße Kreidemännchen.

1986

Ein Polizist kam zu uns. Wir hatten noch nie einen Polizisten im Haus gehabt. Bis zu diesem Sommer hatte ich noch nie einen aus der Nähe gesehen.

Dieser war groß und schlank. Er hatte dichtes dunkles Haar und ein irgendwie viereckiges Gesicht. Er sah ein bisschen wie ein riesiger Legostein aus, allerdings kein gelber. Sein Name war PC Thomas.

Er warf einen Blick in die Schachtel, verstaute sie in einem Müllbeutel und brachte den in sein Polizeiauto. Dann kam er zurück, nahm verlegen in der Küche Platz, stellte Mum und Dad Fragen und machte sich in einem kleinen Spiralblock Notizen.

»Und Ihr Sohn hat das Paket vor der Haustür gefunden?«

»Richtig«, sagte Mum und sah mich an. »Stimmt's, Eddie?«

Ich nickte. »Ja, Sir.«

»Um wie viel Uhr war das?«

»Um 16 Uhr 4«, sagte Mum. »Ich habe auf die Uhr gesehen, bevor ich nach unten ging.«

Der Polizist schrieb das auf.

»Und du hast keinen vom Haus weggehen oder irgendwo auf der Straße gesehen?«

Ich schüttelte den Kopf. »Nein, Sir.«

»Okay.«

Er schrieb. Mein Dad rutschte auf seinem Stuhl herum.

»Hören Sie, das ist doch sinnlos«, sagte er. »Wir alle wissen, wer das Paket da hingelegt hat.«

PC Thomas sah ihn seltsam an. Nicht sehr freundlich, dachte ich. »Ach ja, Sir?«

»Ja. Einer von Pfarrer Martins kleiner Bande. Die versuchen, meine Frau und meine Familie einzuschüchtern, und langsam wird es Zeit, dem ein Ende zu machen.«

»Können Sie das beweisen?«

»Nein, aber das liegt doch auf der Hand!«

»Vielleicht sollten wir erst einmal auf haltlose Anschuldigungen verzichten.«

»Haltlos?« Ich spürte, mein Dad wurde wütend. Das kam selten vor, aber wenn er wütend wurde – wie auf der Party –, dann knallte es.

»Friedlicher Protest ist nicht verboten, Sir.«

Und da kapierte ich. Der Polizist war nicht auf unserer Seite. Sondern auf der Seite der Demonstranten.

»Sie haben recht«, sagte Mum ruhig. »Friedlicher Protest ist erlaubt. Aber Einschüchterung, Belästigung und Drohungen sind es nicht. Ich hoffe doch, Sie nehmen diese Angelegenheit ernst?«

PC Thomas klappte den Notizblock zu. »Selbstverständlich. Verlassen Sie sich drauf, wenn wir die Täter finden, werden sie angemessen bestraft.«

Er stand auf, der Stuhl scharrte laut über den Kachelboden. »Wenn Sie mich jetzt entschuldigen wollen.«

Er ging aus der Küche. Die Haustür schlug zu.

Ich fragte Mum: »Will er uns nicht helfen?«

Mum seufzte. »Doch, natürlich will er das.«

Dad schnaubte. »Vielleicht wäre er hilfsbereiter, wenn seine Tochter nicht bei den Demonstrationen mitmachen würde.«

»Geoff«, sagte Mum. »Lass sein.«

»Gut.« Er stand auf, und für einen Augenblick sah er gar nicht wie Dad aus. Nur erregt und wütend. »Aber wenn die Polizei das nicht in die Hand nimmt, tu ich es.«

Bevor die Schule wieder anfing, kamen wir alle ein letztes Mal zusammen. Wir trafen uns bei Fat Gav. Wie üblich. Er hatte das größte Zimmer und den besten Garten mit einer neuen Seilschaukel und einem Baumhaus, und seine Mum versorgte uns immer reichlich mit Limo und Chips.

Wir lümmelten auf dem Rasen, quatschten dummes Zeug und verarschten uns gegenseitig. Trotz meiner Abmachung mit Mr. Halloran erwähnte ich meinen Zusammenstoß mit Mickeys Bruder. Das musste ich tun, denn wenn er von unseren Kreidezeichen wusste, konnten wir uns nicht mehr heimlich verabreden. In meiner Version der Geschichte schlug ich natürlich tapfer zurück und kam heil davon. Ich machte mir ein wenig Sorgen, dass Mickey von Sean alles erfahren hatte und mir jetzt widersprechen würde, aber anscheinend hatte Mr. Halloran Sean einen solchen Schrecken eingejagt, dass auch er lieber die Klappe hielt.

»Dein Bruder weiß also über unsere Kreidezeichen Bescheid?«, fragte Fat Gav und sah Metal Mickey feindselig an. »Du altes Plappermaul.«

»Ich hab ihm nichts gesagt«, winselte Metal Mickey. »Da muss er von allein drauf gekommen sein. So oft, wie wir das getan haben. Bestimmt hat er uns beobachtet.«

Das war gelogen, doch mir war es eigentlich egal, wie Sean dahintergekommen war. Die Tatsache blieb, und damit änderte sich alles.

»Wir können uns doch neue Geheimzeichen ausdenken«, sagte Hoppo, klang aber nicht sehr begeistert.

Ich konnte ihn verstehen. Jetzt, wo andere davon wussten – *und gerade Sean* –, war die ganze Sache verdorben.

»Ich fand das sowieso blöd«, sagte Nicky und warf die Haare zurück.

Ich starrte sie an, gekränkt und leicht irritiert. Sie war heute so komisch. Wie so manches Mal. Irgendwie schlecht gelaunt und streitsüchtig.

»Nein, blöd war es nicht«, sagte Fat Gav. »Aber wenn Sean jetzt Bescheid weiß, hat es keinen Sinn mehr. Außerdem fängt morgen wieder die Schule an.«

»Ja.«

Allgemeines Stöhnen. Wir alle waren an diesem Nachmittag nicht gut drauf. Nicht mal Fat Gav hatte Lust auf seine komischen Redensarten. Das Wetter entsprach unserer Stimmung. Der blaue Sommerhimmel war düsterem Grau gewichen. Wolken schoben sich rastlos zusammen, als könnten sie es kaum erwarten, endlich ihre Schleusen zu öffnen.

»Ich geh jetzt besser«, sagte Hoppo. »Ich soll Mum helfen, Holz für den Kamin zu hacken.«

Hoppo und seine Mum hatten in ihrem alten Reihenhaus genauso einen stinkenden Kamin wie wir.

»Ich auch«, sagte Metal Mickey. »Wir sind heute Abend zum Essen bei meiner Oma eingeladen.«

»Ihr macht mich echt fertig, Leute«, sagte Fat Gav, aber es klang irgendwie halbherzig.

»Ich glaub, ich geh jetzt auch«, sagte ich. Mum hatte mir neue Schulsachen gekauft, die ich vor dem Essen noch anprobieren sollte, falls noch was geändert werden musste.

Wir standen auf, und dann kam auch Nicky auf die Beine.

Fat Gav ließ sich dramatisch auf den Rücken fallen. »Dann geht doch, geht. Ich halt's nicht mehr aus.«

Rückblickend scheint mir, dies war das letzte Mal, dass wir alle so zusammen waren. Entspannt, Freunde, eine Gang. Bevor dann alles in die Brüche ging.

Hoppo und Metal Mickey zogen in die eine Richtung davon, Nicky und ich in die andere. Das Pfarrhaus war nicht sehr weit von unserem Haus, und manchmal machten Nicky und ich uns zusammen auf den Rückweg. Nicht oft. Normalerweise ging Nicky als Erste. Wegen ihrem Dad, nehme ich an. Er achtete sehr streng auf Pünktlichkeit. Ich vermutete, er hatte was dagegen, dass Nicky sich mit uns herumtrieb. Aber das interessierte uns natürlich nicht. Er war Pfarrer, und das war für uns Erklärung genug. Ich meine, Pfarrer waren ja sowieso gegen alles, oder?

»Und du, äh, alles für die Schule vorbereitet?«, fragte ich, als wir über die Ampel und dann am Park vorbei gingen.

Sie sah mich irgendwie erwachsen an. »Ich weiß Bescheid.«

»Worüber?«

»Das Paket.«

»Oh.«

Ich hatte den anderen nichts von dem Paket erzählt. Das war mir zu kompliziert und unerfreulich und wäre mir wie ein Verrat an meinen Eltern vorgekommen.

Soweit ich das beurteilen konnte, war in der Sache sowieso nichts weiter geschehen. Der Polizist hatte sich nicht mehr blicken lassen, und dass irgendwer verhaftet worden wäre, hatte ich auch nicht gehört. Mums Klinik war eröffnet worden, und die Demonstranten zogen weiter davor ihre Kreise wie die Geier. »Die Polizei hat mit Dad geredet.«

»Oh.«

»Ja.«

»Tut mir leid«, fing ich an.

»Wieso das denn? Mein Dad ist ein Arschloch.«

»Tatsächlich?«

»Alle haben eine Scheißangst, den Mund aufzumachen, bloß weil er Pfarrer ist – sogar die Polizei. Es ist zum Heulen …« Sie brach ab und sah auf ihre Finger, von denen vier mit Pflastern umwickelt waren.

»Was ist mit deiner Hand?«

Sie ließ sich viel Zeit mit der Antwort. Ich dachte schon, sie würde gar nichts mehr sagen. Aber dann kam doch etwas. »Hast du deine Eltern gern?«

Ich war verblüfft. Was sollte jetzt diese Frage? »Ja, schon. Natürlich.«

»Also, ich hasse meinen Dad. Ehrlich, ich *hasse* ihn.«

»Das meinst du nicht ernst.«

»Doch. Ich war richtig froh, als dein Dad ihm eine reingehauen hat. Hätte er bloß noch fester zugeschlagen.« Sie starrte mich an, und etwas in ihren Augen ließ mich frösteln. »Er hätte ihn umbringen sollen.«

Damit warf sie ihre Haare über die Schulter und stapfte so rasch und entschlossen davon, dass ich gar nicht erst auf die Idee kam, ihr zu folgen.

Ich wartete, bis ihr rotes Haar um die Ecke verschwunden war, und schleppte mich dann müde weiter. Das Gewicht des Tages drückte mich nieder. Ich wollte nur noch nach Hause.

Als ich reinkam, machte mein Dad gerade Tee und dazu mein Lieblingsessen, Fischstäbchen und Fritten.

»Darf ich fernsehen?«, fragte ich.

»Nein.« Er hielt mich am Arm fest. »Deine Mum ist da drin, sie hat Besuch. Geh dich waschen, und dann komm essen.«

»Wer ist denn da?«

»Geh dich einfach waschen.«

Im Flur stand die Wohnzimmertür halb offen. Mum saß auf dem Sofa, neben ihr ein blondes Mädchen. Das Mädchen weinte, und Mum hielt sie im Arm. Das Mädchen kam mir bekannt vor, aber ich wusste nicht, wo ich sie hintun sollte.

Ich ging aufs Klo und wusch mir die Hände, und erst dann kam ich drauf. Das war die blonde Freundin des Waltzer-Mädchens, die ich unter den Demonstranten vor der Klinik gesehen hatte. Ich fragte mich, was sie hier wollte und warum sie weinte. Vielleicht wollte sie sich bei Mum entschuldigen. Oder sie hatte irgendwelche Schwierigkeiten.

Wie sich herausstellte, war es Letzteres. Jedoch andere Schwierigkeiten, als ich mir vorgestellt hatte.

Die Leiche wurde an einem Sonntagmorgen gefunden, drei Wochen nach Schulbeginn.

Obwohl keiner von uns das zugegeben hätte, war es gar nicht so schlimm wie wir behaupteten, nach den Ferien wieder zur Schule zu müssen. Sechs Wochen Ferien waren großartig. Aber immer nur Spaß haben und sich ausdenken müssen, was man tun könnte, war auch ziemlich anstrengend.

Und diese Sommerferien waren schon merkwürdig gewesen. In gewisser Hinsicht war ich froh, sie hinter mir zu lassen und in die Normalität zurückzukehren. Endlich wieder Alltag, dieselben Klassenräume, dieselben Gesichter. Abgesehen von Mr. Halloran.

Er war nicht mein Lehrer, was irgendwie schade war, aber auch eine Erleichterung. Ich wusste ein wenig zu viel von ihm. Lehrer sollen nett und freundlich sein, einem jedoch auch nicht zu nahe kommen. Mr. Halloran und ich teilten jetzt ein Geheimnis, das fand ich zwar cool, aber es machte mich in seiner Gegenwart auch befangen, als hätten wir uns mal nackt gesehen oder so.

Natürlich sahen wir ihn in der Schule. Er kam zu den Mahlzeiten, und manchmal hatte er Pausenaufsicht, und als Mrs. Wilkinson, unsere Englischlehrerin, einmal krank war, übernahm er den Unterricht in unserer Klasse. Er war ein guter Lehrer. Lustig, interessant und richtig gut darin, die Stunden nicht langweilig werden zu lassen. Schnell vergaß man dabei, wie er aussah, obwohl das die Kinder nicht davon abhielt, ihm gleich am ersten Tag einen Spitznamen zu verpassen: Mr. Chalk, der Kreidemann.

An diesem Sonntag lag nichts Besonderes an. Was mir recht war. Ich fand es gut, mich zu langweilen, das fühlte sich schön normal an. Auch Mum und Dad wirkten etwas entspannter. Ich war oben in meinem Zimmer und las, als es klingelte. Wie es manchmal so ist, wusste ich sofort, dass etwas passiert war. Etwas Schlimmes.

»Eddie?«, rief Mum. »Mickey und David sind hier.«

»Komme.«

Zögernd tappte ich nach unten. Mum verschwand in die Küche. Metal Mickey und Hoppo standen mit ihren Rädern vor der Haustür. Mickey hatte einen roten Kopf, total aufgeregt. »Da ist einer in den Fluss gefallen.«

»Ja«, sagte Hoppo. »Da ist ein Krankenwagen und Polizei mit Absperrband und dem ganzen Scheiß. Kommst du mit?«

Ich würde gern sagen, ihre Begeisterung, einen armen Toten zu begaffen, hätte ich damals für makaber und unrecht gehalten. Aber ich war zwölf. *Natürlich* wollte ich mit.

»Okay.«

»Dann los«, sagte Mickey ungeduldig.

»Ich muss nur noch mein Rad holen.«

»Mach schnell«, drängte Hoppo. »Sonst ist alles schon vorbei.«

»Was ist vorbei?«, fragte Mum in der Küchentür.

»Nichts, Mum«, sagte ich.

»Dafür scheint ihr es aber sehr eilig zu haben.«

»Nur die coolen neuen Geräte auf dem Spielplatz«, log Mickey. Er war immer ein guter Lügner.

»Aber bleib nicht so lange. Sei zum Mittagessen zurück.«

»Okay.«

Ich schnappte mein Rad, und wir sausten los.

»Wo ist Fat Gav?«, fragte ich Mickey, der normalerweise erst zu ihm ging.

»Seine Mum sagt, sie hat ihn einkaufen geschickt«, sagte er. »Sein Pech.«

Aber es sollte anders kommen. Es war Mickeys Pech.

Das Ufer war teilweise abgesperrt, und ein Polizist ließ die Leute nicht zu nah herankommen. Erwachsene standen in kleinen Gruppen herum, sie wirkten besorgt. Wir hielten nicht weit von ihnen an.

Eigentlich war es ziemlich enttäuschend. Nicht nur die Absperrung, sondern auch die große grüne Plane, eine Art Zelt, das die Polizei aufgestellt hatte. Man sah überhaupt nichts.

»Meinst du, die Leiche ist da drin?«, fragte Mickey.

Hoppo zuckte die Schultern. »Wahrscheinlich.«

»Ich wette, er ist ganz grün und aufgedunsen, und die Fische haben seine Augen gefressen.«

»Krass.« Hoppo machte ein würgendes Geräusch.

Ich versuchte mir aus dem Kopf zu schlagen, was Mickey da gesagt hatte, aber das Bild wollte nicht weichen.

»So ein Mist«, stöhnte er. »Wir sind zu spät.«

»Wartet«, rief ich. »Die bringen da was raus.«

Bewegung kam auf. Die Polizisten schoben vorsichtig etwas hinter der grünen Plane hervor. Keine Leiche. Ein Fahrrad. Oder das, was davon übrig war. Völlig verbogen und mit schleimigem Grünzeug bedeckt. Aber wir erkannten es sofort. Wir alle.

Ein BMX-Rennrad. Knallrot, mit einem schwarzen Totenschädel.

Jeden Samstag- und Sonntagmorgen konnte man – wenn man früh genug auf den Beinen war – Sean auf seinem BMX-Rennrad beim Zeitungsaustragen durch die Stadt rasen sehen. Als Sean jedoch an diesem Sonntagmorgen auf sein Rad steigen wollte, war es nicht da. Jemand hatte es gestohlen.

Ein Jahr zuvor hatte es eine Serie von Fahrraddiebstählen gegeben. Ältere Collegeschüler hatten sie geklaut und nur so zum Spaß in den Fluss geworfen.

Vielleicht hatte Sean aus diesem Grund zuerst am Fluss nachgesehen. Er liebte sein Rennrad. Über alles. Und als er den Lenker aus dem Wasser ragen sah, hängengeblieben an abgebrochenen Ästen, stand sein Entschluss fest. Er musste sein Rad bergen. Und so watete er in den Fluss, obwohl jeder wusste, wie stark die Strömung dort war. Und Sean Cooper war alles andere als ein guter Schwimmer.

Beinahe hätte er es geschafft. Er hatte das Rad gerade aus dem Gewirr der Äste befreit, als das Gewicht ihn ins Straucheln brachte. Er kam zu Fall, und plötzlich ging ihm das Wasser bis zur Brust. Seine Kleidung zog ihn nach unten, und die starke Strömung zerrte ihn wie ein Dutzend Hände in die Tiefe. Und kalt war es auch. Verdammt kalt.

Er griff nach den Ästen. Sean Cooper schrie, aber es war noch früh, und nicht einmal ein einsamer Spaziergänger mit Hund war in der Nähe. Vielleicht packte ihn deswegen die

Panik. Die Strömung schlang sich um seine Glieder und zog ihn mit sich flussabwärts.

So sehr er strampelte und um sich schlug, das Ufer geriet in immer weitere Ferne, und immer wieder tauchte sein Kopf unter Wasser, und statt Luft einzuatmen, atmete er stinkendes braunes Wasser ein …

Das alles wusste ich damals natürlich nicht. Einiges erfuhr ich später. Einiges malte ich mir aus. Mum sagte immer, ich hätte eine lebhafte Fantasie. Das verhalf mir zu guten Noten in Englisch, aber auch zu entsetzlichen Albträumen.

Ich glaubte nicht, dass ich in dieser Nacht schlafen könnte, trotz der heißen Milch, die Mum mir vor dem Zubettgehen gab. Die ganze Zeit sah ich Sean Cooper vor mir, grün und aufgedunsen und wie sein Rad mit schleimigem Grünzeug bedeckt. Und noch etwas anderes ging mir nicht aus dem Kopf, etwas, das Mr. Halloran gesagt hatte: Karma. Was man sät, das wird man ernten.

»Wer Schlechtes tut, wird irgendwann davon eingeholt und bekommt es heimgezahlt. Dieser Junge wird es noch büßen. Da kannst du ganz sicher sein.«

Nur war ich mir nicht sicher. Sean Cooper mochte Schlechtes getan haben. Aber war es *so* schlecht? Und was war mit Mickey? Was hatte er getan?

Mr. Halloran hatte nicht Mickeys Gesicht gesehen, als der das Rad seines Bruders erkannte, und er hatte nicht Mickeys furchtbaren Schrei gehört. So einen Schrei wollte ich nie wieder hören.

Hoppo und ich konnten ihn nur mit Mühe davon abhalten, zu dem Zelt zu laufen. Er machte eine solche Szene, dass schließlich einer der Polizisten zu uns kam. Als wir erklärten, wer Mickey war, legte er den Arm um ihn und brachte ihn zu einem Streifenwagen. Nach wenigen Minuten fuhren sie davon. Ich war erleichtert. Der Anblick von Seans Rad war schon schlimm. Mickey so zu sehen, kreischend und wahnsinnig vor Schmerz, war noch schlimmer.

»Alles in Ordnung, Eddie?«

Dad deckte mich zu und setzte sich zu mir auf die Bettkante. Es fühlte sich gut an.

»Was passiert, wenn wir sterben, Dad?«

»Wow. Das ist eine schwere Frage, Eddie. Schätze, das weiß niemand so genau.«

»Wir kommen also nicht in den Himmel oder in die Hölle?«

»Manche Leute glauben das. Aber viele andere glauben nicht, dass es Himmel und Hölle gibt.«

»Also spielt es keine Rolle, wenn wir was Schlechtes getan haben?«

»Nein, Eddie. Ich glaube nicht, dass unser Verhalten eine Rolle spielt bei dem, was nach dem Tod aus uns wird. Ob gut oder schlecht. Doch solange man lebt, spielt es eine große Rolle. Bei den anderen. Deswegen sollte man sich immer bemühen, zu anderen gut zu sein.«

Ich dachte darüber nach und nickte. Natürlich war es ziemlich blöd, wenn man sein Leben lang Gutes tat und dann doch nicht in den Himmel kam, aber umgekehrt freute es mich. So sehr ich Sean Cooper hasste, die Vorstellung, wie er in alle Ewigkeit in der Hölle schmorte, gefiel mir ganz und gar nicht.

»Eddie«, sagte Dad. »Was Sean Cooper zugestoßen ist,

ist sehr traurig. Ein tragischer Unfall. Aber das ist auch alles. Ein Unfall. Manchmal geschehen Dinge ohne jeden Grund. So ist das Leben. Und das Sterben.«

»Scheint so.«

»Was meinst du, kannst du jetzt schlafen?«

»Ja.«

Das stimmte nicht, aber Dad sollte mich nicht für ein Baby halten.

»Okay, Eddie. Also dann, Licht aus.«

Dad gab mir einen Kuss auf die Stirn. Das tat er jetzt nur noch sehr selten. An diesem Abend war ich froh, als sein dichter, muffiger Bart mich streifte. Dann knipste er das Licht aus, und das Zimmer füllte sich mit Schatten. Mein Nachtlicht hatte ich schon seit Jahren nicht mehr, aber in dieser Nacht hätte ich es gern wieder gehabt.

Ich legte meinen Kopf auf das Kissen und kuschelte mich ein. In der Ferne schrie eine Eule. Ein Hund jaulte. Ich versuchte an schöne Dinge zu denken, nicht an tote, ertrunkene Jungen. Radfahren und Eis essen und Pac-Man spielen. Mein Kopf sank tiefer ins Kissen. Gedanken sickerten in die weichen Falten. Nach einer Weile dachte ich gar nichts mehr. Der Schlaf pirschte sich an und zog mich ins Dunkel.

Ein durchdringendes Geräusch weckte mich wieder. *Ratt-ta-ta-tat*, ein Prasseln wie Regen oder Hagel. Ich wälzte mich auf die andere Seite. Da kam es wieder. Steinchen an meinem Fenster. Ich sprang aus dem Bett, lief über die Dielenbretter und zog den Vorhang auf.

Offenbar hatte ich schon eine Weile geschlafen. Draußen war es stockfinster. Der Mond ein silbriger Schlitz, wie ein Schnitt im kohlschwarzen Himmel.

Sein Licht reichte gerade aus, dass ich Sean Cooper erkennen konnte.

Er stand auf dem Rasen vor der Veranda. Er trug Jeans und seine blaue Baseballjacke, zerrissen und schmutzig. Er war weder grün und aufgedunsen, noch hatten Fische seine Augen gefressen, aber er war sehr bleich und sehr tot.

Ein Traum. Das musste ein Traum sein. *Wach auf*, dachte ich. *Wach auf, wach auf, WACH AUF!*

»Hey, Arschloch.«

Er lächelte. Mir drehte sich der Magen um. Ich erkannte mit furchtbarer, entsetzlicher Gewissheit, dass dies kein Traum war. Es war ein Albtraum.

»Verschwinde«, zischte ich leise, beide Fäuste so fest geballt, dass mir die Nägel in die Hände schnitten.

»Ich hab dir was auszurichten.«

»Ist mir egal«, rief ich. »Verschwinde.«

Das sollte energisch klingen. Aber die Angst hielt mich an der Kehle gepackt, und ich brachte nur so was wie ein Winseln zustande.

»Hör zu, Arschloch, wenn du nicht runterkommst, muss ich raufkommen und dich holen.«

Ein toter Sean Cooper im Garten war schlimm, aber ein toter Sean Cooper in meinem Zimmer war noch viel schlimmer. Und das war doch ein Traum, oder? Ich musste einfach nur weitermachen, bis ich aufwachte.

»Okay … warte mal kurz.«

Ich holte meine Turnschuhe unterm Bett hervor und zog sie mit zitternden Händen an. Ich schlich zur Tür, packte die Klinke und zog sie auf. Da ich nicht wagte, Licht zu machen, tastete ich mich an der Wand entlang und ging dann vorsichtig, Stufe für Stufe, mich seitwärts haltend wie ein Krebs, die Treppe hinunter.

Endlich kam ich unten an. Ich ging durch den Flur in die Küche. Die Hintertür stand offen. Ich trat hinaus. Die Nachtluft drang durch den dünnen Schlafanzug an meine Haut; eine schwache Brise fuhr mir durchs Haar. Ein feuchter, saurer Verwesungsgeruch wehte mir in die Nase.

»Schnüffel nicht rum wie ein Scheißköter, Arschloch.«

Ich fuhr zusammen. Sean Cooper stand direkt vor mir. Von Nahem sah er noch schlimmer aus als oben aus meinem Zimmer. Seine Haut schimmerte bläulich. Ich sah die Äderchen darunter. Seine Augen waren gelb und irgendwie eingefallen.

Ich fragte mich, ob man irgendwann einen Punkt erreichte, an dem die Angst sich nicht mehr steigern ließe. Falls ja, hatte ich den jetzt erreicht.

»Was machst du hier?«

»Hab ich doch gesagt. Ich hab dir was auszurichten.«

»Was denn?«

»Hüte dich vor dem Kreidemann.«

»Das verstehe ich nicht.«

»Meinst du ich vielleicht?« Er kam einen Schritt auf mich zu. *»Meinst du, ich bin freiwillig hier? Meinst du, das Totsein macht mir Spaß? Oder so zu stinken?«*

Er zeigte mit einem Arm auf mich, der irgendwie ausgerenkt war. Nein, er war gar nicht verrenkt. Er war an der Schulter ausgerissen. Weiß glänzte der Knochen im milchigen Mondlicht.

»Ich bin nur deinetwegen hier.«

»Wegen mir?«

»Das ist alles deine *Schuld, Arschloch. Du hast das angefangen.«*

Ich wich rückwärts zur Tür zurück.

»Tut … tut mir leid, ehrlich.«

»Ehrlich.« Er grinste höhnisch. *»Dann zeig mir doch mal,* wie *leid es dir tut.«*

Er packte meinen Arm. Warmer Urin lief mir am Bein hinab.

»Lutsch meinen Schwanz.«

»NEEIIN!«

Ich riss mich los, und im selben Augenblick strömte aus dem Treppenfenster grelles Licht über die Einfahrt.

»EDDIE, BIST DU DAS? WAS MACHST DU DA?«

Sean Cooper erstarrte, leuchtend wie ein grässlicher Weihnachtsbaum, und das Licht schien durch ihn hindurch. Dann fiel er, wie sich das für aus der Finsternis gekrochene Monster gehörte, langsam auseinander und sank als kleine weiße Staubwolke auf den Boden nieder.

Ich sah hin. Wo er gestanden hatte, war jetzt etwas anderes. Eine Zeichnung. Weiß auf der dunklen Einfahrt. Ein Strichmännchen, halb eingetaucht in plumpe Wellen, einen Arm hochgereckt, als würde er winken. *Nein,* dachte ich. *Ertrinken. Nicht winken.* Und kein Strichmännchen – *ein Kreidemann.*

Ein Schauder überlief mich.

»Eddie?«

Ich rannte ins Haus und machte so leise ich konnte die Tür zu.

»Schon gut, Mum. Ich wollte bloß einen Schluck Wasser trinken.«

»Hab ich da nicht die Hintertür gehört?«

»Nein, Mum.«

»Na, dann trink und geh wieder ins Bett. Morgen ist Schule.«

»Okay, Mum.«

»Braver Junge.«

Beim Abschließen der Tür zitterten meine Finger so sehr, dass ich den Schlüssel erst nach mehreren Versuchen im Schloss herumgedreht bekam. Ich tappte nach oben, zog die nasse Schlafanzughose aus und stopfte sie in den Wäschekorb. Dann stieg ich in eine frische Hose und kletterte ins Bett. Aber ich konnte lange nicht einschlafen. Ich lag da und wartete, ob wieder Steinchen an mein Fenster prasseln oder nasse Schritte sich die Treppe hinaufschleppen würden.

Irgendwann, als draußen schon die Vögel zu zwitschern begonnen hatten, muss ich doch eingeschlafen sein. Aber nicht lange. Ich wachte früh auf. Vor Mum und Dad. Sofort lief ich nach unten und stieß in der verzweifelten Hoffnung, alles nur geträumt zu haben, die Hintertür auf. Da war kein toter Sean Cooper. Da war kein …

Der Kreidemann war immer noch da.

Hey, Arschloch. Kommst du schwimmen? Mach schon – das Wasser ist tödlich.

Ich hätte es sein lassen können. Das wäre vielleicht besser gewesen. Aber nein, ich zog Mums Abwaschschüssel unter der Spüle hervor und füllte sie mit Wasser. Dann kippte ich die Schüssel über dem Kreidemann aus, ertränkte ihn noch einmal in kaltem Wasser und den Resten von Seifenschaum.

Ich versuchte mir einzureden, dass die Zeichnung nur von einem der anderen stammen konnte. Vielleicht Fat Gav, oder Hoppo. Ein blöder Scherz. Erst auf dem Weg zur Schule fiel es mir ein. Jeder von uns hatte seine eigene Farbe. Fat Gav Rot, Metal Mickey Blau, Hoppo Grün, Nicky Gelb und ich Orange. Keiner aus unserer Gang benutzte Weiß.

2016

Kurz vor der Mittagspause klingelt mein Handy. Mums Anrufe kommen grundsätzlich in den unpassendsten Momenten, so auch heute. Ich könnte sie auf die Mailbox umleiten, aber Mum kann das nicht ausstehen und würde beim nächsten Mal ihrem Ärger Luft machen, also drücke ich widerwillig auf »Annehmen«.

»Hallo.«

»Hallo, Ed.«

Ich ziehe mich verlegen aus dem Klassenzimmer auf den Flur zurück.

»Alles in Ordnung?«, frage ich.

»Aber ja. Was soll denn sein?«

Mum ist keine, die nur so zum Plaudern anruft. Wenn Mum anruft, hat es immer einen Grund.

»Weiß nicht. Geht's dir gut? Und Gerry?«

»Sehr gut. Wir haben gerade eine Saftkur hinter uns und sind jetzt beide so richtig vital.«

Fest steht, ein Wort wie »vital« wäre Mum früher nie über die Lippen gekommen, so wenig wie sie sich zu Dads Lebzeiten jemals auf eine Saftkur eingelassen hätte. An alldem kann nur Gerry schuld sein.

»Großartig. Hör mal, Mum, ich bin beschäftigt, also mach es …«

»Arbeitest du jetzt etwa, Ed?«

»Na ja ...«

»Zur Zeit sind doch Ferien.«

»Das ist mir bekannt. Aber heutzutage kann von Ferien kaum noch die Rede sein.«

»Lass dich nicht so von denen ausbeuten, Ed.« Sie seufzt. »Es gibt noch anderes im Leben.«

Auch so etwas hätte Mum früher nie gesagt. Arbeit war ihr Leben. Aber als Dad krank wurde, änderte sich alles, und ihr Leben wurde die Sorge um ihn.

Ich begreife, dass sie mit allem, was sie jetzt macht – einschließlich Gerry –, diese verlorenen Jahre nachzuholen versucht. Ich mache ihr keinen Vorwurf. Nur mir selbst.

Wäre ich verheiratet und hätte Kinder, könnte sie ihre Tage mit etwas anderem ausfüllen als mit albernen Saftkuren. Und ich könnte meine Tage mit etwas anderem als mit Arbeit ausfüllen.

Doch das will Mum bestimmt nicht hören.

»Ich weiß«, sage ich. »Du hast recht.«

»Gut. Du solltest es mal mit Pilates versuchen, Ed. Das würde deine Haltung verbessern.«

»Ich überleg's mir.«

Niemals.

»Ich will dich nicht aufhalten, wenn du zu tun hast. Ich wollte nur wissen, ob du mir einen kleinen Gefallen tun kannst?«

»O-kay?«

»Gerry und ich haben vor, eine Woche mit dem Wohnwagen zu verreisen.«

»Großartig.«

»Nur hat unser Katzensitter keine Zeit.«

»O nein.«

»Ed! Du bist doch so ein Tierfreund.«

»Richtig. Aber Mittens hat was gegen mich.«

»Unsinn. Er ist ein Kater. Der hat gegen keinen was.«

»Er ist kein Kater, er ist ein Soziopath auf vier Beinen.«

»Kannst du ein paar Tage auf ihn aufpassen oder nicht?«

Ich stöhne. »Ja. Kann ich. Natürlich.«

»Gut. Ich bring ihn dir morgen früh vorbei.«

Oh. Gut.

Ich lege auf und gehe in die Klasse zurück. Ein dünner Teenager mit strähnigen schwarzen Ponyfransen im Gesicht lümmelt auf einem Stuhl, Doc Martens auf dem Pult, und tippt Kaugummi kauend auf seinem Smartphone herum.

Danny Myers ist in meiner Englischklasse. Ein aufgeweckter Junge, behaupten alle: unser Rektor und auch Dannys Eltern, die, was für ein Zufall, mit unserem Rektor und etlichen Mitgliedern des Verwaltungsrats befreundet sind. Ich hege keinen Zweifel daran, habe aber in seinen Leistungen bis jetzt noch nichts bemerkt, was diese Behauptung rechtfertigen könnte.

Selbstverständlich wollen weder seine Eltern noch unser Rektor das hören. Sie glauben, Danny brauche nur besondere Aufmerksamkeit. Danny werde von unserem Bildungssystem, das alle über einen Kamm schere, im Stich gelassen. Er sei zu klug, zu leicht abgelenkt, zu sensibel, bla bla bla.

Und deshalb wird Danny jetzt »gefördert«, wie man das nennt. Das heißt, während der Ferien wird er für zusätzliche Nachhilfestunden in die Schule gebracht, und ich soll ihn inspirieren, motivieren und breitschlagen, dass er die von seinen Eltern gewünschten guten Noten nach Hause bringt.

Manchmal hilft dieser Förderunterricht wirklich, bei Kindern, die zwar begabt sind, in der Klasse aber nicht so gut abschneiden. Es gibt allerdings Fälle, die für beide Seiten reine Zeitverschwendung sind. Ich halte mich nicht für einen Defätisten. Ich bin Realist. Ich bin kein Mr. Chips. Letzten Endes möchte ich Schüler unterrichten, die etwas lernen wollen. Schüler, die Interesse haben und Einsatz zeigen. Oder die es wenigstens versuchen wollen. Besser ein mühsam erarbeitetes Ausreichend als ein Mir-doch-scheißegal-Befriedigend.

»Handy aus. Füße runter«, sage ich und setze mich an mein Pult.

Er schwingt die Beine vom Tisch, tippt aber weiter auf dem Handy herum. Ich setze meine Brille auf und finde die Stelle im Text, über die wir eben gesprochen haben.

»Könntest du dich, wenn du fertig bist, wieder auf *Herr der Fliegen* konzentrieren?«

Er tippt weiter.

»Danny, ich würde deinen Eltern nur ungern erklären, dass ein Verbot sämtlicher sozialer Medien genau das Richtige sein könnte, deinen Leistungen auf die Sprünge zu helfen …«

Danny starrt mich kurz an. Ich lächle höflich zurück. Am liebsten würde er widersprechen. Mich wegstoßen. Aber diesmal macht er das Handy aus und schiebt es in die Hosentasche. Ich sehe das nicht als Sieg, eher so, dass er gerade mal gnädig gestimmt ist.

Auch gut. Mir ist alles recht, was diese zwei Stunden einfacher macht. Manchmal genieße ich diese Psychospielchen mit Danny. Und es verschafft mir tatsächlich eine gewisse Befriedigung, wenn ich ihn dazu bringen kann, eine halbwegs anständige Arbeit abzuliefern. Heute ist nicht der Tag dafür. Nach der unruhigen Nacht bin ich müde und gereizt. Als ob ich auf irgendetwas warte. Etwas Schlimmes. Eine Katastrophe.

Ich versuche, mich auf den Text zu konzentrieren. »Okay, wir waren bei der Frage, was die Hauptfiguren darstellen. Ralph, Jack, Simon …«

Er zuckt die Schultern. »Simon war von Anfang an eine Niete.«

»Inwiefern?«

»Zu nichts zu gebrauchen. Eine Flasche. Er hat den Tod verdient.«

»*Verdient?* Wieso?«

»Also gut. Es ist nicht schade um ihn, okay? Jack hat recht. Wenn sie auf der Insel überleben wollen, müssen sie diesen ganzen zivilisierten Scheiß vergessen.«

»Aber in dem Roman geht es doch darum, dass die Gesellschaft auseinanderfällt, wenn wir in Barbarei verfallen.«

»Wär doch nicht schlecht. Ist sowieso alles Schwindel. Ich finde, genau das sagt das Buch. Wir tun alle bloß zivilisiert, aber im Innersten sind wir es gar nicht.«

Ich lächle, obwohl sich langsam Unbehagen in mir ausbreitet. Wahrscheinlich wieder mal der Magen. »So kann man es natürlich auch sehen.«

Meine Uhr piept. Die Weckfunktion soll mich an das Ende unserer Stunde erinnern.

»Okay. Das war's für heute.« Ich packe meine Bücher ein. »Würde mich freuen, wenn du diese Theorie in deinem nächsten Aufsatz etwas näher begründen könntest, Danny.«

Er steht auf und nimmt seinen Matchbeutel. »Bis dann, Sir.«

»Nächste Woche, gleiche Zeit.«

Er ist schon fast an der Tür, als ich sage: »Und ich nehme an, in deiner neuen Gesellschaft wärst du einer der Überlebenden, Danny?«

»Sicher.« Er sieht mich eigenartig an. »Aber keine Sorge, Sir. Sie würden auch dazugehören.«

Durch den Park brauche ich länger nach Hause; es ist nicht besonders warm, trotzdem entscheide ich mich für den Umweg. Kleine Reise in die Vergangenheit.

Ich mag die Promenade am Fluss, auf der einen Seite Felder und dahinter in der Ferne der Dom, der schon seit Jahren teilweise eingerüstet ist. Vierhundert Jahre hat man an dem berühmten Turm gebaut, ohne Maschinen und ohne vernünftiges Werkzeug. Jetzt restauriert man ihn mit modernster Technik, und wie es aussieht, wird man dafür mindestens ebenso lange brauchen.

Aber diese Postkartenidylle ändert nichts daran, dass ich bei meinen Spaziergängen am Fluss immer wieder in das rasch dahinfließende braune Wasser blicke und mir vorstellen muss, wie kalt es ist. Wie gnadenlos diese Strömung ist. Ich denke immer noch an Sean Cooper, der bei dem Versuch, sein Fahrrad zu bergen, unter Wasser gezogen wurde. Das Rad, zu dessen Diebstahl sich nie jemand bekannt hat.

Links taucht der neue Spielplatz auf. Im Skatepark lärmen ein paar Jungen auf ihren Skateboards; eine Mutter schiebt ihr kicherndes Kind auf einem Karussell im Kreis; ein Mädchen sitzt allein auf einer Schaukel. Sie hat den Kopf gesenkt, die Haare hängen ihr wie ein glänzender Vorhang vorm Gesicht. Braune Haare, nicht rote. Aber wie sie da sitzt, eingeschlossen in ihrem Schneckenhaus, muss ich sofort an Nicky denken.

Ich erinnere mich an einen anderen Tag in jenem Sommer. Eine kleine Szene, die im Nebel und Wirrwarr anderer Erinnerungen fast untergegangen ist. Mum hatte mich zum Einkaufen in die Stadt geschickt. Auf dem Rückweg durch den Park, am Spielplatz vorbei, sah ich Nicky auf einer Schaukel sitzen. Ganz allein, den Kopf gesenkt. Ich wollte schon rufen: *Hey, Nicky!*

Aber etwas hielt mich zurück. Vielleicht, dass sie so in sich versunken vor sich hin schaukelte. Ich schlich mich näher. Sie hielt etwas in der Hand. Es glitzerte silbern in der Sonne – und ich erkannte das kleine Kreuz, das sie immer um den Hals trug. Ich sah, wie sie es hochhob … und dann ins weiche Fleisch ihres Oberschenkel stieß. Wieder und wieder und immer wieder.

Ich zog mich zurück und eilte nach Hause. Weder Nicky noch sonst irgendwem habe ich je davon erzählt. Aber vergessen habe ich es nie. Wie sie mit dem Kreuz auf ihr Bein einstach. Immer wieder. Bestimmt hat es geblutet. Doch sie gab keinen Ton von sich, nicht einmal ein Winseln.

Das Mädchen im Park blickt auf und schiebt sich die Haare hinters Ohr. Etliche Silberreifen schimmern in ihrem Ohrläppchen, und ein großer Ring hängt an ihrer

Nase. Sie ist älter, als ich zunächst dachte, wahrscheinlich geht sie schon aufs College. Mir wird schmerzlich bewusst, dass ich nicht mehr der Jüngste bin und einen recht befremdlichen Eindruck machen muss, wie ich hier an einem Kinderspielplatz stehe und ein Mädchen anstarre.

Ich senke den Kopf und gehe weiter, schneller jetzt. Mein Handy vibriert in der Hosentasche. Ich ziehe es heraus, bestimmt wieder meine Mum. Nein. Es ist Chloe.

»Ja?«

»Nette Begrüßung. Du solltest an deinen Telefonmanieren arbeiten.«

»Entschuldige. Ich bin nur … also, was gibt's?«

»Dein Freund hat sein Portemonnaie liegen lassen.«

»Mickey?«

»Ja, ich hab's unter dem Flurtisch gefunden, kurz nachdem du gegangen bist. Muss ihm aus der Jacke gefallen sein.«

Das macht mich stutzig. Es ist Mittag. Mickey müsste längst gemerkt haben, dass sein Portemonnaie nicht mehr da ist. Andererseits war er gestern Abend ganz schön betrunken. Vielleicht schläft er noch in seinem Hotel.

»Gut. Ich ruf ihn an und sage es ihm. Danke.«

»Okay.«

Dann fällt mir etwas ein.

»Kannst du mal einen Blick in das Portemonnaie werfen?«

»Moment.«

Ich höre sie herumgehen, dann ist sie wieder dran. »Okay. Geld – ungefähr zwanzig Pfund –, Kreditkarten, Scheckkarten, Quittungen, Führerschein.«

»Und der Kartenschlüssel von seinem Hotel?«

»Ah, ja, der auch.«

Der Kartenschlüssel. Den er braucht, um in sein Zimmer zu kommen. Natürlich würde er einen Ersatzschlüssel bekommen, wenn er sich irgendwie ausweisen könnte …

Chloe denkt offenbar dasselbe: »Heißt das, er ist gestern Abend nicht mehr in sein Hotel gekommen?«

»Keine Ahnung«, sage ich. »Vielleicht hat er in seinem Auto geschlafen.«

Aber warum hat er mich nicht angerufen? Und selbst wenn er mich nachts nicht stören wollte, warum hat er dann nicht am Morgen angerufen?

»Hoffentlich liegt er nicht irgendwo im Graben«, sagt Chloe.

»Was soll das denn jetzt schon wieder?«

Ich bereue meinen scharfen Ton sofort. Ich kann förmlich hören, wie sie am anderen Ende der Leitung hochgeht.

»Was *hast* du heute bloß? Bist du mit dem falschen Fuß aufgestanden?«

»Entschuldige«, sage ich. »Ich bin bloß müde.«

»Na gut«, sagt sie, und es klingt wie das Gegenteil. »Was hast du jetzt mit deinem Freund vor?«

»Ich rufe ihn an. Falls ich ihn nicht erreiche, bringe ich ihm das Portemonnaie ins Hotel. Und sehe nach, wie es ihm geht.«

»Ich lege es auf den Flurtisch.«

»Gehst du aus?«

»Bingo, Sherlock. Du weißt doch, mein unglaublicher Freundeskreis?«

»Okay, gut, dann bis nachher.«

»Eher nicht.«

Sie beendet das Gespräch, und ich frage mich, ob sie mit ihrer letzten Bemerkung nur sagen wollte, dass es spät wird, oder ob sie wirklich keine Lust mehr hat, einen so schlecht gelaunten Spinner wie mich jemals wiederzusehen.

Seufzend wähle ich Mickeys Nummer. Und werde direkt auf die Mailbox umgeleitet:

»Hi, hier ist Mickey. Ich kann jetzt nicht ans Telefon, also tun Sie nach dem Piepton, was Sie nicht lassen können.«

Ich erspare mir die Nachricht. Während ich umkehre und den Park verlasse, um den kürzeren Weg nach Hause zu nehmen, versuche ich das undeutliche Rumoren in meiner Magengrube zu ignorieren. Hat wohl nichts zu bedeuten. Wahrscheinlich ist Mickey in sein Hotel getorkelt, hat dank seiner Überredungskünste einen Ersatzschlüssel bekommen und schläft jetzt noch seinen Rausch aus. Wenn ich ihn nachher besuche, lässt er sich schon das Mittagessen schmecken. Alles absolut in Ordnung.

Jedenfalls versuche ich mir das einzureden.

Aber je öfter ich es mir sage, desto weniger glaube ich daran.

Die Travelodge ist ein hässlicher Kasten gleich neben einem heruntergekommenen Little Chef. Mickey kann sich bestimmt etwas Besseres leisten, aber die Lage ist natürlich günstig.

Auf dem Weg dorthin wähle ich noch zweimal Mickeys Nummer, komme jedoch immer nur bis zu seiner Mailbox. Meine Befürchtungen nehmen zu.

Ich parke und gehe zur Rezeption. Hinter dem Empfang steht ein junger Mann mit struppigem rotblonden Pferdeschwanz und klaffenden Löchern in den Ohren, der sich in seinem zu engen Hemd und der schlecht gebundenen Krawatte offensichtlich nicht wohlfühlt. Dem Schildchen an seinem Revers zufolge heißt er »Duds«, was mir weniger ein Name als vielmehr ein Hinweis auf chronisches Versagen zu sein scheint.

»Hallo. Einchecken?«

»Eigentlich nicht. Ich möchte einen Freund besuchen.«

»Ja?«

»Mickey Cooper. Ich glaube, er hat gestern eingecheckt.«

»Okay.«

Er sieht mich verschwommen an.

»Also«, bohre ich weiter, »könnten Sie feststellen, ob er da ist?«

»Können Sie ihn nicht anrufen?«

»Er geht nicht ran, und die Sache ist die …« Ich nehme das Portemonnaie aus der Tasche. »Er hat das gestern bei mir zu Hause vergessen. Mit seinem Kartenschlüssel und sämtlichen Kreditkarten.«

Ich warte, dass ihm die Bedeutung dieser Tatsache aufgeht. Moos wächst zwischen meinen Füßen. Gletscher bilden sich und schmelzen wieder ab.

»Tut mir leid«, sagt er schließlich. »Das verstehe ich nicht.«

»Die Frage lautet: Können Sie *bitte* nachsehen, ob er gestern Abend wohlbehalten hier angekommen ist. Ich mache mir Sorgen.«

»Na ja, ich war gestern Abend nicht hier. Nur Georgia.«

»Schön. Müsste da nicht irgendwas im Computer vermerkt sein?« Ich zeige auf den antiken PC, der neben ihm in einer Ecke steht. »Schließlich musste er sich einen Ersatzschlüssel geben lassen. Das muss doch vermerkt worden sein?«

»Na ja, ich könnte vielleicht mal nachsehen.«

»Das könnten Sie in der Tat.«

Der Sarkasmus trieft ihm über den Schädel. Er schmeißt sich auf einen Stuhl und tippt auf der Tastatur herum.

Er dreht sich um. »Nein. Nichts.«

»Könnten Sie sich bei Georgia erkundigen?«

Das muss er erst einmal mit sich ausdiskutieren. Ich ahne, es erfordert gigantische Anstrengung, Duds dazu zu bringen, etwas zu tun, das auch nur ein wenig außerhalb seines Aufgabenbereichs liegt. Ehrlich gesagt, habe ich den Eindruck, sogar normales Atmen verlangt von ihm gigantische Anstrengung.

»Bitte?«, sage ich.

Ein tiefer Seufzer. »Okay.«

Er greift nach dem Telefon. »Hallo. George?«

Ich warte.

»Ist gestern Abend ein Typ ohne seinen Kartenschlüssel gekommen? Mickey Cooper? Du hättest ihm einen Ersatz geben müssen? Aha. Okay. Danke.«

Er legt auf und kommt zurück.

»Und?«, souffliere ich.

»Nein. Ihr Freund ist gestern Abend nicht mehr ins Hotel gekommen.«

1986

Ich hatte mir immer vorgestellt, Begräbnisse gäbe es nur an grauen Regentagen, mit schwarz gekleideten Leuten, die sich unter Schirme kauern.

Am Morgen von Sean Coopers Beerdigung schien die Sonne – zumindest am Anfang. Und niemand trug Schwarz. Seine Familie hatte darum gebeten, Blau oder Rot zu tragen. Seans Lieblingsfarben. Die Farben des Footballteams der Schule. Ziemlich viele Schüler kamen in der Schuluniform.

Mum legte mir ein neues hellblaues Hemd heraus, dazu eine rote Krawatte und dunkle Hosen.

»Du musst dich trotzdem feinmachen, Eddie. Um ihm die letzte Ehre zu erweisen.«

Ich wollte Sean Cooper keine Ehre erweisen. Ich wollte auch nicht zu seiner Beerdigung. Ich war noch nie auf einer Beerdigung gewesen. Jedenfalls konnte ich mich nicht erinnern. Anscheinend hatten meine Eltern mich zur Beerdigung meines Großvaters mitgenommen, aber damals war ich ein Baby, und außerdem war Opa alt. Bei alten Leuten erwartete man, dass sie starben. Und sie rochen auch irgendwie so, als seien sie schon halb tot. Muffig und abgestanden.

Der Tod kam immer zu anderen, nicht zu Kindern, nicht

zu Leuten, die wir kannten. Der Tod war abstrakt und weit weg. Auf Sean Coopers Beerdigung begriff ich wohl zum ersten Mal, dass der Tod immer nur einen eisigen, herben Atemzug entfernt ist. Sein bester Trick besteht darin, einem weiszumachen, er sei gar nicht da. Und der Tod hat eine Menge Tricks in seinem kalten, dunklen Ärmel.

Zur Kirche waren es von uns nur zehn Minuten zu Fuß. Ein weiterer Weg wäre mir lieber gewesen. Ich trödelte, ich zerrte an meinem Hemdkragen. Mum trug dasselbe blaue Kleid, das sie zu Fat Gavs Party angezogen hatte, aber mit einem roten Jäckchen darüber. Dad trug ausnahmsweise eine lange Hose, wofür ich dankbar war, und ein Hemd mit roten Blüten (dafür nicht).

Wir kamen gleichzeitig mit Hoppo und seiner Mum am Friedhofstor an. Hoppos Mum sahen wir nicht oft. Nur wenn sie mit ihrem Auto zum Putzen fuhr. Heute hatte sie ihr widerspenstiges Haar zu einem Knoten gebunden. Sie trug ein formloses blaues Kleid und total zerschlissene Sandalen. Das hört sich bestimmt schrecklich an, aber ich war froh, dass sie nicht meine Mum war, so wie sie aussah.

Hoppo trug ein rotes T-Shirt, blaue Schulhosen und schwarze Schuhe. Sein dichtes dunkles Haar war zur Seite gekämmt. Er sah richtig fremd aus. Nicht nur wegen der Frisur und der schicken Sachen. Er wirkte nervös, angespannt. Er hielt Murphy an der Leine.

»Hallo, David. Hallo, Gwen«, sagte Mum.

Ich hatte nicht gewusst, dass Hoppos Mutter Gwen hieß. Mum war immer gut mit Namen. Dad nicht so sehr. Früher, bevor sein Alzheimer richtig schlimm wurde und er den Verstand verlor, scherzte er immer, Namen zu vergessen sei nichts Neues.

»Hallo, Mr. und Mrs. Adams«, sagte Hoppo.

»Hallo«, sagte seine Mum mit brüchiger Stimme. Sie hörte sich stets an, als entschuldige sie sich, für was auch immer.

»Wie geht's?«, fragte Mum, wie man es aus Höflichkeit tut, aber nicht aus echtem Interesse.

Hoppos Mum antwortete trotzdem. »Nicht so gut«, sagte sie. »Das ist alles so furchtbar, und Murphy war auch noch die ganze Nacht krank.«

»O je«, sagte Dad voller Mitgefühl.

Ich bückte mich und streichelte den Hund. Er wedelte müde mit dem Schwanz und sank zu Boden. Murphy schien genauso ungern hier zu sein wie wir anderen.

»Hast du ihn deswegen mitgebracht?«, fragte Dad.

Hoppo nickte. »Wir wollten ihn nicht allein zu Hause lassen. Da macht er nur alles schmutzig. Und wenn wir ihn in den Garten tun, springt er über den Zaun und haut ab. Wir wollten ihn hier draußen anbinden.«

Dad nickte. »Finde ich eine gute Idee.« Er tätschelte Murphys Kopf. »Armes Kerlchen. Man wird alt, wie?«

»Also«, sagte Mum, »wir sollten jetzt reingehen.«

Hoppo ging in die Hocke und kraulte Murphy. Der alte Hund leckte ihm mit seiner großen nassen Zunge das Gesicht.

»Braver Hund«, flüsterte er. »Bis gleich.«

Wir gingen durch das Friedhofstor zur Kirche. Davor standen schon eine Menge Leute, manche rauchten verstohlen. Ich entdeckte Fat Gav und seine Eltern. Nicky stand neben Pfarrer Martin an der Kirchentür. Sie hielt ein dickes Bündel Papier in der Hand. Liedtexte, nahm ich an.

Ich wurde nervös. Es war das erste Mal seit der Party und seit der Sache mit dem Paket, dass Mum und Dad und Pfarrer Martin sich begegneten. Als der Pfarrer uns sah, lächelte er.

»Mr. und Mrs. Adams. Eddie. Danke, dass Sie an diesem furchtbar traurigen Tag gekommen sind.«

Er streckte die Hand aus. Dad nahm sie nicht. Der Pfarrer lächelte weiter, aber in seinen Augen sah ich etwas weniger Freundliches aufblitzen.

»Bitte, nehmen Sie ein Textblatt und suchen sich drinnen einen Platz.«

Wir nahmen die Textblätter. Nicky nickte mir stumm zu, dann gingen wir langsam in die Kirche.

Drinnen war es kalt, so kalt, dass mich fröstelte. Und dunkel war es. Meine Augen brauchten eine Weile, sich darauf einzustellen. Ein paar Leute saßen bereits. Ich erkannte einige Mitschüler. Auch Lehrer. Und Mr. Halloran, der mit seinem weißen Haarschopf unmöglich zu übersehen war. Heute trug er zur Abwechslung ein rotes Hemd. Den Hut hatte er auf dem Schoß. Als er mich mit Mum und Dad hereinkommen sah, lächelte er mir unsicher zu. Alle lächelten an diesem Tag so komisch, als wüssten sie nicht, was sie mit ihren Gesichtern tun sollten.

Wir setzten uns und warteten, dann kamen der Pfarrer und Nicky herein, und es wurde Musik gespielt. Eine Melodie, die ich schon mal gehört hatte, aber nicht einordnen konnte. Kein Kirchenlied oder so was. Ein moderner Song, ganz langsam. Aber obwohl es etwas Modernes war, passte es irgendwie nicht zu Sean, der immer nur Iron Maiden gehört hatte.

Wir alle senkten die Köpfe, als der Sarg hereingebracht wurde. Dahinter gingen Metal Mickey und seine Eltern. Es war das erste Mal seit dem Unfall, dass wir Mickey sahen. Seine Eltern hatten ihn nicht zur Schule gehen lassen und waren dann für eine Weile zu seinen Großeltern gezogen.

Metal Mickey sah den Sarg nicht an, sondern starrte geradeaus vor sich hin. Sein ganzer Körper war verkrampft; um überhaupt gehen und atmen und seine Tränen unterdrücken zu können, musste er seine gesamte Konzentration aufbieten. Etwa in der Mitte der Kirche blieb er einfach stehen. Der Mann hinter ihm stieß beinahe mit ihm zusammen. Nach einem kleinen Durcheinander drehte Mickey sich um und lief aus der Kirche.

Alle sahen sich an, außer seinen Eltern, die kaum bemerkt zu haben schienen, dass er gegangen war. Sie schlurften weiter wie zwei Zombies, eingeschlossen in den Panzer ihrer Trauer. Niemand ging Mickey nach. Ich sah zu Mum, aber die schüttelte nur den Kopf und drückte meine Hand.

Das war es wohl, was mich endgültig aus der Fassung brachte. Mickey in solcher Trauer um einen Jungen zu sehen, den die meisten von uns hassten, der aber dennoch sein Bruder war. Vielleicht war Sean nicht immer so ein mieser Typ gewesen. Vielleicht hatte er früher, als kleiner Junge, mit Mickey gespielt, im Park oder mit Legosteinen. Vielleicht hatten sie zusammen in der Badewanne gesessen.

Und jetzt lag er in einem kalten, dunklen Sarg, der mit viel zu streng riechenden Blumen bedeckt war, während jemand Musik spielte, die er gehasst hätte, und konnte sich nicht dagegen wehren, weil er niemals mehr einen Muckser von sich geben würde.

Ich hatte einen Kloß im Hals und musste schlucken und die Augen zusammenkneifen. Mum stupste mich an, und wir setzten uns. Die Musik hörte auf, und Pfarrer Martin stand da und erzählte was von Sean Cooper und Gott. Das meiste davon war ziemlich unsinnig. So Sachen wie: Im Himmel sei jetzt ein neuer Engel eingezogen, oder Gott habe Sean Cooper lieber, als die Menschen auf der Erde ihn liebgehabt hätten. Das konnte ich nicht glauben, als ich sah, wie seine Eltern sich gegenseitig stützten und so heftig weinten, als ob sie jeden Augenblick zusammenbrechen könnten.

Pfarrer Martin kam gerade zum Schluss, als ein lauter Knall ertönte und ein plötzlicher Luftzug einige Textblätter auf den Boden wirbelte. Fast alle drehten sich um, ich auch.

Die Kirchentür schwang auf. Erst dachte ich, Mickey sei zurückgekommen. Aber dann sah ich die Silhouetten von zwei Gestalten, die da draußen im Licht standen. Und als sie dann in die Kirche kamen, erkannte ich sie. Es waren die blonde Freundin des Waltzer-Mädchens und der Polizist, der bei uns zu Hause gewesen war, PC Thomas (später erfuhr ich, dass sie Hannah hieß und PC Thomas ihr Vater war).

Mir schoss die Frage durch den Kopf, ob die Blonde in Schwierigkeiten war. PC Thomas hielt sie fest am Arm gepackt, es sah aus, als müsste er sie zwingen, neben ihm herzugehen. In der Kirche erhob sich Gemurmel.

Mickeys Mum flüsterte seinem Dad etwas zu. Er stand auf. Seine Miene war finster und entschlossen. Von der

Kanzel herab sagte Pfarrer Martin: »Wenn Sie hier sind, um dem Verstorbenen die letzte Ehre zu erweisen – wir wollen gerade den Weg zum Grab antreten.«

PC Thomas und die Blonde blieben stehen. Er sah sich in der Kirche um. Niemand erwiderte seinen Blick. Wir alle saßen da still und stumm und neugierig, wollten uns das aber nicht anmerken lassen. Die Blonde sah zu Boden, als würde sie am liebsten darin versinken, so wie Sean Cooper es bald tun würde.

»Ehre?«, sagte PC Thomas langsam. »Nein. Ich glaube nicht, dass ich ihm meine Ehre erweisen werde.« Er spuckte auf den Boden, direkt vor den Sarg. »Nicht dem Jungen, der meine Tochter *vergewaltigt* hat.«

Alles stöhnte auf, ein Geräusch, das bis unter das Kirchendach aufstieg. Ich selbst habe wohl auch gestöhnt. *Vergewaltigt?* Ich wusste damals noch nicht genau, was »Vergewaltigung« bedeutet (für einen Zwölfjährigen war ich in mancher Hinsicht reichlich naiv), ich wusste nur, es hatte damit zu tun, dass man Mädchen zu Sachen zwang, die sie nicht wollten, und dass das schlecht war.

»Verdammter Lügner!«, schrie Mickeys Dad.

»Lügner?«, knurrte PC Thomas. »Dann schau mal genau hin.« Er zeigte auf seine Tochter. »Was glaubst du, von wem sie schwanger ist!«

Wieder dieses Aufstöhnen. Pfarrer Martins Gesicht sah aus, als wollte es ihm vom Schädel rutschen. Er machte den Mund auf, doch bevor er etwas sagen konnte, ertönte ein Riesengebrüll, und Mickeys Dad stürzte sich auf PC Thomas.

Mickeys Dad war nicht groß, aber stark und flink, und

erwischte PC Thomas völlig unvorbereitet. Der Polizist taumelte, konnte sich jedoch im Gleichgewicht halten. Die beiden schwankten hin und her, hielten einander raufend in den Armen wie bei einem grotesken Tanz. PC Thomas riss sich los und holte zu einem Schlag aus, der Mickeys Dad am Kopf getroffen hätte, aber der duckte sich weg und holte seinerseits aus. Und sein Schlag traf, und PC Thomas stolperte rückwärts.

Ich sah, was passieren würde, ehe es dann tatsächlich passierte. Die meisten anderen sahen es wohl auch. Alles kreischte, und einer schrie *»Neeeiiinn!«*, aber da krachte PC Thomas auch schon in Sean Coopers Sarg und rammte ihn von dem Gestell vor der Kanzel, sodass er polternd auf dem Steinboden landete.

Ob ich das Nächste auch schon ahnte, weiß ich nicht, aber der Sargdeckel war doch bestimmt fest zugeschraubt? Ich meine, niemand konnte wollen, dass der Deckel versehentlich wegrutschte, wenn sie den Sarg ins Grab hinabließen. Das scheußliche Knirschen und Krachen, mit dem der Sarg jetzt auf dem Boden aufschlug, erinnerte mich ein bisschen zu sehr daran, dass da drin Sean Coopers Knochen rappelten, und dann verschob sich der Deckel, und ich bekam ganz kurz eine bleiche weiße Hand zu sehen.

Oder auch nicht. Vielleicht war es nur wieder meine verrückte Fantasie. Es ging alles so schnell. Kaum war der Sarg auf den Boden gefallen und die ganze Kirche voller Geschrei, stürzten auch schon mehrere Männer herbei und hoben ihn wieder auf das Gestell zurück.

PC Thomas rappelte sich unsicher hoch. Mickeys Dad wirkte genauso unsicher. Er hob den Arm, als wollte er PC

Thomas noch einmal schlagen, ließ es dann aber und warf sich laut schluchzend auf den Sarg. Herzzerreißend.

PC Thomas blickte sich um. Er wirkte benommen, als erwachte er aus einem schrecklichen Traum. Er ballte die Fäuste, entspannte sie wieder. Er fuhr sich mit einer Hand durch die völlig verschwitzten und zerzausten Haare. Neben seinem rechten Auge schwoll eine Beule.

»Dad, bitte?«, flüsterte die Blonde ganz leise.

PC Thomas sah sie an, nahm sie bei der Hand und zog sie den Mittelgang hinunter zur Tür. Dort drehte er sich um. »Das ist noch nicht vorbei«, krächzte er. Und dann waren sie weg.

Der ganze Zwischenfall konnte nicht länger als drei, vier Minuten gedauert haben, aber mir kam es viel länger vor. Pfarrer Martin räusperte sich vernehmlich, doch das ging im lauten Schluchzen von Mickeys Vater beinahe unter.

»Diese Störung tut mir unendlich leid. Wir wollen jetzt gehen und die Feier zum Abschluss bringen. Wenn die Trauergäste sich bitte erheben wollen.«

Wieder gab es Musik. Einige aus Mickeys Familie zogen seinen Dad vom Sarg, und wir alle mussten zum Friedhof hinausgehen.

Kaum trat ich aus der Kirche, da fiel mir ein Wassertropfen auf den Kopf. Ich sah auf. Putzlappengraue Wolken hatten das Blau vom Himmel gewischt, und es begann auf den Sarg und die Trauernden zu regnen.

Niemand hatte einen Schirm dabei, also drängten wir alle uns in unseren roten und blauen Sachen zusammen und standen Schulter an Schulter in dem rasch zunehmenden Geniesel. Mich fröstelte, als der Sarg langsam in den

Boden gesenkt wurde. Die Blumen hatte man abgenommen. Als dürfte nichts Buntes und Lebendes in dieses tiefe dunkle Loch gelassen werden.

Ich dachte, Schlimmeres als die Schlägerei in der Kirche konnte nicht mehr kommen, aber da irrte ich mich. Denn das Schlimmste kam erst jetzt: das Prasseln und Scharren, als der Sarg zugeschaufelt wurde. Der Geruch feuchter Erde in der schwindenden Wärme der Septembersonne. In diesen gähnenden Abgrund schauen und wissen, dass es von dort kein Zurück gab. Keine Vergebung, keine Ausnahmeregelung, kein Zettel, den Mum einem für den Lehrer mitgab. Der Tod war endgültig und unwiderruflich, niemand konnte etwas daran ändern.

Endlich war es vorbei, und wir entfernten uns von der Grabstelle. Im Gemeindesaal war alles für ein anschließendes Treffen bei Sandwiches und Getränken vorbereitet. Das nenne man »Leichenschmaus«, erklärte meine Mum.

Wir waren schon fast am Tor, als meine Eltern einen Bekannten trafen und mit ihm ins Gespräch gerieten. Fat Gav und seine Familie standen hinter ihnen und sprachen mit Hoppos Mum. Ich sah auch Mickeys Familie, aber nicht Mickey. Anscheinend hatte er sich verkrümelt.

Und so stand ich ziemlich verloren am Rand des Friedhofs.

»Hallo, Eddie.«

Ich drehte mich um. Mr. Halloran kam durch den Regen auf mich zu. Er hatte seinen Hut aufgesetzt und hielt ein Päckchen Zigaretten in der Hand. Ich hatte ihn nie rauchen sehen, erinnerte mich aber an den Aschenbecher in seinem Haus.

»Hallo, Sir.«

»Wie fühlst du dich?«

Ich zuckte die Schultern. »Weiß nicht.«

Im Gegensatz zu den meisten anderen Erwachsenen hatte er ein Händchen dafür, Kindern ehrliche Antworten zu entlocken.

»Das macht nichts. Du brauchst dich nicht traurig zu fühlen.«

Ich zögerte. Ich wusste nicht, was ich sagen sollte.

»Man kann nicht um jeden trauern, der stirbt.« Er senkte die Stimme. »Sean Cooper war ein unangenehmer Mensch. Dass er jetzt tot ist, ändert nichts daran. Was aber nicht heißt, dass sein Tod nicht tragisch ist.«

»Weil er noch so jung war?«

»Nein. Weil er keine Chance bekommen hat, sich zu ändern.«

Ich nickte. »Stimmt es, was der Polizist gesagt hat?«

»Was Sean Cooper mit seiner Tochter gemacht hat?«

Ich nickte.

Mr. Halloran warf einen Blick auf seine Zigaretten. Bestimmt hätte er gern eine geraucht, schien das aber auf dem Friedhof nicht für richtig zu halten.

»Sean Cooper war kein liebenswerter junger Mann. Was er dir angetan hat – manche Leute würden das auch so nennen.«

Ich spürte, wie ich rot wurde. Ich wollte nicht daran denken. Als spüre er das, fuhr Mr. Halloran fort: »Aber hat er getan, was der Polizist ihm vorgeworfen hat? Nein, ich glaube nicht, dass das stimmt.«

»Warum?«

»Weil ich glaube, dass die junge Dame nicht Sean Coopers Typ war.«

»Oh.« So richtig verstand ich das nicht.

Er schüttelte den Kopf. »Vergiss es. Und denk nicht mehr an Sean Cooper. Er kann dir nichts mehr tun.«

Ich dachte an Steinchen an meinem Fenster, bläulich graue Haut im Mondlicht.

»Hey, Arschloch.«

Ich war mir da nicht so sicher.

Trotzdem sagte ich: »Nein, Sir. Ich meine, ja, Sir.«

»Braver Junge«, sagte er lächelnd und ging davon.

Ich versuchte immer noch, mit alldem klarzukommen, als mich plötzlich jemand am Arm fasste. Ich fuhr herum. Vor mir stand Hoppo. Sein vorhin noch glatt zurückgekämmtes Haar stand nach allen Seiten ab, das Hemd hing ihm halb aus der Hose. Er hielt Murphys Leine und Halsband in der Hand. Aber von Murphy keine Spur.

»Was ist passiert?«

Er starrte mich schreckensbleich an. »Murphy. Er ist weg.«

»Er hat sein Halsband abgestreift?«

»Ich weiß nicht. Das hat er noch nie getan. Es war nicht locker oder so …«

»Meinst du, er läuft nach Hause?«, fragte ich.

Hoppo schüttelte den Kopf. »Keine Ahnung. Er ist alt, er sieht und riecht nicht mehr so gut.« Ich spürte, wie er allmählich in Panik geriet.

»Aber er ist langsam«, sagte ich. »Also kann er noch nicht weit sein.«

Ich blickte mich um. Die Erwachsenen sprachen immer

noch miteinander. Fat Gav war zu weit weg, um ihn herzurufen. Von Mickey war immer noch nichts zu sehen … dafür sah ich etwas anderes.

Eine Zeichnung auf einem flachen Gedenkstein neben der Kirchentür. Schon verblasst und vom Regen verwaschen, auffällig nur, weil da was nicht stimmte. Fehl am Platz, jedoch vertraut. Ich ging näher hin. Mich überlief eine Gänsehaut, und meine Kopfhaut zog sich zusammen.

Ein weißes Kreidemännchen. Die Arme erhoben, ein kleines »o« als Mund deutete einen Schrei an. Und er war nicht allein. Neben ihn hatte jemand einen weißen Kreidehund gemalt. Mir schwante Böses. Sehr Böses.

Hüte dich vor dem Kreidemann.

»Was ist?«, fragte Hoppo.

»Nichts.« Ich richtete mich hastig auf. »Wir sollten Murphy suchen. Sofort.«

»David, Eddie. Was habt ihr?« Mum und Dad kamen mit Hoppos Mum auf uns zu.

»Murphy«, sagte ich. »Er ist … weggelaufen.«

»O nein!« Hoppos Mum schlug die Hände vors Gesicht.

Hoppo klammerte sich an die Leine.

»Mum, wir müssen ihn suchen«, sagte ich.

»Eddie …«, fing Mum an.

»Bitte!«, flehte ich.

Sie dachte nach und sah nicht sehr glücklich aus, eher blass und angespannt. Aber schließlich kamen wir von einer Beerdigung. Dad legte ihr die Hand auf den Arm und nickte.

»Okay«, sagte Mum. »Geht Murphy suchen. Und dann

kommt zu uns in den Gemeindesaal, wenn ihr ihn gefunden habt.«

»Danke.«

»Na los. Ab mit euch.«

Wir flitzen los und riefen immer wieder Murphys Namen, ziemlich sinnlos, weil Murphy praktisch taub war.

»Sollten wir nicht für alle Fälle erst mal bei euch zu Hause nachsehen?«, fragte ich.

Hoppo nickte. »Stimmt.«

Hoppo wohnte in einem Reihenhaus in einer schmalen Straße am anderen Ende der Stadt. Es war eine dieser Straßen, wo Männer mit einer Bierdose in der Hand vor ihren Haustüren hockten, Kinder in Windeln am Bordstein spielten und immer irgendwo ein Hund bellte. Damals habe ich nie darüber nachgedacht, allerdings war das vielleicht der Grund, warum wir uns fast nie bei Hoppo trafen. Wir anderen wohnten alle in einigermaßen schönen Häusern. Meins mochte ein bisschen verwahrlost und altmodisch sein, aber immerhin stand es in einer ordentlichen Straße mit Grasstreifen und Bäumen und so was allem.

Man könnte Hoppo zuliebe behaupten, sein Haus sei eins der besseren in der Straße gewesen, nur stimmte das nicht. Vergilbte Gardinen hingen vor den Fenstern, von der Haustür war die Farbe abgeblättert, und in dem winzigen Vorgarten lagen kaputte Blumentöpfe, Gartenzwerge und ein alter Liegestuhl herum.

Drinnen war es genauso chaotisch. Ich weiß noch, wie ich dachte, dass Hoppos Mum, die doch Putzfrau war, ihr eigenes Haus nicht gerade sauber hielt. Überall und an den unmöglichsten Stellen war irgendwelches Zeug gestapelt:

Müslipackungen auf dem Fernseher im Wohnzimmer, ein Berg Klopapierrollen im Flur, große Eimer mit Bleichmittel und Schachteln mit Schneckenkorn auf dem Küchentisch. Außerdem stank es durchdringend nach Hund. Ich hatte Murphy gern, aber sein Geruch zählte nicht zu seinen besten Eigenschaften.

Hoppo lief nach hinten in den Garten, kam wieder zurück und schüttelte den Kopf.

»Okay«, sagte ich. »Suchen wir als Erstes im Park. Vielleicht ist er ja da.«

Er nickte, aber ich sah, dass er mit den Tränen kämpfte. »Das hat er noch nie getan.«

»Alles wird gut«, sagte ich. Eine dumme Redensart, weil die Sache niemals gut ausgehen konnte. Das war mir jetzt schon klar.

Wir fanden ihn unter einem Busch nicht weit vom Spielplatz. Ich nehme an, er hatte dort Schutz gesucht. Inzwischen regnete es ziemlich heftig. Hoppo hingen die Haare wie Seetang vom Kopf, und mir klebte das Hemd am Leib. Meine Schuhe waren undicht und machten, als wir auf Murphy zuliefen, bei jedem Schritt ein schmatzendes Geräusch.

Von weitem sah es aus, als ob er schlafen würde. Erst im Näherkommen konnte man das mühsame Auf und Ab seiner breiten Brust erkennen und das Rasseln seines Atems hören. Und als wir bei ihm waren, sahen wir, dass er sich erbrochen hatte. Nach allen Seiten. Nicht normales Erbrochenes, sondern fest und schwarz wie Teer, weil so viel Blut darin war. Und Gift.

Ich erinnere mich noch an den Geruch, und wie er uns mit seinen braunen Augen ansah, als wir uns neben ihn knieten. Ein völlig verwirrter Blick. Und doch so dankbar. Als würden wir nun alles wieder in Ordnung bringen. Aber das konnten wir nicht. Zum zweiten Mal an diesem Tag musste ich lernen, dass es Dinge gibt, die man nie mehr in Ordnung bringen kann.

Wir versuchten, ihn aufzuheben. Hoppo wollte ihn zu einem Tierarzt tragen, den er kannte. Aber Murphy war sehr schwer, und sein dichtes, nasses, dampfendes Fell machte ihn noch schwerer. Wir waren noch nicht einmal aus dem Park, als er wieder zu würgen anfing. Wir mussten ihn auf den nassen Rasen legen.

»Soll ich zum Tierarzt laufen und jemanden herholen?«, fragte ich.

Hoppo schüttelte nur den Kopf und sagte mit erstickter Stimme: »Nein. Das bringt nichts.«

Er vergrub sein Gesicht in Murphys durchnässtem Fell und klammerte sich an den Hund, als wolle er ihn für immer festhalten und nicht aus dieser Welt in die nächste fallen lassen.

Aber natürlich kann niemand das verhindern, nicht einmal der Mensch, der einen mehr liebt als jeder andere. Wir konnten nur versuchen, ihn zu trösten, leise in seine Schlappohren flüstern und hoffen, dass er keine Schmerzen hatte. Das Ende kam schnell, Murphy nahm einen letzten heiseren Atemzug, und dann war es aus.

Hoppo schluchzte in das leblose Fell. Ich versuchte, die Tränen zurückzuhalten, aber schon strömten sie mir übers Gesicht. Später kam mir der Gedanke, dass wir an diesem Tag mehr um einen toten Hund geweint hatten als um Mickeys Bruder. Und auch das sollte sich noch rächen.

Schließlich rafften wir uns auf und beschlossen, Murphy zu Hoppo nach Hause zu tragen. Es war das erste Mal, dass ich ein totes Lebewesen anfasste. Der Hund war noch schwerer als zuvor. *Totes Gewicht.* Wir brauchten fast eine halbe Stunde, und immer wieder blieben Leute stehen und sahen uns zu, aber niemand bot uns Hilfe an.

Wir legten ihn auf seine Decke in der Küche.

»Was machst du jetzt mit ihm?«, fragte ich.

»Ihn begraben«, sagte Hoppo, als verstünde sich das von selbst.

»Du allein?«

»Er ist mein Hund.«

Ich wusste nicht, was ich sagen sollte.

»Du solltest besser gehen«, sagte Hoppo. »Zu diesem Leichenschmaus.«

Ich wollte ihm meine Hilfe anbieten, aber noch mehr wollte ich einfach nur weg.

»Okay.«

Ich drehte mich um.

»Eddie?«

»Ja?«

»Wenn ich rausfinde, wer das getan hat, bring ich ihn um.«

Ich habe nie vergessen, wie er mich dabei anstarrte. Vielleicht habe ich ihm deswegen nichts von dem Kreidemännchen mit Hund erzählt. Und dass ich Mickey nicht mehr gesehen hatte, nachdem er aus der Kirche gelaufen war.

2016

Ich halte mich nicht für einen Alkoholiker. So wenig, wie ich mich für einen Hamsterer halte. Ich trinke gern mal einen, und ich bin Sammler. Ich trinke nicht jeden Tag, und normalerweise erscheine ich nicht mit einer Schnapsfahne in der Schule. Es ist allerdings schon vorgekommen. Unser Rektor erfuhr zum Glück nichts davon; es brachte mir nur die freundliche Ermahnung eines Kollegen ein:

»Ed, geh nach Hause, dusch dich und besorg dir Mundwasser. Und in Zukunft sauf nur noch am Wochenende.«

In Wahrheit trinke ich mehr und häufiger als ich sollte. Heute habe ich mal wieder Durst. Ein Kratzen im Hals. Trockene Lippen, die auch mit noch so viel Lecken nicht feucht zu bekommen sind. Ich muss nicht einfach was trinken. Ich muss *trinken*. Ein feiner grammatikalischer Unterschied. Ein riesiger Unterschied in der Bedeutung.

Ich gehe in den Supermarkt und nehme zwei kräftige Rote aus dem Weinregal. Dazu kommt eine gute Flasche Bourbon, dann schiebe ich meinen Wagen zur Selbstbedienungskasse. Ich unterhalte mich kurz mit der Aufseherin und verstaue die Flaschen in meinem Auto. Kurz nach sechs komme ich nach Hause, suche ein paar alte Platten heraus, die ich lange nicht gehört habe, und schenke mir das erste Glas Wein ein.

In diesem Augenblick knallt die Haustür zu, so heftig, dass die Kerzen auf dem Kaminsims zittern und mein volles Glas auf dem Tisch gefährlich ins Schwanken gerät.

»Chloe?«

Das kann nur Chloe sein. Ich habe abgeschlossen, und niemand sonst hat den Schlüssel. Aber Chloe schlägt normalerweise keine Türen zu. Im Gegenteil, sie schleicht sich rein wie eine Katze, oder wie übernatürlicher Nebel.

Ich werfe einen sehnsüchtigen Blick auf das Weinglas, stehe dann aber doch schimpfend auf und gehe in die Küche, wo ich sie lärmend hantieren höre, Kühlschrank auf und zu, Gläserklirren. Und da ist noch etwas. Ein Geräusch, mit dem ich nicht so vertraut bin.

Es braucht eine Weile, bis ich es einordnen kann. Chloe weint. Mit Weinen tue ich mich schwer. Ich selbst weine so gut wie nie. Nicht mal bei der Beerdigung meines Vaters. Ich mag das nicht, den Rotz, das Gejammer. Wer weint, ist nicht attraktiv. Schlimmer noch, wenn eine Frau weint, will sie mit ziemlicher Sicherheit getröstet werden. Und auch mit Trösten tue ich mich schwer.

Ich bleibe unschlüssig vor der Küchentür stehen. Und plötzlich sagt Chloe: »Oh, verdammte Scheiße, Ed. Ja, ich weine. Entweder komm rein und tu was, oder hau ab.«

Ich stoße die Tür auf. Chloe sitzt am Tisch. Vor ihr eine Flasche Gin und ein großes Glas. Kein Tonic. Ihr Haar noch zerzauster als sonst, schwarze Mascarastreifen auf den Wangen.

»Ich frag lieber nicht, ob alles in Ordnung ist …«

»Gut. Weil ich dir dann diese Ginflasche in den Arsch rammen würde.«

»Möchtest du darüber reden?«

»Lieber nicht.«

»Okay.« Ich bleibe am Tisch stehen. »Kann ich was für dich tun?«

»Setz dich und trink einen mit.«

Genau das hatte ich eigentlich vor, nur mag ich Gin nicht besonders, andererseits bleibt mir wohl nichts anderes übrig. Ich nehme ein Glas aus dem Schrank, und Chloe schenkt einen ordentlichen Schluck ein.

Sie schiebt mir das Glas unsicher hin. Offenbar ist ihrs nicht das erste, nicht mal das zweite oder dritte. Sehr ungewöhnlich. Chloe geht gerne aus. Chloe trinkt gerne. Aber soweit ich weiß, habe ich sie noch nie richtig betrunken gesehen.

»Und?«, fragt sie mit belegter Stimme. »Wie war dein Tag?«

»Ich hab versucht, meinen Freund bei der Polizei als vermisst zu melden.«

»Und?«

»Obwohl er gestern Abend nicht in sein Hotel gekommen ist, sein Portemonnaie und seine Kreditkarten nicht bei sich hat und nicht ans Telefon geht, kann er offiziell anscheinend erst als vermisst gemeldet werden, wenn ihn vierundzwanzig Stunden lang keiner gesehen hat.«

»Echt?«

»Allerdings.«

»Meinst du, ihm ist was zugestoßen?«

Sie klingt ernsthaft besorgt.

Ich nehme einen großen Schluck Gin. »Keine Ahnung …«

»Vielleicht ist er nach Hause gefahren.«

»Vielleicht.«

»Was hast du jetzt vor?«

»Ich denke, ich werde morgen noch mal zur Polizei gehen müssen.«

Sie starrt in ihr Glas. »Freunde, wie? Nichts als Ärger hat man mit denen. Nur Familie ist noch schlimmer.«

»Schon möglich«, sage ich vorsichtig.

»Glaub mir. Freunde kann man loswerden. Die Familie niemals. Die sind immer da, im Hintergrund, und machen dich fertig.«

Sie leert ihr Glas und schenkt sich nach.

Chloe hat noch nie von ihrem Privatleben erzählt, und ich habe sie nie danach gefragt. Das ist wie bei Kindern. Wenn sie einem was erzählen wollen, dann tun sie's. Wenn man sie fragt, ziehen sie sich in ihren Panzer zurück.

Natürlich *habe* ich mir Gedanken gemacht. Eine Zeitlang dachte ich, sie sei wegen Beziehungsproblemen bei mir eingezogen, vielleicht nach einer schlimmen Trennung. Schließlich gibt es jede Menge Studenten-WGs, die näher an ihrer Arbeit liegen, mit Leuten in ihrem Alter und ähnlichen Ansichten. In ein gespenstisches altes Haus mit einem seltsamen, alleinstehenden Mann zieht man nur ein, wenn man einen Grund hat, seine Ruhe haben zu wollen.

Aber Chloe hat sich nie dazu geäußert, und ich habe nie gefragt, vielleicht aus Angst, sie damit zu vertreiben. Einen Mieter für mein Gästezimmer zu finden ist eine Sache; eine ganz andere ist es, eine Gefährtin zu finden, die mir über meine Einsamkeit hinweghilft.

Ich trinke noch einen Schluck Gin, doch die Lust am

Trinken vergeht mir jetzt schnell. Nichts verleidet einem so zuverlässig die Lust, sich zu besaufen, wie die Gegenwart eines Betrunkenen.

»Ja«, sage ich. »Familie und Freunde, die können beide schwierig sein …«

»Bin ich dein Freund, Eddie?«

Die Frage bringt mich aus der Fassung. Chloes Miene ist ernst, ihr Blick verschwommen, die Gesichtsmuskeln träge, die Lippen leicht geöffnet.

Ich schlucke. »Das will ich doch hoffen.«

Sie lächelt. »Gut. Weil ich dir niemals wehtun würde. Ich möchte, dass du das weißt.«

»Ich weiß es«, sage ich, auch wenn das gar nicht stimmt. Eigentlich nicht. Menschen können einem wehtun, ohne selbst etwas davon mitzubekommen. Chloe tut mir jeden Tag ein bisschen weh, einfach dadurch, dass es sie gibt. Aber das ist okay.

»Gut.« Sie drückt meine Hand, und zu meinem Entsetzen sehe ich wieder Tränen in ihren Augen. Sie wischt sich übers Gesicht. »Gott, ich bin so ein Scheißidiot.«

Sie nimmt noch einen großen Schluck. »Ich sollte dir etwas sagen …«

Das gefällt mir nicht. Ein Satz, der so anfängt, kann nicht gut enden. So ähnlich wie »Wir sollten reden …«

»Chloe«, sage ich.

Doch dann rettet mich die Klingel. Jemand ist an der Haustür. Ich bekomme selten Besuch, und unangemeldeten schon gar nicht.

»Wer zum Geier ist das?«, fragt Chloe plötzlich gut gelaunt.

»Keine Ahnung.«

Ich schlurfe zur Haustür und mache auf. Da stehen zwei Männer in grauen Anzügen. Noch bevor sie den Mund aufmachen, weiß ich, das sind Polizisten. Irgendwie sieht man das. Die müden Gesichter. Die schlechten Frisuren. Die billigen Schuhe.

»Mr. Adams?«, fragt der Größere, Dunkelhaarige.

»Ja?«

»Ich bin DI Furniss. Das ist Sergeant Danks. Sie waren heute Nachmittag auf der Wache, um einen Freund von Ihnen, Mick Cooper, als vermisst zu melden?«

»Das habe ich versucht. Man sagte mir, er werde nicht offiziell vermisst.«

»Richtig. Dafür müssen wir uns entschuldigen«, sagt der Kleinere, ein Glatzkopf. »Dürfen wir reinkommen?«

Sinnlos, nach dem Grund zu fragen, am Ende kommen sie sowieso herein. Ich trete zur Seite. »Selbstverständlich.«

Sie gehen an mir vorbei in den Flur, und ich schließe die Tür. »Einfach geradeaus.«

Aus reiner Gewohnheit gehe ich mit ihnen in die Küche. Aber dann sehe ich Chloe und merke, das könnte ein Fehler gewesen sein. Sie trägt noch ihre »Ausgehsachen«: ein hautenges schwarzes Unterhemd, verziert mit Totenschädeln, einen winzigen Minirock, eine Netzstrumpfhose und Doc Martens.

Sie blickt zu den Polizisten auf. »Oh, Gesellschaft, wie nett.«

»Das ist Chloe, meine Untermieterin. Und Freundin.«

Die zwei sind Profis genug, nicht mal die Augenbrauen hochzuziehen, aber ich weiß genau, was sie denken. Älterer Mann mit einem hübschen jungen Ding im Haus. Entweder schlafe ich mit ihr, oder ich bin bloß ein trauriger geiler Bock. Leider ist es Letzteres.

»Darf ich Ihnen was anbieten?«, sage ich. »Tee, Kaffee?«

»Gin?« Chloe hält ihnen die Flasche hin.

»Bedaure, wir sind im Dienst, Miss«, sagt Furniss.

»Okay«, sage ich. »Äh, also, bitte, nehmen Sie Platz.«

Die beiden tauschen einen Blick.

»Ehrlich gesagt, Mr. Adams, würden wir lieber mit Ihnen allein sprechen.«

Ich sehe zu Chloe. »Wenn es dir nichts ausmacht?«

»Na gut, *entschuldigen* Sie mich.« Sie nimmt die Flasche und das Glas. »Ich bin nebenan, falls Sie mich brauchen.«

Sie sieht die beiden Polizisten finster an und schleicht sich aus der Küche.

Die zwei setzen sich, Stühle scharren, und ich hocke mich betreten ans Kopfende des Tischs. »Darf ich fragen, worum genau es hier geht? Ich habe der Polizistin vorhin schon alles gesagt.«

»Ich weiß, es wird Ihnen vorkommen, als würden Sie sich nur wiederholen, aber würden Sie uns alles noch einmal ganz genau erzählen?«

Danks zückt einen Kugelschreiber.

»Also, Mickey ist gestern Abend von hier weggegangen.«

»Entschuldigung, aber könnten Sie etwas früher anfangen? Warum war er hier? Soweit ich weiß, lebt er in Oxford?«

»Wir sind Freunde, von früher, und er ist nach Anderbury gekommen, um sich mit mir zu treffen.«

»Von früher?«

»Seit der Kindheit.«

»Und Sie sind in Verbindung geblieben?«

»Nicht direkt. Aber manchmal trifft man sich doch gern mal wieder.«

Beide nicken.

»Jedenfalls kam er zum Abendessen.«

»Wann war das?«

»Er kam gegen halb acht.«

»Mit dem Auto?«

»Nein, zu Fuß. Sein Hotel ist nicht weit von hier, und ich nehme an, er wollte bei mir was trinken.«

»Was meinen Sie, wie viel hat er getrunken?«

»Na ja« – ich denke an die leeren Bierdosen in der Recyclingkiste –, »Sie kennen das doch. Man isst, man unterhält sich … vielleicht sechs oder sieben Bier.«

»Also eine ganze Menge.«

»Kann man so sagen.«

»Was würden Sie sagen, in welchem Zustand ist er von hier weggegangen?«

»Na ja, von Torkeln und Lallen konnte keine Rede sein, aber er war schon ziemlich betrunken.«

»Und Sie haben ihn zu Fuß ins Hotel zurückgehen lassen?«

»Ich habe ihm angeboten, ein Taxi zu rufen, aber er meinte, ein Fußmarsch würde ihm helfen, nüchtern zu werden.«

»Gut. Und um wie viel Uhr war das?«

»Gegen zehn, halb elf. Nicht sehr spät.«

»Und das war das letzte Mal, dass Sie ihn an diesem Abend gesehen haben?«

»Ja.«

»Sie haben sein Portemonnaie der diensthabenden Polizistin übergeben?«

Was verdammt schwierig war. Sie wollte, dass ich es behalte, doch ich bestand darauf, dass sie es nimmt.

»Ja.«

»Wie sind Sie in den Besitz des Portemonnaies gelangt?«

»Mickey muss es vergessen haben, als er von hier wegging.«

»Und Sie haben nicht versucht, es ihm noch am selben Abend zurückzugeben?«

»Ich habe es erst am nächsten Tag bemerkt. Chloe hatte es gefunden und mich angerufen.«

»Wann genau war das?«

»Gegen Mittag. Ich versuchte, Mickey anzurufen, um ihm wegen des Portemonnaies Bescheid zu sagen, aber er ging nicht ran.«

Danks schreibt das alles mit.

»Und dann sind Sie zum Hotel, um nach Ihrem Freund zu sehen?«

»Ja. Dort sagte man mir, er sei am Abend zuvor nicht zurückgekommen. Und das veranlasste mich, zur Polizei zu gehen.«

Beide nicken, und Furniss fragt: »Was für einen Eindruck hat Ihr Freund an dem Abend auf Sie gemacht?«

»Gut … hm, okay.«

»Er war in guter Stimmung?«

»Kann man so sagen.«

»Was war der Zweck seines Besuchs?«

»Darf ich fragen, ob das wichtig ist?«

»Nun ja, so viele Jahre ohne Kontakt, und dann ein Besuch aus heiterem Himmel. Ein wenig seltsam ist das schon.«

»Menschen sind seltsam, um Jim Morrison zu zitieren.«

Sie sehen mich verständnislos an. Keine Fans von Classic Rock.

»Hören Sie«, sage ich, »das war ein privater Besuch. Wir haben über alles Mögliche gesprochen – was wir beide jetzt so machen. Nichts von Bedeutung. Darf ich jetzt bitte erfahren, wieso Sie mich das alles fragen? Ist Mickey etwas passiert?«

Darüber müssen sie anscheinend erst nachdenken. Schließlich klappt Danks sein Notizbuch zu.

»Heute wurde ein Toter gefunden, bei dem es sich der Beschreibung nach um Ihren Freund Mickey Cooper handeln könnte.«

Ein Toter. Mickey. Ich versuche, das hinunterzuwürgen. Es bleibt mir im Hals stecken. Ich kann nicht sprechen. Ich kann kaum atmen.

»Alles in Ordnung, Sir?«

»Ich … ich weiß nicht. Furchtbar. Was ist passiert?«

»Wir haben ihn aus dem Fluss geholt.«

»Ich wette, er ist ganz grün und aufgedunsen, und die Fische haben seine Augen gefressen.«

»Mickey ist ertrunken?«

»Die Ermittlungen zur genauen Todesursache sind noch nicht abgeschlossen.«

»Was gibt es noch zu ermitteln, wenn er in den Fluss gefallen ist?«

Irgendetwas geht zwischen den beiden hin und her.

»Der Old Meadows Park liegt in der entgegengesetzten Richtung zu dem Hotel, in dem Ihr Freund abgestiegen ist?«

»Hm, ja.«

»Warum war er dann dort?«

»Vielleicht wollte er noch ein wenig länger spazieren gehen, um sich auszunüchtern? Oder vielleicht hat er sich verlaufen?«

»Vielleicht.«

Das klingt skeptisch.

»Sie denken, Mickeys Tod war kein Unfall?«

»Im Gegenteil, ich halte das für die wahrscheinlichste Erklärung. Aber wir müssen auch alle anderen Möglichkeiten in Betracht ziehen.«

»Zum Beispiel?«

»Gibt es irgendwen, der einen Grund haben könnte, Mickey etwas anzutun?«

An meinen Schläfen beginnt es zu pochen. Irgendwer, der einen Grund haben könnte, Mickey etwas anzutun? Ja, allerdings, da fällt mir mindestens einer ein, aber der ist kaum in der Lage, nachts im Park herumzulaufen und Mickey in den Fluss zu stoßen.

»Nein, nicht dass ich wüsste.« Nicht ganz so unsicher füge ich hinzu: »In Anderbury geht es friedlich zu. Ich kann mir nicht vorstellen, dass hier jemand Mickey Schaden zufügen will.«

Die beiden nicken. »Bestimmt haben Sie recht. Wahrscheinlich handelt es sich um einen tragischen, verhängnisvollen Unfall.«

Genau wie bei seinem Bruder, denke ich. Tragisch, verhängnisvoll und ein wenig zu viel für eine zufällige Wiederholung …

»Tut uns leid, Ihnen diese traurige Nachricht bringen zu müssen, Mr. Adams.«

»Schon gut. Das ist Ihr Job.«

Sie schieben ihre Stühle zurück. Ich stehe auf, um sie hinauszubegleiten.

»Eine Frage noch.«

Natürlich. Wie immer. »Ja?«

»Wir haben bei Ihrem Freund etwas gefunden, das wir uns nicht erklären können. Vielleicht können Sie uns da weiterhelfen?«

»Ich höre.«

Furniss nimmt einen Plastikbeutel aus der Tasche. Er legt ihn auf den Tisch.

In dem Beutel: ein Blatt Papier mit einem Strichmännchen am Galgen und ein Stück weiße Kreide.

1986

»Oh, ihr Kleingläubigen.«

Das sagte Dad manchmal zu Mum, wenn sie ihm irgendetwas nicht zutraute. Ein Insiderwitz, nehme ich an, denn sie antwortete dann jedes Mal: »Nein, ich Ungläubige.« Und dann lachten sie beide.

Der Witz war wohl der, dass meine Eltern nicht religiös waren und ziemlich offen damit umgingen. Ich vermute, das brachte ihnen das Misstrauen einiger unserer Mitbürger ein und erklärte auch, warum viele zu Pfarrer Martin hielten, wenn es um die Klinik ging. Nicht einmal die wenigen, die auf Mums Seite standen, wagten das offen zu sagen; als ob sie fürchteten, damit Gott zu widersprechen.

Mum wurde in diesem Herbst sichtlich älter und verlor auch an Gewicht. Bis dahin war mir nie aufgefallen, dass meine Eltern älter als andere Eltern waren (vielleicht weil man als Zehnjähriger jeden, der über zwanzig ist, für uralt hält). Mum hatte mich mit sechsunddreißig bekommen, war also jetzt fast fünfzig.

Zum einen hatte sie jetzt besonders viel zu tun. Jeden Abend schien sie später nach Hause zu kommen, sodass Dad das Essen machen musste, was immer interessant, aber nicht immer genießbar war. Vor allem aber – nahm ich an – lag es an den Demonstranten, die weiterhin täglich vor der

Klinik protestierten. Inzwischen waren es ungefähr zwanzig. Und ich hatte die Plakate in einigen Schaufenstern gesehen:

SAG JA ZUM LEBEN. NEIN ZU MORD.

NEIN ZU LEGALEM MORD. SCHLIESST EUCH DEN ENGELN VON ANDERBURY AN.

So nannten sich die Demonstranten: die Engel von Anderbury. Das dürfte Pfarrer Martins Idee gewesen sein. Wie Engel sahen sie nicht gerade aus. Engel hatte ich mir immer still und friedlich vorgestellt. Die Demonstranten schäumten vor Wut, brüllten und geiferten. Rückblickend nehme ich an, dass sie wie viele Fanatiker fest daran glaubten, für ein höheres Ziel einzutreten und daher im Recht zu sein. So sehr, dass ihnen alles Unrecht, das sie im Namen ihrer Sache begingen, gerechtfertigt erschien.

Es war Oktober. Der Sommer hatte seine Strandtücher, Eimerchen und Schaufeln für dieses Jahr eingemottet. Das Gebimmel der Eiswagen war dem Zischen und Krachen illegal gekaufter Böller und Raketen gewichen, der Duft von Blüten und Grillfleisch dem herberen Geruch von Herbstfeuern.

Mickey kam seltener zu unseren Treffen. Seit dem Tod seines Bruders hatte er sich verändert. Oder vielleicht wussten wir einfach nicht, wie wir uns ihm gegenüber verhalten sollten. Er war kälter, härter. Boshaft und sarkastisch war er schon immer gewesen, aber jetzt war es noch schlimmer geworden. Er sah auch anders aus. Er war gewachsen (auch wenn er am Ende nicht besonders groß wurde), seine Züge waren schärfer geworden, und er brauchte die Zahnspange nicht mehr zu tragen. Irgendwie war er nicht mehr unser Freund Metal Mickey. Sondern Mickey Cooper, Sean Coopers Bruder.

Wir alle waren in seiner Gegenwart ziemlich verlegen, aber Hoppo schien es besonders schwer mit ihm zu haben. Zwischen den beiden entspann sich eine Animosität, die anfangs nur leise vor sich hin köchelte, aber irgendwann in offene Feindschaft ausbrechen musste. Und so geschah es auch. An dem Tag, als wir uns trafen, um Murphys Asche zu verstreuen.

Hoppo hatte ihn doch nicht begraben. Seine Mum hatte den toten Hund zum Tierarzt gebracht, der ihn einäschern sollte. Hoppo hatte die Asche eine Zeitlang behalten und dann beschlossen, sie in den Park zu bringen, wo Murphy so gern gelegen und am Ende sein Leben ausgehaucht hatte.

An einem Samstag um elf trafen wir uns auf dem Spielplatz. Wir saßen auf dem Karussell, Hoppo mit Murphys Asche in einer Schachtel auf dem Schoß, wir alle dick eingepackt in Dufflecoats und Schals. Es war kalt an diesem Vormittag. Eine Kälte, die durch Handschuhe drang und im Gesicht brannte. Dazu kam, dass wir eine ziemlich gruselige Aufgabe zu erfüllen hatten. Wir alle fühlten uns nicht gut. Als Mickey, eine Viertelstunde zu spät, endlich auftauchte, sprang Hoppo auf.

»Wo warst du?«

Mickey zuckte die Schultern. »Hatte noch zu tun. Wo jetzt nur noch ich da bin, verlangt Mum immer mehr von mir im Haus«, sagte er auf seine übliche streitsüchtige Art.

Es hört sich grausam an, doch alles, was er in letzter Zeit

sagte, lief darauf hinaus, dass sein Bruder tot war. Ja, wir wussten, wie traurig und tragisch das war, fanden aber alle, er sollte endlich aufhören, von morgens bis abends davon zu reden.

Hoppo lenkte ein. »Gut, jetzt bist du ja da«, sagte er beschwichtigend, wie es für ihn typisch war. Nur ließ sich Mickey an diesem Morgen nicht beruhigen.

»Weiß sowieso nicht, was du dich so aufregst. Ist doch bloß ein blöder Hund.«

Ich spürte es förmlich knistern.

»Murphy war nicht irgendein Hund.«

»Ach ja? Was konnte er denn? Sprechen? Kartentricks?«

Er ließ einfach nicht locker. Wir alle wussten es, Hoppo wusste es, aber dass man weiß, ein anderer versucht einen auf die Palme zu bringen, heißt noch lange nicht, dass man sich nicht reizen lässt, obwohl Hoppo sich noch ganz gut hielt.

»Er war mein Hund und hat mir viel bedeutet.«

»Ja, und mein Bruder hat *mir* viel bedeutet.«

Fat Gav kletterte vom Karussell. »Okay, wissen wir. Das ist was anderes.«

»Ja, ihr macht ein Riesentheater, bloß weil ein blöder Hund gestorben ist, aber mein Bruder interessiert euch einen Scheiß.«

Wir starrten ihn an. Keiner wusste etwas zu sagen. Irgendwie hatte er ja recht.

»Da habt ihr's. Ihr könnt nicht mal über ihn reden. Wir sind hier bloß wegen diesem blöden Drecksköter.«

»Nimm das zurück«, sagte Hoppo.

»Sonst?«, grinste Mickey und baute sich vor Hoppo

auf. Hoppo war viel größer und auch stärker als Mickey. Mickey hatte jedoch dieses irre Funkeln in seinen Augen. Genau wie sein Bruder. Und gegen Irre kann man nicht kämpfen. Die gewinnen immer.

»Ein blöder stinkender Dreckskoter, der sich andauernd eingeschissen hat. Das Vieh hätte sowieso nicht mehr lange gelebt. Irgendwer hat ihn einfach von seinen Leiden erlöst.«

Hoppo ballte die Fäuste, aber ich glaube immer noch nicht, dass er Mickey verprügelt hätte, doch dann schlug Mickey ihm die Schachtel aus der Hand. Sie fiel auf den harten Spielplatz, brach auf und ließ eine kleine Aschenwolke aufsteigen.

Mickey stieß mit der Schuhspitze hinein. »Blöder stinkender alter Köter.«

Und da stürzte sich Hoppo mit einem seltsam erstickten Schrei auf ihn. Beide fielen zu Boden, und man sah nur noch ein wildes Fäustetrommeln, als die beiden sich in dem Staub wälzten, der einmal Murphy gewesen war.

Fat Gav warf sich dazwischen. Nicky und ich dann auch. Irgendwie schafften wir es, sie voneinander wegzuzerren. Fat Gav hielt Mickey fest. Ich schnappte mir Hoppo, aber der schüttelte mich ab.

»Was hast du bloß?«, schrie er Mickey an.

»Mein Bruder ist tot, schon vergessen?« Er starrte uns an. »Habt ihr das vergessen?«

Er wischte sich die blutige Nase.

»Nein«, sagte ich. »Das haben wir nicht vergessen. Wir wollen nur wieder Freunde sein.«

»Freunde. Ja, toll.« Er grinste Hoppo höhnisch an.

»Willst du wissen, wer deinen blöden Hund vergiftet hat? *Ich* war das. Damit du weißt, wie es sich anfühlt, wenn man etwas verliert, das man liebt. Vielleicht solltet ihr alle wissen, wie sich das anfühlt.«

Hoppo riss sich mit einem Aufschrei von mir los und holte zu einem Faustschlag gegen Mickey aus.

Was dann passierte, weiß ich nicht genau. Entweder sprang Mickey zur Seite, oder Nicky warf sich dazwischen. Jedenfalls sah ich Nicky plötzlich am Boden liegen, beide Hände vorm Gesicht. Irgendwie hatte Hoppos Faust sie in dem Gerangel mitten aufs Auge getroffen.

»Idiot!«, schrie sie. »Du blöder Scheißidiot!«

Ich war mir nicht sicher, ob sie Hoppo oder Mickey meinte, oder ob das überhaupt noch eine Rolle spielte.

Hoppo, eben noch voller Wut, sah sie entsetzt an. »Tut mir leid. Tut mir leid.«

Fat Gav und ich liefen hin, um ihr zu helfen. Sie zitterte, wies uns aber ab. »Lasst mich. Ist gut.«

Nichts war gut. Ihr Auge schwoll bereits an, dick und dunkelrot. Richtig schlimm, das sah ich sofort. Und ich war wütend. So wütend wie noch nie. Das alles war Mickeys Schuld. Ich war drauf und dran – obwohl ich mich sonst niemals prügelte – ihm eins in die Fresse zu hauen, genau wie Hoppo es versucht hatte. Aber ich kam nicht mehr dazu.

Denn als wir Nicky endlich aufgeholfen hatten und Fat Gav auf sie einschwafelte, er werde sie zu seiner Mum bringen und ihr tiefgefrorene Erbsen auf das Auge legen, war Mickey nicht mehr da.

Wie sich herausstellte, hatte er gelogen. Der Tierarzt sagte, Murphy sei mindestens vierundzwanzig Stunden vor der Beerdigung vergiftet worden. Mickey hatte Murphy nicht umgebracht. Eigentlich war das egal. Mickey war jetzt selber ein Gift, das alle in seiner Umgebung verseuchte.

Die Erbsen ließen die Schwellung an Nickys Auge ein wenig zurückgehen, aber es sah immer noch ziemlich schlimm aus, als sie nach Hause ging. Ich konnte nur hoffen, dass sie keinen Ärger bekam. Wahrscheinlich würde sie ihrem Dad eine erfundene Geschichte auftischen, und alles wäre gut. Doch da täuschte ich mich.

Gerade als mein Dad an diesem Abend Essen machte, klopfte es laut an der Haustür. Mum war noch bei der Arbeit. Dad verdrehte die Augen und wischte sich die Hände an seiner Jeans ab. Dann ging er zur Tür und machte auf. Draußen stand Pfarrer Martin. Er trug seine üblichen Pfarrersachen und einen kleinen schwarzen Hut, ein Anblick wie auf einem Bild aus alten Zeiten. Und er sah wütend aus. Ich stand im Flur.

»Kann ich Ihnen helfen?«, fragte mein Dad, wobei es sich anhörte, als sei es das Letzte, was er tun wollte.

»Allerdings. Sie können Ihren Sohn von meiner Tochter fernhalten.«

»Entschuldigung?«

»Meine Tochter hat ein blaues Auge, und das hat sie Ihrem Sohn und seiner Gang zu verdanken.«

Fast wäre ich herausgeplatzt, das sei nicht *meine* Gang. Aber irgendwie war ich auch stolz darauf, dass er mich für den Anführer hielt.

Dad wandte sich um. »Ed?«

Ich trat von einem Bein aufs andere. Meine Wangen brannten. »Das war ein Unfall.«

Er drehte sich wieder zu dem Pfarrer um. »Wenn mein Sohn sagt, es war ein Unfall, glaube ich ihm.«

Die beiden starrten sich an. Pfarrer Martin grinste.

»Was sonst? Der Apfel fällt nicht weit vom faulen Stamm. ›Euer Vater ist nämlich der Teufel und ihr wollt das tun, was euer Vater will. Wenn er lügt, entspricht das seinem ureigensten Wesen. Er ist der Lügner schlechthin und der Vater jeder Lüge.‹«

»Predigen Sie, was Sie wollen, Pfarrer«, sagte Dad. »Aber wir alle wissen, dass Sie sich selbst nicht daran halten.«

»Was soll das heißen?«

»Ihre Tochter läuft nicht zum ersten Mal mit einem blauen Auge herum.«

»Das ist Verleumdung, Mr. Adams.«

»Ach ja?« Dad ging einen Schritt auf ihn zu. Pfarrer Martin zuckte leicht zusammen, bemerkte ich erfreut. »›Denn alles, was verborgen oder geheim ist, wird irgendwann ans Licht kommen und bekannt werden.‹« Dad setzte ein fieses Lächeln auf. »Ihre Kirche wird Sie nicht ewig schützen, Pfarrer. Und jetzt verlassen Sie mein Grundstück, sonst hole ich die Polizei.«

Ich sah nur noch, wie dem Pfarrer die Kinnlade runterfiel, bevor mein Dad ihm die Tür vor der Nase zuschlug.

Ich war mächtig stolz. Mein Dad hatte gewonnen. Er hatte ihn geschlagen.

»Danke, Dad. Das war spitze. Wusste gar nicht, dass du Bibelsprüche kennst.«

»Sonntagsschule – irgendwas bleibt immer hängen.«

»Es war wirklich nur ein Unfall.«

»Ich glaube dir, Eddie … aber …«

Nein, dachte ich. Kein »Aber«. Ein »Aber« war niemals gut, und das hier, ahnte ich, war besonders schlecht. Ein »Aber« war, wie Fat Gav einmal sagte, »der Tritt in die Eier eines guten Tags«.

Dad seufzte. »Hör zu, Eddie. Vielleicht wäre es besser, wenn du Nicky für eine Weile nicht sehen würdest.«

»Aber wir sind Freunde.«

»Du hast noch andere Freunde. Gavin, David, Mickey.«

»Nein, Mickey nicht.«

»Ach, habt ihr euch verkracht?«

Ich antwortete nicht.

Dad legte mir beide Hände auf die Schultern. Das tat er nur, wenn er sehr ernst war.

»Ich sage nicht, dass du nie mehr mit Nicky befreundet sein kannst, nur ist zur Zeit alles ein wenig kompliziert, und Pfarrer Martin … ist kein sehr netter Mensch.«

»Und?«

»Vielleicht ist es am besten, erst mal Abstand zu halten?«

»Nein!« Ich riss mich los.

»Eddie …«

»Das ist nicht am besten. Du weißt gar nichts. Du weißt absolut gar nichts.«

Ich wusste selbst, wie kindisch und dumm das war, lief aber trotzdem die Treppe hoch zu meinem Zimmer.

»Dein Essen ist fertig …«

»Keinen Hunger.«

Von wegen. Mein Magen knurrte, doch ich hätte keinen

Bissen essen können. Alles ging schief. Meine ganze Welt – und für Kinder *sind* Freunde die Welt – brach auseinander.

Ich schob meine Kommode zur Seite und stemmte die losen Dielen darunter auf. Nach einem kurzen Blick auf meine Schätze hob ich die Schachtel mit der bunten Kreide heraus. Ich nahm ein weißes Stück und begann ohne groß nachzudenken auf dem Fußboden herumzukritzeln, weiter und immer weiter.

»Eddie.«

Es klopfte leise an die Tür.

Ich erstarrte. »Geh weg.«

»Eddie. Hör doch, ich werde dich nicht daran hindern, Nicky zu sehen …«

Ich wartete, die Kreide in der Hand.

»… Ich *bitte* dich bloß, okay? Tu's mir und deiner Mum zuliebe.«

Bitten war schlimmer, und Dad wusste es. Ich ballte meine Faust um die Kreide, bis sie in Stücke brach.

»Was sagst du?«

Ich sagte nichts. Ich konnte nicht. Als seien mir alle Wörter im Hals stecken geblieben und erstickten mich. Endlich hörte ich Dad mit schweren Schritten die Treppe hinuntergehen. Ich sah mir mein Gekritzel auf dem Fußboden an. Weiße Kreidefiguren, ein wildes Durcheinander. Der Anblick machte mir ein ungutes Gefühl im Bauch. Hastig rieb ich mit einem Ärmel darüber hin, bis nur noch ein verwaschener Nebel übrig war.

Der Ziegelstein kam später an diesem Abend durchs Fenster. Zum Glück war ich schon in meinem Zimmer, und

Mum und Dad saßen beim Essen in der Küche; denn wären sie im Wohnzimmer gewesen, hätten die herumfliegenden Glassplitter sie möglicherweise verletzt. So machte der Stein nur ein großes Loch in die Scheibe und zertrümmerte den Fernseher, aber niemand kam zu Schaden.

Natürlich war an dem Stein mit Gummi ein Zettel befestigt, eine Botschaft. Was da stand, verriet Mum mir damals nicht. Wahrscheinlich dachte sie, es würde mir Angst machen. Erst viel später erfuhr ich es: »Hör auf, Babys zu töten, sonst ist deine Familie als nächstes dran.«

Wieder erschien die Polizei bei uns. Und jemand kam und nagelte ein Brett vor das Fenster. Danach hörte ich Mum und Dad im Wohnzimmer streiten; sie dachten wohl, ich sei wieder im Bett. Aber ich hockte auf der Treppe und lauschte beunruhigt. Mum und Dad stritten sich nie. Sicher, manchmal schnauzten sie sich an, doch richtigen Streit gab es nie. Keine heftigen Wortwechsel wie an diesem Abend.

»So geht das nicht weiter.« Dad, wütend und aufgebracht.

»Was soll das heißen?« Mum, nervös und angespannt.

»Du weißt genau, was das heißt. Schlimm genug, dass du Tag und Nacht arbeitest, schlimm genug, dass diese schwachsinnigen Evangelisten vor deiner Klinik Frauen anpöbeln, und jetzt auch noch das: Drohungen gegen deine Familie!«

»Das ist doch nur Angstmacherei, und du weißt, wir lassen uns nicht einschüchtern.«

»Das hier ist was anderes, was Persönliches.«

»Leere Drohungen. Das hatten wir nicht zum ersten Mal. Irgendwann wird's denen langweilig. Dann werfen sie sich auf eine andere heilige Sache. Das gibt sich. Glaub mir.«

Ich sah ihn zwar nicht, konnte mir aber vorstellen, wie Dad kopfschüttelnd auf und ab ging, wie immer, wenn er sich aufregte.

»Ich denke, da täuschst du dich, und ich bin mir nicht sicher, ob ich dieses Risiko eingehen möchte.«

»Was soll ich denn deiner Meinung nach tun? Kündigen? Meine Arbeit aufgeben? Zu Hause bleiben und mich zu Tode langweilen? Und die Familie mit dem kargen Lohn eines freischaffenden Schreiberlings durchbringen?«

»Das ist nicht fair.«

»Ich weiß. Entschuldige.«

»Könntest du nicht wieder nach Southampton gehen? Und jemand anders macht für dich in Anderbury weiter?«

»Ich habe das hier eingefädelt. Das ist mein Ba…« Sie brach gerade noch rechtzeitig ab. »Das war meine Chance, mich zu beweisen.«

»Worin? Dich für diese Irren zur Zielscheibe zu machen?«

Pause.

»Ich gebe weder meine Arbeit noch die Klinik auf. Also bohr nicht weiter.«

»Und was ist mit Eddie?«

»Eddie geht es gut.«

»Ach ja? Das weißt du? Obwohl du ihn in letzter Zeit kaum noch gesehen hast?«

»Willst du damit sagen, es geht ihm *nicht* gut?«

»Ich sage, in letzter Zeit ist so viel passiert – die Prügelei auf Gavins Party, die Sache mit Sean Cooper, David Hopkins Hund –, das reicht fürs Erste an Aufregung und Verunsicherung. Wir wollten doch immer, dass er sich bei uns geborgen und geliebt fühlt, und ich möchte nicht, dass ihm diese Angelegenheit in irgendeiner Weise schadet.«

»Wenn ich auch nur eine Sekunde lang glauben würde, dass Eddie davon Schaden nehmen könnte …«

»Was dann? Dann würdest du kündigen?« Dads Stimme hörte sich komisch an. Irgendwie verbittert.

»Ich würde alles tun, was nötig ist, meine Familie zu schützen, aber das heißt nicht unbedingt, dass ich meine Arbeit aufgeben muss.«

»Na, das wollen wir doch nicht hoffen, was?«

Ich hörte die Wohnzimmertür und das Rascheln von Kleidern.

»Wo willst du hin?«. fragte Mum.

»An die frische Luft.«

Die Haustür knallte zu, so laut, dass das Treppengeländer zitterte und der Putz von der Decke über mir rieselte.

Dad muss einen langen Spaziergang gemacht haben, denn ich hörte ihn nicht zurückkommen. Anscheinend war ich eingeschlafen. Aber ich hörte etwas anderes, das ich noch nie zuvor gehört hatte. Mum weinte.

2016

Ich setze mich in eine Bank weit hinten in der Kirche. Wie vorauszusehen ist sonst niemand da. Heutzutage verehrt man seine Götter anderswo. In Kneipen und Einkaufszentren, Fernsehen und virtuellen Online-Welten. Wer braucht noch das Wort Gottes, wenn das Wort irgendeines Reality-TV-Stars genau dieselben Dienste leistet?

Ich bin seit Sean Coopers Beerdigung nicht mehr in St. Thomas gewesen, aber natürlich oft daran vorbeigegangen. Ein malerisches altes Gebäude. Nicht so groß und prachtvoll wie der Dom von Anderbury, sondern einfach nur schön. Ich mag alte Kirchen, aber nur zum Anschauen, nicht zum Beten. Heute ist eine Ausnahme, auch wenn ich nicht direkt zum Beten hier bin. Ich weiß selber nicht recht, warum ich hier bin.

Der heilige Thomas schaut gütig aus dem großen bunten Glasfenster auf mich nieder. Schutzheiliger von wem? Weiß der Teufel. Aus irgendeinem Grund stelle ich ihn mir als ziemlich coolen Heiligen vor. Nicht so was Langweiliges wie Maria oder Matthäus. Eher wie ein Hipster. Sogar sein Bart ist gerade wieder in Mode.

Ich frage mich, ob Heilige ein absolut untadeliges Leben führen müssen, oder ob sie wie jeder andere Sünder leben können, dann einfach ein paar Wunder wirken und heiliggesprochen werden? Das scheint mir typisch für Religion zu sein. Morden, vergewaltigen, plündern und verstümmeln, doch alles wird vergeben, solange man Buße tut. Ich habe das nie ganz fair gefunden. Aber Gott ist ja auch, wie das Leben, nicht fair.

Andererseits, hat Christus nicht selbst gesagt: Wer von uns ist ohne Sünde? Die meisten Menschen haben irgendwann in ihrem Leben schlimme Dinge getan, Dinge, die sie gern zurücknehmen würden, Dinge, die sie bedauern. Wir alle machen Fehler. Wir alle haben Gut und Böse in uns. Nur weil jemand eine einzige schreckliche Tat begeht, soll alles Gute, das er getan hat, nicht mehr gelten? Oder sind manche Dinge so schlimm, dass keine gute Tat sie jemals aufwiegen kann?

Ich denke an Mr. Halloran. An seine schönen Bilder, und wie er dem Waltzer-Mädchen das Leben gerettet hat, und dass er – in gewisser Weise – auch mich und meinen Dad gerettet hat.

Was immer er danach getan hat – ich halte ihn nicht für einen schlechten Menschen. So wie Mickey kein schlechter Junge war. Nicht richtig schlecht. Sicher, manchmal konnte er ein echtes kleines Arschloch sein, und ich kann auch nicht sagen, dass er mir als Erwachsener gefallen hat. Aber konnte irgendjemand ihn tatsächlich so sehr hassen, dass er ihn töten musste?

Ich starre den heiligen Thomas an. Er hilft mir auch nicht weiter. Ich spüre keinerlei göttliche Inspiration. Ich seufze. Vielleicht deute ich in all das zu viel hinein. Mickeys Tod war höchstwahrscheinlich ein tragisches Unglück und der Brief nur ein unschöner Zufall. Irgendein boshafter Troll, der unsere Adressen herausgefunden hatte und Zwietracht säen wollte. Jedenfalls versuche ich mir das seit dem Besuch der Polizei einzureden.

Es gibt jedoch ein Problem: Wer auch immer das war, hat sein Ziel erreicht. Die Büchse ist aufgebrochen. Die Büchse, die ich fest verschlossen und versiegelt im hintersten Winkel meines Kopfs verstaut hatte. Und einmal offen, lässt sich Eds Büchse wie die der Pandora verflucht schwer wieder schließen. Und was darin eingeschlossen war, ist nicht Hoffnung. Sondern Schuld.

Ich denke an einen Song, den Chloe oft spielt und an den ich mich widerwillig gewöhnt habe; er stammt von dem Punk-/Folksänger Frank Turner, und der Refrain geht so:

»Niemand bleibt in Erinnerung für das, was er nicht getan hat.«

Aber das stimmt nicht ganz. Mein Leben besteht fast nur aus Dingen, die ich nicht getan habe. Aus Dingen, die ich nicht gesagt habe. Das gilt bestimmt für viele Leute. Was uns formt, sind nicht unsere Leistungen, sondern unsere Unterlassungen. Nicht die Lügen; nur die Wahrheiten, die wir verschweigen.

Als die Polizei mir diesen Brief zeigte, hätte ich etwas sagen sollen. Ich hätte ihnen den identischen Brief zeigen sollen, den ich bekommen hatte. Aber ich habe es nicht getan. Ich weiß immer noch nicht warum, so wenig wie ich mit Überzeugung sagen kann, warum ich mich nie zu den Dingen bekannt habe, die ich vor all diesen Jahren gewusst oder getan habe.

Ich weiß nicht einmal, wie oder ob Mickeys Tod mich berührt. Jedes Mal, wenn ich jetzt an ihn zu denken versuche, sehe ich nur den jungen Mickey, den zwölfjährigen Mickey, mit seinem Mund voll Metall und seinen Augen voller Gehässigkeit. Und doch war er ein Freund. Und jetzt ist er nicht mehr da. Nicht mehr *Teil* meiner Erinnerungen, sondern bloß noch eine Erinnerung.

Ich stehe auf und sage dem heiligen Tommy Lebwohl. Als ich mich abwende, bemerke ich eine Bewegung. Die Pfarrerin. Eine dicke blonde Frau, die zu ihrer Pfarrerkutte am liebsten Ugg-Stiefel trägt. Ich kenne sie vom Sehen aus der Stadt. Für eine Pfarrerin scheint sie ganz nett zu sein.

Sie lächelt. »Haben Sie gefunden, wonach Sie suchen?«

Vielleicht ist die Kirche inzwischen einem Einkaufszentrum ähnlicher als ich dachte. Mein Korb ist leider leer geblieben.

»Noch nicht«, sage ich.

Vor meinem Haus parkt Mums Auto. Mist. Ich erinnere mich an unser Gespräch über Mittens, den Hannibal Lecter der Katzenwelt. Ich stoße die Tür auf, werfe meinen Mantel über das Treppengeländer und gehe in die Küche.

Mum sitzt am Tisch, Mittens liegt – zum Glück – in einer Katzenbox zu ihren Füßen. Chloe steht an der Anrichte und macht Kaffee. Für ihre Verhältnisse ist sie relativ dezent gekleidet: weites T-Shirt, Leggings und gestreifte Socken.

Dennoch spüre ich Mums Missbilligung wie eine Aura. Mum kann Chloe nicht leiden. Etwas anderes habe ich auch nie erwartet. Sie konnte auch Nicky nicht leiden. Es gibt Mädchen, die Müttern niemals gefallen, und natürlich sind das genau die, in die man sich immer Hals über Kopf verliebt.

»Ed – endlich«, sagt Mum. »Wo hast du gesteckt?«

»Ich, äh, war nur mal kurz spazieren.«

Chloe dreht sich um. »Und du hast es nicht für nötig gehalten, mir zu sagen, dass deine Mum zu Besuch kommt?«

Die beiden starren mich an. Als sei es meine Schuld, dass sie sich nicht ausstehen können.

»Entschuldige«, sage ich. »Ich habe mich in der Zeit vertan.«

Chloe knallt Mum einen Becher Kaffee hin und sagt zu mir: »Mach dir selber Kaffee. Ich geh jetzt duschen.«

Sie verlässt die Küche. Mum sieht mich an. »Reizende junge Frau. Verstehe gar nicht, warum sie keinen Freund hat.«

Ich gehe zur Kaffeemaschine. »Vielleicht ist sie bloß wählerisch.«

»Genau das wird es sein.«

Sie lässt mir keine Chance zu antworten. »Du siehst furchtbar aus.«

Ich setze mich. »Danke. Habe gestern Abend was Trauriges erfahren.«

»Ach?«

Ich erzähle so knapp wie möglich von den letzten vierundzwanzig Stunden.

Mum nippt an ihrem Kaffee. »Wie traurig. Und dass er genauso gestorben ist wie sein Bruder!«

Darüber habe ich auch schon nachgedacht. Ausgiebig.

»Das Schicksal kann manchmal grausam sein«, sagt sie. »Aber irgendwie überrascht mich das nicht.«

»Nein?«

»Weil Mickey mir immer wie einer vorkam, der nicht

viel Glück im Leben hat. Erst sein Bruder. Dann diese schreckliche Sache mit Gavin.«

»Das war *seine* Schuld«, sage ich entrüstet. »Er saß am Steuer. Dass Gav im Rollstuhl sitzt, hat er allein Mickey zu verdanken.«

»Und mit dieser Schuld muss er leben. Das kann einen schon sehr runterziehen.«

Ich starre sie wütend an. Mum betrachtet die Dinge gern von der entgegengesetzten Seite, was ja ganz in Ordnung ist, solange es nicht einen selbst oder gute Freunde betrifft.

»Das Einzige, was ihn runtergezogen hat, waren teure Hemden und sein hübsches neues Gebiss.«

Mum ignoriert mich wie früher, wenn ich als kleiner Junge etwas gesagt hatte, für das sie jeden Kommentar überflüssig fand.

»Er wollte ein Buch schreiben«, sage ich.

Sie stellt den Becher hin und macht ein ernstes Gesicht. »Über das, was damals mit euch Kindern war?«

Ich nicke. »Ich sollte ihm dabei helfen.«

»Und was hast du gesagt?«

»Dass ich darüber nachdenken würde.«

»Verstehe.«

»Und da war noch etwas – er hat gesagt, er weiß, wer sie umgebracht hat.«

Sie sieht mich mit ihren großen dunklen Augen an. Noch mit achtundsiebzig sind sie scharf und klar.

»Hast du ihm geglaubt?«

»Weiß nicht. Vielleicht.«

»Hat er sonst noch was von früher gesagt?«

»Nein. Warum?«

»Nur so aus Neugier.«

Aber Mum stellt niemals Fragen nur so aus Neugier. Mum tut grundsätzlich nichts *nur so*.

»Also, was denn, Mum?«

Sie zögert.

»Mum?«

Sie legt ihre kühle faltige Hand auf meine. »Nichts. Das mit Mickey tut mir leid. Ich weiß, du hattest ihn lange nicht gesehen. Aber ihr wart einmal Freunde. Das nimmt dich sicher sehr mit.«

Gerade als ich noch einmal nachhaken will, kommt Chloe in die Küche.

»Nachschub«, sagt sie und hält ihren Becher hoch. »Ich störe doch nicht?«

Ich blicke zu Mum.

»Nein«, sagt sie. »Überhaupt nicht. Ich wollte sowieso gerade gehen.«

Bevor sie geht, stellt Mum mir mehrere große Säcke ins Haus, deren Inhalt für Mittens anhaltende Ausgeglichenheit und Wohlbefinden offenbar unerlässlich ist.

Aufgrund früherer Erfahrungen hatte ich geglaubt, Mittens brauche für anhaltende Ausgeglichenheit und Wohlbefinden lediglich einen unbegrenzten Vorrat an Vogelküken und Mäusen, die von ihm entweder auf meinem Bett, während ich verkatert aufwache, oder beim Frühstück auf dem Küchentisch ausgeweidet werden.

Ich befreie den Kater aus der Box, und nachdem wir uns argwöhnisch beäugt haben, springt er Chloe auf den Schoß und reckt sich mit kaum verhohlener Katzenblasiertheit.

Ich hasse Tierquälerei, aber bei Mittens könnte ich eine Ausnahme machen.

Ich lasse die beiden auf dem Sofa und vernehme ein zufriedenes Schnurren (ob von Chloe oder Mittens, vermag ich nicht zu sagen). Dann gehe ich nach oben in mein Arbeitszimmer, öffne eine verschlossene Schreibtischschublade und nehme einen unverfänglichen braunen Umschlag heraus. Ich stecke ihn ein und gehe wieder nach unten.

»Bin mal kurz einkaufen«, rufe ich und eile aus dem Haus, bevor Chloe mir eine Einkaufsliste mitgibt, die so lang wie *Krieg und Frieden* ist und zum Tapezieren eines kleinen Zimmers reichen würde.

Heute ist Markt. Alle Straßen sind mit Autos zugeparkt, die auf den Parkplätzen in der Stadt nichts mehr gefunden haben. Bald kommen die Busse dazu, und auf den schmalen Bürgersteigen werden sich Touristen drängen, die auf Google Maps starren und ihre iPhones auf alles richten, was einen Balken oder ein Strohdach hat.

Ich betrete den kleinen Eckladen, kaufe Zigaretten und ein Feuerzeug. Dann gehe ich quer durch die Stadt zum Bull. Cheryl steht hinter der Theke, aber Gav sitzt nicht wie üblich an seinem Tisch daneben.

Ich bin noch nicht mal an der Theke, als Cheryl aufblickt und sagt: »Er ist nicht hier, Ed … und er weiß es schon.«

Ich finde ihn auf dem Spielplatz. Auf dem alten, wo wir früher an heißen Sonnentagen herumgehangen und Dauerlutscher und Schokoriegel genascht haben. Auf dem, wo wir die Zeichnungen entdeckten, die uns zu ihrer Leiche geführt haben.

Er sitzt in seinem Rollstuhl neben der alten Bank. Von dort sieht man gerade noch den Fluss und das im Wind flatternde Absperrband an den Bäumen, wo man Mickeys Leiche aus dem Wasser gezogen hat.

Das Tor quietscht, als ich es aufmache. Die Schaukeln sind in der traditionellen Position: bis zur Querstange oben aufgewickelt. Überall liegt Müll herum, und Zigarettenkippen, von denen einige einen verdächtigen Eindruck machen. Abends habe ich hier Danny Myers und seine Gang abhängen sehen. Tagsüber nie. Kein Mensch kommt tagsüber hierher.

Gav dreht sich nicht nach mir um, dabei muss er das Quietschen des Tors gehört haben. Ich setze mich auf die Bank neben ihm. Er hält eine Papiertüte im Schoß. Er reicht sie mir. Inhalt: diverse Retro-Süßigkeiten. Auch wenn ich keine Lust darauf habe, nehme ich mir eine fliegende Untertasse.

»Drei Pfund hat mich das Zeug gekostet«, sagt er. »In einem dieser noblen Süßwarenläden. Weißt du noch, wie wir früher eine große Tüte für 20 Pence gekriegt haben?«

»Klar. Was glaubst du, warum ich mehr Plomben als Zähne habe?«

Er kichert, aber es klingt nicht echt.

»Cheryl sagt, du hast das mit Mickey schon gehört«, sage ich.

»Ja.« Er nimmt sich eine weiße Maus und kaut darauf herum. »Und ich werde nicht mal so tun, als ob mich das traurig macht.«

Ich würde ihm ja glauben, nur dass mir seine rotgeränderten Augen nicht entgehen und seine Stimme ziemlich belegt ist. Als Kinder waren Fat Gav und Mickey die dicksten Freunde, bis dann alles in die Brüche ging. Lange vor dem Unfall; der war nur der letzte rostige Nagel zu einem morschen Sarg.

»Die Polizei war bei mir«, sage ich. »Ich war der Letzte, der Mickey in dieser Nacht gesehen hat.«

»Aber du hast ihn nicht reingestoßen?«

Ich lächle nicht, auch wenn es tatsächlich ein Scherz sein sollte. Gav sieht mich finster an. »Es war wirklich ein Unfall?«

»Wahrscheinlich.«

»Wahrscheinlich?«

»Als man ihn aus dem Fluss geholt hatte, fand man etwas in seiner Tasche.«

Ich sehe mich um. Im Park ist nicht viel los. Ein einsamer Spaziergänger geht mit seinem Hund am Fluss entlang.

Ich ziehe den an mich adressierten Brief hervor und reiche ihn ihm. »Genau so einen«, sage ich.

Gav beugt sich vor. Ich warte. Gav hatte schon als Kind ein echtes Pokergesicht und konnte fast so gut lügen wie Mickey. Vermutlich überlegt er, ob er das jetzt auch tun soll.

»Kommt dir bekannt vor?«, frage ich.

Er nickt, und schließlich sagt er müde: »Ja. Ich hab auch so einen gekriegt. Hoppo auch.«

»Hoppo?«

Das muss ich erst einmal verdauen. Mich überkommt kindische Empörung, dass sie mir nichts gesagt haben. Dass ich ausgeschlossen wurde.

»Warum habt ihr nichts gesagt?«, frage ich.

»Weil wir das für einen blöden Scherz gehalten haben. Und du?«

»Ging mir auch so.« Und dann: »Aber jetzt ist Mickey tot.«

»Tja, dann war's eine gute Pointe.«

Gav nimmt eine Colaflasche aus der Tüte und stopft sie sich in den Mund.

Ich sehe ihn fragend an. »Warum hasst du Mickey so sehr?«

Er lacht böse. »Fragst du das im Ernst?«

»Also wirklich wegen des Unfalls?«

»Ich finde, das ist ein ziemlich guter Grund.«

Er hat recht. Nur dass ich mir plötzlich sicher bin, dass er mir etwas verschweigt. Ich nehme das ungeöffnete Päckchen Marlboro Lights aus der Tasche.

Gav starrt mich an. »Wann hast du wieder mit dem Rauchen angefangen?«

»Hab ich nicht. Noch nicht.«

»Gibst du mir eine?«

»Das kann nicht dein Ernst sein!«

Wir müssen beide lächeln. Fast.

Ich öffne das Päckchen und nehme zwei Zigaretten heraus. »Ich dachte, du hast auch aufgehört.«

»Ja. Aber heute ist ein guter Tag, seine Vorsätze zu vergessen.«

Ich gebe ihm die Zigarette. Dann mache ich meine an und reiche ihm das Feuerzeug. Nach dem ersten Zug fühle ich mich teils schwindlig, teils übel und teils absolut fantastisch.

Gav atmet Rauch aus. »Scheiße, ich glaub mein Schwein pfeift. Diese Dinger schmecken einfach grauenhaft, Alter.«

Wir grinsen beide.

»Also«, sage ich. »Wo wir jetzt dabei sind, Vorsätze zu vergessen: Wollen wir über Mickey reden?«

Er senkt den Blick, das Grinsen verschwindet.

»Du weißt von dem Unfall?« Er wedelt mit der Zigarette. »Blöde Frage. Natürlich weißt du davon.«

»Ich weiß, was man mir erzählt hat«, sage ich. »Ich war nicht dabei.«

Er runzelt die Stirn. »Nein, du warst nicht dabei.«

»Musste lernen, glaub ich.«

»Nun, Mickey fuhr an diesem Abend. Wie immer. Du weißt ja, wie sehr er seinen kleinen Peugeot geliebt hat.«

»Ist damit durch die Gegend gerast wie ein Irrer.«

»Ja. Deswegen hat er nie getrunken. Er wollte lieber fahren. Ich wollte mich lieber besaufen.«

»Wir waren Teenager. Da säuft man eben.«

Obwohl das bei mir nicht so war. Damals nicht. Aber inzwischen habe ich das mehr als wettgemacht.

»Auf der Party habe ich schwer zugeschlagen. Mich total besoffen. Praktisch ins Koma. Als ich dann anfing, alles vollzukotzen, wollten Tina und Rich mich loswerden und überredeten Mickey, mich nach Hause zu fahren.«

»Mickey hatte auch getrunken?«

»Anscheinend. Ich kann mich nicht erinnern, ihn beim Trinken gesehen zu haben, aber ich kann mich ja auch an sonst nicht viel von diesem Abend erinnern.«

»Als er ins Röhrchen blasen musste, war er über dem Grenzwert?«

Er nickt. »Ja. Aber er behauptete, jemand müsse ihm was ins Glas getan haben.«

»Wann hat er dir das gesagt?«

»Als er mich im Krankenhaus besucht hat, nachdem er aus dem Koma aufgewacht war. Er hat sich nicht mal entschuldigt, nur gleich davon angefangen, dass das eigentlich nicht seine Schuld gewesen sei. Irgendwer habe ihm Schnaps in seine Limo getan, und wenn ich nicht so besoffen gewesen wäre, hätte er mich ja auch nicht nach Hause fahren müssen.«

Typisch Mickey. Immer die Schuld bei anderen suchen.

»Ich kann verstehen, warum du ihn immer noch hasst.«

»Tu ich nicht.«

Ich starre ihn an, die Zigarette auf halbem Weg zum Mund.

»Früher, ja«, sagt er. »Eine Zeitlang. Ich wollte ihm die Schuld daran geben. Aber ich konnte nicht.«

»Versteh ich nicht.«

»Der Unfall ist nicht der Grund, warum ich nicht über Mickey sprechen will, oder warum ich ihn nicht mehr sehen wollte.«

»Sondern?«

»Weil mich das daran erinnert, dass ich verdient habe, was mit mir passiert ist. Ich habe es verdient, in diesem Stuhl zu sitzen. Karma. Für das, was ich getan habe.«

Plötzlich höre ich wieder Mr. Halloran:

»Karma. Was man sät, das wird man ernten. Wer Schlechtes tut, wird irgendwann davon eingeholt und bekommt es heimgezahlt.«

»Was hast du getan?«, frage ich.

»Ich habe seinen Bruder umgebracht.«

1986

Hoppos Mum ging nicht nur in Privathäusern putzen, sondern auch in der Grundschule, im Gemeindesaal und in der Kirche.

So erfuhren wir die Sache mit Pfarrer Martin.

Gwen Hopkins kam wie üblich am Sonntagmorgen um halb sieben nach St. Thomas, um dort vor dem ersten Gottesdienst um halb zehn sauberzumachen. (Offenbar galt die Sonntagsruhe nicht für Leute, die in Diensten des Pfarrers standen.) Die Uhren waren noch nicht zurückgestellt, also war es noch ziemlich dunkel, als sie vor dem großen Eichentor ankam und den Schlüssel, den sie zu Hause auf einem Küchenregal aufbewahrte, ins Schloss steckte.

Alle Schlüssel zu den Häusern, in denen sie putzte, hingen an diesem Regal, jeweils mit den Adressen der Besitzer versehen. Was nicht besonders klug oder sicher war, da Hoppos Mum rauchte und daher oft nachts draußen vor der Hintertür stand und manchmal vergaß, sie wieder abzuschließen.

An diesem Morgen, so erzählte sie später der Polizei (und den Reportern), fiel ihr auf, dass die Kirchenschlüssel am falschen Haken hingen. Aber weder das, noch die Tatsache, dass die Hintertür nicht abgeschlossen war, kam ihr merkwürdig vor, weil sie, wie sie sagte, ein bisschen vergesslich war; normalerweise hängte sie die Schlüssel an die richtigen Haken. Problematisch war allerdings, dass jeder wusste, wo sie sie aufbewahrte. Eigentlich ein Wunder, dass noch nie jemand die Schlüssel genommen hatte, um auf Einbruchstour zu gehen.

Man könnte einfach hineinschleichen, einen Schlüssel nehmen und in ein fremdes Haus spazieren, wenn man wüsste, dass gerade niemand da ist. Vielleicht würde man nur eine Kleinigkeit stehlen, etwas, das keinem auffiel, irgendeinen unbedeutenden Zierrat oder einen Kugelschreiber aus einer Schublade. Etwas Wertloses, von dem der Besitzer denken würde, er habe es verlegt. Man könnte das tun. Wenn man einer wäre, der gern mal etwas mitgehen lässt.

Dass etwas nicht stimmte, hätte Gwen schon merken können, als sie das Kirchentor unverschlossen vorfand. Aber sie dachte sich nichts dabei. Vielleicht war der Pfarrer schon drin. Manchmal stand er früh auf, und wenn sie hineinkam, saß er schon in der Kirche und ging seine Predigten durch. Erst im Mittelschiff ging ihr auf, dass hier tatsächlich etwas faul war. Sehr faul.

In der Kirche war es nicht dunkel genug.

Normalerweise waren von den Bänken und der Kanzel am Ende des Mittelschiffs nur schwarze Schatten zu sehen. An diesem Morgen hatten sie weiß schimmernde Umrisse.

Vielleicht zögerte sie. Vielleicht lief ein Zittern durch ihre Nackenhaare. Ein ängstliches Frösteln, das man gern einer Sinnestäuschung zuschreibt, wobei aber die eigentliche Täuschung darin besteht, sich selbst weiszumachen, dass alles in Ordnung sei.

Gwen deutete ein Kreuzzeichen an, tastete nach dem

Schalter neben dem Tor und machte Licht. Die Lampen an den Seitenwänden – alt, teils kaputt, ausgebrannt – erwachten summend und stotternd zum Leben.

Gwen schrie auf. Die ganze Kirche war mit Zeichnungen vollgekritzelt. Der Steinboden, die Holzbänke, die Kanzel. Alles. Dutzende und Aberdutzende weiße Kreidezeichnungen. Strichmännchen. Manche tanzten, manche winkten. Andere waren schlimmer. Strichmänner mit Strichpenissen. Strichfrauen mit riesigen Brüsten. Und am allerschlimmsten: Strichmännchen am Galgen, mit einer Schlinge um den Hals. Unheimlich, gruslig. Mehr als gruslig – absolut bedrohlich.

Fast hätte Gwen das Weite gesucht. Fast hätte sie den Putzeimer fallen lassen und wäre, so schnell ihre bleichen Beine sie trugen, aus der Kirche gerannt. Dann wäre es vielleicht zu spät gewesen. Aber sie zögerte. Und hörte plötzlich ein schwaches Geräusch. Ein leises, schwaches Stöhnen.

»Hallo? Ist da jemand?«

Wieder das Stöhnen, ein wenig lauter. Nicht zu überhören. Ein Schmerzensstöhnen.

Sie bekreuzigte sich noch einmal – entschlossener jetzt – und ging den Mittelgang hinunter. Ihre Kopfhaut kribbelte. Gänsehaut am ganzen Körper.

Sie fand ihn hinter der Kanzel. In Fötushaltung zusammengerollt auf dem Boden. Nackt, bis auf den Priesterkragen.

Das ursprünglich weiße Tuch war rot verschmiert. Er hatte brutale Schläge auf den Kopf bekommen. Noch ein Schlag mehr, und er wäre gestorben, sagten die Ärzte. So aber blieb ihm der Tod erspart, falls »erspart« hier das richtige Wort ist.

Das Blut stammte aber nicht nur von seinem Kopf. Sondern auch von den Wunden an seinem Rücken. Mit einem Messer eingeritzt: zwei gewaltige, dilettantisch ausgeführte Schnitte von den Schulterblättern aus hinunter bis zu den Gesäßbacken. Erst nachdem das ganze Blut abgewaschen war, erkannte man, was sie darstellen sollten …

Engelsflügel.

Pfarrer Martin wurde ins Krankenhaus gebracht und an eine Menge Schläuche und Drähte angeschlossen. Er hatte ein Hirntrauma davongetragen, und um festzustellen, ob eine Operation nötig war, mussten die Ärzte erst einmal herausfinden, wie schwer die Verletzung war.

Nicky sollte solange bei einer Frau wohnen, die immer zusammen mit dem Pfarrer demonstriert hatte – eine ältere Dame mit Wuschelkopf und dicken Brillengläsern. Aber da blieb sie nicht lange. Denn ein paar Tage später hielt ein fremdes Auto vor dem Pfarrhaus. Ein knallgelber Mini. Von oben bis unten voller Aufkleber: Greenpeace, Regenbogen, »Stoppt AIDS« und alle solche Sachen.

Ich selbst habe sie nicht gesehen. Ich habe es von Gav gehört, der es von seinem Vater gehört hatte, und der hatte es in der Kneipe gehört. Aus dem Auto stieg eine Frau. Eine große Frau mit roten Haaren, die ihr fast bis zur Hüfte gingen. Sie trug eine Latzhose, eine grüne Armeejacke und Springerstiefel.

»Wie eine von diesen Atomkriegsgegnerinnen damals in Greenham Common.«

Aber sie kam nicht aus Greenham Common. Sondern aus Bournemouth, und sie war Nickys Mum.

Nicht tot, wie wir alle gedacht hatten. Alles andere als tot. Pfarrer Martin hatte das allen erzählt, auch Nicky. Anscheinend war sie gegangen, als Nicky noch ganz klein war. Warum, weiß ich nicht. Ich konnte nicht begreifen, wie eine Mum einfach so weggehen konnte. Doch jetzt war sie wieder da, und Nicky würde zu ihr ziehen, weil sie keine anderen Verwandten hatte und ihr Dad nicht in der Lage war, sich um sie zu kümmern.

Nach der Operation erklärten die Ärzte, alles sei gut gelaufen, vielleicht werde er wieder ganz gesund. Sicher sei das nicht. Bei Kopfverletzungen könne man das nie so genau wissen. Er könne allein auf einem Stuhl sitzen. Essen und trinken und zur Toilette gehen sei mit ein wenig Hilfe kein Problem. Aber sprechen könne – oder wolle – er nicht, und daher sei nicht zu erkennen, ob er überhaupt verstehe, was sie zu ihm sagten.

Er wurde in ein Heim für Leute eingeliefert, die nicht ganz richtig im Kopf sind – zur »Rekonvaleszenz«, wie Mum das nannte. Die Kirche kam für die Bezahlung auf. Was wohl auch ganz gut so war, weil Nickys Mum sich das weder leisten konnte noch wollte.

Soweit ich weiß, hat sie Nicky nie zu ihm gebracht. Vielleicht war das ihre Art, es ihm heimzuzahlen. Weil er Nicky damals erzählt hatte, ihre Mutter sei tot; und weil er dafür gesorgt hatte, dass sie ihre Tochter nicht mehr sehen konnte. Oder Nicky wollte ihn gar nicht besuchen. Was ich ihr nicht übelgenommen hätte.

Nur ein einziger Mensch besuchte ihn regelmäßig, unfehlbar einmal die Woche, und das war niemand aus seiner frommen Gemeinde und keiner seiner treu ergebenen »Engel«. Sondern meine Mum.

Ich habe das nie verstanden. Die beiden hassten sich. Pfarrer Martin hatte abscheuliche Dinge getan und zu meiner Mum abscheuliche Dinge gesagt. Später erklärte sie mir einmal: »Genau darum geht es, Eddie. Irgendwann wirst du begreifen, wer ein guter Mensch sein will, muss mehr tun als Kirchenlieder singen oder zu einem frei erfundenen Gott beten. Oder ein Kreuz tragen oder jeden Sonntag zur Kirche gehen. Einen guten Menschen erkennt man daran, wie er seine Mitmenschen behandelt. Gute Menschen brauchen keine Religion, weil sie wissen, dass sie das Richtige tun.«

»Und deswegen besuchst du ihn?«

Sie lächelte seltsam. »Nein. Ich besuche ihn, weil er mir leidtut.«

Einmal bin ich mitgegangen. Warum, weiß ich nicht. Vielleicht hatte ich nichts Besseres vor. Vielleicht war es nur schön, ein bisschen in Mums Gesellschaft zu sein, weil sie immer noch so viel arbeitete und wir nicht viel Zeit zusammen verbringen konnten. Vielleicht war es die morbide Neugier eines kleinen Jungen.

Das Heim hieß St. Magdalene und war nur zehn Minuten entfernt, wenn man Richtung Wilton fuhr. Es lag an einer schmalen, von Bäumen gesäumten Straße und sah nett aus: ein großes altes Haus und davor ein breiter Rasen, auf dem weiße Tische und Stühle aufgestellt waren.

Neben einem Schuppen weiter hinten arbeiteten zwei

Männer in Overalls – Gärtner, nehme ich an. Der eine schob einen großen surrenden Rasenmäher hin und her, der andere schlug mit der Axt abgestorbene Äste von einem Baum und warf sie auf einen Haufen, der wohl demnächst verbrannt werden sollte.

An einem der Gartentische saß eine alte Frau. Sie trug einen wallenden Hausmantel und einen raffinierten Hut. Als wir vorbeifuhren, hob sie eine Hand und winkte: »Schön, dass du mich besuchen kommst, Ferdinand.«

Ich sah Mum an. »Redet sie mit uns?«

»Nicht direkt, Eddie. Sie redet mit ihrem Verlobten.«

»Er kommt sie besuchen?«

»Wohl kaum. Er ist vor vierzig Jahren gestorben.«

Wir stellten den Wagen ab und gingen über einen Kiesweg zu der großen Eingangstür. Drinnen war es nicht so, wie ich es mir vorgestellt hatte. Immer noch recht nett, oder jedenfalls versuchte man, es nett zu gestalten, mit gelb gestrichenen Wänden, allerlei Bildern und Dekorationen. Aber es roch nach Krankenhaus. Der unverwechselbare Geruch von Desinfektionsmitteln, Urin und faulem Kohl.

Mir war schon speiübel, bevor wir den Pfarrer gesehen hatten. Eine Frau in Schwesterntracht führte uns in einen großen Raum voller Stühle und Tische. In einer Ecke flimmerte ein Fernseher. Davor saßen zwei Leute. Eine fette Frau, die offenbar eingeschlafen war, und ein junger Mann mit dicker Brille und Hörgerät. Ab und zu sprang er auf, fuchtelte mit den Armen und schrie: »Schlag mich, Mildred!« Ich fand das komisch und irgendwie auch peinlich. Den Schwestern schien es egal zu sein.

Pfarrer Martin saß auf einem Stuhl vor der Terrassentür, die Hände auf den Oberschenkeln, das Gesicht so ausdruckslos wie das einer Schaufensterpuppe. Man hatte ihn so hingesetzt, dass er in den Garten schauen konnte. Keine Ahnung, ob er das wirklich zu schätzen wusste. Er starrte mit leerem Blick auf etwas – oder auch nichts – in der Ferne. Seine Augen bewegten sich kein bisschen, weder wenn jemand draußen vorbeiging, noch wenn der Mann mit dem Hörgerät seine Schreie ausstieß. Ich weiß nicht einmal, ob er blinzelte.

Ich bin nicht aus dem Zimmer gerannt, war aber kurz davor. Mum setzte sich und begann ihm vorzulesen. Irgendein altes Buch von einem toten Schriftsteller. Ich entschuldigte mich und ging in den Garten, nur um da rauszukommen und frische Luft zu atmen. Die alte Frau mit dem riesigen Hut saß immer noch da. Ich versuchte von ihr unbemerkt zu bleiben, aber plötzlich drehte sie sich um.

»Ferdinand kommt wohl nicht?«

»Kann ich nicht sagen«, stotterte ich.

Sie sah mich scharf an. »Ich kenne dich. Wie heißt du, Junge?«

»Eddie.«

»Eddie, *gnädige Frau*.«

»Eddie, gnädige Frau.«

»Du besuchst den Pfarrer.«

»Meine Mum besucht ihn.«

Sie nickte. »Soll ich dir ein Geheimnis verraten, Freddie?«

Ich überlegte, ob ich sie verbessern sollte, ließ es dann aber. Die alte Frau machte mir ein bisschen Angst, und nicht weil sie alt war, obwohl das auch dazugehörte. Für

Kinder sind alte Leute mit ihrer schlaffen Haut und ihren sehnigen Händen voller blauer Adern irgendwie unheimlich.

Sie winkte mich mit einem dünnen Knochenfinger zu sich heran. Der Fingernagel war ganz gelb und krumm. Am liebsten wäre ich weggelaufen. Aber welches Kind will nicht ein Geheimnis verraten bekommen? Ich tat einen kleinen Schritt näher.

»Der Pfarrer … hat sie alle zum Narren gehalten.«

»Wie?«

»Ich habe ihn gesehen. Nachts. Er ist der Teufel in Menschengestalt.«

Ich wartete. Sie lehnte sich zurück und sah mich düster an. »Ich kenne dich.«

»Ich heiße Eddie«, sagte ich.

Plötzlich zeigte sie auf mich. »Ich weiß, was du getan hast, Eddie. Du hast etwas gestohlen.«

Ich zuckte zusammen. »Nein, hab ich nicht.«

»Gib es zurück. Du gibst es zurück, oder ich lasse dich auspeitschen, du kleiner Strolch.«

Ich wich zurück, ihr Geschrei verfolgte mich: »Du gibst das zurück, Junge! Gib es zurück!«

Ich rannte so schnell ich konnte den Weg hinunter zum Haus, mein Herz raste, meine Wangen brannten. Mum las immer noch dem Pfarrer vor. Ich setzte mich vor die Tür und blieb dort, bis sie fertig war.

Vorher aber brachte ich noch schnell die kleine Porzellanfigur zurück, die ich aus dem Gemeinschaftsraum gestohlen hatte.

Das alles war später. Viel später. Nach dem Besuch der Polizei. Nach Dads Verhaftung. Und nachdem Mr. Halloran die Schule hatte verlassen müssen.

Nicky war zu ihrer Mutter nach Bournemouth gezogen. Fat Gav ging ein paarmal bei Metal Mickey vorbei, um zu sehen, ob sie sich wieder vertragen könnten, aber Mickeys Mum sagte jedes Mal, Mickey habe keine Zeit, und schlug ihm die Tür vor der Nase zu.

»Ich glaub, mein Schwein pfeift«, sagte Fat Gav, nachdem er Mickey später in der Stadt gesehen hatte, zusammen mit ein paar älteren Jungen, üblen Burschen, die sich früher mit seinem Bruder herumgetrieben hatten.

Mir selbst war es ziemlich egal, mit wem Mickey sich herumtrieb. Ich war nur froh, dass er nicht mehr zu unserer Gang gehörte. *Nicht* egal war mir, dass Nicky nicht mehr da war, aber das konnte ich Hoppo und Fat Gav gegenüber nicht zugeben. Es war nicht das Einzige, was ich ihnen vorenthielt. Ich habe ihnen nie erzählt, dass sie mich noch ein letztes Mal besucht hatte. Am Tag ihrer Abreise.

Ich saß am Küchentisch und machte meine Hausaufgaben. Dad hämmerte irgendwo herum, Mum war mit dem Staubsauger zugange, und bei mir lief das Radio; da war es geradezu ein Wunder, dass ich die Türklingel hörte.

Ich wartete kurz. Erst als klar war, dass niemand reagieren würde, rutschte ich von meinem Stuhl, trabte in den Flur und machte auf.

Draußen stand Nicky, die Hände am Lenker ihres Fahrrads. Sie war blass, ihr rotes Haar glanzlos und zerzaust, ihre linke Wange immer noch gelb und blau verfärbt. Sie glich einem von Mr. Hallorans abstrakten Gemälden. Eine fahle, zusammengeflickte Version ihrer selbst.

»Hi«, sagte sie, und auch ihre Stimme hörte sich nicht wie ihre eigene an.

»Hi«, antwortete ich. »Wir wollten dich ja mal besuchen, aber …«

Ich hörte auf. Das war gelogen. Wir hatten zu viel Angst gehabt. Genau wie bei Mickey.

»Schon gut«, sagte sie.

Nichts war gut. Wir waren doch Freunde.

»Willst du reinkommen?«, fragte ich. »Wir haben Limonade und Kekse?«

»Kann nicht. Mum denkt, ich packe. Ich hab mich rausgeschlichen.«

»Ihr fahrt heute?«

»Ja.«

Das traf mich völlig unerwartet. In mir zerbrach etwas.

»Du wirst mir echt fehlen«, platzte ich heraus. »Uns allen.«

Ich machte mich auf eine sarkastische Antwort gefasst. Stattdessen kam sie plötzlich näher und schlang ihre Arme um mich. So fest, dass es sich nicht mehr wie eine Umarmung anfühlte, eher wie eine tödliche Umklammerung; als sei ich der letzte Halt auf einem dunklen stürmischen Ozean.

Ich ließ sie. Ich atmete den Duft ihrer struppigen Locken. Vanille und Kaugummi. Ich spürte das Beben ihrer Brust. Die kleinen Knospen ihrer Brüste unter ihrem weiten Pullover. Ich wünschte, wir könnten ewig so bleiben. Sie würde sich nie mehr von mir lösen.

Aber das tat sie. Plötzlich wandte sie sich ab und schwang sich auf ihr Rad. Trat in die Pedale und raste davon. Die roten Haare flatterten hinter ihr wie wütende Flammen. Kein Wort mehr. Kein Abschied.

Während ich ihr nachsah, fiel mir noch etwas auf: Sie hatte nichts von ihrem Dad gesagt. Kein Wort.

Die Polizei kam noch einmal zu Hoppos Mum.

»Also weiß man jetzt, wer es war?«, fragte Fat Gav Hoppo und steckte sich eine Brausecolaflasche in den Mund.

Wir saßen auf einer Bank auf dem Schulhof. Dort hatten wir fünf immer gesessen, an der Mauer neben dem Hüpfekästchenfeld. Jetzt waren wir noch zu dritt.

Hoppo schüttelte den Kopf. »Ich glaube nicht. Die haben sie nach dem Schlüssel gefragt. Wer alles wusste, wo der aufbewahrt wird. Und dann ging es auch wieder um die Zeichnungen in der Kirche.«

Ich horchte auf. »Die Zeichnungen. Was haben sie gefragt?«

»Ob sie so was schon mal irgendwo gesehen hat? Ob der Pfarrer in der Vergangenheit mal erwähnt hat, dass er bedroht wird? Ob er irgendwelche Feinde hat?«

Ich rutschte unruhig herum. *Hüte dich vor dem Kreidemann.*

Fat Gav sah mich an. »Was ist, Eddie Munster?«

Ich zögerte. Warum eigentlich? Das waren meine Freunde, meine Gang. Ich konnte ihnen alles sagen. Ich sollte ihnen von den anderen Kreidemännchen erzählen.

Aber etwas hielt mich zurück.

Vielleicht weil Fat Gav, so witzig und loyal und großzügig er auch sein mochte, sich allzu oft verplapperte. Vielleicht weil ich Hoppo nichts von der Zeichnung am Friedhof erzählen wollte, denn dann hätte ich erklären müssen, warum ich ihm das nicht gleich gesagt hatte. Außerdem hatte ich noch seine Worte an diesem Tag im Ohr: *»Wenn ich rausfinde, wer das getan hat, bring ich ihn um.«*

»Nichts«, sagte ich. »Nur, wir haben schließlich auch Kreidemännchen gemalt. Hoffentlich denkt die Polizei nicht, wir waren das.«

Fat Gav schnaubte verächtlich. »Das war doch bloß Kinderkram. Kein Mensch käme auf die Idee, wir würden einem Pfarrer den Schädel einschlagen.« Sein Gesicht leuchtete auf. »Ich wette, das waren irgendwelche Satanisten oder so. Teufelsanbeter. Ist deine Mum sicher, dass es Kreide war? Nicht *Bluuuuut*?« Er richtete sich auf, krümmte seine Finger zu Krallen und kicherte böse, *uuaaahahahahaaa*.

Die Klingel für den Nachmittagsunterricht läutete, und damit war das Thema fürs Erste erledigt.

Als ich von der Schule nach Hause kam, stand ein fremdes Auto in der Einfahrt. Dad saß mit einem Mann und einer Frau in der Küche. Beide waren in Grau gekleidet und wirkten steif und unfreundlich. Dad saß mit dem Rücken zu mir, aber seine kraftlose Haltung ließ darauf schließen, dass etwas nicht stimmte; ich konnte mir seine besorgte Miene, die buschigen Brauen zusammengezogen, auch so gut vorstellen.

Mehr bekam ich nicht zu sehen, denn jetzt kam Mum

aus der Küche, zog die Tür hinter sich zu und scheuchte mich in den Flur.

»Wer ist das?«, fragte ich.

Mum war keine, die um den heißen Brei herumredete. »Kriminalpolizei, Eddie.«

»Polizei? Was wollen die hier?«

»Sie haben nur ein paar Fragen an deinen Dad und mich. Wegen Pfarrer Martin.«

Ich starrte sie an, mein Herz schlug schon ein wenig schneller. »Warum?«

»Routine. Sie befragen viele Leute, die ihn gekannt haben.«

»Fat Gavs Dad haben sie nicht befragt, und der kennt jeden.«

»Werd nicht frech, Eddie. Schau dir was im Fernsehen an, bis wir hier fertig sind.«

Fernsehen erlaubte Mum mir sonst nie. Jedenfalls nicht, bevor ich meine Hausaufgaben gemacht hatte. Irgendwas stimmte hier nicht.

»Ich wollte mir was zu trinken holen.«

»Ich bring dir was.«

Ich sah sie fragend an. »Alles in Ordnung, Mum? Die glauben doch nicht, dass Dad was getan hat?«

Ihr Blick wurde freundlicher. Sie drückte mir sanft den Arm. »Nein, Eddie. Dein Dad hat absolut nichts Unrechtes getan. Okay? Und jetzt ab mit dir. Ich bring dir gleich deinen Saft.«

»Okay.«

Ich ging ins Wohnzimmer und schaltete den Fernseher ein. Mum vergaß, mir was zum Trinken zu bringen. Aber das machte nichts. Wenig später gingen die beiden Polizisten. Dad begleitete sie. Und da wusste ich, nichts war in Ordnung. Kein bisschen.

Wie sich herausstellte, hatte Dad am Abend des Überfalls auf den Pfarrer tatsächlich einen Spaziergang gemacht, aber nur bis zum Bull. Fat Gavs Vater bestätigte, dass er dort gewesen war und Whisky getrunken hatte (Dad trank selten, aber wenn, dann nicht Bier wie andere Dads, sondern Whisky). Fat Gavs Vater habe mit ihm gesprochen, allerdings nur kurz, weil an diesem Abend viel zu tun gewesen sei, und außerdem, erklärte er: »Man sieht es einem Gast an, wenn er in Ruhe gelassen werden will.« Trotzdem habe er sich vorgenommen, meinem Dad nichts mehr zu bringen, und kurz vor Schluss sei er dann sowieso gegangen.

Was er dann getan hatte, wusste Dad nicht mehr so genau, nur noch, dass er sich auf dem Friedhof, der an seinem Heimweg lag, auf eine Bank gesetzt hatte, um ein wenig zu verschnaufen. Gegen Mitternacht hatte ihn dort jemand gesehen. Mum erzählte der Polizei, Dad sei gegen ein Uhr nach Hause gekommen. Wann genau Pfarrer Martin überfallen wurde, konnte die Polizei nicht sagen, ging jedoch von einer Tatzeit zwischen Mitternacht und drei Uhr morgens aus.

Offenbar reichte es nicht für eine Anklage, aber immerhin hatten sie genug – die Prügelei, und dann die Drohungen gegen Mum –, ihn auf die Polizeiwache zu bringen und weiter zu befragen. Vielleicht hätten sie ihn sogar dabehalten, wäre Mr. Halloran nicht gewesen.

Er erschien am nächsten Tag auf der Wache und sagte

aus, er habe meinen Dad in dieser Nacht schlafend auf einer der Friedhofsbänke gesehen. Um ihn nicht dort liegen zu lassen, habe er ihn geweckt und nach Hause gebracht, bis vor die Haustür. Das sei zwischen Mitternacht und ein Uhr gewesen. Für den Weg (normalerweise ein Spaziergang von zehn Minuten) hätten sie gut vierzig Minuten gebraucht, weil mein Dad sich kaum auf den Beinen habe halten können.

Und: Nein, erklärte Mr. Halloran der Polizei, mein Dad habe kein Blut an sich gehabt, und er sei weder aufgeregt noch aggressiv gewesen. Nur betrunken und ein bisschen rührselig.

Damit war mein Dad so ziemlich aus dem Schneider. Andererseits stellte sich jetzt die Frage, was Mr. Halloran so spät nachts auf dem Friedhof zu suchen gehabt hatte. Und so erfuhren schließlich alle von dem Waltzer-Mädchen.

2016

Wir glauben, wir wollen Antworten haben. Aber es müssen natürlich die *richtigen* Antworten sein. So ist der Mensch. Wir stellen Fragen, von denen wir uns erhoffen, die Wahrheiten zu erfahren, die wir hören wollen. Das Problem ist nur, man kann sich seine Wahrheiten nicht aussuchen. Die Wahrheit hat es nun einmal an sich, schlicht die Wahrheit zu sein. Uns bleibt nur die Wahl, sie zu glauben oder nicht.

»Du hast Sean Coopers Rad geklaut?«, frage ich Gav.

»Ich wusste, dass er es nachts oft draußen in der Einfahrt liegen ließ. Er hielt sich ja für so groß und stark und dachte, niemand würde es wagen, ihm das wegzunehmen. Deshalb habe ich es getan. Nur um ihm eins auszuwischen.« Er überlegt. »Ich hätte nie gedacht, dass er in den Fluss steigt, um es da rauszuholen. Und erst recht nicht, dass er dabei ertrinken würde.«

Nein, denke ich. Aber jeder wusste, wie sehr Sean an diesem Rad hing. Fat Gav musste doch wissen, dass das einen Riesenärger geben würde.

»Warum hast du das getan?«, frage ich.

Gav bläst einen Rauchring. »Ich habe gesehen, was er dir angetan hat. Damals auf dem Spielplatz.«

Das trifft mich wie ein Schlag in den Magen. Dreißig Jahre sind vergangen, und meine Wangen brennen immer noch vor Scham, wenn ich daran denke. Der grobe Asphalt an meinen Knien. Der muffige Schweißgeschmack in meinem Mund.

»Ich war im Park«, sagt er. »Ich habe alles beobachtet, und ich habe nichts getan. Ich stand nur da. Und dann sah ich Mr. Halloran zu euch laufen und sagte mir, jetzt ist alles gut. Aber nichts war gut.«

»Du hättest nichts tun können«, sage ich. »Die hätten dich fertiggemacht.«

»Ich hätte es wenigstens versuchen müssen. Freunde sind das Wichtigste. Weißt du noch? Das habe ich damals immer gesagt. Aber als es drauf ankam, habe ich dich im Stich gelassen. Ich habe Sean damit davonkommen lassen. Genau wie alle anderen. Heutzutage würde er für so was ins Gefängnis kommen. Damals hatten wir alle nur Angst vor ihm.« Er sieht mich grimmig an. »Er war nicht bloß ein Schläger. Er war ein echter Psychopath.«

Er hat recht. Teilweise. Ob Sean Cooper ein Psychopath war, weiß ich nicht. Ein Sadist, das ja. Das sind die meisten Jugendlichen, mehr oder weniger. Vielleicht hätte er sich mit den Jahren geändert. Mir fällt ein, was Mr. Halloran auf dem Friedhof gesagt hatte:

Weil er keine Chance bekommen hat, sich zu ändern.

»Du bist ja so still«, sagt Gav.

Ich ziehe heftiger an der Zigarette. Von dem Nikotinschub summen mir die Ohren.

»In der Nacht nach Seans Tod hat jemand einen Kreidemann in meine Einfahrt gemalt. Einen *ertrinkenden* Kreidemann. Sollte wohl eine Botschaft sein.«

»Ich war das nicht.«

»Aber wer dann?«

Gav zerquetscht seine Zigarette auf der Bank. »Was weiß ich? Wen juckt das? Diese verfluchten Kreidezeichen. Das Einzige, was von diesem Sommer übrig geblieben ist. Alle reden nur von diesen blöden Kritzeleien, kaum einer von den Opfern.«

Das stimmt. Aber beides hing unentwirrbar zusammen. Huhn und Ei. Was war zuerst da? Die Kreidemännchen oder der Mord?

Gav sagt: »Du bist der Einzige, der Bescheid weiß, Ed.«

»Ich sage nichts.«

»Ich weiß.« Er seufzt. »Hast du jemals etwas so Schlimmes getan, dass du nicht mal deinen besten Freunden davon erzählen kannst?«

Ich drücke meine Zigarette auf dem plattgedrückten Filter aus. »Das trifft wohl auf die meisten zu.«

»Weißt du, was ich mal gehört habe? Geheimnisse sind wie Arschlöcher. Wir alle haben sie. Nur dass manche schmutziger sind als andere.«

»Schönes Bild.«

»Ja.« Er kichert. »Was für eine Scheiße.«

Am späten Nachmittag komme ich nach Hause. In der Küche bemerke ich sofort den unangenehmen Geruch von Katzenstreu. Ich sehe im Katzenklo nach, doch da ist nichts Auffälliges. Das kann ein gutes, aber auch ein schlechtes Zeichen sein, je nachdem, zu was für Streichen Mittens heute aufgelegt ist. Also nicht vergessen, nachher meine Pantoffeln zu kontrollieren, bevor ich sie anziehe.

Der Bourbon steht verführerisch auf der Anrichte, aber

stattdessen nehme ich (von wegen klarer Kopf und so) ein Bier aus dem Kühlschrank und gehe nach oben. Vor Chloes Zimmer bleibe ich kurz stehen. Von drinnen kein Geräusch, nur spüre ich ein leises Vibrieren der Dielen, also hat sie wahrscheinlich ihre Kopfhörer auf und hört Musik. Gut.

Ich schleiche in mein Zimmer und schließe die Tür. Ich stelle das Bier auf den Nachttisch, gehe in die Hocke und schiebe die Kommode am Fenster zur Seite. Sie ist schwer und scharrt nicht ganz lautlos über die alten Bodenbretter, aber das macht mir keine Sorgen. Wenn Chloe Musik hört, dann gern in ohrenbetäubender Lautstärke. Da würde sie nicht mal ein kleineres Erdbeben mitbekommen.

Ich nehme einen alten Schraubenzieher aus der Schublade, in der ich meine Unterwäsche aufbewahre, und stemme damit die Bodenbretter auf. Insgesamt vier. Mehr als in meiner Kindheit. Weil ich heute mehr zu verbergen habe.

Ich hole eine der beiden in den Hohlraum gezwängten Schachteln heraus, hebe den Deckel an und spähe hinein. Dann greife ich nach dem kleinsten Gegenstand darin und wickle ihn vorsichtig aus dem Seidenpapier. Es ist eine goldene Kreole. Nicht aus echtem Gold; nur billiger Modeschmuck, inzwischen leicht angelaufen. Ich halte sie in der Hand, bis das Metall sich erwärmt hat. Das Erste, was ich ihr weggenommen habe, denke ich. An dem Tag auf dem Jahrmarkt, wo alles begann.

Ich kann Gav verstehen. Wenn er ihm nicht das Rad gestohlen hätte, würde Sean Cooper jetzt wahrscheinlich noch leben. Eine kleine kindische Dummheit, die sich zu einer furchtbaren Tragödie ausgeweitet hatte. Nicht dass Gav ein solches Ende hätte voraussehen können. So wenig wie ich selbst. Dennoch überkommt mich ein komisches Gefühl. Ein Unbehagen. Nicht direkt ein Schuldgefühl. Sondern sein Zwillingsbruder. Das Gefühl, verantwortlich zu sein. Für das alles.

Chloe würde jetzt sagen, ich gehöre halt zu jenen einzelgängerischen Egomanen, die alles auf sich beziehen und glauben, die Welt drehe sich allein um sie. In gewisser Hinsicht stimmt das sogar. Als Einzelgänger neigt man zur Selbstbeobachtung. Andererseits habe ich der Selbstbeobachtung vielleicht nicht genug Zeit gewidmet und zu wenig über die Vergangenheit nachgedacht. Ich wickle die Kreole sorgfältig wieder ein und lege sie in die Schachtel zurück.

Vielleicht ist es Zeit für eine Reise in die Vergangenheit. Nur dass das kein Spaziergang durch die heiteren Gefilde schöner Erinnerungen sein wird. Mein Weg zurück ist voller Schlaglöcher und führt in ein finsteres Gestrüpp von Lügen und Geheimnissen.

Und am Wegesrand sind die Kreidemänner.

1986

»Man kann sich nicht aussuchen, in wen man sich verliebt.«

Das hatte Mr. Halloran mir erklärt.

Ich denke, er hatte recht. In der Liebe gibt es keine freie Entscheidung. Man folgt einer Notwendigkeit. Ich weiß das jetzt. Aber manchmal *sollte* man sich vielleicht entscheiden. Wenigstens dazu, sich nicht zu verlieben. Dagegen ankämpfen, sich davon losreißen. Hätte Mr. Halloran sich entschieden, sich nicht in das Waltzer-Mädchen zu verlieben, wäre alles womöglich ganz anders gekommen.

Das war, nachdem er die Schule endgültig verlassen hatte und ich einmal heimlich mit dem Rad durch die ganze Stadt fuhr, um ihn in seinem kleinen Haus zu besuchen. Ein kalter Tag. Der Himmel eisengrau und so hart und starr wie Beton. Ab und zu tröpfelte und nieselte es hier und da ein bisschen. Zu mutlos, um richtig zu regnen.

Man hatte Mr. Halloran zur Kündigung gezwungen. Hinter verschlossenen Türen. Offenbar hoffte man, er werde ohne Aufsehen verschwinden. Aber natürlich wussten wir alle, dass er uns verlassen würde, und wir alle wussten warum.

Mr. Halloran hatte das Waltzer-Mädchen regelmäßig im Krankenhaus besucht. Nach ihrer Entlassung besuchte er sie weiter. Sie trafen sich zum Kaffee oder im Park. Anscheinend immer sehr diskret, weil niemand sie dabei gesehen hatte, und falls doch, hatte man sich nichts dabei gedacht. Sie hatte ihre Frisur verändert. Die Haare heller gefärbt, fast blond. Warum, weiß ich nicht. Ich fand sie vorher auch schön. Aber vielleicht hatte sie das Bedürfnis, sie zu ändern, weil sie selbst sich verändert hatte. Manchmal benutzte sie jetzt zum Gehen einen Stock. Oder sie hinkte. Sollten irgendwelche Leute die beiden doch einmal zusammen gesehen haben, hielten sie Mr. Halloran wahrscheinlich einfach nur für nett. Damals galt er noch als Held.

Das alles änderte sich, als man herausfand, dass das Waltzer-Mädchen abends oft zu ihm nach Hause ging und er um ihr Haus herumschlich, wenn ihre Mum nicht da war. Das war auch der Grund, warum er in jener Nacht auf dem Heimweg am Friedhof vorbeigekommen war.

Und plötzlich war der Teufel los, schließlich war das Waltzer-Mädchen erst siebzehn und Mr. Halloran über dreißig und Lehrer. Jetzt nannte man ihn nicht mehr einen Helden, sondern Perversling und Kinderschänder. Eltern kamen in die Schule und verlangten wütend, die Rektorin zu sprechen. Obwohl er weder seine Amtspflichten verletzt noch gegen irgendein Gesetz verstoßen hatte, blieb ihr keine andere Wahl, als ihn aufzufordern, die Schule zu verlassen. Immerhin ging es um den Ruf der Schule und die »Sicherheit« der Kinder.

Gerüchte machten die Runde: Mr. Halloran lasse im Unterricht Radiergummis fallen, um, wenn er sie aufhob, den Mädchen unter den Rock zu sehen; er starre beim Sport den Mädchen auf die Beine oder habe im Speiseraum einmal ein Mädchen an die Brust gefasst, als sie seinen Teller abräumte.

Nichts davon war wahr, aber Gerüchte sind wie Bazillen. Sie breiten sich aus und vermehren sich im Handumdrehen, und ehe man es sich versieht, ist jedermann angesteckt.

Ich würde gern behaupten, ich hätte zu Mr. Halloran gehalten und ihn vor meinen Mitschülern verteidigt. Aber das stimmt nicht. Ich war zwölf, und ich ging zur Schule. Ich lachte, wenn man Witze über ihn riss, und sagte kein Wort, wenn man ihn beschimpfte oder das nächste haarsträubende Märchen über ihn verbreitete.

Ich habe den anderen nie gesagt, dass ich ihnen nicht glaubte. Dass Mr. Halloran ein guter Mann war. Weil er dem Waltzer-Mädchen das Leben gerettet hatte, und weil er auch meinen Dad gerettet hatte. Ich konnte ihnen weder von den schönen Bildern erzählen, die er malte, noch davon, wie er mich vor Sean Cooper beschützt hatte, noch davon, wie er mir klarmachte, dass man Dinge, die etwas Besonderes sind, festhalten sollte. Sehr fest.

Vermutlich deswegen ging ich an diesem Tag zu ihm. Er musste nicht nur seine Arbeit kündigen, sondern auch das Haus aufgeben. Die Schule hatte es ihm vermietet, und demnächst sollte der neue Lehrer, sein Nachfolger, dort einziehen.

Mir war ein wenig beklommen zumute, als ich mein Rad abstellte und an die Tür klopfte. Es dauerte eine Weile, bis Mr. Halloran aufmachte. Ich überlegte schon, ob ich wieder gehen sollte, oder ob er vielleicht nicht da sei, obwohl auf der Straße sein Auto stand, doch dann ging die Tür auf, und Mr. Halloran stand vor mir.

Er sah irgendwie anders aus. Dünn war er schon immer gewesen, aber jetzt war er richtig abgemagert. Seine Haut war womöglich noch bleicher. Er war ungekämmt und trug Jeans und ein dunkles T-Shirt, das seine sehnigen Arme sehen ließ, und die einzige Farbe darin war das Blau der Adern, die sich erschreckend deutlich unter der durchsichtigen Haut abzeichneten. An diesem Tag sah er wirklich kaum noch wie ein Mensch aus. Sondern wie ein Kreidemann.

»Hi, Eddie.«

»Hallo, Mr. Halloran.«

»Was willst du hier?«

Gute Frage, denn nachdem ich einmal da war, wusste ich es selber nicht.

»Wissen deine Eltern, dass du hier bist?«

»Hm, nein.«

Er schien zu überlegen, kam nach draußen und sah sich um. Damals verstand ich das gar nicht. Später dann schon – bei all den Gerüchten um seine Person wollte er natürlich auf keinen Fall dabei beobachtet werden, wie er einen zwölfjährigen Jungen in sein Haus kommen ließ. Ich denke, er war kurz davor, mich wegzuschicken, doch dann sah er mich an und sagte freundlich: »Komm rein, Eddie. Möchtest du was trinken? Saft oder Milch?«

Ich hatte keinen Durst, aber da es mir unhöflich schien, das zu sagen, sagte ich: »Äh, Milch wäre cool.«

»Okay.«

Ich folgte Mr. Halloran in die kleine Küche.

»Nimm Platz.«

Ich setzte mich auf einen wackligen Kiefernholzstuhl.

Überall in der Küche standen Umzugskartons; im Wohnzimmer auch.

»Sie ziehen aus?«, fragte ich – eine dumme Frage, weil ich es ja schon wusste.

»Ja«, sagte Mr. Halloran, nahm Milch aus dem Kühlschrank und sah nach dem Verfallsdatum, bevor er in den Kartons nach einem Glas zu suchen begann. »Ich ziehe zu meiner Schwester nach Cornwall.«

»Oh. Ich dachte, Ihre Schwester ist tot.«

»Ich habe noch eine Schwester. Sie ist älter und heißt Kirsty.«

»Oh.«

Mr. Halloran stellte mir die Milch hin. »Alles in Ordnung, Eddie?«

»Ich, äh, wollte mich bei Ihnen bedanken, für das, was Sie für meinen Dad getan haben.«

»Ich habe gar nichts getan. Ich habe nur die Wahrheit gesagt.«

»Ja, aber das hätten Sie nicht tun müssen, und wenn Sie nicht …«

Ich brach mitten im Satz ab. Das war furchtbar. Schlimmer, als ich mir vorgestellt hatte. Ich wollte nur noch weg. Nur weg, aber ich konnte nicht.

Mr. Halloran seufzte. »Eddie, diese ganze Geschichte hat nichts mit dir oder deinem Dad zu tun. Ich hatte sowieso vor, von hier wegzugehen.«

»Wegen dem Waltzer-Mädchen?«

»Du meinst Elisa?«

»Oh, ja.« Ich nickte. Nahm einen Schluck Milch. Nicht mehr ganz frisch.

»Wir denken, ein Neuanfang könnte uns beiden guttun.«

»Sie kommt also mit Ihnen nach Cornwall?«

»Später. Hoffentlich.«

»Die Leute erzählen sich schlimme Sachen über Sie.«

»Ich weiß. Nichts davon ist wahr.«

»Ich weiß.«

Aber er muss gespürt haben, dass ich eine überzeugendere Erklärung hören wollte, denn er fuhr fort: »Elisa ist ein ganz besonderes Mädchen, Eddie. Ich wollte das alles nicht. Ich wollte ihr nur helfen, ein Freund sein.«

»Und warum konnten Sie nicht einfach nur ihr Freund sein?«

»Das wirst du besser verstehen, wenn du älter bist. Wir können uns nicht aussuchen, in wen wir uns verlieben und wer uns glücklich macht.«

Dabei sah er gar nicht glücklich aus. Nicht so, wie Verliebte aussehen sollten. Er sah traurig und verloren aus.

Aufgewühlt und selbst ein wenig verloren radelte ich nach Hause. Der Winter nahte, und schon um drei Uhr nachmittags verlor sich der Tag in einem grauen Dämmerlicht.

Alles wirkte kalt und öde und hoffnungslos verändert. Unsere Gang war auseinandergerissen. Nicky lebte bei ihrer Mum in Bournemouth. Mickey hatte seine neuen üblen Freunde. Ich traf mich immer noch mit Hoppo und Fat Gav, aber es war nicht mehr wie früher. Eine Dreiergruppe brachte ihre eigenen Probleme mit sich. Ich hatte Hoppo immer für meinen besten Freund gehalten, doch wenn ich ihn jetzt besuchen wollte, war er manchmal schon mit Fat Gav losgezogen. Ich begann mich zu ärgern.

Auch Mum und Dad hatten sich verändert. Nach dem Überfall auf Pfarrer Martin waren die Proteste gegen Mums Arbeit abgeflaut. »Als habe man der Bestie den Kopf abgeschlagen«, sagte Dad. Aber während Mum entspannter wirkte, schien Dad unruhiger und nervös. Vielleicht hatte die Sache mit der Polizei ihn verunsichert, es konnte jedoch auch etwas anderes sein. Er war vergesslich und gereizt. Manchmal sah ich ihn irgendwo sitzen und vor sich hin starren, als warte er auf etwas, wisse aber selber nicht, worauf.

Und dieses Gefühl des Wartens schien über ganz Anderbury zu hängen. Irgendwie stand alles still. Ein Grund dafür mochte allgemeiner Argwohn sein, schließlich tappte die Polizei immer noch im Dunkeln, wer Pfarrer Martin überfallen hatte: Alle fragten sich, ob womöglich der eigene Nachbar zu einer solchen Tat fähig sein könnte.

Die Blätter vertrockneten und rollten sich ein und fielen am Ende entkräftet von den Bäumen. Alles schien von Verfall und Tod durchdrungen. Nichts fühlte sich mehr frisch und bunt und unschuldig an. Als sei die ganze Stadt bis auf weiteres in eine staubige Zeitkapsel eingeschlossen.

Wie sich herausstellte, warteten wir tatsächlich. Und als das gleichmütige Herbstlaub sich auftat und die bleiche Mädchenhand winkend zum Vorschein kam, schien die ganze Stadt ihren lang angehaltenen Atem auszustoßen. Es war passiert. Endlich war es zum Schlimmsten gekommen.

2016

Am nächsten Morgen wache ich früh auf. Oder genauer, ich kapituliere, nachdem ich mich stundenlang von einer Seite auf die andere geworfen habe, unterbrochen nur von halb erinnerten Träumen.

In einem dieser Träume fährt Mr. Halloran mit dem Waltzer-Mädchen auf dem Waltzer. Das Mädchen hat keinen Kopf, aber dass sie es ist, glaube ich an ihrer Kleidung zu erkennen. Ihr Kopf liegt in Mr. Hallorans Schoß und schreit, während der Jahrmarktsgehilfe, niemand anders als Sean Cooper, sie wieder und wieder im Kreis herumwirbelt.

»Schreit, wenn es noch schneller sein soll, ihr Arschlöcher. Ich sagte: SCHREIT!«

Aufgewühlt und hundemüde wälze ich mich aus dem Bett, werfe ein paar Sachen über und tappe die Treppe hinunter. Chloe schläft wohl noch, also schlage ich die Zeit tot, mache Kaffee, lese die Zeitung und rauche draußen vor der Hintertür zwei Zigaretten. Schließlich ist es neun Uhr, das scheint mir eine annehmbare Zeit, ich greife zum Telefon und rufe Hoppo an.

Seine Mutter nimmt ab.

»Hallo, Mrs. Hopkins. Ist David zu Hause?«

»Wer spricht da?«

Ihre Stimme ist zittrig und schwach. Was für ein Gegensatz zu der knappen und präzisen Aussprache meiner Mum. Hoppos Mum hat Demenz. Wie mein Dad, nur dass Dads Alzheimer früher angefangen und schneller fortgeschritten ist.

Deswegen lebt auch Hoppo immer noch in dem Haus, in dem er aufgewachsen ist. Um für seine Mum zu sorgen. Manchmal witzeln wir zwei darüber: erwachsene Männer, die nie von zu Hause weggezogen sind. Obwohl das gar nicht so witzig ist.

»Ich bin's, Ed Adams, Mrs. Hopkins«, sage ich jetzt.

»Wer?«

»Eddie Adams. Davids Freund.«

»Der ist nicht da.«

»Oh, wissen Sie, wann er zurückkommt?«

Lange Pause. Dann schärfer: »Wir wollen das nicht. Wir haben schon Doppelfenster.«

Sie knallt den Hörer auf. Ich starre mein Telefon an. Ich weiß, ich sollte Gwens Äußerung nicht allzu viel Beachtung schenken. Mein Dad konnte Gesprächen auch oft nicht folgen und gab dann die seltsamsten Dinge von sich.

Ich wähle Hoppos Handynummer. Die Mailbox meldet sich. Wie immer. Wenn er nicht Geschäftsmann wäre, würde ich schwören, dass er das verdammte Ding überhaupt nie eingeschaltet hat.

Ich trinke meinen vierten Kaffee aus und gehe in den Flur. Es ist kühl für Mitte August, und draußen weht ein scharfer Wind. Ich sehe mich nach meinem langen Mantel um. Normalerweise hängt er an dem Ständer neben der Haustür. Aufgrund der milden Witterung habe ich ihn länger nicht getragen. Aber jetzt, wo ich ihn brauche, ist er nicht da.

Ärgerlich. Ich hasse es, Sachen zu verlegen. Damit hat es bei meinem Dad angefangen, und jedes Mal wenn ich meine Schlüssel nicht finden kann, bekomme ich eine kleinere Panikattacke. Erst verlegt man die Sachen, und dann weiß man nicht mal mehr, wie sie heißen.

Ich weiß noch, wie Dad eines Morgens mit leerem Blick und tief gefurchter Stirn die Haustür anstarrte und hilflos die Lippen bewegte. Plötzlich klatschte er wie ein Kind in die Hände und zeigte strahlend auf die Türklinke.

»Tür*bügel.* Tür*bügel.*« Er drehte sich zu mir um. »Ich dachte, ich hätte es vergessen.«

Er war so glücklich, so froh, dass ich ihm nicht widersprechen konnte. »Großartig, Dad«, sagte ich lächelnd. »Ganz großartig.«

Ich sehe noch einmal nach dem Mantelständer. Vielleicht habe ich den Mantel oben gelassen. Aber nein, warum sollte ich meinen Mantel oben lassen? Trotzdem gehe ich rauf und suche in meinem Zimmer. Hinter dem Sessel? Nein. Am Türhaken? Nein. Im Schrank? Ich gehe die Sachen Bügel für Bügel durch … und bemerke auf einmal unten in der Ecke ein zusammengeknäultes Bündel.

Ich bücke mich und ziehe es heraus. Mein Mantel. Ich starre ihn an. Zerknittert, zerknautscht, ein bisschen feucht. Ich versuche mich zu erinnern, wann ich ihn zuletzt gesehen habe. An dem Abend, als Mickey mich besucht hat. Ich erinnere mich, dass ich seine teure Sportjacke an den Haken daneben gehängt habe. Und dann? Ich kann mich nicht erinnern, ihn danach getragen zu haben.

Oder doch? Vielleicht habe ich ihn später an diesem Abend angezogen und bin in der kühlen, leicht feuchten Nachtluft spazieren gegangen … *und was?* Habe Mickey in den Fluss gestoßen? *Lächerlich.* Daran müsste ich mich ja wohl erinnern, wenn ich mitten in der Nacht meinen alten Freund in den Fluss gestoßen hätte.

Wirklich, Ed? Du erinnerst dich ja auch nicht daran, wie du unten im Wohnzimmer überall Kreidemännchen um den Kamin herum gezeichnet hast. Du hattest eine Menge getrunken. Du hast keine Ahnung, was du sonst noch in dieser Nacht angestellt haben könntest.

Ich bringe die bohrende Stimme in meinem Kopf zum Schweigen. Ich hatte keinen Grund, Mickey etwas anzutun. Er hatte mir ein großartiges Angebot gemacht. Und wenn Mickey wirklich wusste, wer das Waltzer-Mädchen umgebracht hatte – wenn er Mr. Halloran entlasten konnte –, hätte mich das doch gefreut, oder?

Und was macht dann der Mantel ganz unten in deinem Kleiderschrank, Ed?

Ich sehe ihn mir an, streiche über den groben Stoff. Und entdecke da plötzlich etwas. An einem Ärmelaufschlag. Blasse rostrote Flecken. Mir schnürt sich die Kehle zu.

Blut.

Erwachsen sein ist bloß eine Illusion. Letzten Endes bin ich mir nicht sicher, ob irgendeiner von uns jemals richtig erwachsen wird. Das Einzige, was bei uns wächst, sind der Körper und die Haare. Manchmal wundert es mich wirklich, dass ich Auto fahren oder in der Kneipe Alkohol trinken darf.

Hinter der Fassade des Erwachsenseins, unter den Schichten von Erfahrung, die wir im Lauf der Jahre ansammeln, sind wir alle noch Kinder mit Rotznasen und zerschrammten Knien, Kinder, die ihre Eltern brauchen … und ihre Freunde.

Hoppos Transporter parkt vor dem Haus. Als ich um die Ecke komme, sehe ich Hoppo gerade von seinem alten Fahrrad steigen; an den Lenkstangen hängen zwei Tragetaschen voller Zweige und Borkenstücke, er selbst hat einen prallvollen Rucksack auf dem Rücken. Ich muss an helle Sommertage denken, wie oft wir damals aus dem Wald kamen, Hoppo beladen mit Brennholz für seine Mum.

Trotz allem kann ich mir ein Lächeln nicht verkneifen, als er sich jetzt vom Rad schwingt und es am Bordstein abstellt.

»Ed, was machst du denn hier?«

»Ich hab versucht, dich anzurufen, aber dein Handy war ausgeschaltet.«

»Ja. War drüben im Wald. Funkloch.«

Ich nicke. »Man wird die alten Angewohnheiten einfach nicht los.«

Er grinst. »Mums Gedächtnis mag nachlassen, aber trotzdem würde sie mir niemals verzeihen, wenn wir für Brennholz bezahlen müssten.«

Sein Lächeln verblasst, vielleicht weil er meine Miene bemerkt. »Ist was?«

»Hast du schon von Mickey gehört?«

»Was hat er jetzt wieder angestellt?«

Ich mache den Mund auf, meine Zunge müht sich ab, und endlich bewegt mein Gehirn sie zu den plausibelsten Worten: »Er ist tot.«

»Tot?«

Komisch, dass man dieses Wort immer wiederholt, auch wenn man weiß, dass man richtig gehört hat. Eine Art Ablehnung durch Verzögerung.

Dann fragt er: »Wie? Was ist passiert?«

»Er ist ertrunken. Im Fluss.«

»Gott. Wie sein Bruder.«

»Nicht ganz. Sag mal, kann ich reinkommen?«

»Ja, klar.«

Hoppo schiebt sein Rad den kurzen Weg zum Haus. Ich folge ihm. Er schließt auf. Wir gehen durch einen schmalen dunklen Flur. Ich war seit unserer Kindheit nicht mehr bei ihm zu Hause, und selbst damals waren wir nicht oft dort, weil es da so chaotisch war. Manchmal spielten wir hinten im Garten, aber nie lange, weil uns der Garten einfach zu klein war. Und fast immer lag dort Hundekacke herum, frisch oder schon ausgebleicht.

In dem Haus riecht es nach Schweiß, abgestandenem Essen und Desinfektionsmitteln. Durch die offene Wohnzimmertür rechts sehe ich das alte abgewetzte, geblümte Sofa, die weißen Spitzenbezüge schmuddelig und nikotingelb. In einer Ecke der Fernseher. In einer anderen ein Toilettenstuhl und ein Rollator.

Hoppos Mum sitzt in einem Rollstuhl und starrt ausdruckslos auf den Bildschirm, wo eine Quizshow läuft. Gwen Hopkins war schon immer klein, aber Krankheit und Alter scheinen sie noch weiter geschrumpft zu haben. In dem langen geblümten Kleid und der grünen Strickjacke sieht sie richtig verloren aus. Ihre Unterarme ragen aus den Ärmeln wie dürre Streifen schrumpligen Fleischs.

»Mum?«, sagt Hoppo freundlich. »Ed ist hier. Erinnerst du dich an Eddie Adams?«

»Hallo, Mrs. Hopkins«, sage ich mit der leicht erhobenen Stimme, die man Alten und Kranken gegenüber anzunehmen pflegt.

Sie dreht sich langsam um; ihr Blick scheint mich abzutasten, oder ihr Gehirn sucht nach einem Anhaltspunkt. Plötzlich zeigt sie lächelnd ihre cremeweißen dritten Zähne. »Ich kenne dich, Eddie. Du hattest einen Bruder. Sean?«

»Mum«, sagt Hoppo, »das war Mickey. Mickey hatte einen Bruder, der Sean hieß.«

Sie stutzt, dann lächelt sie wieder. »Oh, natürlich, *Mickey*. Wie geht es ihm?«

Hoppo sagt hastig: »Gut, Mum. Richtig gut.«

»Schön, schön. Könntest du mir Tee machen, David?«

»Natürlich, Mum.« Er sieht zu mir. »Ich setz mal den Kessel auf.«

Ich stehe in der Tür und lächle Gwen verlegen an. Es riecht nicht gut in dem Zimmer. Als ob der Toilettenstuhl nicht geleert wurde.

»Ein guter Junge«, sagt Gwen.

»Ja.«

Sie stutzt. »Wer sind Sie?«

»Ed. Eddie. Davids Freund.«

»Ah, ja. Wo ist David?«

»In der Küche.«

»Wirklich? Ich dachte, er führt den Hund aus.«

»Den Hund?«

»Murphy.«

»Ach so. Nein, ich glaube nicht, dass er mit Murphy draußen ist.«

Sie hebt einen zitternden Zeigefinger. »Richtig. Murphy ist tot. Ich meinte Buddy.«

Buddy war der Hund, den Hoppo nach Murphy hatte. Auch längst tot.

»Oh. Natürlich.«

Ich nicke. Sie nickt zurück. Wir nicken uns an. Wir hätten zwei schöne Wackeldackel abgegeben.

Sie beugt sich über die Lehne des Rollstuhls zu mir rüber. »Ich kenne dich, Eddie«, sagt sie. »Deine Mutter hat Babys ermordet.«

Mir stockt der Atem. Gwen nickt weiter, aber ihr Lächeln hat sich verändert: die Mundwinkel bitter verzogen, die welken blauen Augen plötzlich klar.

»Keine Bange. Ich sage keinem was.« Sie tippt sich an die Nase und zwinkert mir träge zu. »Ich kann ein Geheimnis für mich behalten.«

»Da bin ich wieder.« Hoppo kommt mit einer Tasse Tee herein. »Alles in Ordnung?«

Ich sehe zu Gwen, aber ihr Blick hat sich schon wieder eingetrübt.

»Ja«, sage ich. »Wir unterhalten uns.«

»Gut, Mum. Tee.« Er stellt die Tasse auf den Tisch. »Denk dran. Heiß. Erst draufblasen.«

»Danke, Gordy.«

»Gordy?« Ich sehe Hoppo an.

»Mein Dad«, flüstert er.

»Oh.«

Mein eigener Dad brachte bestimmte Personen nie durcheinander. Nur dass er mich manchmal mit »Sohn« ansprach, als ob ich nicht merken würde, dass er wieder mal meinen Namen vergessen hatte.

Gwen lehnt sich zurück und starrt auf den Fernseher, verloren in ihrer eigenen Welt, wenn nicht gar in einer anderen Welt. Wie nah verschiedene Wirklichkeiten beieinanderliegen, denke ich. Vielleicht verliert man gar nicht den Verstand. Vielleicht schlüpft man nur auf die andere Seite und gelangt an einen anderen Ort.

Hoppo lächelt mir freudlos zu. »Lass uns in die Küche gehen.«

»Okay«, sage ich.

Er hätte auch vorschlagen können, wir sollten mit Haien schwimmen gehen. Hauptsache, ich komme raus aus diesem überheizten stinkenden Wohnzimmer.

In der Küche ist es nicht viel besser. Schmutziges Geschirr in der Spüle. Briefumschläge, alte Zeitschriften, Sechserpacks Saft und Cola auf den Arbeitsflächen. Der Tisch ist notdürftig freigeräumt, aber ich sehe noch die Überreste eines alten Radios oder irgendeines anderen Apparats. Ich bin kein Bastler, Hoppo hingegen schon – ständig baut er was zusammen und nimmt es wieder auseinander.

Ich setze mich auf einen alten Holzstuhl. Er knarrt und gibt ein wenig nach.

»Tee? Kaffee?«, fragt Hoppo.

»Äh, Kaffee, danke.«

Hoppo setzt den Kessel auf – wenigstens der ist nagelneu –, und nimmt zwei Becher vom Abtropfgitter.

Er schüttet Kaffeepulver direkt aus dem Glas in die Becher und dreht sich zu mir um.

»Also. Was ist passiert?«

Ein weiteres Mal berichte ich von den Ereignissen der vergangenen zwei Tage. Hoppo hört schweigend zu. Seine Miene ändert sich erst, als ich zu dem Brief komme.

»Gav sagt, du hast auch einen bekommen?«, frage ich.

Er nickt und gießt kochendes Wasser auf das Kaffeepulver. »Ja, vor zwei Wochen.«

Er geht zum Kühlschrank, nimmt einen Milchkarton, schnüffelt daran und gibt je einen Spritzer in die Becher. »Ich hab das für einen schlechten Scherz gehalten.«

Er kommt mit dem Kaffee an den Tisch und setzt sich mir gegenüber.

»Mickeys Tod. Die Polizei geht von einem Unfall aus?«

Ich hatte mich da etwas vage ausgedrückt, aber jetzt sage ich: »Noch.«

»Du meinst, da kommt noch was?«

»Die haben diesen Brief gefunden.«

»Das muss nichts heißen.«

»Ach?«

»Was? Denkst du etwa, jemand fängt jetzt an, uns einen nach dem andern umzubringen, wie in einem Krimi?«

Ganz so hatte ich mir das nicht vorgestellt, aber wenn ich ihn jetzt so höre, kommt es mir durchaus plausibel vor. Und es bringt mich auf etwas anderes: Ob auch Nicky so einen Brief bekommen hat?

»Das sollte ein Witz sein«, sagt er. »Du hast selbst gesagt, Mickey war betrunken. Es war dunkel; an diesem Teil der Promenade gibt es keine Laternen. Wahrscheinlich ist er einfach reingestolpert. Betrunkene fallen ständig irgendwo ins Wasser.«

Er hat recht, *aber*. Es gibt immer ein Aber. Ein bohrendes, lästiges Aber, das einem das Leben zur Hölle macht.

»Sonst noch was?«

»Als Mickey an diesem Abend bei mir war und wir uns unterhielten, meinte er … er wisse, wer Elisa wirklich umgebracht hat.«

»Unsinn.«

»Ja, das habe ich auch gedacht, aber was, wenn er die Wahrheit gesagt hat?«

Hoppo nimmt einen Schluck Kaffee. »Du denkst also, der ›wahre‹ Mörder hat Mickey in den Fluss gestoßen?«

Ich schüttle den Kopf. »Keine Ahnung.«

»Hör zu, Mickey hat schon immer gern Wirbel gemacht. Jetzt sogar noch, wo er tot ist.« Er überlegt. »Und du bist der Einzige, dem er von seiner Theorie erzählt hat, oder?«

»Ich glaub schon.«

»Woher sollte der ›wahre‹ Mörder dann wissen, dass Mickey ihm auf die Spur gekommen ist?«

»Na ja …«

»Es sei denn, er meinte dich.«

Ich starre ihn an.

Blasse, rostrote Flecken. Blut.

»Ein Scherz«, sagt er.

»Natürlich.«

Ich nippe an meinem Kaffee. *Natürlich.*

Auf dem Rückweg rufe ich Chloe an. Ich habe immer noch das Gefühl, dass etwas zwischen uns nicht stimmt. Offenbar gibt es da ein ungelöstes Problem. Das macht mir Sorgen. Abgesehen von Hoppo und Gav ist sie so ziemlich der einzige richtige Freund, den ich habe.

Nach dem dritten Klingeln nimmt sie ab. »Hi.«

»Hi. Ich bin's.«

»Aha.«

»Zügle deine Begeisterung.«

»Ich versuch's.«

»Tut mir leid, das mit meiner Mum gestern.«

»Schon okay. Deine Mum. Dein Haus.«

»Tut mir trotzdem leid. Was machst du zu Mittag?«

»Ich bin bei der Arbeit.«

»Oh. Ich dachte, du hast heute frei.«

»Hier ist einer krank.«

»Na dann. Also …«

»Hör zu, Ed, deine Entschuldigung ist angekommen. Ich muss Schluss machen. Kundschaft.«

»Okay, dann sehen wir uns nachher.«

»Kann sein.«

Sie legt auf. Ich starre das Handy an. Chloe macht es einem nie leicht. Ich bleibe stehen, zünde mir eine Zigarette an und überlege, ob ich mir unterwegs ein Sandwich kaufen soll. Besser nicht. Chloe mag bei der Arbeit sein, aber sie muss doch Mittagspause machen. So leicht will ich mich nicht abwimmeln lassen. Ich gehe nach Hause, steige ins Auto und fahre nach Boscombe.

Ich habe Chloe noch nie bei der Arbeit besucht. In »Alternativ-Rock/Goth«-Kleiderläden, muss ich gestehen, verkehre ich nicht. Wahrscheinlich hatte ich immer Angst, sie in Verlegenheit zu bringen, und mich dazu.

Ich weiß nicht mal genau, wo der Laden ist. Ich kämpfe

mich durch den üblichen Feiertagsverkehr und finde schließlich an einer Parkuhr einen freien Platz. Das Geschäft (Gear heißt es, und das Marihuana-Symbol auf dem Schild draußen deutet mehr als nur Kleidung an) liegt in einer Seitenstraße, zwischen einer Studentenkneipe und einem Secondhandladen; gegenüber ist ein Rockclub, The Pit.

Ich stoße die Tür auf. Ein Glöckchen bimmelt. Drinnen ist es dämmrig und laut. Etwas Musikähnliches – vielleicht auch nur das Gekreisch eines Menschen, der gerade in Stücke gerissen wird – brüllt aus Deckenlautsprechern und macht mir auf der Stelle Ohrenschmerzen.

Ein paar dünne Teenager lungern um die Kleiderständer herum – ob Angestellte oder Kunden, kann ich nicht sagen. Sagen kann ich nur, dass Chloe nicht da ist. Merkwürdig. Eine schmächtige junge Frau mit scharlachrotem Haar auf einer Seite, einem rasierten Schädel auf der anderen und jeder Menge Silber im Gesicht steht hinter der Kasse. Sie dreht sich um, und ich kann lesen, was auf ihrem T-Shirt steht: »Gepierct. Penetriert. Verstümmelt.« Nett.

Ich gehe zur Kasse. Die Gepiercte blickt auf und fragt lächelnd: »Hi. Kann ich dir helfen?«

»Äh, eigentlich bin ich wegen einer anderen hier.«

»Schade.«

Ich lache, ein bisschen nervös. »Äh, sie arbeitet hier. Eine Freundin von mir. Chloe Jackson.«

»Chloe Jackson?«

»Ja. Dünn. Dunkle Haare. Trägt meistens Schwarz.«

Sie starrt mich weiterhin verständnislos an, und mir wird klar, dass meine Beschreibung auf so ziemlich alle hier zutrifft.

»Tut mir leid. Kenne ich nicht. Bist du sicher, dass die hier arbeitet?«

Bis eben schon, aber jetzt kommen mir Zweifel. Vielleicht bin ich im falschen Laden.

»Gibt es in Boscombe noch so einen Laden wie den hier?«

Sie überlegt. »Eigentlich nicht.«

»Aha.«

Vielleicht aus Mitleid mit dem armen, verwirrten älteren Mann, der ich in ihren Augen zu sein scheine, sagt sie: »Ich arbeite erst seit zwei Wochen hier. Ich gehe Mark fragen. Er ist der Boss.«

»Danke«, sage ich, auch wenn mir das kein bisschen weiterhilft. Chloe hat mir erzählt, sie sei *heute* bei der Arbeit, und soweit ich weiß, arbeitet sie seit neun Monaten hier.

Ich warte, stehe vor Armbanduhren mit grinsenden roten Schädeln auf dem Ziffernblatt und Geburtstagskarten mit Grüßen wie »Scheißgeburtstag« und »Glückwunsch, du Arsch«.

Ein paar Minuten später kommt ein schlaksiger Jüngling mit rasiertem Schädel und mächtigem Rauschebart auf mich zugeschlendert.

»Hey. Ich bin Mark, der Geschäftsführer.«

»Hi.«

»Sie wollen zu Chloe?«

Ich bin erleichtert. Er kennt sie.

»Ja. Ich dachte, sie arbeitet hier.«

»Stimmt, früher, aber jetzt nicht mehr.«

»Ach? Wann hat sie denn aufgehört?«

»So ungefähr vor einem Monat.«

»Aha. Verstehe.« Aber ich verstehe gar nichts. »Und wir reden bestimmt über dieselbe Chloe?«

»Dünn, schwarze Haare, gern in Zöpfen?«

»Das müsste sie sein.«

Er beäugt mich misstrauisch. »Eine Freundin, sagen Sie?«

»Dachte ich jedenfalls.«

»Ehrlich gesagt, ich musste sie gehen lassen.«

»Wie meinen Sie das?«

»Sie hat sich danebenbenommen. Ist Kunden gegenüber unhöflich geworden.«

Auch das passt zu ihr.

»Ich dachte, in einem Geschäft wie diesem muss man so sein?«

Er grinst. »Lässig, aber nicht beleidigend. Jedenfalls hat sie eine Kundin dermaßen angebrüllt, dass ich einschreiten musste. Praktisch kurz vor einer Schlägerei. Und dann hab ich sie rausgeschmissen.«

»Verstehe.«

Ich versuche, das zu verdauen, wie Salmonellen. Und spüre die Blicke der beiden auf mir.

»Entschuldigung«, sage ich. »Da bin ich anscheinend falsch informiert.« Höflicher kann ich nicht sagen, dass mich jemand belogen hat, den ich zu kennen geglaubt habe. »Danke für die Auskunft.« Ich gehe zur Tür, und dann habe ich meinen Columbo-Auftritt. Ich drehe mich um. »Die Frau, mit der Chloe sich gestritten hat – wie sah die aus?«

»Schlank, attraktiv für ihr Alter. Lange rote Haare.«

Ich erstarre, sämtliche Nervenenden in Alarmbereitschaft.

»Rote Haare?«

»Ja. Feuerrot. Sah ziemlich scharf aus.«

»Sie wissen nicht zufällig ihren Namen?«

»Hab ich mir aufgeschrieben – sie wollte das nicht, aber ich musste, falls sie sich beschweren wollte oder so.«

»Haben Sie den Zettel vielleicht noch? Ich meine, ich weiß, das ist ziemlich viel verlangt. Aber … es ist wirklich wichtig.«

»Na ja, Kunden helfe ich immer gern.« Er zupft an seinem Bart und sieht mich stirnrunzelnd von oben bis unten an. »Sie *sind* doch ein Kunde, oder? Nur sehe ich keinen Einkaufsbeutel …«

Natürlich. Nichts ist umsonst. Ich gehe seufzend zurück, greife nach dem nächstbesten schwarzen, mit grinsenden Schädeln bedruckten T-Shirt und halte es der Gepiercten hin.

»Ich nehme das.«

Sie zieht lächelnd eine Schublade auf, nimmt einen zerknitterten Zettel heraus und gibt ihn mir. Ich kann das Gekritzel gerade noch entziffern: »Nicola Martin.«

Nicky.

1986

»Du musst Träume haben. Wenn du keine Träume hast, wie sollen Träume wahr werden können?«

Seltsamerweise denke ich immer an diesen Song, wenn ich an den Tag denke, als wir sie gefunden haben. Ich kenne viele Songs aus alten Musikfilmen, weil die immer in Dads Pflegeheim liefen, wenn wir ihn besuchten, nachdem Mum sich hatte eingestehen müssen, dass sie zu Hause mit ihm überfordert war.

Ich habe viel Schreckliches erlebt, doch was mich immer noch Tag und Nacht verfolgt und schweißgebadet aufwachen lässt, ist der grauenerregende Verfall meines Vaters, seine Alzheimer-Erkrankung, die ihn nicht einmal mehr in den Genuss seiner Rente hat kommen lassen. Manch einer stirbt eines blutigen gewaltsamen Todes, aber es gibt noch viel Schlimmeres. Ich weiß, wofür ich mich entscheiden würde, wenn es sein müsste.

Ich war siebenundzwanzig, als ich meinen Vater sterben sah. Ich war zwölf Jahre, elf Monate und acht Tage alt, als ich meine erste Leiche sah.

Irgendwie hatte ich es erwartet. Seit dem Überfall auf Pfarrer Martin. Vielleicht schon seit Sean Coopers Unfall und dem allerersten Kreidemann.

Und auch, weil ich einen Traum gehabt hatte.

Ich war tief im Wald. Bäume wie verknöcherte Riesen, die knarrende Arme in den Himmel reckten. Zwischen krummen Fingern schien bleich der Mond hindurch.

Ich stand auf einer kleinen Lichtung, umgeben von Haufen verfaulender brauner Blätter. Die feuchte Nachtluft auf meiner Haut drang mir bis in die Knochen. Ich trug nur meinen Schlafanzug, Turnschuhe und eine Kapuzenjacke. Zitternd zog ich die Jacke bis oben hin zu. Das Metall des Reißverschlusses lag eiskalt an meinem Kinn.

Echt. Viel zu echt.

Da war noch etwas. Ein Geruch. Ekelhaft süß, aber auch säuerlich. Der Geruch drang mir in die Nase und verklumpte in meiner Kehle. Einmal hatten wir im Wald einen toten Dachs entdeckt. Schon ganz verwest und voller Maden. Der hatte genauso gerochen.

Ich wusste es sofort. Seit dem Unfall waren fast drei Monate vergangen. Eine lange Zeit unter der Erde. Eine lange Zeit, in einem harten, glänzenden Sarg zu liegen, während die Blumen zu Staub zerfielen und braune Würmer auf deinem vermodernden Körper wimmelten und nach innen vorzudringen begannen.

Ich drehte mich um. Sean Cooper, oder was von ihm übrig war, grinste mich an. Seine Lippen waren aufgesprungen und hingen in Fetzen um lange Stiele weißer Zähne, die aus dem verfaulten schwarzen Zahnfleisch ragten.

»Hey, Arschloch.«

Wo er früher seine Augen hatte, waren jetzt nur leere dunkle Höhlen. Aber ganz leer waren sie nicht. Drinnen bewegte sich etwas. Glänzende schwarze Dinger, die im weichen Fleisch dieser Höhlen herumkrabbelten.

»Was soll ich hier?«

»Sag du es mir, Arschloch.«

»Ich weiß es nicht. Ich weiß nicht, warum ich hier bin. Ich weiß nicht, warum *du* hier bist.«

»Ganz einfach, Arschloch. Ich bin der Tod – deine erste echte Begegnung mit mir. Wie es aussieht, denkst du oft an mich.«

»Ich will nicht an dich denken. Ich will, dass du weggehst.«

»Pech für dich. Aber keine Sorge – bald wirst du noch mehr Scheiß erleben, der dir Albträume macht.«

»Was?«

»Was meinst du?«

Ich sah mich um. Überall auf den Baumstämmen waren Zeichnungen. Weiße Kreidemänner. Und sie bewegten sich. Tänzelten und flatterten auf der Rinde wie in einem unheimlichen Ringelreihen. Winkten hektisch mit ihren Stricharmen. Gesichter hatten sie nicht, aber irgendwie wusste ich, dass sie grinsten. Und keineswegs freundlich.

Mir zog sich die Haut zusammen. »Wer hat die da hingemalt?«

»Was meinst du, Arschloch?«

»Ich weiß es nicht!«

»O doch, du weißt es, Arschloch. Nur jetzt weißt du es noch nicht.«

Er blinzelte, was ihm irgendwie auch ohne Augen und Lider gelang, und dann war er weg. Diesmal verschwand er nicht in einer Staubwolke, sondern als Haufen Blätter, die plötzlich zu Boden rieselten, sich einrollten und zerkrümelten.

Ich blickte auf. Die Strichmänner waren nicht mehr da. Der Wald war nicht mehr da. Ich war in meinem Zimmer, ich zitterte vor Angst und Kälte, meine abgestorbenen Hände prickelten. Ich schob sie tief in die Taschen. Und da merkte ich es.

Meine Taschen waren voller Kreide.

Unsere Gang hatte sich seit der Schlägerei nicht mehr vollzählig getroffen. Nicky war fortgezogen, und Metal Mickey hatte jetzt seine neuen Freunde. Wenn er Fat Gav, Hoppo oder mich einmal sah, ignorierte er uns einfach. Manchmal hörten wir seine Gang kichern, wenn wir in der Nähe vorbeigingen, und einer von ihnen zischte »Schwuchteln« oder »Wichser« oder ähnliche Beleidigungen.

Als ich an diesem Morgen auf den Spielplatz kam, erkannte ich ihn kaum. Seine Haare waren länger und heller. Es war unheimlich, aber er wurde seinem Bruder immer ähnlicher. Ich war mir auch ziemlich sicher, dass er manche von Seans Sachen trug.

Tatsächlich glaubte ich eine Schrecksekunde lang, es sei wirklich sein Bruder, der da auf dem Karussell saß und auf mich wartete.

Hey, Arschloch. Willst du meinen Schwanz lutschen?

Und diesmal war ich mir sicher – na ja, fast sicher –, dass es kein Traum war. Zunächst einmal war es heller Tag. Geister oder Zombies gab es tagsüber nicht. Sie existierten nur in den schläfrigen Stunden zwischen Mitternacht und Morgengrauen und zerfielen bei den ersten Sonnenstrahlen zu Staub. Als Zwölfjähriger glaubte ich das jedenfalls noch.

Dann lächelte er, und es war doch Mickey. Er rutschte

vom Karussell, auf dem er Kaugummi kauend gehockt hatte, und schlenderte zu mir rüber.

»Hey, Eddie Munster. Du hast die Botschaft also bekommen?«

Hatte ich. Blau in der Einfahrt, als ich nach unten kam. Unser Symbol für ein Treffen auf dem Spielplatz, mit drei Ausrufezeichen. Eins hieß: ziemlich dringend. Zwei: man musste sofort dorthin. Drei: es ging um Leben und Tod.

»Warum willst du mich sehen? Was ist so dringend?«

Er stutzte. »Ich? Ich hab keine Botschaft hinterlassen.«

»Doch. Hast du. In Blau.«

Er schüttelte den Kopf. »*Nein*. Ich habe eine Botschaft von Hoppo bekommen. Grün.«

Wir starrten uns an.

»Wow. Der verlorene Sohn kehrt zurück!« Fat Gav kam mit großen Schritten auf uns zu. »Was ist los?«

»Hat dir jemand ein Zeichen gemacht, hierherzukommen?«, fragte ich ihn.

»Ja. Du, du Sackgesicht.«

Wir hatten ihm gerade alles erklärt, als Hoppo dazukam. »Wer hat *dir* gesagt, dass du kommen sollst?«, fragte Fat Gav.

Hoppo sah ihn komisch an. »Du. Was ist denn?«

»Irgendwer will uns alle hier haben«, sagte ich.

»Warum?«

Du weißt es, Arschloch. Nur jetzt weißt du es noch nicht.

»Ich denke, jemand soll eine Abreibung kriegen, oder hat sie schon gekriegt.«

»Hör auf mit dem Scheiß«, schnaubte Mickey.

Ich sah mich um. Eine weitere Botschaft. Irgendwo musste hier eine sein, da war ich mir sicher. Ich ging langsam über den Spielplatz. Die anderen beobachteten mich, als sei ich verrückt geworden. Und dann hatte ich es. Ich zeigte darauf. Unter den Babyschaukeln. Ein weißes Kreidezeichen. Aber das hier war anders. Diese Gestalt hatte lange Haare und trug ein Kleid. Kein Kreide*mann*, sondern ein Mädchen, und daneben ein paar weiße Kreidebäume.

Ich erinnere mich noch ganz genau. Die frischen weißen Kreise auf dem schwarzen Asphalt. Das leise Quietschen der rostigen alten Babyschaukel und die schneidende Kälte der Morgenluft.

»Was soll der Scheiß?«, fragte Metal Mickey und kam zu mir. Hoppo und Fat Gav folgten ihm. Alle starrten die Zeichnung an.

»Wir müssen in den Wald«, sagte ich.

»Das ist nicht dein Ernst!«, rief Fat Gav, aber es klang nicht sehr überzeugend.

»Ich gehe nicht in den Wald«, sagte Metal Mickey. »Das dauert ewig, und für was?«

»Ich gehe«, sagte Hoppo, und obwohl ich den Verdacht hatte, dass er das nur sagte, um Mickey zu ärgern, war ich froh über seine Unterstützung.

Fat Gav verdrehte die Augen und meinte schulterzuckend: »Okay. Ich mach mit.«

Metal Mickey, Hände in den Hosentaschen, wandte sich trotzig ab.

Ich sah die beiden anderen an. »Also los.«

Wir gingen zu unseren Fahrrädern.

»Wartet.« Metal Mickey kam uns nach. Starrte uns wütend an. »Wehe, wenn das ein Witz ist.«

»Kein Witz«, sagte ich, und er nickte.

Wir schoben die Räder vom Spielplatz. Ich sah nach den Schaukeln zurück. Ich weiß nicht, ob den anderen das aufgefallen war, aber die Kreidezeichnung des Mädchens war anders als die anderen. Gebrochen. Die Körperteile waren nicht miteinander verbunden. Arme. Beine. Kopf. Sie hingen nicht zusammen.

Manchmal, wenn etwas Schreckliches passiert, packt einen das überwältigende Verlangen, einfach nur noch zu lachen. Ähnlich erging es mir an jenem Morgen: Selten hatte ich in einem solchen Glücksgefühl geschwelgt.

Wir gingen im Winter nur selten in den Wald, abgesehen von Hoppo, der dort gelegentlich Holz sammelte. Heute schien die Sonne, und der eisige Wind schnitt uns ins Gesicht und zerrte an unseren Haaren. Die frische Luft prickelte auf meiner Haut. Ich hatte das Gefühl, schneller radeln zu können als je zuvor. Nichts konnte uns aufhalten. Am liebsten wäre ich ewig so weitergefahren, aber das ging natürlich nicht. Viel zu schnell kam die dunkle Masse des Waldes in Sicht.

»Was jetzt?«, fragte Metal Mickey leicht außer Atem.

Wir stiegen ab. Ich sah mich um. Und entdeckte das Zeichen sofort. Auf einem Pfahl neben dem Zauntritt. Ein weißer Kreidearm mit einem Finger, der geradeaus zeigte.

»Also weiter«, sagte Fat Gav und wuchtete sein Rad über den Zauntritt.

Sein Blick verriet, wie er sich fühlte. Alle Sinne geschärft, fast schon hysterisch aufgeregt. Ich weiß nicht, ob die anderen eigentlich wussten, was sie erwartete. Vielleicht wussten sie es, wagten es aber nicht laut auszusprechen.

Jeder Junge will mal eine Leiche entdecken. So ziemlich das Einzige, was ein Zwölfjähriger noch lieber entdecken würde, ist ein Raumschiff, ein vergrabener Schatz oder ein Pornoheftchen. Wir wollten an diesem Tag etwas Schlimmes entdecken. Und das taten wir. Aber keiner von uns konnte ahnen, wie schlimm es sein würde.

Fat Gav ging voran, was mich irgendwie ärgerte. Das sollte *mein* Abenteuer sein. *Mein* Ding. Aber Fat Gav war immer unser Anführer gewesen, also kam es mir andererseits doch richtig vor. Die Gang war wieder zusammen. Fast.

Wir gingen ein ziemliches Stück in den Wald hinein, ehe wir an einem Baumstamm die nächste Kreidehand sahen.

»Da entlang«, schnaufte Fat Gav.

»Ja, das sehen wir selbst«, sagte Metal Mickey.

Hoppo und ich grinsten uns zu. Das war ja fast schon wie früher. Die blöde Zankerei. Metal Mickey und seine spitzen Bemerkungen.

Wir zogen weiter, jetzt nicht mehr auf dem schmalen Pfad, sondern quer durch das Dickicht in den tiefen Wald hinein. Ab und zu raschelte es, und Schwärme von Staren oder Krähen stoben aus den Bäumen auf. Ein paarmal glaubte ich etwas durchs Unterholz huschen zu sehen. Vielleicht ein Kaninchen, aber Füchse gab es hier auch.

»Halt«, befahl Fat Gav, und wir alle blieben stehen.

Er zeigte auf einen Baum direkt vor uns. Auf dem Stamm diesmal kein Kreidearm, sondern wieder ein Kreidemädchen. Darunter lag ein großer Haufen Blätter. Wir sahen uns an. Und dann wieder den Blätterhaufen. Oben ragte etwas heraus.

»Ach du Scheiße!«, sagte Fat Gav.
Finger.

Die Nägel waren kurz und sauber und matt rosa lackiert. Nicht abgebrochen oder angeknabbert oder so was. Die Polizei sagte später, sie habe sich nicht gewehrt. Oder sie habe keine Chance gehabt. Ihre Haut war heller, als ich in Erinnerung hatte, nicht mehr sommerlich braun, sondern winterlich blass. Am Mittelfinger trug sie einen kleinen Silberring mit einem grünen Stein. Ich wusste sofort, dass der Arm dem Waltzer-Mädchen gehörte.

Hoppo bückte sich als Erster. Keiner von uns war so wenig zimperlich wie er. Ich hatte einmal gesehen, wie er einen verletzten Vogel mit einem Stein von seinen Qualen erlöst hatte. Er wischte das Laub beiseite.

»Oh Scheiße«, flüsterte Metal Mickey.

Das spitze Ende des Knochens war sehr weiß. Es fiel mir stärker auf als das Blut. Längst getrocknet, hatte es eine matte rostrote Farbe angenommen, kaum anders als die Blätter, die den Arm noch bedeckten. Nur den Arm. An der Schulter abgetrennt.

Fat Gav ließ sich schwer auf den Boden sinken. »Ein Arm«, murmelte er. »Ein Scheißarm.«

»Gut erkannt, Sherlock«, sagte Mickey, aber auch sein routinierter Spott klang ein wenig zittrig.

Fat Gav sah mich hoffnungsvoll an. »Vielleicht ist das ein Scherz? Vielleicht ist der Arm nicht echt?«

»Der ist echt«, sagte ich.

»Was machen wir jetzt?«

»Wir holen die Polizei«, sagte Hoppo.

»Ja, ja«, brummte Fat Gav. »Ich meine, vielleicht lebt sie noch …«

»Von wegen, du Schwachkopf«, sagte Mickey. »Sie ist tot, genau wie Sean.«

»Das kannst du nicht wissen.«

»Doch, das wissen wir«, sagte ich und zeigte auf einen anderen Baum, auf den noch ein Kreidefinger gezeichnet war. »Hier sind noch mehr Zeichen … die führen zu den anderen Teilen.«

»Wir müssen zur Polizei«, wiederholte Hoppo.

»Er hat recht«, sagte Mickey. »Kommt. Wir sollten gehen.«

Zustimmendes Nicken. Wir setzten uns in Bewegung. Aber dann meinte Fat Gav: »Sollte nicht einer hierbleiben … falls …?«

»Was? Falls der Arm aufsteht und wegläuft?«, fragte Metal Mickey.

»Nein. Keine Ahnung. Nur falls irgendwer kommt und ihn mitnehmen will.«

Wir sahen uns an. Er hatte recht. Einer von uns sollte Wache halten. Aber keiner wollte. Keiner wollte hier mitten im Wald mit einem abgetrennten Arm allein bleiben, das Rascheln im Unterholz hören und bei jedem auffliegenden Vogelschwarm zusammenzucken und sich fragen …

»Ich mach das«, sagte ich.

Nachdem die anderen gegangen waren, setzte ich mich neben sie. Zögernd streckte ich die Hand aus und berührte ihre Finger. Sie sah ja selbst so aus, als täte sie das. Flehend die Hand ausstrecken, dass jemand sie hielt. Ich hatte gedacht, die Hand wäre eiskalt. Aber sie war immer noch weich und ein bisschen warm.

»Tut mir leid«, sagte ich. »Tut mir leid.«

Ich weiß nicht, wie lange ich dort im Wald gesessen habe. Wahrscheinlich kaum länger als eine halbe Stunde. Als die anderen in Begleitung von zwei Polizisten endlich zurückkamen, waren meine Beine total eingeschlafen, und ich selbst muss wohl halb in Trance gewesen sein.

Trotzdem konnte ich der Polizei versichern, dass niemand sich an dem Arm zu schaffen gemacht hatte. Dass er noch genauso dalag, wie wir ihn gefunden hatten. Und fast stimmte das sogar.

Nur mit dem einen Unterschied, dass dort, wo ihr Ring gewesen war, jetzt ein etwas hellerer Streifen um ihren Mittelfinger ging.

Die anderen Körperteile wurden unter verschiedenen im Wald verteilten Laubhaufen gefunden. Fast alle. Ich nehme an, deswegen hat es so lange gedauert, bis man herausgefunden hatte, wer sie war. Ich wusste es natürlich längst. Aber mich hat niemand danach gefragt. Dafür wurden andere Fragen gestellt. *Was habt ihr im Wald gemacht? Wie habt ihr die Leiche gefunden?* Als wir den Polizisten von den Kreidezeichen an den Bäumen erzählten, spitzten sie die Ohren, aber als ich ihnen das mit den Kreidebotschaften zu erklären versuchte, kamen sie anscheinend nicht richtig mit.

So ist das mit Erwachsenen. Manchmal spielt es keine Rolle, was man ihnen sagt; sie hören nur, was sie hören wollen.

Für die Polizei waren wir bloß Kinder, die beim Spielen

im Wald diesen Kreidezeichen gefolgt und dabei auf eine Leiche gestoßen waren. Ganz so war es nicht gewesen, aber als Erklärung mochte es reichen. So entstehen Mythen und Sagen. Ein Ereignis wird erzählt und nacherzählt und dabei jedes Mal ein Stück weiter verdreht und verbogen, und am Ende wird die neue Version zur Tatsache.

Natürlich wollten alle in der Schule mit uns reden. So ähnlich wie nach dem Jahrmarkt, außer dass man sich jetzt noch mehr dafür interessierte, weil sie tot war. Und zerstückelt.

Eine Schülerversammlung wurde einberufen, und ein Polizist erklärte uns, wir sollten jetzt besonders vorsichtig sein und nicht mit Fremden reden. In der Stadt waren viele Fremde aufgetaucht. Reporter mit Kameras und Mikrofonen befragten Leute auf der Straße und trieben sich in der Nähe des Waldes herum. Wir durften nicht mehr dorthin. Um die Bäume waren Absperrbänder gespannt, und Polizisten hielten Neugierige fern.

Fat Gav und Metal Mickey hatten viel Spaß daran, die blutrünstigen Einzelheiten auszuschmücken und noch neue hinzuzuerfinden. Hoppo und ich überließen hauptsächlich den beiden das Reden. Natürlich war das eine aufregende Geschichte. Aber ich fühlte mich auch ein bisschen schuldig. Es kam mir nicht richtig vor, den Tod eines Mädchens zum eigenen Vergnügen auszuschlachten. Besonders unfair fand ich, dass das Waltzer-Mädchen das Unglück auf dem Jahrmarkt mit gerettetem Bein überlebt hatte, nur um es am Ende doch abgeschnitten zu bekommen. Das schrie wirklich zum Himmel.

Auch Mr. Halloran tat mir leid. Bei unserer letzten

Begegnung war er so traurig gewesen, und da hatte das Waltzer-Mädchen noch gelebt, und die beiden wollten zusammen fortziehen und ein neues Leben anfangen. Jetzt war sie tot und an denselben dunklen kalten Ort gezogen wie Sean Cooper.

Einmal beim Abendessen versuchte ich das meinen Eltern zu erklären.

»Mr. Halloran tut mir leid.«

»Mr. Halloran? Warum?«, fragte Dad.

»Weil er sie gerettet hat, und jetzt ist sie tot, und es war alles umsonst.«

Mum seufzte. »Du und Mr. Halloran, ihr habt an jenem Tag großen Mut bewiesen. Das war nicht umsonst. Denke das nicht, egal was die Leute sagen.«

»Was sagen die Leute denn?«

Meine Eltern tauschten »erwachsene« Blicke aus, Blicke, von denen Erwachsene aus unerfindlichen Gründen glauben, dass Kinder sie nicht mitbekommen.

»Eddie«, sagte Mum. »Wir wissen, du hast Mr. Halloran gern. Aber manchmal täuscht man sich auch in einem Menschen. Und Mr. Halloran ist noch nicht sehr lange hier. Keiner von uns kennt ihn richtig.«

Ich starrte sie. »Glauben die Leute etwa, er hat sie umgebracht?«

»Das haben wir nicht gesagt, Eddie.«

Das brauchten sie auch nicht. Ich war zwölf, aber ich war nicht dumm.

Mir schnürte sich die Kehle zu. »Er hätte sie niemals umgebracht. Er hat sie geliebt. Sie wollten zusammen fortziehen. Hat er gesagt.«

Mum stutzte. »Wann hat er das gesagt, Eddie?«

Ich hatte mich verplappert. »Als ich ihn mal besucht habe.«

»Du hast ihn besucht? Wann?«

Ich zuckte die Schultern. »Vor ein paar Wochen.«

»Bei ihm zu Hause?«

»Ja.«

Dad legte klappernd sein Messer hin. »Eddie. Du darfst dort nicht mehr hingehen. Verstanden?«

»Aber er ist mein Freund.«

»Jetzt nicht mehr, Eddie. Wir wissen nicht, wer dieser Mann ist. Du darfst ihn nicht mehr sehen.«

»Warum?«

»Weil wir es sagen, Eddie«, fauchte Mum.

Das hatte ich von Mum noch nie gehört. Sie sagte immer, wenn man einem Kind etwas verbiete, müsse man ihm auch den Grund dafür erklären. Aber jetzt sah sie mich mit einem Ausdruck an, den ich noch nie an ihr gesehen hatte. Weder als das Paket kam. Noch als der Stein durch unser Fenster flog. Noch als Pfarrer Martin überfallen wurde. Sie hatte Angst.

»Also, versprochen?«

Ich senkte den Blick und murmelte: »Versprochen.«

Dad legte mir eine schwere Hand auf die Schulter. »So ist es gut.«

»Darf ich jetzt in mein Zimmer?«

»Aber ja.«

Ich rutschte von meinem Stuhl und ging nach oben. Und löste meine gekreuzten Finger.

2016

Antworten. Auf eine Frage, die ich nie gestellt hatte. Nicht einmal in Gedanken. Was hatte Chloe zu verbergen? Hatte sie mich angelogen?

Ich musste sie gehen lassen. Sie hatte Streit mit einer Kundin. Nicky.

Ich durchwühle meine Küchenschubladen, stöbere in alten Speisekarten, Quittungen und Supermarktreklamezetteln, versuche meine wirren Gedanken zu ordnen und eine vernünftige Erklärung zu finden.

Vielleicht hat Chloe einen neuen Job und mir einfach nichts davon erzählt. Vielleicht ist es ihr peinlich, dass man sie rausgeschmissen hat – obwohl das nicht zu ihr passt. Vielleicht war es rein zufällig zu dem Streit mit Nicky gekommen. Vielleicht handelte es sich nicht einmal um die Nicky, die ich kenne (oder kannte). Es könnte auch eine andere schlanke, attraktive ältere Frau mit feuerroten Haaren gewesen sein, die zufällig auch Nicky hieß. Ja, sicher. Ich klammere mich an einen Strohhalm. Aber *möglich* ist es.

Mehrmals bin ich kurz davor, sie anzurufen. Aber ich tu's nicht. Noch nicht. Vorher muss ich einen anderen Anruf erledigen.

Ich knalle die Schublade zu und gehe nach oben. Nicht in mein Schlafzimmer, sondern nach nebenan, wo ich meine Sammlungen aufbewahre. Ich überfliege die Regale mit all den Schachteln und schließe einige von vornherein aus.

Nachdem Nicky fortgezogen war, hatte sie uns allen eine Postkarte mit ihrer neuen Adresse geschickt. Ich hatte ihr ein paarmal geschrieben, aber nie eine Antwort erhalten.

Ich nehme drei Schachteln aus einem der oberen Regale und mache mich an die Arbeit. In der ersten finde ich nichts, ebenso in der zweiten. Schon entmutigt, öffne ich die dritte.

Als Dad starb, bekam ich wieder eine Postkarte. Nur ein Wort. *Beileid. N.* Darunter eine Telefonnummer. Dort angerufen habe ich nie.

Mein Blick fällt auf eine zerknitterte Karte mit einem Foto der Seebrücke von Bournemouth. Ich drehe sie um. Bingo. Ich greife nach meinem Handy.

Es klingelt und klingelt. Womöglich stimmt die Nummer längst nicht mehr. Vielleicht hat sie ein neues Telefon. Das ist …

»Hallo?«

»Nicky? Ich bin's, Ed.«

»Ed?«

»Eddie Adams …«

»Nein, nein. Ich weiß, wer du bist. Ich bin nur überrascht. Es ist so lange her.«

Allerdings. Aber ich spüre immer noch, wenn sie lügt. Sie ist nicht überrascht. Sie ist nervös.

»Ich weiß.«

»Wie geht's dir?«

Gute Frage. Viele Antworten. Ich entscheide mich für die einfachste.

»War schon mal besser. Hör zu, ich weiß, das kommt ein bisschen plötzlich, aber können wir reden?«

»Tun wir das nicht gerade?«

»Unter vier Augen.«

»Worüber?«

»Chloe.«

Schweigen. Ich frage mich, ob sie einfach aufgelegt hat.

Plötzlich sagt sie: »Um drei habe ich Feierabend.«

Der Zug kommt um halb vier an. Während der Fahrt habe ich im neuesten Harlan Coben herumgeblättert und so getan, als ob ich lese. In Bournemouth angekommen schlurfe ich aus dem Bahnhof und lasse mich von der Menge Richtung Meer treiben. Ich gehe über die Fußgängerampel und streife ziellos in dem kleinen Park umher.

Nach Bournemouth sind es keine zwanzig Meilen, aber ich fahre nur selten dorthin. Ich bin nicht gern am Meer. Schon als Kind hatte ich Angst vor den heranrollenden Wellen und konnte den groben nassen Sand zwischen meinen Zehen nicht leiden; eine Abneigung, die noch stärker wurde, als ich einmal beobachtete, wie jemand ein halb gegessenes Sandwich im Sand vergrub. Von da an weigerte ich mich standhaft, ohne Flipflops oder Turnschuhe an den Strand zu gehen.

Heute, an diesem eher kühlen Spätsommertag, sind immer noch recht viele Leute im Park oder beim Minigolf zugange (eins der wenigen Dinge, die mir als Kind Spaß gemacht haben).

Ich gelange auf die Promenade, passiere das jetzt unbebaute Gelände, wo bis zu seinem Abriss das riesige IMAX-Kino gestanden hatte, lasse die Spielsalons hinter mir und biege rechts ab zu den Strandcafés.

Dann sitze ich dort mit einem lauwarmen Cappuccino und rauche. Außer einem jungen Pärchen an einem der anderen Tische ist niemand da. Die Frau hat kurze, blond gefärbte Haare, ihr Begleiter hat Dreadlocks und eine Menge Piercings im Gesicht. Ich fühle mich – und sehe zweifellos auch so aus – sehr alt und sehr gewöhnlich.

Ich schlage wieder mein Buch auf, kann mich aber nicht konzentrieren. Ich sehe auf die Uhr. Gleich viertel nach vier. Ich nehme noch eine Zigarette aus der Packung – meine dritte in einer halben Stunde – und beuge mich darüber, um sie anzuzünden. Als ich aufblicke, steht Nicky vor mir.

»Schreckliche Angewohnheit.« Sie zieht sich einen Stuhl heran und nimmt Platz. »Hast du eine für mich?«

Ich schiebe Packung und Feuerzeug über den Tisch und bin dankbar, dass meine Hand nicht zittert. Sie schnippt eine Zigarette heraus und zündet sie an, was mir Gelegenheit gibt, sie genauer zu betrachten. Sie ist älter geworden. Was sonst. Die Jahre haben ihr Falten in die Stirn und um die Augenwinkel gegraben. Das rote Haar ist glatter, und ich bemerke blonde Strähnchen darin. Sie trägt Jeans und eine karierte Bluse und ist immer noch schlank. Ihre Sommersprossen sind unter dem sorgfältigen Make-up gerade noch zu erkennen. Das Mädchen hinter der Frau.

Sie blickt auf. »Ja. Ich bin alt geworden. Genau wie du.«

Plötzlich wird mir bewusst, wie ich auf sie wirken muss.

Abgemagert und ungepflegt, muffige Jacke, knittriges Hemd und halb gebundener Schlips. Wirres Haar und Lesebrille. Erstaunlich, dass sie mich überhaupt erkannt hat.

»Danke«, sage ich. »Schön. Damit hätten wir die Formalitäten erledigt.«

Sie sieht mich mit ihren leuchtend grünen Augen an. »Weißt du, was echt unheimlich ist?«

Darauf gibt es viele Antworten. »Was denn?«

»Dein Anruf hat mich nicht überrascht. Ehrlich gesagt habe ich ihn erwartet.«

»Ich wusste nicht mal, ob ich noch die richtige Nummer habe.«

Ein schwarz gekleideter Kellner mit Hipsterbart, für den er irgendwie viel zu jung aussieht, und einer dieser der Schwerkraft trotzenden Modefrisuren kommt lässig auf uns zugeschlendert.

»Einen doppelten Espresso«, sagt Nicky.

Er bestätigt mit einer kaum wahrnehmbaren Kopfbewegung und zieht ab.

»Also?«, sagt sie. »Wer fängt an?«

Tatsächlich habe ich keine Ahnung, wo ich anfangen soll. Ein Blick in meinen Kaffee hilft mir auch nicht weiter. Ich entscheide mich für das Naheliegende. »Du bist also in Bournemouth geblieben?«

»Eine Zeitlang habe ich anderswo gearbeitet. Dann bin ich wieder hergezogen.«

»Aha. Und was machst du so?«

»Nichts Besonderes. Büroarbeit.«

»Toll.«

»Na ja. Ganz schön langweilig.«

»Ach.«

»Und du?«

»Schule. Ich bin jetzt Lehrer.«

»In Anderbury?«

»Ja.«

»Schön für dich.«

Der Kellner bringt ihren Kaffee. Sie dankt. Ich nippe an meinem Cappuccino. Wir umkreisen einander. Versuchen Zeit zu schinden.

»Wie geht's deiner Mum?«, frage ich.

»Sie ist gestorben. Brustkrebs. Vor fünf Jahren.«

»Tut mir leid.«

»Vergiss es. Wir sind nicht gut miteinander ausgekommen. Ich bin mit achtzehn von zu Hause weggezogen. Danach habe ich sie kaum noch gesehen.«

Ich starre sie an. Ich hatte immer gedacht, für Nicky sei alles gut ausgegangen. Sie war ihren Dad losgeworden. Ihre Mum war zurückgekommen. Aber im wirklichen Leben geht wohl nie etwas gut aus, alles ist chaotisch und kompliziert.

Sie bläst Rauch aus. »Siehst du die anderen noch?«

Ich nicke. »Ja. Hoppo ist Klempner. Gav hat The Bull übernommen.« Ich zögere. »Hast du von dem Unfall gehört?«

»Hab ich.«

»Wie?«

»Ruth hat mir geschrieben. Von ihr habe ich auch das mit deinem Dad erfahren.«

Ruth? Ich erinnere mich dunkel. Und dann fällt es mir ein. Die kraushaarige Freundin von Pfarrer Martin. Die

Frau, die Nicky nach dem Überfall bei sich aufgenommen hatte.

»Aber meistens hat sie nur von ihren Besuchen bei meinem Dad geschrieben«, fährt sie fort. »Nach einer Weile habe ich ihre Briefe nicht mehr gelesen. Und meine neue Adresse nach dem Umzug habe ich ihr nicht mitgeteilt.« Sie trinkt einen Schluck. »Er lebt noch.«

»Ich weiß.«

»Ah, ja.« Sie nickt. »Deine Mum. Die gute Samariterin. Schon komisch, oder?«

Ich ringe mir ein Lächeln ab. »Du hast ihn kein einziges Mal besucht?«

»Nein. Erst wenn er tot ist.«

»Nie daran gedacht, nach Anderbury zurückzukommen?«

»Zu viele schlechte Erinnerungen. Dabei habe ich das Schlimmste noch nicht einmal miterlebt.«

Stimmt, denke ich. Nicht miterlebt. Und doch ein Teil davon.

Sie drückt ihre Zigarette aus.

»So. Schluss mit dem Smalltalk. Kommen wir zur Sache. Warum fragst du nach Chloe?«

»Woher kennst du sie?«

Sie mustert mich kurz. »Sag du zuerst.«

»Sie ist meine Untermieterin.«

Sie reißt die Augen auf. »Scheiße.«

»Du machst mir Mut.«

»Entschuldige, aber … na ja, ich …« Sie schüttelt den Kopf. »Ich kann nicht glauben, dass sie das tun würde.«

Ich starre sie an. »Dass sie was tun würde?«

Ohne zu fragen, nimmt sie noch eine Zigarette aus meiner Packung. Dabei rutscht ihr Ärmel hoch und lässt ein kleines Tattoo auf ihrem Unterarm erkennen. Engelsflügel. Sie bemerkt meinen Blick.

»Zur Erinnerung an meinen Dad. Eine Hommage.«

»Ich denke, er lebt noch?«

»Für mich ist das kein Leben.«

Und für mich ist dieses Tattoo keine Hommage. Sondern etwas ganz anderes. Etwas, von dem ich nicht behaupten kann, dass es mir gefällt.

»Egal«, sagt sie, gibt sich Feuer und nimmt einen tiefen Zug. »Kennengelernt habe ich sie erst vor gut einem Jahr. Das heißt, als sie mich gefunden hat.«

»Dich gefunden? Wer ist sie?«

»Meine Schwester.«

»Erinnerst du dich an Hannah Thomas?«

Es dauert ein paar Sekunden. Dann macht es Klick. Die blonde Freundin des Waltzer-Mädchens. Die Tochter des Polizisten. Und, natürlich …

»Das Mädchen, das von Sean Cooper vergewaltigt wurde«, sage ich. »Und schwanger wurde.«

»Nur dass er es nicht war«, sagt Nicky. »Das war eine Lüge. Sean Cooper hat Hannah Thomas nicht vergewaltigt. Und er war nicht der Vater ihres Babys.«

»Wer dann?« Ich bin völlig verwirrt.

Sie sieht mich an wie einen Schwachsinnigen. »Also wirklich, Ed. Denk mal nach.«

Ich denke nach. Und mir dämmert was. »Dein Dad? *Dein Dad* hat sie geschwängert?«

»Mach nicht so ein schockiertes Gesicht. Diese Demonstranten waren Dads kleiner Harem. Groupies. Die haben ihn angehimmelt wie einen Rockstar. Und Dad? Sagen wir einfach: Das Fleisch ist schwach.«

Das muss ich erst einmal verarbeiten. »Und warum hat Hannah gelogen und behauptet, es war Sean Cooper?«

»Weil Dad es ihr gesagt hat. Weil *ihr* Dad keinen Jungen umbringen konnte, der schon tot war.«

»Wie bist du dahintergekommen?«

»Ich habe sie einmal abends darüber streiten hören. Sie dachten, ich schlafe. Genau wie sie dachten, dass ich schlafe, als sie am Ficken waren.«

Ich denke an den Abend zurück, als ich Hannah Thomas und Mum im Wohnzimmer gesehen hatte.

»Sie war mal bei Mum«, sage ich. »Völlig aufgelöst. Mum hat sie getröstet.« Ich lächle matt. »Komisch, wie Prinzipien über Bord geworfen werden, wenn es um das eigene ungewollte Baby und das eigene Leben geht.«

»Na ja, sie selbst wollte das Kind behalten. Dad wollte, dass sie es wegmachen lässt.«

Ich starre sie ungläubig an. »Er wollte, dass sie es *abtreibt*? Nach allem, was er getan hat?«

Nicky zieht eine Augenbraue hoch. »Komisch, wie fromme Überzeugungen über Bord geworfen werden, wenn es um das eigene uneheliche Kind geht und der eigene Ruf auf dem Spiel steht.«

Ich schüttle den Kopf. »So ein Schwein.«

»Ja. Kann man sagen.«

Auch das muss ich erst einmal alles verarbeiten.

»Sie hat das Kind bekommen? Das wusste ich nicht.«

»Die Familie ist woanders hingezogen. Ihr Dad wurde versetzt oder so was.«

Und dann wurde Pfarrer Martin überfallen und war also bestimmt nicht in der Lage, Kontakt zu halten.

Nicky tippt Asche in den Aschenbecher, der allmählich aussieht wie ein amtlicher Warnhinweis.

»Spulen wir knapp dreißig Jahre vor«, sagt sie. »Plötzlich steht Chloe vor meiner Tür. Ich weiß immer noch nicht genau, wie sie mich aufgespürt hat.

Sie stellte sich als Hannahs Tochter vor, meine Halbschwester. Ich habe ihr nicht geglaubt und sie weggeschickt. Aber sie hat mir ihre Telefonnummer gegeben. Ich hatte nicht vor, sie anzurufen, aber irgendwie war ich neugierig und …

Wir trafen uns zum Lunch. Sie brachte Fotos mit, erzählte mir Sachen, die mich überzeugten, dass sie wirklich die war, für die sie sich ausgab. Langsam wurde sie mir sympathisch. Vielleicht weil sie mich ein bisschen daran erinnerte, wie ich selbst früher war.«

Vielleicht war sie deshalb auch mir sympathisch, denke ich.

»Sie erzählte mir, ihre Mum sei gestorben – Krebs«, fährt sie fort. »Zu ihrem Stiefvater hatte sie kein besonders gutes Verhältnis. Auch das verstand ich nur zu gut.

Danach trafen wir uns noch ein paarmal. Aber eines Tages sagte sie, sie müsse aus ihrer Wohnung ausziehen und habe Schwierigkeiten, was Neues zu finden. Ich bot ihr an, vorläufig bei mir einzuziehen, wenn ihr das helfen würde.«

»Und?«

»Nichts. Drei Monate lang war sie die perfekte Untermieterin – fast schon zu perfekt.«

»Und dann?«

»Als ich eines Abends nach Hause kam, war Chloe nicht da. Ihre Zimmertür war nur angelehnt … und ihr Laptop stand offen auf ihrem Tisch.«

»Du hast in ihrem Zimmer geschnüffelt.«

»In *meinem* Zimmer … keine Ahnung, ich wollte nur …«

»In ihre Privatsphäre eindringen?«

»Nun, ich bin froh, dass ich's getan habe. Ich fand heraus, dass sie über mich geschrieben hatte. Über die Kreidemänner. Über uns alle. Als ob sie über uns recherchiert hätte.«

»Warum sollte sie das tun?«

»Keine Ahnung.«

»Hat sie nichts dazu gesagt?«

»Dazu habe ich ihr keine Chance gegeben. Ich habe sie noch am selben Abend rausgeschmissen.«

Sie drückt die zweite Zigarette aus und nimmt einen großen Schluck Kaffee. Ihre Hand zittert ein wenig.

»Wann war das?«

»Vor neun, zehn Monaten.«

Also etwa zu der Zeit, als sie bei mir auftauchte und sich bedankte, dass ich ihr kurzfristig ein Zimmer zur Verfügung stellen konnte.

Der Wind fegt in Böen über die Promenade. Fröstelnd schlage ich meinen Jackenkragen hoch. Nur der Wind. Sonst nichts.

»Wenn du sie seit Monaten nicht gesehen hattest – worum ging es dann bei dem Streit im Laden?«

»Du weißt davon?«

»Erst dadurch habe ich erfahren, dass sie dich kennt.«

»Ich bekam einen Brief…«

Mein Herz setzt aus. »Strichmännchen am Galgen und ein Stück Kreide?«

Sie starrt mich an. »Woher weißt du das?«

»Weil ich auch einen bekommen habe, und Gav, Hoppo… und Mickey.«

Nicky stutzt. »Also hat sie uns allen das geschickt?«

»Sie? Du meinst, diese Briefe kamen von Chloe?«

»Ja, sicher«, faucht sie.

»Hat sie das etwa zugegeben?«

»Nein. Aber wer sonst sollte das tun?«

Wir schweigen beide. Ich denke an Chloe. Die freche, komische, aufgeweckte Person, die ich mir kaum noch aus meiner Nähe fortdenken kann. Das alles ergibt keinen Sinn.

»Keine Ahnung«, sage ich. »Aber ich würde keine voreiligen Schlüsse ziehen.«

Sie zuckt die Schultern. »Jedem seine eigene Beerdigung.«

Apropos. Ich warte, während sie an ihrem Kaffee nippt, und sage dann in freundlicherem Ton: »Hast du das mit Mickey gehört?«

»Was denn?«

Ed Adams – Überbringer froher Botschaften.

»Er ist tot.«

»*Gott*. Was ist passiert?«

»Er ist in den Fluss gefallen und ertrunken.«

Sie starrt mich an. »In Anderbury?«

»Ja.«

»Was hatte er denn in Anderbury zu tun?«

»Er hat mich besucht. Er wollte ein Buch über die Kreidemännchen schreiben. Ich sollte ihm dabei helfen. Wir hatten beide eine Menge getrunken, er bestand darauf, zu Fuß in sein Hotel zu gehen… ist aber nie dort angekommen.«

»Scheiße.«

»Du sagst es.«

»Aber war es ein Unfall?«

Ich zögere.

»Ed?«

»Wahrscheinlich.«

»Wahrscheinlich?«

»Hör zu, das klingt jetzt ziemlich verrückt, aber bevor Mickey an diesem Abend gegangen ist, hat er behauptet, er wisse, wer Elisa wirklich umgebracht hat.«

Sie schnaubt. »Und du hast ihm geglaubt?«

»Und wenn er die Wahrheit gesagt hat?«

»Na, das wäre das erste Mal gewesen.«

»Aber *wenn* er die Wahrheit gesagt hat, war sein Tod vielleicht *kein* Unfall.«

»Na und? Wen juckt das?«

Entsetzt frage ich mich, ob sie immer schon so hart gewesen war. Eine Zuckerstange mit dem Aufdruck »Beiß mich«.

»Das ist nicht dein Ernst.«

»Doch. Mickey hat sich immer nur Feinde gemacht. Er hatte keinen einzigen Freund. Na ja, dich vielleicht mal. Deswegen bin ich überhaupt hierhergekommen. Aber jetzt reicht's.«

Sie schiebt ihren Stuhl zurück. »Lass es dir gesagt sein. Geh nach Hause, schmeiß Chloe raus und … leb dein Leben weiter.«

Ich sollte auf sie hören. Ich sollte sie gehen lassen. Ich sollte austrinken und meinen Zug erreichen. Aber ist nicht mein ganzes Leben ein Trümmerhaufen von »Hätte ich doch«, ein unentwirrbares Chaos versäumter Gelegenheiten?

»Nicky. Warte.«

»Was denn noch?«

»Was ist mit deinem Dad? Willst du nicht wissen, wer das war?«

»Ed, hör auf.«

»Warum?«

»Weil ich *weiß*, wer das war.«

Zum zweiten Mal erwischt sie mich auf dem falschen Fuß. »Du weißt es? Woher?«

Sie sieht mich scharf an. »Weil sie es mir gesagt hat.«

Der Zug nach Anderbury hat Verspätung. Ich versuche, das als bedauerlichen Zufall abzutun, aber es gelingt mir nicht. Ich gehe auf dem Bahnsteig auf und ab und verfluche mich dafür, dass ich mit dem Zug gekommen bin, statt mit dem Auto zu fahren (und noch geblieben bin und eine Flasche Wein getrunken habe, statt einen früheren Zug zu nehmen). Immer wieder sehe ich wütend nach der Anzeigetafel. Verspätet. Genauso gut könnte da stehen: »Ich mach dich fertig, Ed.«

Erst kurz nach neun komme ich in Anderbury an, verschwitzt, zerknautscht und halbseitig gelähmt, nachdem mich die ganze Fahrt über jemand ans Fenster gequetscht hatte, der aussah, als spielte er im Rugbyteam der Titanen (der Götter, nicht der Rotherham Titans).

Am Bahnhof nehme ich den Bus, und als ich endlich mein Haus erreiche, bin ich fix und fertig, gereizt und leider auch wieder nüchtern. Ich stoße das Tor auf und gehe die Einfahrt hoch. Das Haus liegt im Dunkeln. Chloe ist offenbar ausgegangen. Vielleicht besser so. Ich bin mir nicht sicher, ob ich für das Gespräch bereit bin, das wir eigentlich jetzt auf der Stelle führen müssten.

Der erste kalte Finger des Unbehagens kitzelt mich im Nacken, als ich die Haustür unverschlossen finde. Chloe kann entnervend flapsig sein, aber verantwortungslos oder vergesslich ist sie in der Regel nicht.

Ich zögere wie ein unwillkommener Vertreter vor meiner eigenen Schwelle, doch dann stoße ich die Tür auf.

»Hallo?«

Mir antwortet nur das atemlose Schweigen des Hauses und ein leises Brummen aus der Küche. Ich mache Licht im Flur und lausche, die überflüssigen Schlüssel in der Faust.

»Chloe?«

Ich gehe in die Küche, mache Licht und sehe mich um.

Die Hintertür ist halb offen, es zieht kühl herein. Auf der Anrichte eine Schüssel Salat, dazu eine Pizza, noch nicht fertig zubereitet. Auf dem Tisch ein halb geleertes Glas Wein. Das Brummen kommt vom Backofen.

Ich stelle ihn ab. Sofort kommt mir die Stille noch lauter vor. Ich höre nur noch das Blut in meinen Ohren.

»Chloe?«

Ich mache einen Schritt nach vorn. Mein Fuß rutscht auf etwas aus. Ich sehe hin. Mir bleibt das Herz stehen. Das Rauschen in meinen Ohren wird lauter. Rot. Dunkelrot. Blut. Eine dünne Blutspur führt zu der offenen Hintertür. Das Herz springt mir aus der Brust, als ich ihr folge. An der Hintertür mache ich halt. Es ist fast dunkel. Ich gehe zurück, nehme eine Taschenlampe aus der Kramschublade und wage mich nach draußen.

»Chloe? Bist du hier irgendwo?«

Ich gehe vorsichtig um das Haus herum und leuchte mit der Taschenlampe in die zugewucherte Wildnis, die sich bis zu einer kleinen Baumgruppe erstreckt. Stellenweise ist das hohe Gras niedergetrampelt. Jemand muss vor Kurzem durch den Garten gelatscht sein.

Ich folge der Spur. Unkraut und Nesseln schnappen nach meinen Hosenbeinen. Der Strahl der Taschenlampe erfasst etwas im Gras. Rot, rosa und braun. Ich bücke mich danach, und mein Magen zappelt wie ein russischer Turner.

»Scheiße.«

Eine Ratte. Eine aufgeschlitzte Ratte. Ihr Bauch ist aufgerissen, und die Eingeweide quellen hervor wie ein Knäuel winziger roher Würste.

Ein Rascheln von rechts. Ich springe auf und fahre herum. Aus dem hohen Gras funkeln mich zwei grüne Scheibchen an. Ein heiseres Fauchen, und Mittens macht einen Satz auf mich zu.

Ich stolpere rückwärts, der Fluch bleibt mir in der Kehle stecken.

Mittens beäugt mich amüsiert – *»Na, erschrocken, Ed?«* –, schleicht lässig heran, packt die Ratte mit seinen scharfen weißen Zähnen und schlendert mit ihr in die Nacht davon.

Ich gestatte mir ein hysterisches Kichern. »Verfluchte Scheiße.«

Eine Ratte. *Daher* das Blut. Bloß eine Ratte und dieser Scheißkater. Ich atme erleichtert auf. Bis mir eine leise Stimme ins Ohr flüstert:

»Aber der Kater und die Ratte erklären nicht die offene Hintertür, stimmt's, Eddie? Und auch nicht die abgebrochene Essensvorbereitung. Da stimmt doch was nicht.«

Ich wende mich zum Haus zurück.

»Chloe!«, rufe ich.

Und plötzlich laufe ich los. Renne die Treppe rauf. Klopfe an ihre Tür, stoße sie auf und hoffe irgendwie, von ihrem Bett einen zerzausten Kopf hochfahren zu sehen. Aber ihr Bett ist leer. Das Zimmer ist leer. Hektisch öffne ich ihren Kleiderschrank. Leere Bügel klappern. Ich reiße die Schubladen ihrer Kommode auf. Leer. Leer. Leer.

Chloe ist weg.

1986

Ich dachte, ich müsste vielleicht länger auf eine Gelegenheit warten, mich aus dem Haus zu schleichen. Doch dann war es schon zwei Tage später so weit, schon am nächsten Wochenende.

Mum bekam einen Anruf und musste eilig in die Klinik. Dad sollte auf mich aufpassen, stand aber unter Termindruck und hatte sich in seinem Arbeitszimmer eingeschlossen. Ich sah den Zettel, den Mum ihm hingelegt hatte: »Mach Eddie Frühstück. Müsli oder Toast. KEINE Chips oder Schokolade! Kuss, Marianne.«

Vermutlich hat Dad den Zettel gar nicht gesehen. Er schien ganz andere Sorgen zu haben. Morgens in der Küche entdeckte ich, dass er die Milch in den Geschirrschrank und den Kaffee in den Kühlschrank gestellt hatte. Ich schüttelte den Kopf, nahm mir eine Schüssel, tat ein paar Rice Krispies und einen Spritzer Milch hinein und ließ das Ganze mit einem Löffel darin auf dem Abtropfgitter stehen.

Dann setzte ich mich mit einer Tüte Chips ins Wohnzimmer und sah mir *Saturday Superstore* an. Ich ließ den Fernseher laufen und ging auf Zehenspitzen in mein Zimmer, schob die Kommode zur Seite, zog den Schuhkarton hervor und nahm den Deckel ab.

Dort hatte ich den Ring versteckt. Er war noch etwas schmutzig vom Waldboden, aber ich wollte ihn nicht sauber machen. Dann wäre es nicht mehr ihr Ring gewesen; nichts Besonderes mehr. Das war wichtig. Wenn man etwas behalten will, muss man es vollständig und unversehrt behalten. Nur so bleiben Zeit und Ort in Erinnerung.

Aber es gab jemanden, der den Ring noch nötiger hatte. Jemand, der sie liebte, der kein einziges Erinnerungsstück an sie besaß. Sicher, er hatte die Bilder. Doch die waren kein Teil von ihr, hatten nicht ihre Haut berührt, waren nicht bei ihr gewesen, als sie langsam auf dem Waldboden erkaltete.

Ich wickelte den Ring in Klopapier und steckte ihn vorsichtig ein. Was genau ich damit vorhatte, wusste ich wohl selber nicht. Mir schwebte irgendwie vor, zu Mr. Halloran zu gehen, ihm zu sagen, wie leid es mir tue, und ihm den Ring zu geben, wofür er mir sehr dankbar wäre. Damit hätte ich ihm alles vergolten, was er für mich getan hatte. Jedenfalls glaube ich, dass ich das vorhatte.

Von nebenan kamen Geräusche. Ein Husten, das Quietschen von Dads Schreibtischstuhl und das Surren des Druckers. Ich schob die Kommode zurück und schlich die Treppe hinunter. Ich nahm meinen Schal und den dicken Wintermantel, und für den Fall, dass Dad nach unten kam und sich Sorgen machte, schrieb ich ihm noch rasch einen Zettel: »Bin bei Hoppo. Wollte dich nicht stören. Eddie.«

Normalerweise war ich nicht ungehorsam. Nur eigensinnig, geradezu verbissen. Wenn ich mir einmal etwas in den Kopf gesetzt hatte, konnte nichts mich davon abbringen. Jedenfalls war ich kein bisschen unsicher oder nervös, als ich mein Rad aus der Garage holte und mich zu Mr. Halloran auf den Weg machte.

Mr. Halloran hatte eigentlich längst nach Cornwall ziehen wollen. Aber die Polizei hatte ihn gebeten, noch zu bleiben, bis die Ermittlungen abgeschlossen waren. Ich wusste das damals nicht, doch sie glaubten bald genug Beweismaterial zu haben, ihn des Mordes an dem Waltzer-Mädchen anklagen zu können.

In Wirklichkeit war die Beweislage sehr dünn. Hauptsächlich ging es um Indizien und Gerüchte. Alle wollten in ihm den Schuldigen sehen, nur weil es so gut passte. Er war ein Außenseiter und gab dies auch durch sein Äußeres zu verstehen, und durch die Verführung eines jungen Mädchens hatte er sich ohnehin schon als Perversling erwiesen.

Die Polizei ging davon aus, dass das Waltzer-Mädchen die Beziehung beenden wollte und Mr. Halloran sie daraufhin in einem Wutanfall getötet hatte. Diese Auffassung wurde von Elisas Mutter teilweise bestätigt; ihr zufolge war ihre Tochter am Abend zuvor nach einem Streit mit Mr. Halloran in Tränen aufgelöst nach Hause gekommen. Mr. Halloran bestätigte den Streit, bestritt aber, dass sie sich getrennt hätten. Er räumte sogar ein, dass sie in der Tatnacht im Wald verabredet gewesen waren; er sei jedoch nach dem Streit nicht hingegangen. Ich bin mir nicht ganz sicher, wie es wirklich war, zumal sonst niemand eine der beiden Darstellungen bestätigen oder widerlegen konnte; das hätte nur die tun können, die niemals mehr ein Wort sprechen konnte, und wenn doch, dann nur an einem Ort, wo ihre Stimme von Erde und Würmern gedämpft wäre.

Für einen Samstagvormittag war es draußen ziemlich still, aber es war auch einer dieser Tage, wo der Tag selbst keine Lust zu haben schien, sein Bett zu verlassen – wie ein schlechtgelaunter Teenager, der sich weigert, die Decken der Nacht abzuwerfen und den Vorhang der Morgendämmerung aufzuziehen. Um zehn war es immer noch düster und grau, nur ab und zu beleuchtete ein vorbeifahrendes Auto meinen Weg. Die meisten Häuser waren dunkel. Weihnachten stand vor der Tür, aber kaum ein Haus war schon geschmückt. Offenbar war den Leuten nicht nach Feiern zumute. Dad hatte noch keinen Baum gekauft, mir selbst war mein Geburtstag ziemlich egal. Mr. Hallorans Haus ragte wie ein weißes Gespenst unscharf aus dem milchigen Licht. Sein Auto parkte am Straßenrand. Ich hielt in sicherer Entfernung und sah mich um. Das Haus stand etwas abseits am Ende der Amory's Lane, einer kleinen Straße mit nur wenigen anderen Häusern. Niemand schien da zu sein. Trotzdem stellte ich mein Rad nicht direkt vor Mr. Hallorans Haus ab, sondern schob es in eine Hecke auf der anderen Straßenseite, wo es nicht so leicht zu sehen war. Dann lief ich rüber und durch den Vorgarten.

Die Vorhänge waren aufgezogen, aber drinnen war kein Licht. Ich hob die Hand, klopfte an und wartete. Nichts rührte sich. Ich versuchte es noch einmal. Alles still. Obwohl, eigentlich nicht. War da nicht was? Ich überlegte. Vielleicht wollte er keinen Besuch. Vielleicht sollte ich nach Hause zurückkehren. Beinahe wäre ich gegangen. Aber etwas – ich weiß immer noch nicht was – schien mir zuzuflüstern: *Probier mal die Tür.*

Ich legte meine Hand auf den Knauf und drehte ihn. Die

Tür ging auf. Ich starrte in den verführerischen dunklen Spalt.

»Hallo? Mr. Halloran?«

Keine Antwort. Ich holte tief Luft und trat ein.

»Hallo?«

Ich sah mich um. Die Umzugskartons standen immer noch überall herum, doch in dem kleinen Wohnzimmer war etwas Neues. Flaschen. Wein, Bier und ein paar stämmigere, auf denen »Jim Beam« stand. Ich stutzte. Mir war schon klar, dass Erwachsene manchmal trinken. Aber so viel?

Oben schien Wasser zu laufen. Das war das schwache Geräusch, das ich vorhin gehört hatte. Ich atmete auf. Mr. Halloran ließ ein Bad ein. Deswegen hatte er mein Klopfen nicht gehört.

Das brachte mich in eine peinliche Lage. Ich konnte ja schlecht nach oben rufen. Womöglich war er nackt. Und er würde wissen, dass ich unaufgefordert in sein Haus eingedrungen war. Doch wenn ich jetzt gehen und draußen von jemand gesehen würde, wäre das auch nicht gut.

Nach einigem Hin und Her kam ich zu einem Entschluss. Ich schlich in die Küche, nahm den Ring aus der Tasche und legte ihn mitten auf den Tisch, wo er nicht zu übersehen war.

Ich hätte einen Zettel dazulegen sollen, fand aber nichts zum Schreiben. Ich spähte die Treppe hinauf. An der Decke war ein Fleck. Dunkler als die Umgebung. Mir schoss durch den Kopf, dass da irgendwas nicht stimmte, zumal oben immer noch das Wasser lief. Plötzlich krachte draußen ein Auspuff. Ich fuhr zusammen, der Knall erinnerte mich daran, dass ich in ein fremdes Haus eingedrungen war. Und an die Ermahnung meiner Eltern. Dad war jetzt vielleicht mit seiner Arbeit fertig, und was, wenn Mum nach Hause gekommen war? Ich hatte ihnen einen Zettel hingelegt, konnte aber nicht ausschließen, dass Mum mir nicht traute und Hoppos Mum anrief, um festzustellen, ob ich wirklich dort war.

Mit hämmerndem Herzen stürzte ich aus dem Haus, zog die Tür hinter mir zu und rannte über die Straße zu meinem Rad. Ich fuhr so schnell ich konnte, und zu Hause angekommen lehnte ich das Rad neben die Hintertür, zog Mantel und Schal aus, ging ins Wohnzimmer und warf mich aufs Sofa. Zwanzig Minuten später kam Dad und schaute zur Tür herein.

»Alles klar, Eddie? Draußen gewesen?«

»Wollte zu Hoppo, aber der war nicht da.«

»Du hättest mir Bescheid sagen können.«

»Ich hab einen Zettel hingelegt. Wollte dich nicht stören.«

Er lächelte. »Guter Junge. Wie wär's? Wollen wir Plätzchen backen, für Mum, wenn sie nach Hause kommt?«

»Okay.«

Backen mit Dad machte Spaß. Manche Jungen finden ja, Backen ist was für Mädchen, aber mit Dad war das ganz anders. Er hielt sich nicht an irgendwelche Rezepte und verwendete die seltsamsten Zutaten. Seine Plätzchen schmeckten entweder fantastisch oder irgendwie komisch, und das herauszufinden, war immer ein Abenteuer.

Eine Stunde später holten wir gerade die Rosinen-Brühwürfel-Erdnussbutter-Plätzchen aus dem Backofen, als Mum zurückkam.

»Wir sind hier!«, rief Dad.

Mum kam herein. Ich spürte sofort, dass etwas nicht stimmte.

»Alles klar in der Klinik?«, fragte Dad.

»Was? Ja. Alles bestens.« Nur sah sie gar nicht so aus. Sondern nervös und aufgeregt.

»Was ist, Mum?«, fragte ich.

Sie sah mich und Dad an. »Ich bin auf dem Heimweg an Mr. Hallorans Haus vorbeigefahren.«

Ich erstarrte innerlich. Hatte sie mich gesehen? Ausgeschlossen. Ich war ja schon ewig zu Hause. Vielleicht hatte jemand mich gesehen und es ihr erzählt, oder sie wusste es einfach so, weil sie meine Mum war und einen sechsten Sinn dafür besaß, wenn ich etwas angestellt hatte.

Nichts von alledem traf zu.

»Vor dem Haus war Polizei … und ein Krankenwagen.«

»Ein Krankenwagen?«, sagte Dad. »Warum?«

Sie antwortete leise: »Die haben einen Toten herausgetragen.«

Selbstmord. Die Polizei war gekommen, um Mr. Halloran festzunehmen, fand ihn dann aber tot in der Badewanne im ersten Stock; das überlaufende Wasser hatte bereits schwere Schäden angerichtet. Es tropfte blassrot von der Decke auf den Küchentisch. Im Bad selbst war es dunkler gefärbt. Mr. Halloran lag in der Wanne, tiefe Schnittwunden an beiden Armen, der Länge nach vom Handgelenk bis zum Ellbogen. Kein Hilferuf. Ein Abschiedsschrei.

Man fand den Ring. Noch mit Anhaftungen vom Waldboden. Damit war der Fall für die Polizei klar. Das war der handfeste Beweis, nach dem sie gesucht hatten. Mr. Halloran hatte das Waltzer-Mädchen getötet und anschließend sich selbst.

Ich habe nie ein Wort gesagt. Ich weiß, das hätte ich tun sollen. Aber ich war zwölf, ich hatte Angst, und wahrscheinlich hätte man mir sowieso nicht geglaubt. Mum hätte gedacht, ich wolle Mr. Halloran helfen, und Tatsache war, niemand konnte ihm oder dem Waltzer-Mädchen jetzt noch helfen. Was hätte es gebracht, die Wahrheit zu sagen?

Danach kamen keine Botschaften mehr. Keine Kreidemänner. Keine schrecklichen Unfälle oder grauenhaften Morde. Nichts wirklich Schlimmes im Lauf der nächsten Jahre in Anderbury, außer dass irgendwelche Zigeuner das Kupfer vom Kirchendach stahlen. Und natürlich, dass Mickey mit seinem Auto an einen Baum gefahren war und sich und Gav beinahe umgebracht hätte.

Was nicht heißen soll, dass die Sache schnell in Vergessenheit geriet. Durch den Mord und all die anderen Ereignisse hatte Anderbury eine traurige Berühmtheit erlangt. Die Zeitungen suhlten sich wochenlang darin.

»Demnächst legen sie der Wochenendausgabe noch Kreidestifte bei«, hörte ich Mum eines Abends schimpfen.

Fat Gav erzählte mir, sein Dad habe die Kneipe in »Der Kreidemann« umbenennen wollen, aber seine Mum habe ihm das ausgeredet.

»Noch zu früh«, habe sie gesagt.

Eine Zeitlang sah man viele Fremde in der Stadt. Sie trugen Anoraks und festes Schuhwerk, hatten Kameras und Notizbücher dabei und schnüffelten in der Kirche und im Wald herum.

»Gaffer«, sagte mein Dad.

Ich musste ihn fragen, was das bedeutete.

»Das sind Leute, die sich schreckliche Dinge ansehen, oder die einen Ort besuchen, an dem etwas Schreckliches passiert ist. Auch bekannt als kranke Todesfanatiker.«

Das Zweite gefiel mir besser. *Todesfanatiker.* So sahen diese Leute aus, mit ihren strähnigen Haaren und welken Gesichtern, und wie sie überall in Fenster spähten oder am Boden schnüffelten und alles mit ihren Polaroidkameras fotografierten.

Und Fragen stellten sie auch: *Wo ist das Haus, in dem der Kreidemann lebte? Hat irgendwer ihn persönlich gekannt? Hat irgendwer eine Zeichnung von ihm?*

Nach dem Waltzer-Mädchen wurde nicht gefragt. Kein einziges Mal. Ihre Mum gab einmal ein Zeitungsinterview und erzählte, wie sehr Elisa Musik geliebt hatte, dass sie Krankenschwester werden und Menschen helfen wollte, die ähnlich schwer verletzt worden waren wie sie selbst, und wie tapfer sie sich nach dem Unfall gehalten hatte. Aber das war nur ein kleiner Artikel. Man konnte fast meinen, die Leute *wollten* sie vergessen. Als ob die Erinnerung daran, dass sie ein Mensch aus Fleisch und Blut gewesen war, die Geschichte verdorben hätte.

Schließlich krochen auch die Todesfanatiker in ihre Löcher zurück. Andere schlimme Ereignisse eroberten die Titelseiten. Nur noch gelegentlich wurde der Mord in Zeitschriften oder Fernsehreportagen erwähnt.

Manches blieb unaufgeklärt. Merkwürdige Umstände, die keinen Sinn ergaben. Jeder ging davon aus, dass Mr. Halloran den Pfarrer überfallen und die Zeichnungen in der Kirche gemacht hatte, aber niemand konnte erklären, warum. Die Axt, mit der er die Leiche zerstückelt hatte, wurde nie gefunden…

Und was natürlich auch nie gefunden wurde, war der Kopf des Waltzer-Mädchens.

Wie gesagt, über den Anfang konnten wir uns nicht einig werden, aber wir alle waren der Überzeugung, dass es mit dem Tod von Mr. Halloran aufgehört hatte.

2016

Die Beerdigung meines Dads kam in gewisser Weise etliche Jahre zu spät. Der Mann, den ich gekannt hatte, war schon vor langer Zeit gestorben. Geblieben war eine leere Hülle. Alles, was ihn zu dem machte, der er war – sein Mitgefühl, sein Humor, seine Herzlichkeit, sogar seine idiotischen Wettervorhersagen –, das alles war verschwunden. Mitsamt seinen Erinnerungen. Was wohl das Schlimmste war. Denn wer sind wir, wenn nicht die Summe unserer Erfahrungen, die Dinge, die wir im Leben angesammelt haben? Sobald uns die genommen werden, sind wir nur noch ein Haufen Fleisch, Knochen und Blutgefäße.

Wenn es so etwas wie eine Seele gibt – und davon bin ich noch lange nicht überzeugt –, dann hatte die meines Vaters sich schon verabschiedet, bevor eine Lungenentzündung ihn in ein steriles weißes Krankenhausbett zwang; keuchend und irreredend, eine zum Skelett geschrumpfte Version des großen, lebenskräftigen Vaters, den ich mein Leben lang gekannt hatte. Ich erkannte diese Hülse eines Menschen nicht wieder. Zu meiner Schande muss ich gestehen, dass ich bei der Nachricht von seinem Ableben nicht Trauer, sondern als Erstes Erleichterung empfand.

Die kleine Totenfeier fand im Krematorium statt. Nur meine Mum und ich, ein paar Freunde von den Zeitschriften, für die Dad geschrieben hatte, Hoppo und seine Mum, Fat Gav und seine Familie. Mich störte das nicht. Ich glaube nicht, dass man den Wert eines Menschen danach bemessen kann, wie viele Leute zu seiner Beerdigung kommen. Die meisten haben zu viele Freunde. Und ich gehe nicht leichtfertig mit dem Begriff »Freunde« um. Online-»Freunde« sind keine richtigen Freunde. Richtige Freunde sind etwas anderes. Richtige Freunde sind immer für einen da. Richtige Freunde sind Menschen, die man gleichermaßen liebt und hasst und die dennoch so sehr zu einem gehören wie man selbst.

Nach dem Gottesdienst gingen wir alle zu uns nach Hause. Mum hatte Sandwiches und Snacks vorbereitet, aber die meisten Gäste tranken nur. Auch wenn Dad seit über einem Jahr vor seinem Tod im Pflegeheim gewesen war und unser Haus jetzt so voll war wie noch nie, hatte ich an diesem Tag das Gefühl, es noch nie so leer erlebt zu haben.

Jedes Jahr an seinem Todestag besuchen Mum und ich zusammen das Krematorium. Mum geht wohl öfter auch allein dorthin. Immer sind frische Blumen neben der kleinen Tafel mit seinem Namen und ein paar Zeilen im Gästebuch.

Heute finde ich sie auf einer Bank im Garten. Ab und zu kommt die Sonne durch. Graue Wolken hasten über den Himmel, getrieben von einer unduldsamen Brise. Mum trägt Jeans und eine schicke rote Jacke.

»Hallo.«

»Hi, Mum.«

Ich setze mich neben sie. Die kleinen runden Gläser ihrer Brille blitzen auf, als sie sich zu mir umdreht.

»Du siehst müde aus, Ed.«

»Ja. War eine lange Woche. Tut mir leid, dass du deinen Urlaub abbrechen musstest.«

Sie winkt ab. »Ich musste nicht. Ich wollte. Außerdem, wenn man mal einen See gesehen hat, hat man alle gesehen.«

»Trotzdem danke, dass du zurückgekommen bist.«

»Na ja, vier Tage mit Mittens haben euch beiden wohl gereicht.«

Ich lächle. Mühsam.

»Erzählst du mir jetzt, was los ist?« Sie sieht mich an wie früher, als ich ein kleiner Junge war. Mit diesem Blick, der mir sagt, dass sie jede meiner Lügen durchschaut.

»Chloe ist verschwunden.«

»Verschwunden?«

»Abgehauen, weggelaufen, verduftet.«

»Ohne ein Wort?«

»Richtig.«

Und ich *will* auch nichts von ihr hören. Obwohl, das ist gelogen. In den ersten Tagen erwartete oder hoffte ich, dass sie sich noch melden würde. Irgendwann käme sie reinspaziert, würde Kaffee aufsetzen und mich mit ironisch hochgezogener Augenbraue mustern, während sie mir eine ebenso knappe wie glaubhafte Erklärung auftischte, die mir das Gefühl vermitteln würde, ich sei klein und dumm und leide an Verfolgungswahn.

Aber sie ließ nichts von sich hören. Jetzt, fast eine Woche später, fällt mir beim besten Willen keine Erklärung ein – abgesehen von der offensichtlichen: Sie ist eine falsche Schlange, die mich hintergangen hat.

»Ich konnte sie ja noch nie leiden«, sagt Mum. »Aber das sieht ihr nun doch nicht ähnlich.«

»Bin anscheinend kein großer Menschenkenner.«

»Mach dir keine Vorwürfe, Ed. Es gibt halt Lügner auf der Welt.«

Ja, denke ich. Das stimmt.

»Erinnerst du dich an Hannah Thomas, Mum?«

Sie stutzt. »Ja, aber ich …«

»*Chloe* ist Hannah Thomas' Tochter.«

Ihre Augen hinter der Brille weiten sich ein wenig, aber sie behält die Fassung. »Verstehe. Und das hat sie dir selbst erzählt?«

»Nein. Nicky.«

»Du hast mit Nicky gesprochen?«

»Ich habe sie besucht.«

»Wie geht es ihr?«

»Vermutlich ungefähr so wie vor fünf Jahren, als du sie besucht hast … und ihr gesagt hast, was wirklich mit ihrem Dad passiert war.«

Mum senkt den Blick und verfällt in Schweigen. Ihre Hände sind knotig und von blauen Adern überzogen. Unsere Hände verraten uns, denke ich. Unser Alter. Unsere Emotionen. Mums Hände konnten wunderbare Dinge tun. Sie konnten Knoten aus meinen verfilzten Haaren lösen, sanft meine Wange streicheln, ein aufgeschrammtes Knie baden und verpflastern. Sie konnten auch ganz andere Dinge tun. Dinge, die manche Leute wohl nicht so angenehm finden würden.

Schließlich sagt sie: »Gerry hat mich dazu überredet. Ich hatte ihm alles erzählt. War ein gutes Gefühl, ihm das zu beichten. Er hat mir klargemacht, dass ich es Nicky schulde, ihr die Wahrheit zu sagen.«

»Und was ist die Wahrheit?«

Sie lächelt traurig. »Ich habe es dir immer gesagt: Man darf nichts bereuen. Man trifft eine Entscheidung, und man hat seine guten Gründe dafür. Auch wenn sich die Entscheidung später als falsch herausstellt, muss man damit leben.«

»Nicht zurückblicken.«

»Richtig. Aber das ist leichter gesagt als getan.«

Ich warte. Sie seufzt.

»Hannah Thomas war damals jung und verletzlich. Leicht zu beeinflussen. Immer auf der Suche nach einem Vorbild. Nach einem Idol. Leider hat sie dann ihn gefunden.«

»Pfarrer Martin«

Sie nickt. »Eines Abends kam sie mich besuchen …«

»Ich erinnere mich.«

»Tatsächlich?«

»Ich habe euch beide im Wohnzimmer gesehen.«

»Sie hätte einen Termin in der Klinik machen sollen. Ich hätte darauf bestehen müssen, aber sie war völlig aufgelöst, das arme Ding, sie wusste nicht, mit wem sie reden sollte, also habe ich sie reingelassen, ihr eine Tasse Tee gemacht …«

»Obwohl sie bei den Demonstrationen mitgemacht hat?«

»Ich bin Ärztin. Ärzte urteilen nicht. Sie war schwanger. Im vierten Monat. Sie hatte Angst, es ihrem Vater zu sagen. Und sie war erst sechzehn.«

»Sie wollte das Kind behalten?«

»Sie wusste nicht, was sie wollte. Sie war bloß ein kleines Mädchen.«

»Und was hast du ihr gesagt?«

»Was ich allen Frauen gesagt habe, die in die Klinik kamen. Ich habe ihr alle Möglichkeiten aufgezählt. Und natürlich habe ich gefragt, ob der Vater des Kindes auf ihrer Seite stehe.«

»Was hat sie geantwortet?«

»Erst wollte sie nicht sagen, wer es ist, doch dann strömte es nur so aus ihr heraus. Sie und der Pfarrer seien ein Liebespaar, aber die Kirche verlange, dass sie sich nicht mehr sehen sollten.« Sie schüttelt den Kopf. »Ich habe sie so gut beraten, wie es mir möglich war, und als sie dann ging, schien sie etwas ruhiger. Dafür war ich jetzt ganz durcheinander, hin- und hergerissen. Und dann diese Szene auf der Beerdigung, als ihr Dad auftauchte und Sean Cooper beschuldigte, sie vergewaltigt zu haben …«

»Und du die Wahrheit wusstest?«

»Ja. Doch was konnte ich tun? Ausgeschlossen, Hannahs Vertrauen zu missbrauchen.«

»Aber du hast es Dad erzählt?«

Sie nickt. »Er wusste bereits, dass sie bei mir gewesen war. Ich hatte es ihm noch am selben Abend erzählt. Er wollte zur Polizei, zur Kirche, Pfarrer Martin öffentlich bloßstellen, aber ich konnte ihn überreden, den Mund zu halten.«

»Nur konnte er das einfach nicht.«

»Richtig. Als sie uns den Stein ins Fenster schmissen, geriet er völlig außer sich. Wir hatten Streit …«

»Das habe ich mitbekommen. Dad ist gegangen und hat sich betrunken …«

Der Rest ist mir bekannt, aber ich lasse Mum weitererzählen.

»Hannas Vater und einige seiner Kumpane waren an diesem Abend in der Kneipe. Dein Dad, nun ja, er hatte ganz schön geladen, und wütend wie er war …«

»Hat er denen erzählt, dass Pfarrer Martin der Vater von Hannahs Baby war?«

Wieder nickt sie. »Du musst verstehen, er konnte nicht ahnen, was daraus würde. Was sie Pfarrer Martin in dieser Nacht antun würden. Bei ihm einbrechen, ihn in die Kirche schleifen, ihn zusammenschlagen.«

»Ich weiß«, sage ich. »Ich verstehe.«

Genau wie Gav nicht ahnen konnte, was daraus würde, als er Seans Fahrrad klaute. Genau wie ich nicht ahnen konnte, was daraus würde, als ich den Ring in Mr. Hallorans Haus liegen ließ.

»Warum hast du hinterher nichts gesagt, Mum? Warum hat Dad nicht was gesagt?«

»Andy Thomas war Polizist. Und wir hatten keine Beweise.«

»Und das war's? Ihr habt sie damit davonkommen lassen?«

Sie lässt sich mit der Antwort Zeit. »Es ging ja nicht nur darum. Andy Thomas und seine Freunde waren betrunken, sie wollten Blut sehen in dieser Nacht. Ich zweifle nicht daran, dass sie den Pfarrer zu Brei geschlagen haben, aber …«

»Aber?«

»Diese schrecklichen Kreidezeichnungen und die Schnittwunden auf seinem Rücken? Ich kann immer noch nicht glauben, dass die das waren.«

Engelsflügel. Ich denke an das kleine Tattoo auf Nickys Handgelenk. *»Zur Erinnerung an meinen Dad.«*

Und ich denke an noch etwas. Kurz bevor sie ging, sagte Nicky, als ich sie nach den Zeichnungen fragte:

»Mein Dad hat diese Kirche geliebt. Es war das Einzige, was er geliebt hat. Und diese Zeichnungen, die haben diesen ihm so heiligen Ort geschändet. Schon das allein hätte ihn umgebracht. Die Prügel waren gar nichts.«

Mich fröstelt. Ein eisiger Hauch weht mich an.

»Die müssen das gewesen sein«, sage ich. »Wer denn sonst?«

»Du hast ja recht.« Sie seufzt. »Es war mein Fehler, Ed. Es deinem Vater zu erzählen. Nicht laut zu sagen, wer den Pfarrer wirklich überfallen hatte.«

»Deswegen besuchst du ihn jede Woche? Weil du dich verantwortlich fühlst?«

Mum nickt. »Er mag kein guter Mensch gewesen sein, aber jeder hat irgendwann Vergebung verdient.«

»Das sieht Nicky anders. Sie will ihn erst besuchen, wenn er tot ist.«

Mum stutzt. »Komisch.«

»Na ja«, sage ich.

»Nein, ich meine komisch, weil sie ihn doch dauernd besucht.«

»Wie bitte?«

»Den Schwestern zufolge war sie vergangenen Monat täglich bei ihm.«

Die Welt schrumpft, je älter man wird. Man wird zum Gulliver in seinem eigenen kleinen Liliput. In meiner Erinnerung ist das Pflegeheim St. Magdalene ein prächtiges altes Gebäude. Ein beeindruckendes Bauwerk am Ende einer langen, gewundenen Einfahrt, inmitten weiter, sorgfältig gemähter grüner Rasenflächen.

Heute ist die Einfahrt kürzer, der Rasen kaum größer als ein Vorstadtgarten und ein wenig verwildert. Nichts weist auf die Tätigkeit eines Gärtners hin. Der alte Schuppen steht schief, durch die offene Tür sind ausgediente Gartengeräte und schmutzige Overalls an Haken zu sehen. Weiter hinten auf dem Rasen, wo ich der alten Dame mit dem raffinierten Hut begegnet war, stehen noch dieselben schmiedeeisernen Gartenmöbel, verrostet jetzt und preisgegeben den Elementen und den Hinterlassenschaften der Vögel.

Das Gebäude selbst ist kleiner, das weiße Gemäuer braucht einen neuen Anstrich, die alten Holzfenster müssten dringend durch neue ersetzt werden. Es wirkt – nicht anders als manche seiner Bewohner – wie eine einst stattliche Dame, deren Verfall sich nicht mehr verheimlichen lässt.

Ich drücke auf den Summer neben der Eingangstür. Nach einer Pause knistert es, und eine unwirsche Frauenstimme sagt: »Ja?«

»Edward Adams. Ich möchte Pfarrer Martin besuchen.«

»Okay.«

Die Tür springt auf, ich gehe hinein. Drinnen sieht es nicht viel anders aus als in meiner Erinnerung. Die Wände sind immer noch gelb, oder eher senffarben. Offenbar hängen noch dieselben Bilder daran, und es riecht auch wie damals. Anstaltsgeruch. Putzmittel, Pisse und abgestandenes Essen.

Die Rezeption in einem Winkel der Eingangshalle ist unbesetzt. Auf dem Monitor eines Computers flimmert ein Bildschirmschoner, am Telefon blinkt ein Lämpchen. Das Gästebuch ist aufgeschlagen. Ich gehe hin und werfe einen Blick darauf. Fahre mit dem Finger die Seite hinunter, lese Namen und Daten…

So viele sind das gar nicht. Entweder haben die Bewohner keine Angehörigen mehr, oder, wie Cloe vielleicht sagen würde, die haben sie abserviert und lassen sie im Sumpf ihrer Erinnerungen versinken.

Nickys Name springt mir in die Augen. Vorige Woche war sie hier. Warum hat sie mich angelogen?

»Kann ich Ihnen helfen?«

Ich zucke zusammen. Das Gästebuch klappt zu. Eine stämmige Frau mit straffem Haarknoten und beängstigend falschen Nägeln starrt mich mit hochgezogenen Augenbrauen an. Jedenfalls glaube ich, dass sie hochgezogen sind. Sie könnten auch nur aufgemalt sein.

»Hallo«, sage ich. »Ich… äh… wollte mich gerade eintragen.«

»Ach ja, tatsächlich?«

Schwestern haben denselben Blick wie Mütter. Und dieser Blick sagt: *Verarsch mich nicht, Junge. Ich weiß genau, was du wolltest.*

»Entschuldigung, das Buch war auf der falschen Seite aufgeschlagen, und…«

Sie schnaubt verächtlich, kommt heran und schlägt das Buch beim heutigen Datum auf. Klopft mit einer lila Glitzerkralle. »Name. Wen Sie besuchen wollen. Freund oder Angehöriger.«

»Okay.«

Ich nehme einen Kuli, schreibe meinen Namen und »Pfarrer Martin«. Nach kurzem Zögern mach ich ein Häkchen an »Freund«.

Die Schwester beobachtet mich. »Waren Sie schon mal hier?«, fragt sie.

»Äh, meistens kommt meine Mutter her.«

Sie sieht mich genauer an. »*Adams*. Natürlich. Marianne.«

Ihre Miene wird freundlicher. »Eine gute Frau. Kommt seit Jahren jede Woche und liest ihm vor.« Plötzlich besorgt fragt sie: »Es geht ihr doch gut, oder?«

»Ja. Ist bloß erkältet. Deswegen bin ich hier.«

Sie nickt. »Der Pfarrer ist auf seinem Zimmer. Ich wollte gerade zu ihm und ihn zum Tee nach draußen bringen. Aber wenn Sie das tun möchten?«

Bestimmt nicht. Jetzt, wo ich hier bin, sträubt sich plötzlich alles in mir, ihn zu sehen, in seine Nähe zu kommen, doch ich habe keine Wahl.

»Selbstverständlich.«

»Geradeaus den Flur hinunter. Das vierte Zimmer rechts.«

»Gut. Danke.«

Ich setze mich schleppend in Bewegung. Dafür bin ich nicht hergekommen. Ich wollte nur wissen, ob Nicky wirklich ihren Vater besucht hatte. Keine Ahnung, warum ich das wissen wollte. Es kam mir einfach wichtig vor. Jetzt ist es mir gleichgültig, ich weiß nur noch, dass ich diese Farce irgendwie hinter mich bringen muss.

Vor seinem Zimmer bleibe ich stehen. Die Tür ist zu. Ich

bin drauf und dran, auf dem Absatz kehrtzumachen und zu verschwinden. Aber etwas – krankhafte Neugier vielleicht – hält mich zurück. Ich hebe die Hand und klopfe an. Nicht dass ich eine Antwort erwarte, doch es kommt mir höflich vor. Dann mache ich die Tür auf.

Mag sein, dass man in diesem Haus wenigstens den Anschein zu erwecken versucht, nicht nur ein Heim für rettungslos Verlorene zu sein – das Zimmer des Pfarrers jedenfalls hat davon nicht profitiert.

Es ist nüchtern und kahl. Keine Bilder an den Wänden, keine Blumen in Vasen. Keine Bücher, keine Erinnerungsstücke, nichts Schmückendes. Nur ein Kreuz an der Wand über dem ordentlich gemachten Bett und eine Bibel auf dem Nachttisch. Das Doppelfenster – einfachverglast, altersschwacher Riegel, ein Hohn auf sämtliche Hygiene- oder Sicherheitsstandards – geht auf eine ungepflegte Wiese hinaus, die sich bis zum fernen Waldrand erstreckt. Schöne Aussicht, denke ich, wenn man derlei zu schätzen weiß, was auf den Pfarrer wohl eher nicht zutreffen dürfte.

Der Mann selbst, oder was von ihm übrig ist, sitzt in einem Rollstuhl, vor ihm in einer Zimmerecke steht ein kleiner Fernseher. Jemand hat ihm eine Fernbedienung auf die Armlehne gelegt. Aber der Bildschirm ist schwarz.

Ich frage mich, ob er schläft, doch dann macht er die Augen auf und starrt ausdruckslos ins Leere. Ein sehr beunruhigender Anblick. Seine Lippen bewegen sich, als führe er einen inneren Monolog mit jemandem, den nur er sehen oder hören kann. Gott?

Ich zwinge mich ein paar Schritte nach vorn und bleibe unsicher stehen, als ob ich ihn nicht stören wolle. Dabei glaube ich kaum, dass der Pfarrer meine Anwesenheit schon bemerkt hat. Schließlich setze ich mich verlegen neben ihn auf die Bettkante.

»Hallo, Pfarrer Martin.«

Keine Reaktion. Aber hatte ich etwas anderes erwartet?

»Sie erinnern sich wohl nicht mehr an mich? Eddie Adams. Meine Mum kommt Sie jede Woche besuchen, trotz … trotz allem.«

Stille. Nur das leise Keuchen seines Atems. Nicht einmal das Ticken einer Uhr. Nichts, was den Lauf der Zeit markiert. Vielleicht will man hier auch gar nicht daran erinnert werden, wie langsam die Stunden sich hinschleppen. Ich senke den Blick, weg von den starren Augen des Pfarrers. Ich mag erwachsen sein, aber diese Augen sind mir einfach unheimlich.

»Ich war noch ein Kind, als Sie mich das letzte Mal gesehen haben. Zwölf. Ein Freund von Nicky. An *die* erinnern Sie sich doch? Ihre Tochter?« Ich überlege. »Dumme Frage. Natürlich erinnern Sie sich. Irgendwo. Tief drinnen.«

Eigentlich hatte ich gar nichts sagen wollen. Aber wo ich nun einmal hier bin, empfinde ich das Bedürfnis zu sprechen.

»Mein Dad. Er hatte Probleme mit seinem Kopf. Nicht so wie Sie. Sein Problem war, dass ihm alles versickerte. Wie durch ein Leck. Er konnte nichts festhalten: Erinnerungen, Wörter – am Ende sich selbst. Ich vermute, bei Ihnen ist es das Gegenteil. Alles ist eingeschlossen. Irgendwo. Tief drin. Aber noch da.«

Entweder das, oder es ist einfach ausradiert, vernichtet, endgültig weg. Nur glaube ich das nicht. Unsere Gedanken, unsere Erinnerungen müssen irgendwohin gehen. Die meines Vaters sind aus ihm rausgelaufen, aber Mum und ich haben versucht, möglichst viel davon aufzufangen. Damit wir uns an seiner Stelle erinnern können. Die kostbarsten Erinnerungen sollen in uns weiterleben.

Doch je älter ich werde, desto schwerer fällt es mir, sie heraufzuholen. Ereignisse, Dinge, die Leute gesagt haben, was sie getragen oder wie sie ausgesehen haben, werden immer undeutlicher. Die Vergangenheit verblasst wie ein altes Foto, und so sehr ich mich dagegen wehre, ich kann es nicht aufhalten.

Ich wende mich wieder dem Pfarrer zu und falle vor Schreck fast von der Bettkante.

Er sieht mir ins Gesicht, die grauen Augen kühl und klar.

Seine Lippen bewegen sich, ich höre ein schwaches Flüstern. »Beichte.«

Meine Kopfhaut zieht sich zusammen. *»Was?«*

Plötzlich greift er nach meinem Arm. Für einen, der seit dreißig Jahren nicht einmal mehr ohne Hilfe auf die Toilette gehen kann, hat er eine überraschend starke Hand.

»Beichte.«

»Beichten? Was denn? Ich habe nichts ...«

Mitten in mein Gestammel hinein klopft es an der Tür. Ich fahre herum. Der Pfarrer lässt meinen Arm los.

Ein Schwester schaut herein. Eine andere als die von vorhin. Dünn und blond, freundliches Gesicht.

»Hallo.« Sie lächelt. »Wollte nur nachsehen, ob hier drin alles in Ordnung ist?« Das Lächeln wird unsicher. »Es *ist* doch alles in Ordnung, oder?«

Ich reiße mich zusammen. Das hätte mir gerade noch gefehlt, dass jemand auf den Alarmknopf drückt und man mich aus dem Haus komplimentiert.

»Ja. Alles gut. Wir … ich rede nur mit ihm.«

Die Schwester lächelt. »Ich sage den Leuten immer: Ihr müsst mit den Bewohnern reden. Das tut ihnen gut. Vielleicht sieht es so aus, als ob sie nicht zuhören würden, aber sie verstehen mehr als man denkt.«

Ich lächle mühsam zurück. »Ich weiß, was Sie meinen. Mein Dad hatte Alzheimer. Er hat oft auf Dinge reagiert, von denen man dachte, er habe sie gar nicht mitbekommen.«

Sie nickt verständnisvoll. »Wir wissen noch so wenig über geistige Erkrankungen. Aber wir haben es immer noch mit Menschen zu tun. Egal, was hier drin passiert« – sie tippt sich an die Stirn –, »das Herz bleibt dasselbe.«

Ich sehe nach dem Pfarrer. Sein Blick ist wieder starr. *Beichte.*

»Vielleicht haben Sie recht.«

»Es gibt jetzt Tee im Gemeinschaftsraum«, sagt sie munter. »Sind Sie so lieb und bringen den Pfarrer rüber?«

»Ja. Natürlich.«

Hauptsache, ich komme hier raus. Ich schiebe den Rollstuhl durch die Tür. Wir gehen den Flur hinunter.

»Ich habe Sie hier noch nie gesehen«, sagt die Schwester.

»Richtig. Normalerweise kommt meine Mutter.«

»Ach, Marianne?«

»Ja.«

»Geht es ihr gut?«

»Sie ist erkältet.«

»Ach Gott. Na, hoffentlich geht's ihr bald besser.«

Sie öffnet die Tür zum Gemeinschaftsraum, wo Mum und ich damals auch waren. Ich schiebe den Pfarrer hinein und riskiere die Bemerkung: »Mum sagt, seine Tochter besuche ihn auch.«

Die Schwester sieht mich nachdenklich an. »Das stimmt, ja. Neulich habe ich eine junge Frau bei ihm gesehen. Schlank, schwarze Haare?«

»Nein«, fange ich an. »Nicky hat…«

Ich breche ab.

Und schlage mir innerlich an die Stirn. *Natürlich!* Nicky war nicht hier, egal was eine schlaue junge Frau ins Gästebuch eingetragen hat. Aber der Pfarrer hat noch eine Tochter. *Chloe*. Chloe hat ihren Dad besucht.

»Entschuldigung«, rudere ich zurück. »Ja, das dürfte sie sein.«

Die Schwester nickt. »Ich wusste nicht, dass sie zur Familie gehört. Aber jetzt muss ich gehen und den Tee servieren.«

»Okay. Sicher.«

Sie geht. Und plötzlich wird einiges klar. Wo Chloe hingegangen ist, wenn sie nicht bei der Arbeit war. Der Besuch letzte Woche. Am selben Tag war sie betrunken nach Hause gekommen, in Tränen aufgelöst, und hatte diese seltsamen Bemerkungen zum Thema Familie gemacht.

Aber warum? Wohinter ist sie her? Was sucht sie in ihrer Vergangenheit? Was hat sie vor?

Ich bringe den Pfarrer so in Position, dass er den Fernseher sehen kann, wo eine alte Folge von *Diagnose: Mord* läuft. Gott, wenn man den Verstand nicht schon verloren hat, bevor man hier eingeliefert wird, verliert man ihn garantiert, wenn man sich Tag für Tag solche Schmierenkomödien ansehen muss.

Dann fällt mir etwas anderes auf. Draußen vor der Terrassentür, hinter dem Fernseher und den schlaff in Liegesesseln hängenden Gestalten, sitzt noch jemand: eine schmächtige alte Frau, eingehüllt in einen dicken Pelzmantel, auf dem Kopf einen hochgetürmten violetten Turban, aus dem weiße Strähnen hängen.

Die Frau aus dem Garten. Die mir ein Geheimnis anvertraut hatte. Aber das war vor fast dreißig Jahren. Unglaublich, dass sie noch am Leben ist. Kann natürlich sein, dass sie damals erst in den Sechzigern war. Trotzdem, dann müsste sie jetzt in den Neunzigern sein.

Neugierig geworden gehe ich zu ihr. Die Luft draußen ist kühl, doch die Sonne spendet einen Hauch Wärme.

»Hallo?«

Sie dreht sich um. Ihre Augen sind vom Grauen Star getrübt. »Ferdinand?«

»Nein, ich heiße Ed. Ich war schon mal hier, vor langer Zeit, mit meiner Mutter?«

Sie beugt sich vor und blinzelt mich an. Ihre Augen verschwinden in einer Konzertina brauner Runzeln. Zerknittertes altes Pergament.

»Ich erinnere mich. Der Junge. Der Dieb.«

Am liebsten würde ich das abstreiten, aber wozu?

»Ganz recht«, sage ich.

»Hast du es zurückgestellt?«

»Ja.«

»Guter Junge.«

»Darf ich mich setzen?« Ich zeige auf den einzigen anderen Stuhl hier draußen.

Sie zögert, dann nickt sie. »Aber nur kurz. Gleich kommt Ferdinand.«

»Selbstverständlich.«

Ich nehme neben ihr Platz.

»Du wolltest ihn besuchen«, sagt sie.

»Ferdinand?«

»Nein.« Sie schüttelt abfällig den Kopf. »Den Pfarrer.«

Ich drehe mich um und sehe ihn zusammengesunken in seinem Stuhl. *Beichte.*

»Ja. Sie sagten damals, er habe sie alle zum Narren gehalten. Wie haben Sie das gemeint?«

»Beine.«

»Entschuldigung?«

Sie beugt sich vor und klammert ihre knochige weiße Kralle um meinen Oberschenkel. Ich zucke zusammen. Ich mag es schon in guten Zeiten nicht, wenn jemand mich ungebeten anfasst. Und der heutige Tag ist himmelweit von guten Zeiten entfernt.

»Ich mag es, wenn ein Mann gute Beine hat«, sagt sie. »Ferdinand. Der hat gute Beine. *Starke* Beine.«

»Verstehe.« Das tue ich nicht, aber es scheint mir besser, ihr zuzustimmen. »Was hat das mit dem Pfarrer zu tun?«

»Mit dem Pfarrer?« Ihre Miene bewölkt sich wieder. Das Verständnis schwindet. Ich sehe förmlich, wie ihre Gedanken aus der Gegenwart in die Vergangenheit gleiten. Sie lässt mein Bein los und starrt mich wütend an. »Wer sind Sie? Was haben Sie auf Ferdinands Stuhl zu suchen?«

»Entschuldigung.« Ich stehe auf. Mein linkes Bein schmerzt ein wenig von ihrem Klammergriff.

»Gehen Sie Ferdinand holen. Er ist spät dran.«

»Mach ich. Es war … nett … Sie wiederzusehen.«

Sie winkt ab. Ich gehe wieder hinein. Die Schwester, die mich hergeführt hat, wischt gerade einem Bewohner den Mund ab. Sie blickt auf.

»Wusste gar nicht, dass Sie Penny kennen«, sagt sie.

»Ich habe sie kennengelernt, als ich vor Jahren mal mit meiner Mutter hier war. Erstaunlich, dass sie noch lebt.«

»Achtundneunzig ist sie jetzt, eine starke Frau.«

Starke Beine.

»Und wartet immer noch auf Ferdinand?«

»O ja.«

»Das nenne ich wahre Liebe. So viele Jahre lang auf den Verlobten warten.«

»Allerdings.« Die Schwester richtet sich auf und strahlt mich an. »Nur dass ihr verstorbener Verlobter in Wirklichkeit Alfred hieß.«

Ich marschiere in die Stadt zurück. Ich hätte zu dem Pflegeheim auch fahren können, aber es sind nur dreißig Minuten zu Fuß, und ich wollte einen klaren Kopf bekommen. Ehrlich gesagt, allzu viel klärt sich da nicht. Wörter und Sätze schwirren mir im Kopf herum wie Flöckchen in einer Schneekugel. *Beichte. Starke Beine. Ihr verstorbener Verlobter hieß in Wirklichkeit Alfred.*

Das hat doch was zu bedeuten. Wenn ich in dem Gestöber nur etwas erkennen könnte. Aber im Durcheinander meiner Gedanken bleibt alles unklar.

Ich ziehe den Kragen meines Mantels hoch. Die Sonne hat sich verdrückt, graue Wolken ziehen auf. Schon lauert die Dämmerung, ein dunkler Schatten hinter der Schulter des Tageslichts.

Die vertraute Umgebung kommt mir so anders vor. Als sei ich ein Fremder in meiner Welt. Als hätte ich das alles die ganze Zeit aus der falschen Perspektive betrachtet. Nicht richtig hingesehen. Alles scheint schärfer, härter. Die Blätter an den Bäumen – ich stelle mir vor, sie könnten mir glatt die Finger abschneiden, wenn ich jetzt danach greifen würde.

Wo früher der Waldrand war, dehnt sich heute eine Wohnsiedlung aus. Als ich dort vorbeigehe, blicke ich mich ständig um und zucke bei jedem Windstoß zusammen. Ich sehe kaum einen Menschen, nur einen Mann, der einen störrischen Labrador ausführt, und eine junge Frau, die einen Kinderwagen zur Bushaltestelle schiebt.

Aber das stimmt nicht ganz. Ein paarmal glaube ich noch jemand anderen oder *etwas* in den hinter mir wuchernden Schatten lauern zu sehen: ein Aufblitzen elfenbeinweißer Haut, die Krempe eines schwarzen Huts, ein bleiches Schimmern weißer Haare, das für Sekundenbruchteile in meinem Augenwinkel aufscheint.

Ich erreiche mein Haus, angespannt und außer Atem, schweißgebadet trotz der kühlen Witterung. Ich lege eine feuchte Hand auf die Türklinke. Ich sollte mich endlich darum kümmern, das Schloss auswechseln zu lassen. Aber erst einmal will ich was trinken. Nein. Ich *muss* was trinken. Viel. Im Flur bleibe ich stehen. War da nicht ein Geräusch? Es kann auch der Wind gewesen sein, oder irgendein knarrender Balken. Und doch … ich sehe mich um … irgendwas stimmt nicht. Irgendwas an dem Haus ist anders. Dieser Geruch. Ein Hauch von Vanille. Weiblich. Fehl am Platz. Und die Küchentür. Nur angelehnt. Habe ich die nicht zugemacht, bevor ich gegangen bin?

Ich rufe: »Chloe?«

Dröhnende Stille. Natürlich. Dumm. Nur meine Nerven, straffer gespannt als eine Stradivari. Ich werfe meine Schlüssel auf den Tisch. Und dann erschrecke ich fast zu Tode, als eine lakonische Stimme aus der Küche schnarrt:

»Wurde auch Zeit.«

2016

Ihr Haar ist offen und fällt ihr bis auf die Schultern. Blond gefärbt. Das steht ihr nicht. Sie trägt Jeans, Converse und ein altes Foo-Fighters-T-Shirt. Ihr Gesicht ist frei von dem üblichen dicken schwarzen Augen-Make-up. Sie sieht nicht aus wie Chloe. Das ist nicht meine Chloe. Aber das war sie offenbar sowieso nie.

»Neuer Look?«, frage ich.

»Hatte einfach mal Lust auf was anderes.«

»Vorher warst du mir lieber.

»Ich weiß. Tut mir leid.«

»Schon gut.«

»Ich wollte dir niemals wehtun.«

»Von wegen wehtun. Ich bin stinksauer.«

»Ed …«

»Spar dir das. Nenn mir einen guten Grund, warum ich nicht auf der Stelle die Polizei rufen sollte?«

»Weil ich nichts Unrechtes getan habe.«

»Stalking. Drohbriefe. Und wie wär's mit Mord?«

»Mord?«

»Du bist Mickey in dieser Nacht zum Fluss gefolgt und hast ihn reingestoßen.«

»*Gott*, Ed.« Sie schüttelt den Kopf. »Warum sollte ich Mickey umbringen?«

»Sag du es mir.«

»Ist das die Szene, wo ich alles gestehe – wie in einem schlechten Krimi?«

»Bist du nicht deswegen wieder hier?«

Sie zieht eine Augenbraue hoch. »Ich hab noch eine Flasche Gin im Kühlschrank.«

»Bedien dich.«

Sie geht hin und holt die Flasche Bombay Sapphire heraus. »Du auch?«

»Blöde Frage.«

Sie nimmt zwei Gläser, schenkt ordentlich ein, setzt sich wieder mir gegenüber und hebt ihr Glas. »Prost.«

»Worauf trinken wir?«

»Beichten?«

Beichte.

Ich nehme einen großen Schluck und denke daran, dass ich Gin überhaupt nicht mag, aber in meinem jetzigen Zustand würde ich mir auch Brennspiritus schmecken lassen.

»Okay. Du fängst an. Warum bist du bei mir eingezogen?«

»Vielleicht hab ich eine Schwäche für ältere Männer.«

»Früher einmal hätte das einen alten Mann sehr glücklich gemacht.«

»Und jetzt?«

»Will ich nur die Wahrheit wissen.«

»Gut. Vor einem Jahr hat dein Kumpel Mickey Kontakt mit mir aufgenommen.«

Das ist nicht die Auskunft, die ich erwartet habe.

»Wie hat er dich gefunden?«

»Hat er gar nicht. Er hat meine Mum gefunden.«

»Ich denke, deine Mum ist tot.«

»Nein. Das habe ich nur Nicky erzählt.«

»Noch eine Lüge. Ich bin schockiert.«

»Sie könnte genauso gut auch tot sein. Sie war nicht gerade eine Bilderbuchmutter. Ich habe die Hälfte meiner Jugend in Heimen verbracht.«

»Ich dachte, sie hat zu Gott gefunden?«

»Ja, und danach hat sie zu Schnaps und Gras gefunden, und dann zu jedem Kerl, der ihr einen Wodka-Cola spendiert hat.«

»Tut mir leid.«

»Schon gut. Jedenfalls hat sie nicht viel gebraucht, um Mickey zu erzählen, wer wirklich mein Vater war. Mit *nicht viel* meine ich ungefähr eine halbe Flasche Smirnoff.«

»Und dann hat Mickey *dich* gefunden?«

»Genau.«

»Hast *du* von deinem Vater gewusst?«

Sie nickt. »Mum hat es mir vor Jahren erzählt, als sie mal wieder betrunken war. Mir war es egal. Er war bloß ein Samenspender, ein biologischer Zufall. Aber Mickeys Besuch hat wohl doch meine Neugier geweckt. Dazu kam der Vorschlag, den er mir machte. Wenn ich ihm bei den Recherchen für ein Buch helfen würde, wollte er mich am Erlös beteiligen.«

Das kommt mir deprimierend bekannt vor.

»Hab ich auch schon mal gehört.«

»Ja. Nur habe ich im Gegensatz zu dir auf eine Vorauszahlung bestanden.«

Ich lächle wehmütig. »Selbstverständlich.«

»Pass auf, ich bin nicht besonders stolz darauf, aber damals habe ich mir gesagt, ich mach das auch für mich – etwas über meine Familie herausfinden, über meine Vergangenheit.«

»Und das Geld konnte nicht schaden. Stimmt's?«

Ihre Miene verhärtet sich. »Was willst du denn hören, Ed?«

Ich will *nichts* von alldem hören. Ich will, dass das alles nur ein schrecklicher Albtraum ist. Aber die Wirklichkeit ist jedes Mal noch grausamer.

»Also, genau genommen hat Mickey dich dafür bezahlt, Nicky und mich auszuspionieren. Warum?«

»Er sagte, bei mir bist du vielleicht offener. Und er bekäme mehr Hintergrundmaterial.«

Hintergrundmaterial. Schätze, genau das waren wir schon damals für Mickey. Nicht Freunde. Bloß Scheißhintergrundmaterial.

»Dann ist Nicky dir auf die Schliche gekommen und hat dich rausgeschmissen?«

»So etwa.«

»Und ich hatte zufällig gerade ein freies Gästezimmer. Perfektes Timing.«

Zu perfekt, natürlich. Damals hatte ich mich gefragt, warum der junge Mann, der schon bei mir einziehen wollte (ein ziemlich hektischer Medizinstudent), es sich plötzlich anders überlegt und die Kaution zurückverlangt hatte. Aber jetzt kann ich eine Vermutung wagen.

»Was war mit meinem anderen Mieter?«, frage ich sie.

Ihre Finger streichen um den Glasrand. »Vielleicht ist er mit einer jungen Frau was trinken gegangen, und die hat ihm erzählt, du seist ein fieser Lustmolch, der auf Medizinstudenten steht, weshalb er besser jeden Abend seine Zimmertür abschließen sollte.«

»Also eine Art Onkel Monty, wie im Film *Whitnail & I.*«

»Im Grunde habe ich dir damit einen Gefallen getan. Der Typ war ein Trottel.«

Ich schüttle den Kopf. Alte Narren sind die schlimmsten, ausgenommen vielleicht mittelalte Narren. Ich nehme die Flasche, fülle ein Wasserglas bis zum Rand und kippe mir die Hälfte gleich rein.

»Und die Briefe?«

»Die sind nicht von mir.«

»Von wem dann?«

Bevor sie was sagen kann, beantworte ich meine Frage selbst: »Mickey. Richtig?«

»Bingo. Du hast es erfasst.«

Natürlich. In der Vergangenheit wühlen. Uns mürbe machen. Typisch Mickey. Aber am Ende hat es nicht uns erwischt, sondern ihn.

»Du hast ihm nichts getan?«

»Natürlich nicht. Gott, Ed. Glaubst du wirklich, ich könnte jemanden umbringen?« Und dann: »Aber du hast recht. Ich bin ihm in dieser Nacht nachgegangen.«

In meinem Hinterkopf macht es klick.

»Du hast meinen Mantel genommen?«

»Es war kalt. Ich hab ihn mir beim Rausgehen geschnappt.«

»Warum?«

»Na ja, ich fand, mir steht er besser …«

»Ich meine, warum bis du ihm nachgegangen?«

»Du glaubst mir wahrscheinlich nicht, aber ich hatte die

Lügen satt. Ich hatte einiges von dem mitbekommen, was er dir vorgeschwafelt hat. Ich war wütend. Also bin ich ihm nach. Um ihm zu sagen, dass es mir reicht.«

»Und?«

»Er hat mich ausgelacht. Ich sei doch bloß deine kleine Gespielin, und er könne es kaum erwarten, das in sein Buch einzubauen.«

Der gute alte Mickey.

»Ich habe ihm eine gescheuert«, fährt sie fort. »Mitten ins Gesicht. Vielleicht fester als ich wollte. Seine Nase blutete. Er beschimpfte mich und taumelte davon …«

»Zum Fluss?«

»Keine Ahnung. Ich bin nicht dageblieben. Aber gestoßen habe ich ihn nicht.«

»Und mein Mantel?«, frage ich.

»Da waren Blutspritzer von Mickey drauf. Ich konnte ihn nicht an die Garderobe zurückhängen, also habe ich ihn unten in deinen Kleiderschrank gestopft.«

»Danke.«

»Ich dachte, du würdest ihn schon nicht vermissen, und wollte ihn reinigen lassen, wenn sich die Lage wieder beruhigt hätte.«

»So weit, so überzeugend.«

»Ich bin nicht hier, um dich zu überzeugen, Ed. Glaub, was du willst.«

Aber ich glaube ihr ja. Dennoch bleibt immer noch die Frage offen, was danach mit Mickey passiert ist.

»Warum bist du ausgezogen?«

»Ein Freund im Geschäft sah dich reinkommen und hörte, dass du mich suchst. Hat mich angerufen. Ich nahm an, du hättest das mit Nicky rausgefunden, und dass ich dich angelogen hatte. Ich hätte dir nicht in die Augen sehen können.«

Ich starre in mein Glas. »Du wolltest also einfach so abhauen?«

»Ich bin hier.«

»Wegen dem Gin.«

»Nein, nicht nur deswegen.« Sie griff nach meiner Hand. »Nicht alles war gelogen, Ed. Du *bist* mein Freund. An dem Abend, als ich so betrunken war, wollte ich dir die Wahrheit erzählen, die ganze Geschichte.«

Am liebsten würde ich meine Hand wegziehen. Aber so stolz bin ich nun auch nicht. Ich lasse ihre bleichen kühlen Finger auf meinen liegen, doch dann nimmt sie sie selber weg und greift in ihre Tasche.

»Hier. Ich weiß, ich kann nicht alles wiedergutmachen, aber das hilft vielleicht ein bisschen.«

Sie legt ein kleines schwarzes Notizbuch auf den Tisch.

»Was ist das?«

»Mickeys Notizbuch.«

»Woher hast du das?«

»Aus seiner Manteltasche geklaut, als er dich an dem Abend hier besucht hat.«

»Nicht gerade ein Beweis für deine Ehrlichkeit.«

»Ich habe nie gesagt, dass ich ehrlich bin. Nur dass nicht alles gelogen war.«

»Was steht da drin?«

Sie zuckt die Schultern. »Hab nicht viel gelesen. Kaum was verstanden, aber du vielleicht.«

Ich schlage es auf. Mickeys Gekritzel ist kaum lesbarer

als meins. Keine zusammenhängenden Sätze. Kurze Notizen, Einfälle, Namen (darunter auch meiner). Ich klappe es wieder zu. Könnte wichtig sein oder auch nicht, aber das sehe ich mir lieber allein an, später.

»Danke«, sage ich.

»Gern geschehen.«

Noch eins muss ich wissen. »Warum warst du bei deinem Vater? War das auch für Mickey und sein Buch?«

»Auch Nachforschungen angestellt?«, fragt sie.

»Ein wenig.«

»Das hatte absolut nichts mit Mickey zu tun. Es ging nur um mich. Sinnlos, natürlich. Er hat keinen blassen Schimmer, wer ich bin. Wohl auch besser so.«

Sie steht auf und hebt einen Rucksack vom Boden. Oben drauf ist ein Zelt geschnallt.

»Mickeys Geld reicht nicht für fünf Sterne?«

»Nicht mal für eine Travelodge.« Sie mustert mich kalt. »Ich will davon nächstes Jahr aufs College, wenn du's unbedingt wissen willst.«

Sie schwingt sich den Rucksack auf den Rücken. Das sperrige Ding lässt sie klein und zerbrechlich erscheinen.

Trotz allem sage ich: »Du schaffst das, ja?«

»Ein paar Nächte im Wald zelten tun mir nicht weh.«

»*Im Wald*. Ist das dein Ernst? Kannst du nicht ins Hotel oder so was?«

Sie sieht mich an. »Alles gut. Ich mach das nicht zum ersten Mal.«

»Aber das ist gefährlich.«

»Denkst du an den großen bösen Wolf oder die garstige Hexe und ihr Knusperhäuschen?«

»Ja ja. Mach dich nur lustig.«

»Das ist mein Job.« Sie geht zur Tür. »Wir sehen uns, Ed.«

Ich müsste jetzt etwas sagen. *Von wegen. Aber höchstens von weitem. Kann man nie wissen.* Irgendwas. Irgendwas Passendes zum Ende unserer Beziehung.

Aber ich sage nichts. Und dann ist der Augenblick verstrichen, in den Abgrund gefallen zu all den anderen versäumten Augenblicken, zu den Hätte und Könnte und Wenn, die das große schwarze Loch im Innern meines Lebens bilden.

Die Haustür schlägt zu. Mein Glas ist leer bis auf den letzten Tropfen. Die Ginflasche auch. Ich stehe auf, nehme die Flasche Bourbon und gieße mir ordentlich was ein. Dann setze ich mich wieder und schlage das Notizbuch auf. Eigentlich möchte ich mir nur einen flüchtigen Überblick verschaffen. Vier große Gläser Bourbon später lese ich immer noch. Fairerweise muss ich zugeben, Chloe hat recht: das meiste ergibt keinen Sinn. Irgendwelche Einfälle und Gedanken, unverständliche Wutausbrüche; und Mickeys Orthografie ist noch schlimmer als seine Handschrift. Dennoch komme ich immer wieder auf eine Seite ziemlich am Ende zurück:

Wer hatte Motiv, Elisa zu töten?
Der Kreidemann? Niemand.
Wer hatte Motiv, Pf. Martin zu schaden?
Alle!! Verdächtige: Eds Vater, ~~Eds Mutter~~. ~~Nicky~~.
Hannah Thomas? Von Martin schwanger. Hannahs Vater? Hannah?

Hannah – Pf. Martin. Elisa – Mr. Halloran.
Verbindung?
Niemand wollte Elisa schaden – Wichtig.
HAARE.

Etwas juckt in den Tiefen meines Hinterkopfs, aber ich komme nicht ganz dorthin, um mich zu kratzen. Am Ende klappe ich das Notizbuch zu und schiebe es weg. Es ist spät, und ich bin betrunken. Kein Mensch hat jemals am Grund einer Flasche irgendwelche Antworten gefunden. Worum es natürlich auch gar nicht geht. Es geht darum, am Grund der Flasche die Fragen zu vergessen.

Ich mache das Licht aus und nehme die Treppe in Angriff. Überlege es mir anders und torkle in die Küche zurück. Mickeys Notizbuch, das muss noch mit. Ich gehe aufs Klo, werfe das Notizbuch auf den Nachttisch und sinke aufs Bett. Ich hoffe, der Bourbon haut mich um, bevor ich einschlafe. Das ist ein bedeutender Unterschied. Alkoholisiert schläft man nicht, man ist einfach nur bewusstlos. Im normalen Schlaf treibt man träumend dahin. Und manchmal … wacht man auf.

Meine Augen springen auf. Kein allmähliches Aufsteigen aus den Tiefen des Schlafs. Mein Herz hämmert, mein ganzer Körper ist mit Schweiß bedeckt, meine Augäpfel fühlen sich an, als hingen sie an Stängeln. Etwas hat mich geweckt. Nein. Korrektur. Etwas hat mich mit einem Ruck ins Wachsein gerissen.

Ich sehe mich hektisch im Zimmer um. Leer. Außer dass kein Zimmer jemals ganz leer ist, nicht im Dunkeln. Schatten lauern in den Winkeln und sammeln sich am Boden, manche reglos, manche in Bewegung. Aber das hat mich nicht geweckt. Sondern das Gefühl, dass eben noch jemand auf meinem Bett gesessen hat.

Ich richte mich auf. Die Tür steht weit offen. Ich weiß, ich habe sie zugemacht, als ich zu Bett gegangen bin. Den Flur erhellt ein blasser Streifen Mondlicht vom Fenster auf dem Treppenabsatz. Vollmond, denke ich. Wie passend. Ich schwinge die Beine aus dem Bett und ignoriere den winzigen vernünftigen Teil meines Gehirns, der auch im Traumzustand keine Ruhe gibt und mir jetzt sagt, das sei eine schlechte Idee, eine *sehr* schlechte, eine meiner schlechtesten. Ich muss aufwachen. Sofort. Aber ich kann nicht. Nicht aus diesem Traum. Manche Träume, wie manche Dinge im Leben, müssen ihren Lauf nehmen. Und selbst wenn ich aufwachen würde, käme der Traum zurück. Das tun solche Träume immer, bis man in ihren morschen Kern vordringt und die faulen Wurzeln abhackt.

Ich schlüpfe in meine Pantoffeln, hülle mich fest in den Morgenmantel und gehe zur Treppe. Ich spähe hinunter. Auf dem Fußboden liegen Erdkrümel. Und noch etwas. Blätter.

Ich eile die knarrende Treppe hinunter, durch den Flur und in die Küche. Die Hintertür steht offen. Ein Gespenst aus kalter Luft streicht um meine nackten Knöchel, die Finsternis draußen lockt mich mit eisigen Fingern. Durch den Spalt weht mit der frischen Nachtluft noch etwas anderes herein: dumpfer Verwesungsgeruch. Instinktiv halte ich mir Mund und Nase zu. Und senke den Blick. Auf dem dunklen, gefliesten Küchenboden zeigt ein Kreidemann mit ausgestrecktem Arm auf die Tür. Natürlich. Ein Kreidemann, der den Weg weist. Nichts Neues.

Ich warte noch einen Augenblick, sehe mich voller Bedauern ein letztes Mal in der behaglichen Küche um und trete dann aus der Hintertür.

Ich stehe nicht in der Einfahrt. Der Traum hat einen Sprung gemacht, wie es Träume so tun. Ich bin im Wald. Schatten rascheln und flüstern, die Bäume ächzen und knarren, Zweige schwingen hin und her wie Schlaflose, die von nächtlichen Schrecken verfolgt werden.

Woher die Taschenlampe in meiner Hand kommt, weiß ich nicht. Ich leuchte damit herum, vor mir im Unterholz bewegt sich etwas. Mein Herz klopft wie verrückt, aber das versuche ich zu ignorieren, ausschließlich auf meine Füße konzentriert, die knirschend und knackend über den unebenen Waldboden gehen. Wie lange ich so gehe, kann ich nicht sagen. Es kommt mir lange vor, aber wahrscheinlich sind es nur Sekunden. Ich spüre, ich bin schon nah dran. Aber woran?

Ich bleibe stehen. Plötzlich hat sich der Wald gelichtet. Ich bin auf einer kleinen Lichtung. Die kenne ich. Es ist die von damals.

Ich leuchte mit der Taschenlampe umher. Nichts zu sehen, nur ein paar kleine Blätterhaufen. Aber keine frisch gefallenen, orangen und braunen Blätter wie zuvor. Sondern längst abgestorbene, vermodert und grau. Und sie bewegen sich, wie ich mit Entsetzen bemerke. Alle diese Häufchen rascheln rastlos hin und her.

»Eddieeee! Eddieeee!«

Nicht mehr Sean Coopers Stimme. Oder die von Mr.

Halloran. Heute Nacht habe ich andere Gesellschaft. Weibliche Gesellschaft.

Der erste Blätterhaufen bricht auf, und eine bleiche Hand krallt in die Luft wie ein aus dem Winterschlaf erwachendes Nachtgetier. Ich unterdrücke einen Schrei. Aus einem anderen Haufen schiebt sich ein Fuß, hüpft heraus und lässt die pink lackierten Zehen spielen. Ein Bein schlurft auf blutigem Stumpf umher, und schließlich birst der größte Blätterhaufen, und ein schlanker muskulöser Torso wälzt sich hervor und kriecht wie eine abscheuliche Menschenraupe über die Lichtung.

Aber ein Teil fehlt noch. Ich fahre herum, als die Hand auf ihren Fingerspitzen zu dem entferntesten Blätterhaufen tippelt. Sie verschwindet darunter, und dann schwebt, geradezu majestätisch, die Haare im halb zerstörten Gesicht, auf dem Rücken ihrer eigenen abgetrennten Hand SIE aus der verrottenden Blättermasse empor.

Ich jaule auf. Meine Blase, prall von Bourbon, gibt schamlos nach, und warmer Urin strömt am Hosenbein meines Schlafanzugs hinunter. Ich bemerke das kaum. Ich sehe nur ihren Kopf über die Lichtung auf mich zuhasten, das Gesicht noch immer hinter einem Vorhang seidigen Haars verborgen. Ich taumle rückwärts, stolpere über eine Baumwurzel und schlage hart mit dem Hintern auf.

Ihre Finger greifen nach meinem Knöchel. Ich will schreien, aber meine Stimmbänder sind kaputt – gelähmt. Das Hand-Kopf-Wesen krabbelt vorsichtig an meinem Bein hoch, umgeht die feuchte Stelle im Schritt und ruht sich kurz auf meinem Bauch aus. Ich empfinde nichts mehr, keine Angst, keinen Ekel. Höchstens noch Wahnsinn.

»Eddieeee«, flüstert sie. *»Eddieeee.«*

Ihre Hand krabbelt auf meine Brust. Sie hebt langsam den Kopf. Ich halte den Atem an und warte auf den vorwurfsvollen Blick ihrer Augen.

Beichte, denke ich. *Beichte.*

»Es tut mir leid. Es tut mir so leid.«

Ihre Finger streicheln mein Kinn, meine Lippen. Und dann fällt mir etwas auf. Ihre Fingernägel. Schwarz lackiert. Das stimmt nicht. Das ist …

Sie wirft die Haare zurück, frisch blond gefärbt, mit blutroten Fransen von ihrem durchgeschnittenen Hals.

Und ich begreife meinen Fehler.

Ich erwache in einem zappelnden Gewirr von Bettwäsche auf dem Fußboden neben meinem Bett. Mein Steißbein schmerzt. Während ich keuchend daliege, lasse ich die Realität auf mich einstürzen. Nur dass das nicht ganz funktioniert. Der Traum ist mir noch zu nahe. Ich sehe immer noch ihr Gesicht. Immer noch berühren ihre Finger meine Lippen. Ich greife mir in die Haare und ziehe einen Zweig heraus. Ich sehe nach meinen Füßen. An den unteren Enden der Schlafanzughose und an den Sohlen meiner Pantoffeln kleben Erdkrümel und Blätter. Ich rieche ätzenden Gestank von Urin. Ich schlucke.

Da ist noch etwas, und das muss ich zu fassen bekommen, bevor es so schnell wieder davonläuft wie die abscheuliche Kopfspinne in meinem Traum.

Ich rapple mich hoch, werfe mich aufs Bett und mache die Nachttischlampe an. Ich nehme Mickeys Notizbuch, blättere hastig darin herum und komme zur letzten Seite.

Und angesichts von Mickeys Gekritzel kommt mir plötzlich mit absurder Klarheit die Erleuchtung. Ich höre förmlich die Glühbirne in meinem Kopf anspringen.

Es ist wie bei diesen Bildern, die optische Täuschungen illustrieren sollen. Man starrt darauf und gibt sich alle Mühe, sieht aber nichts als irgendwelche Punkte oder Kringel. Dann wird der Blick einmal minimal abgelenkt, und plötzlich sieht man das versteckte Bild. Vollkommen deutlich. Und hat man es einmal gesehen, fragt man sich, wie man es nur habe *nicht* sehen können. Es liegt doch so offensichtlich auf der Hand.

Ich hatte die ganze Sache falsch betrachtet. Alle hatten sie falsch betrachtet. Vielleicht weil niemand das letzte Teil des Puzzles hatte. Vielleicht weil alle Bilder von Elisa – in den Zeitungen, in den Fernsehnachrichten – sie *vor* dem Unfall gezeigt hatten. Aus *diesen* Bildern, aus *dieser* Darstellung wurde Elisa, das Mädchen im Wald.

Aber es war nicht das richtige Bild. Es war nicht das Mädchen, dessen Schönheit auf so grausame Art zerstört worden war. Es war nicht das Mädchen, das Mr. Halloran zu retten versucht hatte.

Vor allem aber war es nicht die Elisa, die erst vor Kurzem beschlossen hatte, sich zu verändern. Die ihre Haare gefärbt hatte. Die von weitem nicht einmal mehr wie Elisa aussah.

»Niemand wollte Elisa schaden – Wichtig. HAARE.«

1986–90

Mit neun oder zehn war ich ein großer Fan von *Doctor Who*. Mit zwölf fand ich die Serie nur noch langweilig. Meiner ernsthaften zwölfjährigen Meinung nach ging die Serie den Bach runter, als Peter Davison von Colin Baker abgelöst wurde, der mit seiner albernen bunten Jacke und der getüpfelten Krawatte einfach nicht cool genug war.

Wie auch immer, bis dahin hatte ich alle Episoden geliebt, besonders die mit den Daleks und die, die immer an der spannendsten Stelle aufhörten. »Cliffhanger« nannte man das.

Tatsächlich war der »Cliffhanger« immer viel besser als die Lösung, auf die man die ganze Woche gespannt war. Am Ende einer Folge war der Doctor immer in höchster Gefahr – umzingelt von einer Horde Daleks, die ihn massakrieren wollten; oder in einem Raumschiff, das zu explodieren drohte; oder von einem ungeheuer großen Monster angegriffen, vor dem es absolut kein Entrinnen gab.

Aber er schaffte es immer, und meist mit irgendwelchen blöden Tricks, die Fat Gav als »total abgedrehte Wahnsinnsnummern« zu bezeichnen pflegte. Eine geheime Fluchtluke, ein wie aus dem Nichts auftauchender Rettungstrupp oder irgendwas Unglaubliches, das der Doctor wieder mal mit seinem Schall-Schraubenzieher bewerkstelligen konnte. Obwohl ich der Fortsetzung jedes Mal entgegenfieberte, fühlte ich mich dann immer ein wenig enttäuscht. Irgendwie beschummelt.

Im wirklichen Leben kann man nicht schummeln. Niemand entrinnt dem schrecklichen Schicksal, weil sein Schall-Schraubenzieher auf derselben Frequenz arbeitet wie der Selbstzerstörungsknopf der Kybermänner. So läuft das einfach nicht.

Und doch, nachdem ich von Mr. Hallorans Tod erfuhr, hätte auch ich gern geschummelt. Mr. Halloran sollte nicht tot sein. Er sollte plötzlich wieder auftauchen und aller Welt verkünden: *Ich bin noch am Leben. Ich habe das nicht getan, in Wirklichkeit war die Sache so…*

Wir hatten ein Ende, eine Auflösung, aber ich hatte kein gutes Gefühl dabei. Da stimmte was nicht. Das Ganze war enttäuschend. Als müsse da noch etwas kommen. Als sei da etwas nicht *richtig*. Wenn es um *Doctor Who* ginge, konnte man von »Handlungslücken« reden. Dinge, von denen die Drehbuchautoren hofften, man würde sie nicht mitbekommen, aber man bekam sie mit. Sogar als Zwölfjähriger. Genauer gesagt: *gerade* als Zwölfjähriger. Man will sich einfach nicht aufs Kreuz legen lassen, wenn man zwölf ist.

Nachher wurde kurzerhand behauptet, Mr. Halloran sei eben verrückt gewesen, als ob das irgendwas erklären würde. Denn jeder, auch ein Verrückter oder eine zwei Meter lange Echse aus *Doctor Who*, hat seine Gründe für das, was er tut.

Als ich das zu den anderen sagte, zu Fat Gav und Hoppo (denn dass wir alle die Leiche entdeckt hatten, brachte uns Mickey nicht näher, und wir waren danach auch nicht mehr so oft zusammen), sah Fat Gav mich nur wütend an, zeigte mir einen Vogel und meinte: »Er hat es getan, weil er einen an der Waffel hatte, Alter. Plemplem. Reif für die Klapsmühle. Ein totaler Spinner.«

Hoppo sagte nicht viel, nur einmal, als Fat Gav mal wieder in Rage war und es fast zum Streit gekommen wäre, erklärte er ganz ruhig: »Kann sein, dass er seine Gründe hatte. Aber die verstehen wir nicht, weil wir nicht in ihm drinstecken.«

Ich denke, letztlich ging es um Schuldgefühle; jedenfalls bei mir, vor allem wegen der Sache mit dem verfluchten Ring.

Wenn ich den an jenem Tag nicht bei Mr. Halloran gelassen hätte – hätte man ihn dann auch für schuldig gehalten? Vermutlich schon, weil er sich ja umgebracht hatte. Aber vielleicht hätte man ihm den Mord an Elisa dann nicht so schnell in die Schuhe geschoben. Vielleicht hätte man den Fall dann nicht so schnell abgeschlossen. Vielleicht hätte man nach weiteren Beweisen gesucht. Nach der Mordwaffe. Nach ihrem Kopf.

Auf diese Fragen, auf diese Zweifel, fand ich nie eine befriedigende Antwort. Und so tat ich sie schließlich beiseite. Zusammen mit anderen Kindereien. Obwohl ich mir nicht sicher bin, dass wir die wirklich jemals ganz abgelegt haben.

Das Leben ging weiter, und die Ereignisse jenes Sommers begannen zu verblassen. Wir wurden vierzehn, fünfzehn, sechzehn. Prüfungen, Hormone und Mädchen drängten sich in den Vordergrund.

Ich hatte zu dieser Zeit noch anderes im Kopf. Dads Krankheit machte sich immer stärker bemerkbar. Der Alltag nahm traurige Formen an, mit denen ich mich noch etliche Jahre abzufinden hatte. Tagsüber lernen und arbeiten. Abends mit Dads schwindenden Geisteskräften und Mums hilfloser Verzweiflung zurechtkommen. So ging das tagein, tagaus.

Fat Gav hatte jetzt eine Freundin, ein hübsches, etwas pummeliges Mädchen namens Cheryl. Und er wurde schlanker. Zunächst nur langsam. Er aß weniger und trieb mehr Sport: Radfahren, Laufen, und obwohl er das anfangs noch irgendwie als Witz abtat, steigerte er seine Leistungen unablässig und wurde immer dünner. Als ob er sein altes Ich abstreifte. Und so war es wohl tatsächlich. Zusammen mit den Pfunden legte er auch seine kauzigen Eigenarten ab, die ewigen schrägen Scherze. An deren Stelle trat eine neue Ernsthaftigkeit. Ein härteres Auftreten. Er witzelte weniger und lernte eifriger, und wenn er nicht lernte, war er mit Cheryl zusammen. Wie zuvor schon Mickey entfernte er sich von uns. Nur noch Hoppo und ich blieben übrig.

Ich hatte ein paar Freundinnen, aber nichts Ernstes. Und ich war hoffnungslos verliebt in eine ziemlich streng aussehende Englischlehrerin mit dunklen Haaren, kleiner Brille und unglaublich grünen Augen. Miss Barford.

Hoppo – nun ja, Hoppo schien sich überhaupt nichts aus Mädchen zu machen, bis er Lucy kennenlernte (die ihn dann mit Mickey betrog und Anlass zu der Schlägerei auf der Party war, bei der ich nicht war).

Hoppo fiel hart auf die Schnauze. Damals habe ich das nicht verstanden. Sicher, Lucy war ganz hübsch, aber nichts Besonderes. Eher unscheinbar. Glatte braune Haare, Brille. Und immer ziemlich seltsam gekleidet. Lange Fransenröcke und hohe Stiefel, Batikblusen und dieser ganze Hippiemist. Nicht gerade cool.

Erst später wurde mir klar, an wen sie mich erinnerte: Hoppos Mum.

Dabei schienen die beiden wie für einander gemacht. Sie kamen gut miteinander aus und hatten die gleichen Vorlieben, auch wenn wir alle uns in einer Beziehung ein wenig verbiegen und gegen unseren wahren Geschmack Dinge zu mögen vorgeben, nur um dem anderen einen Gefallen zu tun.

Bei Freunden ist es genauso. Ich war nicht begeistert von Lucy, tat aber Hoppo zuliebe so, als sei sie mir sympathisch. Zu der Zeit ging ich mit Angie aus der Klasse unter meiner. Trotz Dauerwelle waren ihre Haare immer struppig, und sie hatte eine echt gute Figur. Verliebt war ich nicht, nur scharf auf sie, und sie war leicht zu haben (na ja, jedenfalls war sie nicht schwer zu haben). Sie war einfach locker: unkompliziert und entspannt. Und bei dem, was sich mit Dad abspielte, brauchte ich genau das.

Ein paarmal gingen wir zwei zusammen mit Hoppo und Lucy aus. Ich kann nicht behaupten, dass Lucy und Angie viel miteinander gemeinsam hatten, aber immerhin war Angie ein umgänglicher Typ und gab sich Mühe, mit anderen gut auszukommen. Was ich gut fand, weil ich es dann nicht zu tun brauchte.

Wir gingen ins Kino oder in die Kneipe, und an einem Wochenende schlug Hoppo mal was anderes vor.

»Lass uns auf den Jahrmarkt gehen.«

Wir saßen gerade in der Kneipe. Nicht im Bull. Fat Gavs Vater hätte uns niemals Snakebite, ein Cider-Bier-Gemisch, ausgeschenkt. Nein, wir waren im Wheatsheaf am anderen Ende der Stadt, wo der Wirt uns nicht kannte und sich nicht daran störte, dass wir erst sechzehn waren.

Es war Juni, also saßen wir draußen im Biergarten, einem kleinen Hinterhof, in dem ein paar wacklige Tische und Stühle standen.

Lucy und Angie stimmten begeistert zu. Ich blieb stumm. Seit dem furchtbaren Unfall war ich nicht mehr auf dem Jahrmarkt gewesen. Nicht dass ich Jahrmärkte oder Vergnügungsparks bewusst gemieden hätte, ich hatte einfach keine Lust zu so etwas.

Nein, das ist gelogen. Ich hatte Angst. Im Sommer zuvor hatte ich mich vor einem Ausflug zum Thorpe Park gedrückt, vorgeblich wegen Bauchschmerzen, was sogar irgendwie gestimmt hatte. Mir drehte sich schon beim Gedanken an irgendwelche Fahrgeschäfte der Magen um. Ich sah dann immer das Waltzer-Mädchen auf der Erde liegen, das eine Bein halb abgerissen und ihr wunderschönes Gesicht nur noch Knorpel und Knochen.

»Ed?« Angie kniff mich ins Bein. »Was meinst du? Gehen wir morgen auf den Jahrmarkt?« Leicht betrunken flüsterte sie mir ins Ohr: »Du darfst mich dann auch in der Geisterbahn befummeln.«

So verlockend das sein mochte (bis dahin hatte ich Angie nur in der eher nüchternen Umgebung meines Zimmers befummelt), konnte ich doch nur gezwungen lächeln.

»Ja. Klingt großartig.«

Das tat es nicht, aber ich wollte mich nicht anstellen,

nicht vor Angie und aus irgendeinem Grund auch nicht vor Lucy, die mir einen seltsamen Blick zuwarf. Einen Blick, der mir nicht gefiel, als ob sie wusste, dass ich log.

Es war heiß an diesem Tag auf dem Jahrmarkt. Genau wie damals. Und Angie hielt ihr Versprechen. Aber nicht einmal das war ganz so befriedigend, wie ich es mir erhofft hatte, auch wenn ich, als wir aus der Geisterbahn kamen, ein wenig Schwierigkeiten beim Gehen hatte. Die Schwellung legte sich allerdings bald, als ich sah, wo wir herausgekommen waren. Genau gegenüber dem Waltzer.

Irgendwie war der mir vorher nicht aufgefallen. Vielleicht hatte ich ihn in dem Gewühl nicht gesehen, oder aber Angies winziger Minirock und was darunter auf mich wartete hatten mich abgelenkt.

Jetzt stand ich wie versteinert und starrte die herumwirbelnden Wagen an. Aus den Lautsprechern plärrte Bon Jovi. Mädchen kreischten begeistert, als die Schausteller die Wagen immer schneller antrieben.

»Schreit, wenn es noch schneller sein soll.«

»Hey.« Hoppo war neben mir aufgetaucht und sah, wohin ich schaute. »Alles klar?«

Ich nickte, schließlich wollte ich vor den Mädchen nicht als Memme dastehen. »Ja, alles gut.«

»Und jetzt zum Waltzer?«, fragte Lucy und hakte sich bei Hoppo ein.

Das klang ganz harmlos, aber bis zum heutigen Tag bin ich mir sicher, dass noch etwas anderes dahintersteckte. Arglist. Verstellung. Sie wusste Bescheid. Es machte ihr Spaß, mich zu quälen.

»Wollten wir nicht zum Meteor?«, fragte ich.

»Das machen wir danach. Komm, Eddie. Das wird lustig.«

Ich konnte es auch nicht leiden, dass sie mich Eddie nannte. Eddie war ein Kindername. Mit sechzehn wollte ich Ed genannt werden.

»Der Waltzer ist doch lahm.« Ich zuckte die Schultern. »Aber wenn du diesen Kinderkram magst, von mir aus.«

Sie lächelte. »Was meinst du, Angie?«

Ich wusste, was Angie sagen würde. Und Lucy wusste es auch.

»Wenn ihr wollt? Ich bin für alles zu haben.«

Ich wünschte, das wäre sie nicht. Warum hatte sie keine eigene Meinung, kein Rückgrat? Denn wer für alles zu haben ist, fällt auch auf alles rein.

»Na also.« Lucy grinste. »Gehen wir.«

Wir gingen zum Waltzer und stellten uns an der kurzen Schlange an. Mein Herz raste. Meine Hände waren feucht. Ich war kurz davor, mich zu übergeben, und dabei saß ich noch nicht mal in einem der Wagen drin, war noch gar nicht dem Übelkeit erregenden Kreisen ausgesetzt.

Das Karussell hielt, die Leute stiegen aus. Ich half Angie hinauf, versuchte höflich zu sein, ließ aber sie vorangehen. Ich setzte einen Fuß auf die schwankende Rampe und hielt die Luft an. Etwas war mir ins Auge gefallen, oder genauer, am äußersten Rand meines Blickfelds war etwas aufgeblitzt. Ich drehte mich um.

Neben der Geisterbahn stand ein großer dünner Mann. Vollständig schwarz gekleidet. Hautenge schwarze Jeans, weites Hemd und breitkrempiger schwarzer Cowboyhut.

Er stand der Geisterbahn zugewandt, ich sah ihn nur von hinten, die langen weißblonden Haare, die ihm bis auf den Rücken fielen.

»Hörst du mir zu, Eddie?«

Wahnsinn. Unmöglich. Das konnte nicht Mr. Halloran sein. Ausgeschlossen. Er war tot. Weg. Begraben. Aber all das war Sean Cooper auch.

»Ed?« Angie sah mich fragend an. »Alles in Ordnung?«

»Ich …«

Ich sah wieder nach der Geisterbahn. Die Gestalt hatte sich bewegt. Ein schwarzer Schatten verschwand um die Ecke.

»Entschuldige, ich muss was nachsehen.«

»*Ed?* Du kannst doch nicht einfach abhauen!«

Angie starrte mich an. So wütend hatte ich sie noch nie gesehen. Ich dachte, das war's dann wohl, weitere Fummeleien in der Geisterbahn würde es so bald nicht mehr geben, aber in dem Augenblick war mir alles egal. Ich konnte nicht anders. Ich musste mir Gewissheit verschaffen.

»Entschuldige«, murmelte ich.

Ich rannte los, und als ich an der Geisterbahn um die Ecke kam, verschwand die Gestalt gerade hinter den Zuckerwatte- und Luftballon-Buden. Ich lief schneller, Leute, die ich anrempelte, schimpften mir nach. Es war mir egal.

Ich weiß nicht, ob ich die Erscheinung für wirklich hielt, aber Gespenster waren für mich nichts Neues. Noch als Teenager sah ich abends immer vor meinem Zimmerfenster nach, ob da nicht Seans Schatten lauerte. Jeder schlechte Geruch machte mir Angst, er könnte von einer verwesenden Hand in meinem Gesicht kommen.

Ich eilte am Autoscooter und an dem Raumschiff vorbei, das mich früher so fasziniert hatte, mir jetzt aber, wo es Achterbahnen und andere viel aufregendere Attraktionen gab, nur noch altmodisch vorkam. Ich holte auf. Und dann blieb die Gestalt stehen. Ich duckte mich hinter einen Hotdog-Stand und beobachtete, wie die Erscheinung in die Tasche griff und ein Päckchen Zigaretten herausnahm.

Und da erkannte ich meinen Irrtum. Die Hände. Nicht schmal und bleich, sondern grob und dunkelbraun, mit langen spitzen Nägeln. Die Gestalt drehte sich um. Ich sah das hagere Gesicht. Tiefe Falten, wie mit dem Messer eingeschnitten; Augen wie blaue Steine zwischen den Narben. Ein gelber Bart hing ihm fast bis auf die Brust. Nicht Mr. Halloran, kein junger Mann, sondern ein alter; ein Zigeuner.

Seine Stimme klang wie Kies in einem rostigen Eimer. »Was glotzt du mich so an, Kleiner?«

»Nichts. Ich … Entschuldigung.«

Ich nahm Reißaus, so schnell es meine Würde erlaubte – oder was davon noch übrig war. Als ich weit genug weg war, blieb ich keuchend stehen und kämpfte gegen die Übelkeit an, die mich zu verschlingen drohte. Schließlich schüttelte ich den Kopf, und statt Kotze brach lautes Gelächter aus meinem Hals. Nicht Mr. Halloran, nicht der Kreidemann, sondern ein alter Jahrmarktsgehilfe, der vermutlich sogar eine Glatze hatte unter seinem Cowboyhut.

Verrückt, verrückt, verrückt. Wie der bescheuerte Zwerg in *Wenn die Gondeln Trauer tragen* (einem Film, den wir vor ein paar Jahren verbotenerweise bei Fat Gav gesehen hatten – eigentlich nur, weil Donald Sutherland und Julie

Christie »es« da angeblich vor laufender Kamera trieben. Und wie enttäuscht wir gewesen waren, weil man von Julie Christie kaum etwas zu sehen bekam, dafür aber viel zu viel von Sutherlands dürrem weißen Hinterteil).

»Ed. Was ist?«

Ich blickte auf und sah Hoppo auf mich zukommen, gefolgt von den Mädchen. Offenbar waren sie mir nachgelaufen. Lucy wirkte ziemlich sauer.

Ich zwang meinen Lachkrampf nieder und versuchte ein normales Gesicht zu machen.

»Ich dachte, ich hätte ihn gesehen. Mr. Halloran. Den Kreidemann.«

»*Was?* Machst du Witze?«

Ich schüttelte den Kopf. »Aber er war es nicht.«

»Ja, natürlich nicht«, sagte Hoppo finster. »Er ist tot.«

»Ich weiß«, sagte ich. »Aber ich…«

Ich sah ihre besorgten, verwirrten Mienen und nickte langsam. »Ich weiß. Das war blöd. Ein Fehler.«

»Komm«, sagte Hoppo, immer noch unruhig. »Lass uns was trinken.«

Ich sah zu Angie. Sie lächelte matt und hielt mir die Hand hin. Sie hatte mir verziehen. Zu schnell. Wie immer.

Trotzdem nahm ich sie. Dankbar. Und dann fragte sie: »Wer ist der Kreidemann?«

Wenig später machten wir Schluss. Anscheinend hatten wir doch nicht so viel gemeinsam. Kannten einander doch nicht so gut. Oder aber ich war bereits ein junger Mann mit zu viel Vorgeschichte im Gepäck, und es hätte einer ganz besonderen Person bedurft, mir mein Päckchen tragen zu helfen. Vielleicht bin ich deswegen so lange allein geblieben. Weil ich diese Person immer noch nicht gefunden habe. Noch nicht. Vielleicht auch nie.

Nach dem Jahrmarkt gab ich Angie einen Abschiedskuss und schleppte mich in der noch schwelenden Spätnachmittagshitze nach Hause. Die Straßen waren seltsam verlassen, alle suchten Schutz im Schatten der Biergärten oder ihrer Häuser; es fuhren auch kaum Autos auf den Straßen, weil niemand allzu lange in so einer Blechkiste schmoren wollte.

Als ich in unsere Straße gelangte, war ich immer noch etwas durcheinander. Und kam mir auch ein bisschen dumm vor. Wie leicht ich mich hatte erschrecken lassen, wie naiv ich geglaubt hatte, er sei das wirklich. Idiot. Natürlich war er das nicht. Unmöglich. Hirngespinst.

Ich trottete stöhnend die Einfahrt hoch und stieß die Haustür auf. Dad saß in seinem Lieblingssessel im Wohnzimmer und starrte mit leerem Blick auf den Fernseher. Mum stand in der Küche und machte das Abendessen. Sie hatte rote Augen, als habe sie geweint. Mum weinte nicht. Nicht so leicht. Was das betrifft, bin ich ihr offenbar nachgeraten.

»Was hast du?«, fragte ich.

Sie wischte sich die Augen, sagte aber nicht mal, alles sei gut. Mum log auch nicht. Dachte ich jedenfalls. Damals.

»Dein Dad«, sagte sie.

Als hätte es etwas anderes sein können. Manchmal – und ich schäme mich immer noch, das zuzugeben –, manchmal hasste ich Dad geradezu dafür, dass er krank war. Was er sagte, was er tat. Diese Leere in seinen Augen. Und was seine Krankheit mit Mum und mir machte. Als Teenager möchte man mehr als alles andere einfach nur normal sein, und an unserem Leben mit Dad war absolut nichts normal.

»Was hat er jetzt wieder angestellt?«, fragte ich und konnte meine Verachtung kaum verbergen.

»Er kennt mich nicht mehr«, sagte Mum, und wieder kamen ihr die Tränen. »Ich habe ihm sein Essen gebracht, und er hat mich angesehen wie eine Fremde.«

»Oh, *Mum.*«

Ich zog sie an mich und drückte sie so fest ich konnte, als könnte ich den ganzen Schmerz aus ihr herauspressen, fragte mich aber gleichzeitig, ob Vergessen nicht das Bessere war.

Erinnern – vielleicht brachte *das* einen um.

2016

»Man darf nichts als gegeben annehmen«, hatte Dad einmal zu mir gesagt.

Als ich ihn verständnislos ansah, fuhr er fort: »Siehst du diesen Stuhl? Glaubst du, morgen früh ist er noch da?«

»Ja.«

»Du nimmst es nur an.«

»Möglich.«

Dad nahm den Stuhl und stellte ihn auf den Tisch. »Damit dieser Stuhl genau auf demselben Fleck bleibt, müsste man ihn auf dem Fußboden anleimen.«

»Aber das wäre geschummelt?«

Seine Stimme wurde noch ernster. »Die Leute schummeln immer, Eddie. Und lügen. Deswegen ist es so wichtig, alles in Zweifel zu ziehen. Immer hinter das Offensichtliche zu blicken.«

Ich nickte. »Okay.«

Die Küchentür ging auf, und Mum kam herein. Sie sah nach dem Stuhl, dann zu Dad und mir und schüttelte den Kopf.

»Ich glaube nicht, dass ich das wissen will.«

Nichts als gegeben annehmen. Alles in Zweifel ziehen. Immer hinter das Offensichtliche blicken.

Wir nehmen Dinge als gegeben an, weil das einfacher ist, weil wir faul sind. Dann müssen wir nicht so viel nachdenken – meist über Dinge, die uns unangenehm sind. Aber nicht nachdenken kann zu Missverständnissen führen, manchmal sogar zu Tragödien.

Wie bei Fat Gavs leichtsinnigem Streich, der mit Seans Tod endete. Nur weil Gav ein Junge war, der nicht an die Folgen dachte. Und Mum, die glaubte, es könne keinen großen Schaden anrichten, Dad von Hannah Thomas zu erzählen, Mum, die annahm, ihr Mann werde ihre vertrauliche Mitteilung für sich behalten. Und dann war da der kleine Junge, der einen Silberring gestohlen hatte und ihn später zurückzugeben versuchte, weil er glaubte, damit das Richtige zu tun – und wie furchtbar falsch hatte er damit gelegen.

Dinge als gegeben annehmen kann uns auch anderweitig zu Fall bringen. Wir sehen dann Menschen nicht als das, was sie wirklich sind, und verlieren andere aus dem Blick, die wir kennen. Ich nahm an, es sei Nicky gewesen, die ihren Vater im St. Magdalene besucht hatte, tatsächlich aber war es Chloe. Ich nahm an, auf dem Jahrmarkt hinter Mr. Halloran herzulaufen, aber es war nur ein alter Jahrmarktsgehilfe. Auch Penny, die Frau aus dem Garten, hatte alle auf einen gewundenen Pfad falscher Annahmen geführt. Alle glaubten, sie warte auf ihren toten Verlobten Ferdinand. Tatsächlich wartete sie auf Alfred. All diese Jahre hatte sie auf ihren Geliebten gewartet.

Kein Fall von unsterblicher Liebe, sondern von Untreue und Verwechslung.

Am nächsten Morgen erledige ich als Erstes ein paar Telefonate. Das heißt, genaugenommen trinke ich *als Erstes* etliche Tassen extrem starken Kaffee, rauche ein halbes Dutzend Zigaretten und erledige *danach* ein paar Telefonate. Erst rufe ich Gav und Hoppo an, dann Nicky. Wie ich mir dachte, geht sie nicht ran. Ich spreche ihr eine wirre Nachricht auf die Mailbox, die sie sich vermutlich gar nicht erst anhören wird. Zuletzt rufe ich Chloe an.

»Also ich weiß nicht, Ed.«

»Tu es bitte, für mich.«

»Ich habe seit Jahren nicht mit ihm gesprochen. Wir kennen uns kaum noch.«

»Guter Zeitpunkt, die Verbindung wieder aufzunehmen.«

Sie seufzt. »Du täuschst dich sowieso.«

»Kann sein. Kann nicht sein. Aber – als ob ich das noch sagen müsste – du bist mir was schuldig.«

»Gut. Ich kapiere bloß nicht, warum das so wichtig ist. Warum jetzt? Das ist dreißig Jahre her, verdammt. Warum die Sache nicht einfach ruhen lassen?«

»Ich kann nicht.«

»Es geht gar nicht um Mickey, stimmt's? Denn *ihm* schuldest du ganz bestimmt nichts.«

»Nein.« Ich denke an Mr. Halloran und was ich gestohlen habe. »Vielleicht schulde ich jemand anderem etwas, und es ist Zeit, dass ich diese Schuld begleiche.«

Das Elms ist ein Alterswohnsitz in der Nähe von Bournemouth. An der Südküste gibt es Dutzende solche Einrichtungen. Praktisch ist die ganze Südküste ein einziger großflächiger Alterswohnsitz, nur dass manche ein wenig exklusiver sind als andere.

Das Elms ist zweifellos eine der weniger reizvollen Siedlungen. Die um eine Sackgasse gescharten Bungalows wirken müde und etwas heruntergekommen. Die Gärten sind noch gepflegt, aber von den Fenstern blättert der Lack, und die Fassaden sind verwittert. Auch die Autos davor erzählen ihre Geschichte. Kleine, glänzende Wagen – ein jeder allsonntäglich sorgsam gewaschen, möchte ich wetten –, aber alle schon viele Jahre alt. Kein schlechter Ort für den Ruhestand. Andererseits nicht viel für vierzig Jahre harte Arbeit.

Manchmal denke ich, alles, was wir im Leben zu erreichen suchen, ist am Ende sinnlos. Man schuftet und schuftet, damit man sich ein schönes großes Haus für die Familie leisten und im neuesten Landschaftszerstörer mit Vierradantrieb durch die Gegend fahren kann. Dann sind die Kinder erwachsen und ziehen aus, und man tauscht den Wagen gegen ein kleineres, umweltfreundliches Modell (mit gerade noch Platz für den Hund hinten drin). Dann kommt der Ruhestand, und das große Familienhaus wird zu einem Gefängnis mit verschlossenen Zimmern, die vor sich hin verstauben, und der Garten, in dem man so viele Grillpartys mit der Familie gefeiert hat, macht viel zu viel Arbeit, und die Kinder feiern ihre Grillpartys sowieso längst mit ihrer eigenen Familie. Also legt man sich auch ein kleineres Haus zu. Und oft ist man früher als erwartet der Einzige, der sich darum zu kümmern hat. Und man sagt sich, wie gut, dass man umgezogen ist, weil sich kleinere Zimmer nicht so leicht mit Einsamkeit füllen lassen. Wenn man

Glück hat, sinkt man ins Grab, bevor man wieder in einem Gitterbett landet und sich nicht mal mehr selbst den Hintern abwischen kann.

Gerüstet mit derlei heiteren Gedanken, parke ich meinen Wagen auf der schmalen Fläche zwischen zwei Einfahrten vor Nummer 23. Ich gehe zur Haustür, läute und warte ein paar Sekunden. Gerade als ich noch einmal läuten will, erscheint hinter der Milchglasscheibe eine undeutliche Gestalt; eine Kette rasselt, ein Schlüssel wird umgedreht. Sicherheitsbewusst, denke ich. In Anbetracht seines früheren Berufs aber eigentlich nicht überraschend.

»Edward Adams?«

»Ja.«

Er streckt mir die Hand hin. Nach kurzem Zögern nehme ich sie.

Das letzte Mal, dass ich PC Thomas aus der Nähe gesehen hatte, war vor dreißig Jahren, auf der Schwelle meiner Haustür. Er ist immer noch dünn, doch nicht mehr so groß, wie ich ihn in Erinnerung habe. Natürlich bin ich selbst etwas größer geworden, aber Tatsache ist auch, dass ein Mann mit dem Alter kleiner wird. Seine einst dunklen Haare, soweit überhaupt noch vorhanden, sind ergraut. Das kantige Gesicht ist nicht mehr so grob, eher hager. Er sieht immer noch wie ein großer Legostein aus, nur leicht angeschmolzen.

»Danke, dass Sie mit mir reden wollen«, sage ich.

»Ich muss zugeben, ich war mir nicht sicher … aber Chloe hat mich neugierig gemacht.« Er tritt zur Seite. »Kommen Sie rein.«

Ich betrete einen schmalen Flur. Es riecht schwach nach

abgestandenem Essen und stark nach Duftspray. Ja, schwer nach Duftspray.

»Das Wohnzimmer ist hinten links.«

Ich öffne die Tür zu einem überraschend großen Wohnraum mit durchgesessenen beigen Sofas und geblümten Vorhängen. Die Einrichtung stammt noch von der früheren Dame des Hauses, nehme ich an.

Chloe zufolge ist ihr Großvater vor ein paar Jahren nach Ende seiner Dienstzeit in den Süden zurückgezogen. Zwei Jahre darauf starb seine Frau. Ob dies der Grund ist, dass er sich nicht mehr um Haus und Garten kümmert?

Thomas bedeutet mir, auf dem weniger abgewetzten der beiden Sofas Platz zu nehmen. »Was zu trinken?«

»Äh, nein, danke. Ich hatte eben einen Kaffee.« Eine Lüge, aber bei dem, was ich mit ihm zu besprechen habe, möchte ich keine gesellige Atmosphäre aufkommen lassen.

»Okay.« Er steht ein wenig verloren in der Tür.

Anscheinend hat er selten Besuch. Er weiß nicht, wie er mit anderen umgehen soll. Fast so wie ich.

Schließlich setzt er sich, Hände auf den Knien. »Also, der Fall Elisa Rendell. Lange her. Sie waren eins der Kinder, die sie gefunden haben?«

»Ja.«

»Und jetzt haben Sie eine Theorie, wer sie wirklich getötet hat?«

»Richtig.«

»Sie meinen, die Polizei hat sich geirrt?«

»Ich meine, wir alle haben uns geirrt.«

Er reibt sich das Kinn. »Die Indizien waren überzeugend. Aber mehr hatten wir nicht. Nur Indizien. Wenn Halloran sich nicht umgebracht hätte, hätte es vielleicht nicht mal für eine Anklage gereicht. Der einzige handfeste Beweis war der Ring.«

Meine Wangen werden heiß. Der Ring. Der verdammte Ring.

»Aber es gab keine Tatwaffe, keine Blutspuren.« Er denkt nach. »Und natürlich haben wir nie ihren Kopf gefunden.« Er sieht mich schärfer an, und plötzlich scheinen die dreißig Jahre von ihm abzufallen. Als leuchte hinter seinen Augen ein Licht auf.

»Also, was haben Sie für eine Theorie?«

»Darf ich Sie vorher etwas fragen?«

»Warum nicht, nur denken Sie daran, dass ich nicht direkt mit dem Fall befasst war. Ich war bloß ein kleiner Constable.«

»Es geht nicht um den Fall. Sondern um Ihre Tochter und Pfarrer Martin.«

Er erstarrt. »Ich wüsste nicht, was das damit zu tun hat.«

Alles, denke ich.

»Tun Sie mir den Gefallen.«

»Ich könnte Sie bitten zu gehen.«

»Das könnten Sie.«

Ich warte. Ich muss es drauf ankommen lassen. Am liebsten würde er mich rausschmeißen, das spüre ich, hoffe aber, Neugier und sein alter Polizisteninstinkt werden die Oberhand gewinnen.

»Okay«, sagt er. »Ich tu Ihnen den Gefallen. Aber nur wegen Chloe.«

Ich nicke. »Verstehe.«

»Nein. Sie verstehen gar nichts. Sie ist alles, was mir noch geblieben ist.«

»Und Hannah?«

»Meine Tochter habe ich vor langer Zeit verloren. Und heute habe ich zum ersten Mal seit über zwei Jahren von meiner Enkelin gehört. Wenn ich mit Ihnen reden muss, damit ich sie wiedersehen kann, dann tu ich's. Verstehen Sie *das*?«

»Ich soll sie überreden, Sie zu besuchen?«

»Auf Sie hört sie ja anscheinend.«

Wohl kaum, aber sie schuldet mir immer noch was.

»Ich werde mir Mühe geben.«

»Gut. Mehr kann ich nicht verlangen.« Er lehnt sich zurück. »Was wollen Sie wissen?«

»Was haben Sie damals über Pfarrer Martin empfunden?«

Er schnaubt. »Ich möchte meinen, das ist doch wohl klar.«

»Und über Hannah?«

»Sie war meine Tochter. Ich habe sie geliebt. Liebe sie immer noch.«

»Und als sie schwanger wurde?«

»War ich enttäuscht. Wie jeder Vater es wäre. Und wütend. Nehme an, das war der Grund, warum sie mich wegen des Vaters belogen hat.«

»Sean Cooper.«

»Ja. Das hätte sie nicht tun sollen. Hinterher hatte ich ein schlechtes Gewissen, dass ich so was über den Jungen gesagt hatte. Aber damals hätte ich ihn umgebracht, wenn er nicht schon tot gewesen wäre.«

»So wie Sie versucht haben, den Pfarrer umzubringen?«

»Er hat bekommen, was er verdient hat.« Er lächelt dünn. »Nehme an, das habe ich Ihrem Dad zu verdanken.«

»Kann gut sein.«

Er seufzt. »Hannah war nicht fehlerlos. Nur ein normaler Teenager. Wir hatten die üblichen Streitereien, wegen Make-up, wegen Miniröcken. Als Hannah sich Martins frommer Gruppe anschloss, war ich erfreut. Ich dachte, das wäre gut für sie.« Ein bitteres Kichern. »Wie kann man sich nur so täuschen? Er hat sie kaputt gemacht. Vorher hatten wir uns gut verstanden. Aber dann gab es nur noch Streit.«

»Gab es auch Streit an dem Tag, als Elisa ermordet wurde?«

Er nickt. »Einen der schlimmsten.«

»Worum ging es?«

»Dass sie ihn besucht hatte, im St. Magdalene. Um ihm zu sagen, dass sie sein Kind behalten würde. Dass sie auf ihn warten wollte.«

»Sie war in ihn verliebt.«

»Sie war ein Kind. Sie wusste nicht, was Liebe ist.« Er schüttelt den Kopf. »Haben Sie Kinder, Ed?«

»Nein.«

»Kluger Mann. Kinder erfüllen uns vom Tag ihrer Geburt an mit Liebe … und schrecklicher Angst. Besonders wenn es Mädchen sind. Man will sie vor allem beschützen. Und wer das nicht kann, glaubt als Vater versagt zu haben. Ohne Kinder ist Ihnen viel Schmerz erspart geblieben.«

Ich rutsche auf dem Sofa herum. Es ist zwar nicht besonders warm in dem Zimmer, aber ich glaube vor Hitze zu ersticken. Irgendwie muss ich auf unser ursprüngliches Thema zurückkommen.

»Sie sagten also, Hannah hat den Pfarrer an dem Tag besucht, an dem Elisa getötet wurde?«

Er sammelt sich. »Ja. Wir hatten einen furchtbaren Streit. Sie lief aus dem Haus. Kam nicht zum Abendessen zurück. Deswegen war ich in jener Nacht unterwegs. Ich habe sie gesucht.«

»Auch im Wald?«

»Ich dachte, sie könnte dort hingegangen sein. Ich wusste ja, dass die Kinder sich dort manchmal trafen.« Er stutzt. »Das alles wurde doch damals berichtet.«

»Mr. Halloran und Elisa haben sich auch in dem Wald getroffen.«

»Ja, viele Kinder haben sich dort verabredet und Dinge getan, die sie nicht tun sollten. Kinder … und Perverse.«

Das letzte Wort spuckt er förmlich aus. »Ich habe Mr. Halloran verehrt«, sage ich. »Aber offenbar war er auch bloß einer dieser älteren Männer, die auf junge Mädchen stehen. Genau wie der Pfarrer.«

»Nein.« Thomas schüttelt den Kopf. »Halloran war ganz anders als der Pfarrer. Ich entschuldige nicht, was er getan hat, aber es war nicht das Gleiche. Der Pfarrer war ein Heuchler, ein Lügner, der das Wort Gottes nur dazu benutzte, jungen Mädchen nachzustellen. Er hat Hannah verändert. Hat vorgetäuscht, ihr Liebe zu predigen, in Wirklichkeit aber ihr Herz vergiftet, und am Ende hat er ihr auch noch ein Kind gemacht.«

Die blauen Augen funkeln. In seinen Mundwinkeln kleben Speichelflocken. Die Leute sagen, nichts sei stärker als Liebe. Sie haben recht. Eben darum werden die schlimmsten Grausamkeiten in ihrem Namen begangen.

»Haben Sie es deswegen getan?«, fragte ich leise.

»Was getan?«

»Sie sind in den Wald gegangen, und dort haben Sie sie gesehen. Richtig? Und da stand sie, wie immer, wenn sie auf ihn wartete? Und das war zu viel? Haben Sie sie von hinten am Hals gepackt und gewürgt, bevor sie auch nur die Chance hatte, sich umzudrehen? Vielleicht konnten Sie es nicht ertragen, sie anzusehen, und als Sie es dann doch taten, *als Sie Ihren Fehler erkannten*, war es zu spät.

Und dann sind Sie zurückgekommen und haben sie zerstückelt. Warum? Um die Leiche besser verstecken zu können? Oder nur, um Verwirrung zu stiften …«

»Wovon zum Teufel reden Sie?«

»Sie haben Elisa getötet, weil Sie sie für Hannah gehalten haben. Die beiden hatten die gleiche Figur und Größe, außerdem hatte Elisa sich die Haare blond gefärbt. Also leicht zu verwechseln, im Dunkeln, und wenn man innerlich auf hundertachtzig ist. Sie haben Elisa für Ihre Tochter gehalten, die der Pfarrer verführt und verdorben und geschwängert hatte …«

»*Nein!* Ich habe Hannah geliebt. Ich wollte, dass sie das Kind behält. *Ja*, ich bin davon ausgegangen, sie würde es zur Adoption freigeben, aber ich hätte ihr niemals etwas angetan. Niemals …«

Er steht abrupt auf. »Ich hätte nicht mit Ihnen reden sollen. Ich dachte, Sie wüssten wirklich was. Aber *das*? Ich muss Sie bitten zu gehen.«

Ich lasse ihn nicht aus den Augen. Seine Mine lässt weder Furcht noch Schuldgefühle erkennen, nur Zorn und Schmerz. Großen Schmerz. Mir ist schlecht. Ich fühle mich wie ein Arschloch. Etwas sagt mir, dass ich auf dem völlig falschen Dampfer bin.

»Entschuldigen Sie. Ich …«

Sein Blick versengt mich bis auf die Knochen. »Entschuldigung wofür? Dass Sie mich beschuldigen, meine eigene Tochter getötet zu haben? Mit einer läppischen Entschuldigung ist es da nicht getan, *Mister* Adams.«

»Nein … nein, Sie haben recht.« Ich stehe auf und gehe zur Tür. Und höre ihn sagen: »Warten Sie.«

Ich drehe mich um. Er kommt auf mich zu.

»Eigentlich hätten Sie Prügel verdient für das, was Sie da gesagt haben …«

Ich ahne ein »Aber«. Zumindest hoffe ich auf eins.

»Aber Verwechslung? Interessante Theorie.«

»Eine falsche.«

»Vielleicht nicht so ganz falsch. Nur die falsche Person.«

»Wie meinen Sie das?«

»Abgesehen von Halloran hatte kein Mensch ein Motiv, Elisa etwas anzutun. Aber Hannah? Pfarrer Martin hatte damals eine Menge Anhänger. Sollte einer von denen von ihrem Verhältnis und von dem Baby gewusst haben, könnte er eifersüchtig genug – *verrückt* genug – gewesen sein, für ihn einen Mord zu begehen.«

Darüber muss ich erst einmal nachdenken. »Aber Sie haben keine Ahnung, wo diese Leute jetzt sind?«

Er schüttelt den Kopf. »Nein.«

»Verstehe.«

Thomas reibt sich das Kinn. Offenbar ringt er mit sich. Schließlich sagt er: »In dieser Nacht, als ich Hannah in der Nähe des Waldes gesucht habe, habe ich jemand gesehen.

Es war dunkel, und er war weit weg, aber er trug einen Overall, wie ein Arbeiter, und er humpelte.«

»Von einem weiteren Verdächtigen habe ich damals nie etwas gehört.«

»Die Sache wurde nicht weiter verfolgt.«

»Warum?«

»Wozu die Mühe? Wir hatten den Schuldigen doch schon, und der war tot, sodass man sich die Prozesskosten sparen konnte. Außerdem war mit meiner Beschreibung sowieso nicht viel anzufangen.«

Er hat recht. Das hilft nicht gerade weiter. »Trotzdem, danke.«

»Dreißig Jahre. Unwahrscheinlich, dass Sie nach so langer Zeit noch die Antworten bekommen, die Sie suchen …«

»Ich weiß.«

»Oder schlimmer: Sie bekommen die Antworten, und es sind nicht die, die Sie hören wollen.«

»Auch das weiß ich.«

Als ich ins Auto steige, zittere ich am ganzen Leibe. Ich öffne das Fenster, greife nach meinen Zigaretten und zünde mir gierig eine an. Mein Handy hatte ich stumm gestellt, bevor ich in den Bungalow ging. Jetzt nehme ich es und sehe, dass ich einen Anruf verpasst habe. Nein, zwei. So beliebt bin ich doch gar nicht.

Ich rufe die Mailbox auf und höre mir die beiden wirren Nachrichten an, eine von Hoppo und eine von Gav. Beide sagen dasselbe:

»Ed, es geht um Mickey. Man weiß jetzt, wer ihn umgebracht hat.«

2016

Sie sitzen an ihrem üblichen Tisch, unüblich nur, dass Gav keine Cola light vor sich stehen hat, sondern ein Glas Ale.

Ich habe mich kaum mit meinem Glas Bier hingesetzt, als er mir die Zeitung hinknallt. Ich lese die Schlagzeile.

> JUGENDLICHE WEGEN ÜBERFALL VERHAFTET.
> *In Zusammenhang mit der tödlichen Attacke auf Mickey Cooper (42), einen früheren Einwohner unserer Stadt, werden zwei Fünfzehnjährige von der Polizei verhört. Die zwei Jugendlichen wurden nach einem versuchten Raubüberfall am vorgestrigen Abend unweit des ersten Tatorts an der Uferpromenade festgenommen. Die Polizei will »nicht ausschließen«, dass die beiden Vorfälle miteinander in Beziehung stehen.*

Ich überfliege den Rest des Artikels. Von dem Überfall hatte ich nichts mitbekommen, kein Wunder bei alldem andern, was mir letzter Zeit durch den Kopf geht.

»Ist was?«, fragt Gav.

»Da wird nicht behauptet, dass die beiden Typen Mickey

überfallen haben«, erkläre ich. »Das ist bloß eine Vermutung.«

Er zuckt die Schultern. »Na und? Ich find's einleuchtend. Ein Überfall, der aus dem Ruder gelaufen ist. Hat nichts mit Mickeys Buch zu tun, nichts mit den Kreidezeichnungen. Bloß zwei kleine Räuber, die schnell mal etwas Geld machen wollten.«

»Schon möglich. Weiß man, wer die beiden sind?«

»Einer ist angeblich auf deiner Schule. Danny Myers?«

Danny Myers. Ich sollte überrascht sein, bin es aber nicht. Anscheinend kann mich gar nichts mehr überraschen, wenn es um die Natur des Menschen geht. Trotzdem …

»Du siehst nicht sehr überzeugt aus«, sagt Hoppo.

»Dass Danny einen Überfall begangen hat? Irgendeine Dummheit, um bei seinen Freunden Eindruck zu schinden? Aber der Mord an Mickey …«

Ich bin wirklich nicht überzeugt. Das ist zu banal. Zu einfach. Wieder so ein Fall von »Man darf nichts als gegeben annehmen«. Und mir fällt noch etwas auf.

Unweit des ersten Tatorts an der Uferpromenade.

Ich schüttle den Kopf. »Nein. Gav hat recht. Das dürfte die wahrscheinlichste Erklärung sein.«

»Die heutige Jugend?«, sagt Hoppo.

»Ja«, sage ich langsam. »Wer weiß, wozu die fähig ist.«

Wir schweigen. Lange. Wir trinken Bier.

Schließlich sage ich: »Mickey wäre ganz schön beleidigt, als ›früherer Einwohner unserer Stadt‹ bezeichnet zu werden. Er hätte am allerwenigsten ›äußerst erfolgreicher Mitarbeiter einer Werbeagentur‹ erwartet.«

»Ja. Obwohl ›Einwohner‹ nicht gerade eine Beleidigung ist«, sagt Gav. Seine Miene verhärtet sich. »Ich kann immer noch nicht glauben, dass er Chloe bezahlt hat, dir nachzuspionieren. *Und* uns diese Briefe geschickt hat.«

»Ich vermute, er wollte damit nur sein Buch aufpeppen«, sage ich. »Die Briefe waren ein Trick, die Handlung voranzutreiben.«

»Tja, Mickey war schon immer gut darin, sich was auszudenken«, sagt Hoppo.

»Und Unruhe zu stiften«, fügt Gav hinzu. »Hoffen wir, dass die Sache damit beendet ist.«

Hoppo hebt sein Glas. »Darauf trinke ich.«

Ich greife nach meinem Bier, bin aber irgendwie abgelenkt und stoße das Glas um. Ich schaffe es zwar noch, es aufzufangen, bevor es auf den Boden kracht, aber das Bier schießt über den Tisch und landet zum größten Teil in Gavs Schoß.

Gav winkt ab. »Schon gut.« Er wischt das Bier von seiner Jeans. Wieder einmal staune ich über den Kontrast zwischen seinen kräftigen Händen und den verkümmerten Muskeln seiner Beine.

Starke Beine.

Die Worte gehen mir ungebeten durch den Kopf.

Er hat sie alle zum Narren gehalten.

Ich stehe auf, so schnell, dass ich beinahe auch noch die anderen Gläser umschmeiße.

Ich wusste ja, dass die Kinder sich dort manchmal trafen.

Gav packt sein Glas. »Was soll das?«

»Ich hatte recht«, sage ich.

»Womit?«

Ich starre sie an. »Ich hatte mich geirrt, aber ich hatte *recht*. Ich weiß, das ist verrückt. Schwer zu glauben, aber … es kann nicht anders sein. Scheiße. Jetzt verstehe ich alles.«

Der Teufel in Menschengestalt. Beichte.

»Ed, wovon redest du?«, fragt Hoppo.

»Ich weiß, wer das Waltzer-Mädchen umgebracht hat. Elisa. Ich weiß, was mit ihr passiert ist.«

»Was denn?«

»Es war höhere Gewalt.«

»Ich habe es Ihnen schon am Telefon gesagt, Mr. Adams. Sie kommen außerhalb der Besuchszeit.«

Die Schwester – die Stämmige mit dem strengen Blick, die mich bei meinem ersten Besuch empfangen hatte – starrt uns drei an. (Hoppo und Gav hatten unbedingt mitkommen wollen. Die alte Gang. Ein letztes Abenteuer.)

»Es geht um Leben und Tod, nehme ich an?«

»Richtig.«

»Und das kann nicht bis morgen warten?«

»Nein.«

»Der Pfarrer wird schon nicht weglaufen.«

»Da wäre ich mir nicht so sicher.«

Sie sieht mich seltsam an. Und plötzlich wird mir klar: Sie weiß Bescheid. Sie alle wissen Bescheid, und niemand hat jemals etwas gesagt.

»Sieht wohl nicht so gut aus, wie?«, sage ich. »Wenn Bewohner das Haus verlassen? Wenn sie draußen durch die Gegend irren. Vielleicht besser, solche Vorfälle nicht bekannt werden zu lassen. Besonders wenn man will, dass die Kirche einen weiter unterstützt?«

Wenn Blicke töten könnten. »*Sie* kommen mit. Sie beide« – sie zeigt auf Hoppo und Gav – »warten hier.« Und barsch zu mir: »Fünf Minuten, Mr. Adams.«

Ich folge ihr den Flur hinunter. Von der Decke fällt kaltes Neonlicht. Tagsüber mag das Haus gerade noch mit seinem Anspruch durchkommen, mehr als ein Altersheim zu sein. Nachts hingegen nicht. Weil es so etwas wie Nacht in einer Anstalt nicht gibt. Überall ist Licht, und immer ist es laut. Ächzen und Stöhnen, das Knarren von Türen, das Quietschen von Gummisohlen auf Linoleum.

Vor der Zimmertür des Pfarrers bedenkt mich Schwester Liebenswert mit einem letzten warnenden Blick, zeigt mir fünf Finger und klopft an.

»Pfarrer Martin? Hier ist Besuch für Sie.«

Einen irrwitzigen Moment lang denke ich, gleich schwingt die Tür auf, und er steht da und starrt mich kalt lächelnd an.

»Beichte.«

Aber natürlich antwortet nur Schweigen. Die Schwester sieht mich spöttisch an und öffnet leise die Tür.

»Herr Pfarrer?«

Ich bemerke Unsicherheit in ihrer Stimme, genauso wie ich einen Schwall kalter Luft bemerke.

Ich warte nicht. Ich dränge mich an ihr vorbei. Das Zimmer ist leer, das Fenster steht weit offen, die Vorhänge flattern im Abendwind. Ich drehe mich zu der Schwester um.

»Sie haben keine Sicherheitsschlösser an den Fenstern?«

»Das war nie nötig …«, stammelt sie.

»Ja, obwohl er schon öfter mal abgehauen ist?«

Ihr Blick bleibt unerschütterlich. »Er geht nur, wenn er sich aufregt.«

»Und heute hat er sich aufgeregt.«

»Allerdings. Er hatte Besuch. Danach war er ganz außer sich. Aber er geht nie weit weg.«

Ich laufe zum Fenster und spähe hinaus. In der fortgeschrittenen Dämmerung ist die schwarze Masse des Waldes gerade noch zu erkennen. Kein allzu weiter Weg. Und von hier, querfeldein – wer hätte ihn da gesehen?

»Ihm passiert schon nichts«, sagt sie. »Normalerweise findet er allein zurück.«

Ich fahre herum. »Sie sagten, er hatte Besuch. Von wem?«

»Seine Tochter.«

Chloe. Sie hat sich von ihm verabschiedet. Panik ergreift mich.

Ein paar Nächte im Wald zelten tun mir nicht weh.

»Ich muss Alarm auslösen«, sagt die Schwester.

»*Nein*. Sie müssen die Polizei anrufen. *Sofort*.«

Ich schwinge ein Bein über das Fensterbrett.

»Wo wollen Sie denn hin?«

»In den Wald.«

Der Wald ist nicht mehr so groß wie damals, als wir Kinder waren. Das hat nichts mit dem Blick des Erwachsenen zu tun. Die Wohnsiedlung ist schneller gewachsen als die alten Eichen und Platanen und hat den Wald Stück für Stück zurückgedrängt. Heute jedoch kommt er mir wieder riesig und undurchdringlich vor. Ein finsterer, verbotener Ort voller Gefahren und bedrohlicher Schatten.

Diesmal gehe ich voran, knirschend und knackend über den Waldboden, dem Strahl einer Taschenlampe nach, die

Schwester Liebenswert mir (widerwillig) geliehen hat. Ein paarmal leuchten silberhelle Augenpaare von irgendwelchen Tieren auf, die aber gleich wieder im Dunkel verschwinden. Es gibt Nachtwesen und Tagwesen, denke ich. Trotz Schlaflosigkeit und Schlafwandeln bin ich kein Nachtwesen, das steht mal fest.

»Alles in Ordnung?«, flüstert Hoppo hinter mir. Ich fahre zusammen.

Er wollte unbedingt mitkommen. Gav ist im Heim geblieben und sorgt dafür, dass sie wirklich die Polizei holen.

»Ja«, flüstere ich. »Muss bloß daran denken, wie wir damals als Kinder im Wald waren.«

»Ja«, flüstert Hoppo. »Ich auch.«

Warum flüstern wir eigentlich? Niemand kann uns hier hören. Niemand außer den Nachtwesen. Vielleicht habe ich mich geirrt. Vielleicht ist er nicht hier. Vielleicht hat Chloe auf mich gehört und ist in ein Hostel gegangen. Vielleicht …

Ein durchdringender Schrei gellt aus den Tiefen des Waldes. Die Bäume scheinen zu zittern, und eine Wolke schwarzer Flügel flattert in den Nachthimmel auf.

Ich sehe Hoppo an, und dann rennen wir beide los, das Licht der Taschenlampe springt im Zickzack vor uns her. Wir ducken uns unter Ästen durch und springen über Gestrüpp … und gelangen auf eine kleine Lichtung, genau wie damals. Genau wie in meinem Traum.

Ich bleibe abrupt stehen, und Hoppo rennt mich beinahe um. Ich leuchte umher. Vor uns steht ein kleines Einmannzelt, halb eingefallen. Davor ein Rucksack und ein Haufen Kleider. Sie ist nicht da. Ich atme auf … und leuchte noch einmal hin. Der Kleiderhaufen. Zu viel. Zu groß. Nicht Kleider. Ein Körper.

Nein! Ich laufe hin und falle auf die Knie. »Chloe.«

Ich ziehe die Kapuze zurück. Ihr Gesicht ist bleich, um ihren Hals sind rote Striemen, aber sie atmet. Flach und matt, aber sie atmet. Nicht tot. Noch nicht.

Wir müssen sie gerade noch rechtzeitig gefunden haben, und so sehr ich ihn sehen will, ihn stellen will, das muss jetzt warten. Fürs Erste ist es wichtiger, sich um Chloe zu kümmern. Ich sehe zu Hoppo, der zaghaft am Rand der Lichtung steht.

»Wir müssen einen Krankenwagen holen.«

Er nickt, zückt sein Handy und stutzt. »Praktisch kein Signal.« Er hebt es trotzdem ans Ohr…

…und plötzlich ist es weg. Nicht nur das Handy, sondern auch sein Ohr. Wo es war, ist auf einmal ein großes blutiges Loch. Etwas blitzt silbrig auf, dann kommt ein Schwall dunkelroten Bluts, und sein Arm fällt lose herab, gehalten nur noch von ein paar Muskelfetzen.

Ich höre einen Schrei. Nicht von Hoppo. Der starrt mich nur schweigend an und sinkt mit einem kehligen Stöhnen in sich zusammen. Der Schrei kommt von mir.

Der Pfarrer steigt über Hoppo hinweg. In einer Hand eine Axt, glänzend und triefend von Blut. Er trägt einen Gärtneroverall über seinem Schlafanzug.

Er trug einen Overall, wie ein Arbeiter, und er humpelte.

Er zieht ein Bein nach, als er jetzt unsicher auf mich zutaumelt. Sein Atem ist abgehackt, sein Gesicht hager und weiß wie Wachs. Er sieht aus wie ein Toter, nur seine

Augen nicht. Die sind sehr lebendig und lodern in einem Licht, wie ich es nur einmal zuvor gesehen habe. Bei Sean Cooper. Das Licht des Wahnsinns.

Ich rapple mich auf. Sämtliche Nervenzellen brüllen mir zu, ich soll weglaufen. Aber wie kann ich Chloe und Hoppo alleinlassen? Mehr noch, wie lange hat Hoppo noch, bevor er verblutet? In der Ferne glaube ich Sirenen zu hören. Bilde ich mir das ein? Andererseits, wenn ich ihn hinhalte …

»Sie wollen uns also alle umbringen? Ist Mord denn keine Sünde, Pfarrer?«

»›Nur wer sündigt, muss sterben. Die Gerechtigkeit kommt nur dem zugute, der recht vor Gott lebt, und die Schuld lastet nur auf dem Schuldigen.‹«

Ich weiche nicht, obwohl mir fast die Beine wegsacken, als ich Hoppos Blut von dieser glänzenden Axtklinge tropfen sehe. »Deswegen wollten Sie Hannah töten? Weil sie gesündigt hat?«

»›Denn eine Hure bringt dich nur ums Brot, doch eines anderen Ehefrau um dein kostbares Leben. Kann man Feuer im Gewandbausch tragen, ohne dass die Kleider verbrennen?‹«

Er schwingt die Axt und kommt näher, das lahme Bein schleift durch totes Laub. Ebenso gut könnte man versuchen, mit einem biblischen Terminator ins Gespräch zu kommen. Trotzdem mache ich weiter, verzweifelt, heiser.

»Sie hat Ihr Kind unter dem Herzen getragen. Sie hat Sie geliebt. Hat Ihnen das gar nichts bedeutet?«

»›Und wenn deine Hand dich zum Bösen verführt, dann hack sie ab! Es ist besser, du gehst verstümmelt ins Leben ein, als mit beiden Händen in die Hölle zu kommen, in das nie erlöschende Feuer. Und wenn dein Fuß dir Anlass zur Sünde wird, dann hack ihn ab! Es ist besser, du gehst als Krüppel ins Leben ein, als mit zwei Füßen in die Hölle geworfen zu werden.‹«

»Aber Sie haben sich nicht die Hand abgehackt. Und Sie haben nicht Hannah ermordet. Sie haben Elisa ermordet.«

Er hält inne. Ich bemerke seine momentane Unsicherheit und stürze mich darauf.

»Sie haben einen Fehler gemacht, Pfarrer. Sie haben die Falsche ermordet. Ein unschuldiges Mädchen. Aber das wissen Sie natürlich. Und machen wir uns nichts vor, Sie wissen ganz genau, dass auch Hannah unschuldig war. Der Sünder sind Sie selbst, Pfarrer. Ein Lügner, Heuchler und Mörder.«

Er brüllt auf und taumelt auf mich zu. In letzter Sekunde tauche ich weg und ramme ihm meine Schulter in den Magen. Pfeifend entweicht ihm der Atem, und als er nach hinten stolpert, trifft mich der Stiel seiner Axt hart an der Schläfe. Der Pfarrer kracht zu Boden. Ich kann meinen Schwung nicht bremsen und stürze auf ihn drauf.

Ich versuche aufzustehen, nach der Axt zu greifen, aber mir platzt der Kopf, vor meinen Augen verschwimmt alles. Ich komme nicht ganz ran, recke den Arm und rutsche zur Seite. Der Pfarrer wälzt sich über mich und umklammert mit beiden Händen meine Kehle. Ich schlage ihm ins Gesicht, versuche ihn abzuschütteln, bin aber wie gelähmt. Die Schläge haben keine Wirkung. Wir werfen uns hin und her. Gehirnerschütterung ringt mit Zombie. Seine Finger drücken fester zu. Ich versuche verzweifelt, sie wegzustemmen. Gleich explodiert mir die Brust, meine Augäpfel glühen wie Kohle und drohen aus den Höhlen zu springen. Mein Blickfeld verengt sich, als ziehe jemand langsam einen Vorhang zu.

Das darf nicht das Ende sein, keucht mein stranguliertes Hirn. Das ist nicht mein großes Finale. Das ist Betrug, Schwindel. Das ist … und plötzlich höre ich einen dumpfen Schlag, und sein Griff lockert sich. Ich kann atmen. Ich zerre seine Hände von meinem Hals. Ich kann wieder sehen. Der Pfarrer starrt mich an, die Augen weit aufgerissen. Er öffnet den Mund.

»Beichte …«

Das Wort rinnt ihm von den Lippen, zusammen mit einem Schwall dunkelroten Bluts. Seine Augen starren mich immer noch an, aber das Licht darin ist erloschen. Jetzt sind sie nur noch feuchte Löcher; was immer einmal dahinter war, ist nicht mehr da.

Ich winde mich unter ihm hervor. Die Axt steckt in seinem Rücken. Ich blicke auf. Nicky steht über der Leiche ihres Vaters, Gesicht und Kleider blutbespritzt, die Hände bis zu den Ellbogen rot. Sie sieht mich an, als bemerke sie erst jetzt, dass ich da bin.

»Tut mir leid. Das wusste ich nicht.« Sie sinkt neben ihrem Vater auf die Knie, die Tränen auf ihren Wangen mischen sich mit Blut. »Ich hätte früher kommen müssen. Ich hätte früher kommen müssen.«

2016

Es gibt Fragen. Viele Fragen. Die Fragen nach dem Wie und Wo und Was kann ich einigermaßen beantworten, aber die nach dem Warum längst nicht alle. Nicht einmal annähernd.

Offenbar ist Nicky zu mir gefahren, nachdem sie meine Nachricht erhalten hatte. Da ich nicht zu Hause war, hat sie in der Kneipe nachgesehen. Cheryl sagte ihr, wo wir hingewollt hatten, und die Schwestern erzählten ihr den Rest. Und typisch Nicky, eilte sie uns nach. Und ich bin mehr als froh darüber.

Chloe wollte ihren Vater ein letztes Mal besuchen. Ein Fehler. Ebenso ihre Bemerkung, im Wald zelten zu wollen. Und sich die Haare blond zu färben. Ich denke, das war der Auslöser. Die plötzliche Ähnlichkeit mit Hannah. Das muss etwas in ihm geweckt haben.

Die Ärzte sind sich immer noch nicht einig, was mit ihm los war. War sein bewusstes Handeln, als er das Heim verließ (und den Mord beging), eine zeitweilige Abweichung von seinem fast katatonischen Zustand, oder war es andersherum? War seine Krankheit nur gespielt? Hatte er die ganze Zeit über alles mitbekommen?

Jetzt ist er tot, und wir werden es nie erfahren. Doch bin ich mir sicher, jemand wird sich einen Namen und wahrscheinlich auch etwas Geld machen können, wenn er einen Artikel oder vielleicht auch ein Buch darüber schreibt. Mickey muss sich im Grab umdrehen.

Die Theorie – hauptsächlich meine – sieht so aus: Der Pfarrer hat Elisa getötet, die er mit Hannah verwechselte, der Hure, die ein Kind von ihm erwartete und die, wie er sich in seinem kranken Kopf einbildete, seinen guten Ruf zerstören würde. Warum er sie zerstückelt hatte? Dafür habe ich nur die Erklärung, die er mir selbst im Wald gegeben hat:

»›Wenn deine Hand dich zum Bösen verführt, dann hack sie ab! Es ist besser, du gehst verstümmelt ins Leben ein, als mit beiden Händen in die Hölle zu kommen, in das nie erlöschende Feuer.‹«

Ich denke, er hat sie zerstückelt, um dafür zu sorgen, dass sie doch noch in den Himmel kommt. Vielleicht, nachdem er seinen Irrtum erkannt hatte. Vielleicht einfach so. Wer kann das wissen? Der Pfarrer mag in Gott seinen Richter finden, aber es wäre schon gut gewesen, ihn vor einem irdischen Richter zu sehen, vor einem Staatsanwalt und den unerbittlichen Mienen der Geschworenen.

Die Polizei spricht davon, den Fall Elisa Rendell wieder aufzurollen. Heute gibt es bessere forensische Möglichkeiten – DNA-Analysen und all die coolen Sachen, die man aus dem Fernsehen kennt und mit denen sich zweifelsfrei beweisen ließe, dass der Pfarrer für den Mord an ihr verantwortlich war. Nicht dass ich vor Spannung den Atem anhalte. Das kommt schon deshalb nicht in Frage, weil mich die Erinnerung an die Hände des Pfarrers um meinen Hals bis heute nicht loslässt.

Hoppo hat sich fast vollständig erholt. Die Ärzte haben ihm das Ohr wieder angenäht – nicht perfekt, doch er hat ja die Haare schon immer etwas länger getragen. Mit seinem Arm geben sie sich alle Mühe, aber Nerven sind eine knifflige Angelegenheit. Es heißt, vielleicht könne er ihn eines Tages wieder ein wenig bewegen, vielleicht aber auch nicht. Genauer lässt sich das jetzt noch nicht sagen. Fat Gav tröstet ihn mit dem Hinweis, dass er jetzt überall parken könne (und immerhin noch einen gesunden Arm zum Wichsen habe).

Ein paar Wochen lang schnüffeln und stöbern Reporter in der ganzen Stadt und vor meiner Haustür herum. Ich will nicht reden, aber Fat Gav gibt ihnen Interviews. Darin erwähnt er immer wieder seine Kneipe. Wenn ich dort bin, entgeht mir nicht, dass der Laden brummt wie nie zuvor. Also hat die Sache wenigstens etwas Gutes gebracht.

Mein Leben kommt langsam wieder in den alten Trott, von ein paar Ausnahmen abgesehen. Ich teile der Schule mit, dass ich die Arbeit nach dem Winterhalbjahr nicht wieder aufnehmen werde, und rufe einen Immobilienmakler an.

Ein geschniegelter junger Mann mit teurem Haarschnitt und billigem Anzug kommt und taxiert mein Haus. Ich beiße mir auf die Zunge und wehre mich gegen das Gefühl, es mit einem Eindringling zu tun zu haben, der in meine Schränke späht, auf meinem Fußboden herumtrampelt, Hm und Ah macht und mir erzählt, die Preise seien in den letzten Jahren stark gestiegen, und wenn an dem Haus auch einiges modernisiert werden müsse, nennt er mir am Ende einen Schätzwert, der mir die Augenbrauen leicht nach oben treibt.

Ein paar Tage später stelle ich das Schild auf: ZU VERKAUFEN.

Am Tag danach ziehe ich meinen besten dunklen Anzug an, kämme mich und binde mir eine seriöse graue Krawatte um den Hals. Ich will gerade gehen, als jemand an die Haustür klopft. *Großartiges Timing*, brumme ich, eile über den Flur und mache auf.

Vor mir steht Nicky. Sie mustert mich von oben bis unten. »Sehr schick.«

»Vielen Dank.« Ich werfe einen Blick auf ihren hellgrünen Mantel. »Nehme an, du kommst nicht mit?«

»Nein. Ich bin heute nur in der Stadt, um mit meinem Anwalt zu sprechen.«

Obwohl sie drei Menschen das Leben gerettet hat, droht Nicky immer noch eine Anklage wegen Totschlags an ihrem Vater.

»Kannst du nicht noch etwas bleiben?«

»Ich habe eine Zugreservierung. Sag den anderen, es tut mir leid, aber …«

»Die werden das schon verstehen.«

»Danke.« Sie reicht mir die Hand. »Ich wollte nur sagen – Auf Wiedersehen, Ed.«

Ich betrachte ihre Hand. Und dann, genau wie sie es einmal vor all diesen Jahren getan hat, trete ich vor und nehme sie in die Arme. Sie erstarrt erst, dann drückt sie mich an sich. Ich atme sie ein. Nicht Vanille und Kaugummi, sondern Moschus und Zigaretten. Nicht Klammern, sondern Loslassen.

Schließlich lösen wir uns wieder voneinander. Etwas glitzert an ihrem Hals.

Ich stutze. »Du trägst dein altes Kettchen?«

Sie sieht dorthin. »Ja. Das habe ich immer behalten.« Sie befühlt das kleine Silberkreuz. »Ist es nicht komisch, etwas zu behalten, das mit so schlechten Erinnerungen verbunden ist?«

Ich schüttle den Kopf. »Find ich nicht. Von manchen Dingen kann man sich einfach nicht trennen.«

Sie lächelt. »Pass auf dich auf.«

»Du auch.«

Sie geht die Einfahrt hinunter und verschwindet um die Ecke. Festhalten, denke ich. Loslassen. Manchmal ist das ein und dasselbe.

Ich nehme meinen Mantel, taste nach dem Flachmann in der Tasche und verlasse das Haus.

Die Oktoberluft ist frostig. Sie kneift und beißt mich ins Gesicht. Ich steige dankbar in mein Auto und drehe die Heizung voll auf. Als ich am Krematorium ankomme, ist es gerade mal lauwarm geworden.

Ich hasse Beerdigungen. Wer tut das nicht, außer Bestattern? Aber manche sind schlimmer als andere. Wenn junge Leute gestorben sind, plötzlich und gewaltsam. Oder Babys. Niemand sollte jemals mit ansehen müssen, wie ein Sarg in Puppengröße ins Grab gelassen wird.

An anderen kommt man einfach nicht vorbei. Natürlich war Gwens Tod ein Schock. Doch wie bei meinem Dad, wenn der Verstand sich verabschiedet hat, muss der Körper irgendwann folgen.

Es sind nicht viele Trauergäste gekommen. Gwen kannte eine Menge Leute, aber viele Freunde hatte sie nicht. Mum ist da, Fat Gav und Cheryl, ein paar von denen, für die sie früher geputzt hat. Hoppos älterer Bruder Lee konnte – oder wollte – sich den Tag nicht freinehmen. Hoppo sitzt vorne, den Arm in einer monströsen Schlinge, eingepackt in einen Dufflecoat, der ihm zu groß zu sein scheint. Er hat abgenommen und sieht älter aus. Er wurde erst vor wenigen Tagen aus dem Krankenhaus entlassen. Er muss weiter zur Physio gehen.

Gav sitzt in seinem Rollstuhl neben ihm, Cheryl in der Bank auf der anderen Seite. Ich setze mich hinter die beiden, neben Mum. Sie greift nach meiner Hand. Wie früher, als ich klein war. Ich drücke sie fest.

Der Gottesdienst ist kurz. Ein Glück, zugleich auch eine Mahnung, wie ein siebzigjähriges Erdenleben in zehn Minuten und mit ein bisschen Geschwafel über Gott abgetan werden kann. Wer nach meinem Tod was von Gott erzählt, soll in der Hölle schmoren.

Bei einer Einäscherung endet die Sache wenigstens mit dem Schließen des Vorhangs. Man schlurft anschließend nicht mit den anderen auf den Friedhof. Man muss nicht zusehen, wie der Sarg in das gähnende Grab gelassen wird. Das alles ist mir noch zu gut von Seans Beerdigung im Gedächtnis. Stattdessen versammeln wir uns draußen im Garten der Erinnerung, bewundern die Blumen und fühlen uns unbehaglich. Gav und Cheryl haben eine kleine Totenfeier im Bull geplant, aber ich glaube nicht, dass irgendeiner von uns da wirklich hingehen will.

Ich wechsle ein paar Worte mit Gav, lasse dann Mum mit Cheryl reden und verziehe mich um die Ecke, hauptsächlich, um schnell eine zu rauchen und einen Schluck aus meinem Flachmann zu nehmen, aber auch, um von den Leuten wegzukommen.

Ein anderer hatte dieselbe Idee.

Hoppo steht an einer Reihe kleiner Grabsteine, unter denen Asche begraben oder verstreut wurde. Diese Grabsteine im Krematoriumsgarten wirken auf mich immer wie Miniaturen: ein Spielzeugfriedhof.

Hoppo blickt auf. »Hey?«

»Wie geht's dir? Oder ist das eine blöde Frage?«

»Mir geht's gut. Glaub ich. Ich wusste ja, irgendwann ist es soweit, aber dann trifft es einen doch immer unvorbereitet.«

Stimmt. Wir alle sind niemals wirklich vorbereitet auf den Tod. Auf etwas so Endgültiges. Als Menschen sind wir es gewohnt, die Herrschaft über unser Leben zu haben. Es bis zu einem gewissen Grad ausdehnen zu können. Aber der Tod lässt nicht mit sich reden. Kein letzter Aufschub. Kein Einspruch. Tod ist Tod, er hat alle Karten in der Hand. Selbst wenn man ihn einmal beschummelt hat – ein zweites Mal lässt er sich nicht bluffen.

»Weißt du, was ich am schlimmsten finde?«, fragt Hoppo. »Irgendwie bin ich erleichtert, dass sie nicht mehr da ist. Dass ich mich nicht mehr mit ihr abgeben muss.«

»So ist es mir nach Dads Tod auch gegangen. Mach dir kein schlechtes Gewissen. Du bist nicht froh, dass sie weg ist. Du bist froh, dass sie nicht mehr krank ist.«

Ich reiche ihm meinen Flachmann. Er zögert, dann nimmt er einen Schluck.

»Und wie geht's dir sonst so?«, frage ich. »Was macht der Arm?«

»Immer noch kaum Gefühl drin, aber die Ärzte sagen, das braucht seine Zeit.«

Natürlich. Wir geben uns immer Zeit. Und eines Tages ist sie abgelaufen.

Er gibt mir den Flachmann zurück. Etwas sträubt sich in mir, dennoch bedeute ich ihm, noch einen Schluck zu trinken. Er tut es, und ich zünde mir eine Zigarette an.

»Und du?«, fragt er. »Bereit für den großen Umzug nach Manchester?«

Ich habe vor, eine Zeitlang als Vertretungslehrer zu arbeiten. Manchester scheint mir hinreichend weit weg, Abstand von den Dingen zu gewinnen. Von vielen Dingen.

»So ziemlich«, sage ich. »Obwohl ich befürchte, die Kinder werden mich in der Luft zerreißen.«

»Und Chloe?«

»Die kommt nicht mit.«

»Ich dachte, ihr zwei …?«

Ich schüttle den Kopf. »Ich finde es besser, wir bleiben Freunde.«

»Wirklich?«

»Wirklich.«

So schön die Vorstellung sein mag, Chloe und ich könnten ein Paar werden, sieht sie die Sache leider ganz anders. Und daran wird sich nichts ändern. Ich bin nicht ihr Typ, und sie ist nicht die Richtige für mich. Und seit ich weiß, dass sie Nickys kleine Schwester ist, käme es mir sowieso irgendwie falsch vor. Die beiden müssen zueinanderfinden. Und ich will nicht derjenige sein, der sie wieder auseinanderbringt.

»Was soll's«, sage ich, »vielleicht lerne ich ja im Norden die Richtige kennen.«

»Es sind schon seltsamere Dinge passiert.«

»Du sagst es.«

Wir schweigen. Und als Hoppo mir jetzt den Flachmann hinhält, nehme ich ihn.

»Ich denke, es ist wirklich alles vorbei«, sagt er, und ich weiß, er meint nicht nur die Sache mit den Kreidemännchen.

»Kann sein.«

Obwohl noch einiges ungeklärt ist. Offene Fragen.

»Du bist nicht überzeugt?«

Ich zucke die Schultern. »Manches verstehe ich immer noch nicht.«

»Zum Beispiel?«

»Hast du dich nie gefragt, wer Murphy vergiftet hat? Das war doch völlig sinnlos. Ich bin mir ziemlich sicher, dass Mickey ihn an dem Tag von der Leine gelassen hat. Er wollte dir wehtun, weil es ihm selbst nicht gutging. Und die Zeichnung auf dem Friedhof war bestimmt auch von Mickey. Aber ich kann immer noch nicht glauben, dass er Murphy *vergiftet* hat. Du?«

Er lässt sich lange mit der Antwort Zeit. Ich denke schon, er will gar nichts sagen. Dann aber doch: »Er hat es nicht getan. Niemand hat es getan. Nicht mit Absicht.«

Ich starre ihn. »Versteh ich nicht.«

Er sieht nach dem Flachmann. Ich gebe ihn ihm. Er trinkt.

»Mum war schon damals nicht mehr ganz richtig im Kopf. Dauernd verlegte sie irgendwelche Sachen, manchmal an die unmöglichsten Stellen. Einmal habe ich gesehen, wie sie Haferflocken in einen Kaffeebecher geschüttet und dann kochendes Wasser dazugegossen hat.«

Kommt mir bekannt vor.

»Ungefähr ein Jahr nach Murphys Tod kam ich einmal nach Hause, als sie Buddy gerade etwas zu fressen machte. Sie tat Nassfutter in den Napf und schüttete dann noch etwas aus einer Schachtel dazu. Ich dachte, das sei das Trockenfutter. Und dann sah ich – es war Schneckenkorn. Sie hatte die Schachteln verwechselt.«

»Scheiße.«

»Ja. Ich konnte gerade noch verhindern, dass sie ihm das Zeug hinstellte; ich glaube, wir haben sogar noch darüber gescherzt. Aber es hat mich doch nachdenklich gemacht: Was, wenn ihr das schon mal passiert war, mit Murphy?«

Möglich. Nicht mit Absicht. Bloß ein furchtbares Versehen.

Man darf nichts als gegeben annehmen. Man muss alles in Zweifel ziehen. Immer hinter das Offensichtliche blicken.

Ich lache. Ich kann nicht anders. »Und die ganze Zeit waren wir auf dem Holzweg. Wieder einmal.«

»Tut mir leid, dass ich dir das nicht schon früher erzählt habe.«

»Warum hättest du das tun sollen?«

»Immerhin hast du jetzt eine Erklärung.«

»Eine.«

»Gibt es noch mehr Fragen?«

Ich ziehe heftig an meiner Zigarette. »Die Party. Am Abend des Unfalls. Mickey hat immer behauptet, jemand habe ihm was ins Glas getan?«

»Mickey hat ständig gelogen.«

»In dem Fall aber nicht. Er hat sich nie betrunken ans Steuer gesetzt. Er hat sein Auto geliebt. Er hätte nie riskiert, es kaputtzufahren.«

»Und?«

»Ich denke, jemand hat ihm an dem Abend wirklich was ins Glas getan. Jemand, der wollte, dass er einen Unfall baut. Jemand, der ihn gehasst hat. Nur hat er nicht damit gerechnet, dass auch Gav in dem Auto sitzen würde.«

»So einer müsste ein ziemlich schlechter Freund sein.«

»Ich glaube nicht, dass das ein Freund von Mickey war. Weder damals noch heute.«

»Sondern?«

»Du hast Mickey gesehen, als er nach Anderbury zurückgekommen ist. Gleich am ersten Tag. Du hast Gav erzählt, dass er mit dir gesprochen hatte.«

»Und?«

»Jeder nahm an, Mickey sei an diesem Abend in den Park gegangen, weil er betrunken war und an seinen toten Bruder dachte; aber das glaube ich nicht. Ich denke, er hatte von Anfang an vor, dort hinzugehen. Um dort jemand zu treffen.«

»Ist ihm ja auch gelungen. Ein paar Straßenräuber.«

Ich schüttle den Kopf. »Es gibt keine Anklage. Nicht genug Beweise. Außerdem bestreiten sie, in dieser Nacht auch nur in der Nähe des Parks gewesen zu sein.«

Er denkt nach. »Also war es vielleicht doch so, wie ich von Anfang an gesagt habe – Mickey ist betrunken in den Fluss gefallen?«

Ich nicke. »›An diesem Teil der Promenade gibt es

keine Laternen‹. Deine Worte, als ich dir erzählt habe, dass Mickey in den Fluss gefallen und ertrunken ist. Stimmt's?«

»Stimmt.«

Mir wird flau.

»Woher wusstest du, wo Mickey in den Fluss gefallen war? Es sei denn, du warst dabei?«

Seine Miene verdüstert sich. »Warum hätte ich Mickey umbringen sollen?«

»Weil er herausgefunden hatte, dass du den Unfall verursacht hast? Weil er es Gav sagen und in seinem Buch darüber schreiben wollte? Sag du es mir.«

Er starrt mich unerträglich lange an. Dann gibt er mir den Flachmann zurück, drückt ihn hart an meine Brust.

»Manchmal, Ed … ist es besser, nicht alle Antworten zu kennen.«

Zwei Wochen später

Merkwürdig, wie klein einem das eigene Leben vorkommt, wenn man es hinter sich lässt. Ich hatte mir vorgestellt, nach zweiundvierzig Jahren müsste ich einen breiteren Raum auf der Erde eingenommen und eine etwas größere Delle in die Zeit geschlagen haben. Aber nein, wie bei den meisten Menschen passt mein Leben – zumindest was die materiellen Dinge angeht – bequem in einen großen Umzugswagen. Die Ladeklappen werden geschlossen, mein ganzer irdischer Besitz ist eingepackt, beschriftet und sicher verstaut. Nun ja, fast der ganze.

Ich zeige den Möbelpackern ein hoffentlich freundliches Lächeln. »Alles erledigt?«, frage ich kumpelhaft.

»Jau«, sagt der ältere der beiden, ein wettergegerbter Bursche. »Wir können.«

»Gut, gut.«

Ich sehe zum Haus. Das VERKAUFT-Schild starrt mich vorwurfsvoll an, als hätte ich irgendwie versagt, oder kapituliert. Ich hatte gedacht, Mum wäre von dem Verkauf alles andere als begeistert, tatsächlich aber scheint sie erleichtert zu sein. Und sie besteht darauf, dass ich den ganzen Erlös behalten soll.

»Du wirst das Geld brauchen, Ed. Mach was draus. Ein Neubeginn. Wir alle haben das mal nötig.«

Ich hebe die Hand, als der Umzugswagen losfährt. Da ich ein Einzimmerapartment gemietet habe, kommt der Großteil meiner Sachen direkt in ein Lager. Ich gehe langsam ins Haus zurück.

So wie mein Leben mir jetzt, wo meine Sachen ausgeräumt sind, kleiner vorkommt, kommt mir das Haus plötzlich größer vor. Ich stehe unschlüssig im Flur herum und stapfe schließlich die Treppe hinauf in mein Zimmer.

Am Boden unter dem Fenster, wo die Kommode stand, ist eine dunklere Stelle. Ich gehe hin und knie mich davor, nehme einen kleinen Schraubenzieher aus der Tasche und stemme damit die losen Dielenbretter auf. In dem Versteck sind nur noch zwei Gegenstände übrig.

Vorsichtig hebe ich den ersten heraus: eine große Plastikbox. Darunter liegt der zweite: ein zerknautschter alter Rucksack. Den hat Mum mir gekauft, nachdem ich meine Gürteltasche auf dem Jahrmarkt verloren hatte. Habe ich das schon erwähnt? Ich mochte diesen Rucksack. Da waren die Teenage Mutant Ninja Turtles drauf, und er war cooler und praktischer als eine Gürteltasche. Auch besser zum Sammeln geeignet.

Ich hatte ihn bei mir, als ich an jenem strahlenden, bitterkalten Morgen mit dem Rad in den Wald fuhr. Allein. Warum, weiß ich nicht. Es war noch ziemlich früh, und ich fuhr nicht oft allein in den Wald. Schon gar nicht im Winter. Vielleicht ahnte ich etwas. Schließlich weiß man nie, ob man nicht mal was Interessantes findet.

Und an diesem Morgen fand ich etwas sehr Interessantes.

Über die Hand bin ich buchstäblich gestolpert. Nachdem der Schreck sich gelegt hatte, suchte ich weiter und fand ihren Fuß. Dann die linke Hand. Beine. Den Rumpf. Und zum Schluss das wichtigste Teil des Menschenpuzzles. Ihren Kopf.

Er lag auf einem kleinen Blätterhaufen und starrte ins kahle Geäst empor, durch das die Sonne schien und überall auf dem Waldboden goldene Flecken machte. Ich kniete mich neben sie. Dann streckte ich die Hand aus – leicht zitternd vor Erwartung –, berührte ihr Haar und strich es ihr aus dem Gesicht. Die Narben sahen nicht mehr so schlimm aus. Was Mr. Halloran mit sanften Pinselstrichen gelungen war, hatte auch der Tod mit der kühlen Liebkosung seiner Knochenhand geschafft: Die Narben fielen kaum noch auf. Sie war wieder schön. Aber traurig. Verloren.

Ich streichelte ihr Gesicht, und dann, ohne groß nachzudenken, hob ich sie auf. Sie war schwerer als ich gedacht hatte. Und nachdem ich sie einmal berührt hatte, wusste ich, ich musste sie behalten. Ich konnte sie da nicht liegen lassen, auf einem Haufen rostbrauner Herbstblätter. Der Tod machte sie nicht nur wieder schön, sondern auch zu etwas Besonderem. Und ich war der Einzige, der das sehen konnte. Der Einzige, der es festhalten konnte.

Behutsam und ehrfürchtig wischte ich ein paar Blätter von ihrem Gesicht und legte den Kopf in den Rucksack. Dort war es warm und trocken, und sie brauchte nicht in die Sonne zu starren. Sie sollte aber auch nicht ins Dunkel sehen oder Kreidekrümel in die Augen bekommen. Und so langte ich hinein und schloss ihre Lider.

Bevor ich den Wald verließ, nahm ich ein Stück Kreide und zeichnete Hinweise auf die Leiche an die Bäume, damit die Polizei sie finden konnte. Damit der Rest ihres Körpers nicht so lange dort liegen musste.

Auf dem Rückweg sprach niemand mit mir, niemand hielt mich an. Wenn das geschehen wäre, hätte ich vielleicht alles gebeichtet. So aber kam ich nach Hause, trug den Rucksack mit meinem kostbaren neuen Besitz hinein und versteckte ihn unter den Dielenbrettern.

Ein Problem blieb aber noch. Natürlich hätte ich die Polizei sofort von der Leiche unterrichten müssen. Aber was, wenn sie mich nach dem Kopf fragten? Ich war kein guter Lügner. Was, wenn sie auf die Idee kämen, ich hätte ihn mitgenommen? Was, wenn ich ins Gefängnis müsste?

Da kam mir eine Idee. Ich zog mit meiner Kreideschachtel los und malte Kreidemännchen. Für Hoppo, für Fat Gav, für Mickey. Um die Sache zu verwirren, vertauschte ich die Farben. So dass niemand wissen konnte, wer die Zeichen wirklich gemalt hatte.

Ich malte mir sogar selbst eins und tat dann so – auch mir selbst gegenüber –, als hätte ich es erst nach dem Aufwachen entdeckt. Dann radelte ich zum Spielplatz.

Mickey war schon da. Die anderen kamen nach. Genau wie ich es erwartet hatte.

Ich nehme den Deckel von der Box und sehe hinein. Ihre leeren Augenhöhlen starren mich an. Ein paar Strähnen spröden Haars, fein wie Zuckerwatte, kleben an dem vergilbten Schädel. Wenn man genau hinsieht, erkennt man noch die Schürfspuren an den Wangenknochen, wo das vom Waltzer abgesprengte Metallstück ihr die Wange abgesichelt hat.

Sie hat nicht die ganze Zeit hier geruht. Nach ein paar Wochen wurde der Geruch in meinem Zimmer unerträglich. Jungenzimmer riechen schlimm, aber nicht so schlimm. Also hob ich am hinteren Ende unseres Gartens ein Loch aus, wo ich sie einige Monate lang aufbewahrte. Dann aber holte ich sie zurück. Sie sollte in meiner Nähe sein. Sie sollte es gut haben.

Ich streichle sie ein letztes Mal. Dann sehe ich auf die Uhr. Widerstrebend schließe ich den Deckel, verstaue die Box im Rucksack und gehe nach unten.

Ich lege den Rucksack in den Kofferraum und werfe etliche Mäntel und Taschen darüber. Nicht dass ich erwarte, angehalten und nach dem Inhalt meines Wagens gefragt zu werden, aber man kann nie wissen. Das könnte peinlich werden.

Gerade als ich einsteigen will, fallen mir die Hausschlüssel ein. Der Makler hat zwar auch welche, aber ich wollte meine den neuen Besitzern übergeben, bevor ich endgültig abreiste. Also gehe ich die Einfahrt hinauf, nehme die Schlüssel aus der Tasche und werfe sie in den Brief …

Ich überlege. Den Brief …?

Ich suche verzweifelt nach dem Wort, aber je mehr ich mich anstrenge, desto weiter entgleitet es mir. Der Brief …? Der verdammte Brief …?

Ich denke an meinen Dad, wie er die Türklinke anstarrt, unfähig, das so naheliegende und doch so schwer fassbare Wort zu finden, seine Miene der Inbegriff von Frust und Verwirrung. *Denk nach, Ed, denk nach.*

Und dann habe ich's. Brief … *loch*. Ja, das Briefloch.

Ich schüttle den Kopf. Zu dumm. Kleine Panikattacke.

Sonst nichts. Ich bin nur müde und gestresst von der Umzieherei. Alles in Ordnung. Ich bin nicht mein Dad.

Ich schiebe die Schlüssel hindurch, höre sie auf den Boden fallen, gehe zu meinem Auto und steige ein.

Brief*loch*. Natürlich.

Ich lasse den Motor an und fahre los … nach Manchester, in meine Zukunft.

Dank

Als Erstes danke ich Ihnen, den Lesern und Leserinnen, dass Sie das Buch von Ihrem hart erarbeiteten Geld gekauft, aus einer Bücherei mitgenommen oder von einem Freund geliehen und schließlich auch gelesen haben. In jedem Fall danke ich Ihnen. Ich danke Ihnen sehr.

Dank an meine hervorragende Agentin, Madeleine Milburn, die mein Manuskript aus den Bergen unverlangt eingesandter Manuskripte gezogen und sein Potenzial erkannt hat. Die beste Agentin aller Zeiten. Dank auch an Hayley Steed, Therese Coen, Anna Hogarty und Giles Milburn für ihre unermüdliche Arbeit und ihren Sachverstand. Ihr seid fantastisch.

Dank an die wunderbare Maxine Hitchcock von MJ Books für unsere Debatten über Säuglings-Aa und für ihr inspirierendes und einfühlsames Lektorat. Dank an Nathan Robertson von Crown US für genau das Gleiche (bis auf die Debatten über Säuglings-Aa). Dank an Sarah Day für die Endredaktion und an alle bei Penguin Random House für ihre Unterstützung.

Dank an alle meine Verleger weltweit. Ich hoffe, Sie alle eines Tages persönlich kennenzulernen!

Dank natürlich auch an meinen schwer geprüften Lebensgefährten, Neil, für seine Liebe und Unterstützung und all die Abende, an denen er sich mit der Rückseite eines Laptops unterhalten musste. Dank an Pat und Tim für so vieles, und an meine Eltern – für alles.

Ich bin gleich fertig. Versprochen …

Dank an Carl, der immer geduldig zuhörte, wenn ich endlos über mein Schreiben plapperte, als ich noch als Hundeausführerin arbeitete. Und danke für die vielen Karotten!

Und Dank an Claire und Matt für das großartige Geschenk, das ihr unserer Kleinen zum zweiten Geburtstag gemacht habt – ein Eimerchen mit bunten Kreidestiften.

Da seht ihr, was ihr angerichtet habt.

Seine kleine Schwester verschwindet – und kehrt zurück. Und das ist das Schlimmste, was hätte passieren können …

Wenn Ihnen »Der Kreidemann« gefallen hat und Sie Interesse an dem zweiten Roman von C. J. Tudor haben, lesen Sie auf den nächsten Seiten weiter.

Prolog

Noch bevor er das Haus betritt, weiß Gary, hier stimmt was nicht.

Grauenhaft süßlicher Geruch dringt aus der offenen Tür ins Freie; Fliegenschwärme surren im stickigen Flur, und wenn das kein todsicheres Anzeichen dafür ist, dass mit diesem Haus etwas nicht stimmt, nicht stimmt im schlimmstmöglichen Sinn, dann ist es die Stille.

In der Einfahrt steht ein gepflegter weißer Fiat; neben der Haustür lehnt ein Fahrrad, im Flur liegen Gummistiefel. Ein typisches Familienhaus. Und auch wenn so ein Haus leer ist, hallt es darin lebendig. Es liegt nicht bleiern und unheilverkündend unter einer alles erstickenden Decke des Schweigens wie dieses Haus.

Trotzdem ruft er noch einmal: »Hallo. Jemand zu Hause?«

Cheryl hebt die Hand und klopft energisch an die offene Tür. Zu, als sie gekommen waren, aber nicht abgeschlossen. Auch daran war etwas nicht richtig. Arnhill mochte ein kleines Dorf sein, aber immer noch schloss hier jeder seine Haustür ab.

»Polizei!«, ruft sie.

Nichts. Keine leisen Schritte, kein Quietschen oder Flüstern. Gary stöhnt, er spürt einen abergläubischen Unwillen, das Haus zu betreten. Nicht nur wegen des grauenhaften Todesgeruchs. Da ist noch etwas anderes. Etwas aus Urzeiten, das ihn drängt, sich abzuwenden und wegzulaufen, auf der Stelle.

»Sarge?« Cheryl mustert ihn von unten, eine bleistiftdünne Augenbraue fragend hochgezogen.

Er blickt auf seine einssechzig große, kaum hundert Pfund schwere Kollegin herab. Mit seinen einsfünfundachtzig und knapp 110 Kilo ist Gary der Balu neben dem zierlichen Bambi Cheryl. Jedenfalls äußerlich. Was das Innere angeht, soviel sei gesagt, muss Gary bei Disney-Filmen immer weinen.

Er nickt ihr grimmig zu, und die beiden gehen hinein.

Der satte Verwesungsgeruch durchdringt alles. Gary schluckt, versucht durch den Mund zu atmen und wünscht verzweifelt, ein anderer – *irgendein anderer* – hätte diesen Anruf entgegengenommen. Cheryl verzieht das Gesicht und hält sich die Hand vor die Nase.

Diese Häuser sind alle ähnlich gebaut. Kleiner Flur.

Links die Treppe. Wohnzimmer rechts, hinten die winzige Küche. Gary steht vor dem Wohnzimmer. Dann stößt er die Tür auf.

Er hat schon viele Tote gesehen. Ein Kind, Opfer eines Unfalls mit Fahrerflucht. Einen Teenager, zerfleischt von einem Mähdrescher. Entsetzlich, ja. Sinnlos, ganz bestimmt. Aber das hier. Das ist übel, denkt er. Echt übel.

»Scheiße«, flüstert Cheryl, und Gary hätte es nicht besser ausdrücken können.

Dieses eine Wort sagt alles. *Scheiße*.

Eine Frau, wie hingeworfen auf einem abgewetzten Ledersofa in der Mitte des Zimmers, vor ihr ein großer Flachbildfernseher. Die Mattscheibe mit einem spinnwebartigen Sprung, auf dem Dutzende fetter Schmeißfliegen träge herumkrabbeln.

Die anderen umschwirren die Frau. *Die Tote*, verbessert sich Gary. Keine Person mehr. Nur ein Leichnam. Nur ein weiterer Fall. Reiß dich zusammen.

Verwesung hat sie aufgeschwemmt, dennoch kann er erkennen, dass sie im Leben schlank gewesen sein muss, mit heller Haut, die jetzt fleckig und von grünen Adern durchzogen ist. Sie ist gut gekleidet. Karierte Bluse, eng anliegende Jeans, Lederstiefel. Ihr Alter ist schwer zu schätzen, zumal von ihrem Kopf kaum etwas übrig ist. Was genaugenommen nicht stimmt.

Knochensplitter und Hautfetzen kleben an der Wand, am Bücherregal und auf den Kissen.

Kaum Zweifel, wer den Abzug betätigt hat. Die Schrotflinte liegt noch auf ihrem Schoß, gehalten von aufgedunsenen Fingern. Gary sieht es vor sich: Lauf in den Mund gesteckt, Abzug gedrückt, Geschoss tritt leicht nach links versetzt aus, denn dort ist der Schaden am größten, logisch, da sie die Flinte in der Rechten hält.

Gary ist bloß ein uniformierter Sergeant und hat mit Forensik nicht viel zu tun, aber er lässt sich kaum eine Folge von *CSI* entgehen.

Die Verwesung hat offenbar ziemlich schnell eingesetzt. Es ist heiß in dem kleinen Haus, geradezu stickig. Die Außentemperatur liegt bei knapp 25 Grad, die Fenster sind geschlossen, die Vorhänge zwar zugezogen, aber in dem Zimmer herrschen mindestens 30 Grad. Schon läuft ihm der Schweiß über den Rücken, seine Achselhöhlen sind feucht. Cheryl, die sonst nie die Ruhe verliert, fährt sich über die Stirn und verzieht unbehaglich das Gesicht.

»Mist. Was für eine Schweinerei«, sagt sie mit einem Überdruss, den er nicht von ihr gewohnt ist.

Sie starrt die Leiche auf dem Sofa an, schüttelt den Kopf und sieht sich mit grimmiger Miene im Zimmer um. Gary weiß, was sie denkt. *Nettes Häuschen. Net-*

tes Auto. Nette Kleidung. Aber was sich im Innern abspielt, das weiß man nie.

Die einzigen Möbelstücke außer dem Sofa sind ein schwerer Bücherschrank aus Eiche, ein kleiner Couchtisch und der Fernseher. Gary betrachtet ihn noch einmal und fragt sich, wie der Sprung in die Scheibe gekommen sein könnte und warum die Fliegen so gierig darauf herumkrabbeln. Er geht näher heran, hört Glassplitter unter seinen Schuhen knirschen und bückt sich.

Von nahem erkennt er die Ursache. Das gesprungene Glas ist mit dunklem, verkrustetem Blut bedeckt. Blut ist von der Mattscheibe auf den Fußboden gelaufen, und nur zufällig ist Gary nicht in die klebrige Lache getreten, die sich auf den Holzdielen ausgebreitet hat.

Cheryl kommt zu ihm. »Was ist das? Blut?«

Er denkt an das Fahrrad. Die Gummistiefel. Die Stille.

»Wir müssen das ganze Haus überprüfen«, sagt er. Sie sieht ihn beunruhigt an und nickt.

Die Treppe ist steil, sie knarrt und weist weitere Blutspuren auf. Oben führt ein enger Flur zu zwei Schlafzimmern und einem winzigen Bad. Hier ist die Hitze noch drückender, der Gestank noch bestialischer. Gary bedeutet Cheryl, im Bad nachzusehen.

Kurz glaubt er, sie wolle widersprechen. Der Geruch kommt offenbar aus einem der Schlafzimmer, doch ausnahmsweise gehorcht sie ihrem ranghöheren Kollegen und geht zaghaft die paar Schritte durch den Flur.

Er steht mit einem metallischen Geschmack im Mund vor der ersten Schlafzimmertür und drückt sie langsam auf.

Das Zimmer gehört einer Frau. Sauber, ordentlich und leer. Kleiderschrank in einer Ecke, Kommode am Fenster, großes Bett mit makelloser cremefarbener Decke. Auf dem Nachttisch eine Lampe und ein Foto in einfachem Holzrahmen. Er nimmt es hoch. Ein Junge, zehn oder elf, klein und drahtig, mit breitem Lächeln und verstrubbelten blonden Haaren. *O Gott*, betet er unwillkürlich. *Bitte, Gott, nein.*

Noch beklommener als zuvor geht er in den Flur zurück, wo Cheryl bleich und nervös auf ihn wartet.

»Das Bad ist leer«, sagt sie, und er weiß, sie denkt dasselbe wie er. Nur noch ein Zimmer übrig. Nur noch eine Tür, hinter der sich der Hauptgewinn verbirgt. Unwillig fuchtelt er eine Fliege weg und würde gern einmal tief Luft holen, aber der Gestank schnürt ihm die Kehle zu. Stattdessen packt er die Klinke und stößt die Tür auf.

Cheryl ist zu abgebrüht und erbricht sich nie, gibt

jetzt aber ein würgendes Geräusch von sich. Auch ihm dreht sich der Magen um, doch er schafft es, den Brechreiz zu unterdrücken.

Vorhin hatte er gedacht, das hier sei schlimm. Falsch. Es ist ein verdammter Albtraum.

Der Junge liegt auf dem Bett, bekleidet mit einem zu großen T-Shirt, schlabbrigen Shorts und weißen Sportsocken. Das Gummigewebe der Socken gräbt sich in das geschwollene Fleisch seiner Unterschenkel.

Strahlend weiße Socken, bemerkt Gary. Blendend weiß. Blütenweiß. Wie aus einer Waschmittelreklame. Oder vielleicht kommen sie ihm nur so vor, weil alles andere rot ist. Dunkelrot. Rote Streifen auf dem übergroßen T-Shirt, rote Flecken auf den Kissen und Laken. Und wo das Gesicht des Jungen sein sollte, ist nur ein konturloser roter Brei, in dem es von Käfern und Fliegen wimmelt, die sich in das zerstörte Fleisch gewühlt haben.

Garys Gedanken kehren zu der gesprungenen Mattscheibe und der Blutlache auf dem Fußboden zurück, und plötzlich sieht er es vor sich. Wie der Kopf des Jungen immer wieder an den Fernseher geschlagen und dann so lange auf den Boden gehämmert wird, bis von dem Gesicht nichts mehr übrig ist.

Und darum ging es vermutlich, denkt er, als er den

Blick auf das andere Rot richtet. Das grellste Rot. Das unübersehbarste Rot. Große Buchstaben an der Wand über der Leiche des Jungen:

NICHT MEIN SOHN

I

Geh niemals zurück. Den Rat bekommt man oft zu hören. Alles hat sich verändert. Nichts ist mehr so, wie du es in Erinnerung hast. Lass die Vergangenheit in der Vergangenheit ruhen. Das ist natürlich leichter gesagt als getan. Die Vergangenheit kommt immer wieder hoch. Wie ein schlechtes Curry.

Ich will nicht zurückgehen. Nein. Da steht noch manches höher auf meiner Wunschliste: nicht bei lebendigem Leibe von Ratten gefressen werden, Line-Dance und solche Sachen. Anders gesagt, ich will unter keinen Umständen jemals in das Dreckskaff zurückkehren, in dem ich aufgewachsen bin. Aber manchmal bleibt einem nur die Entscheidung für das Falsche.

Und deswegen fahre ich jetzt noch vor sieben Uhr morgens auf einer kurvenreichen Fernstraße durch die Landschaft von North Nottinghamshire. Ich habe diese Straße seit langem nicht mehr gesehen. So wie ich auch sieben Uhr morgens seit langem nicht mehr gesehen habe.

Auf der Straße ist nichts los. Nur ein paar Autos

überholen mich, eins hupt (womit der Fahrer zweifellos andeutet, ich behindere seine Lewis-Hamiltonsche Raserei zu irgendeinem beschissenen Job, den er unbedingt ein paar Minuten früher antreten will). Und es stimmt, ich fahre langsam. Nase an der Windschutzscheibe, die Hände ums Steuer gekrampft, dass die Knöchel weiß hervortreten: ganz langsam.

Ich fahre nicht gern. Wann immer möglich, lasse ich es. Ich gehe zu Fuß oder nehme den Bus, für weitere Strecken den Zug. Dummerweise hat Arnhill keine nennenswerten Busverbindungen, und der nächste Bahnhof ist zwölf Meilen entfernt. Da bleibt mir nur das Auto. Wie gesagt, manchmal hat man keine Wahl.

Ich blinke, biege ab und setze die Fahrt auf Landstraßen fort, die noch schmaler und tückischer sind. Auf beiden Seiten erstrecken sich Äcker in nassem Braun oder schmutzigem Grün, Schweine beschnüffeln die Luft in rostigen Wellblechhütten zwischen windschiefen Birkenwäldchen. Sherwood Forest, oder was davon übrig ist. Robin Hood und Little John sieht man heutzutage nur noch auf schlecht gemalten Schildern heruntergekommener Kneipen. Die Männer in diesen Kneipen sind meist ziemlich angesäuselt, und das Einzige, was man einbüßt, sind die Zähne, wenn man diese Männer schief ansieht.

Der Norden ist gar nicht so rau, wie man immer

sagt. Und Nottinghamshire liegt ja auch nicht hoch im Norden – höchstens für Leute, die nie über den Höllenring der M25 um London hinausgekommen sind. Aber farblos ist es dort, flach, längst nicht so lebendig, wie man es von ländlichen Gegenden erwartet. Als sei durch die einst hier so zahlreichen Bergwerke alles Leben von innen heraus weggeschaufelt worden.

Nachdem ich lange Zeit keinerlei Anzeichen von Zivilisation bemerkt habe, nicht mal einen McDonald's, taucht endlich ein verwittertes Schild vor mir auf: WILLKOMMEN IN ARNHILL.

Darunter hat irgendein schlagfertiges kleines Arschloch hinzugefügt: UND GLEICH EINS IN DIE FRESSE.

Arnhill hat nichts Anheimelndes. Das Dorf wirkt abweisend, verbiestert und griesgrämig. Man bleibt unter sich und beäugt Besucher mit Misstrauen. Die Leute sind stoisch, unerschütterlich und müde, alles auf einmal. So ein Dorf sieht einen finster an, wenn man kommt, und spuckt auf den Boden, wenn man geht.

Von ein paar Bauernhöfen und älteren Steinhäusern in der Peripherie einmal abgesehen, hat Arnhill nichts Malerisches oder Idyllisches. Das Bergwerk wurde vor fast dreißig Jahren geschlossen, doch seine Altlasten durchdringen immer noch alles wie das Erz die Gesteinsschichten. Hier gibt es keine reetgedeckten Dächer oder hängenden Blumenampeln. Das Einzige, was hier vor den Häusern hängt, ist Wäsche an der Leine und die eine oder andere Flagge mit dem Georgskreuz.

Eintönige verrußte Reihenhauszeilen säumen die Hauptstraße, dazwischen ein schmuddliger Pub: The Running Fox. Früher gab es noch zwei – The Arnhill Arms und The Bull –, aber die sind schon lange zu. Damals, zu meiner Zeit, drückte der Wirt des Fox – Gypsy – immer ein Auge zu, wenn welche von uns älteren Jungs dort was tranken. Ich weiß noch, wie ich da in dem verdreckten Klo einmal drei Pints Snakebite und praktisch meine kompletten Eingeweide ausgekotzt habe, und als ich rauskam, wartete er schon mit Mopp und Eimer.

Der Imbiss nebenan, The Wandering Dragon, ist ähnlich unberührt von Fortschritt, frischer Farbe oder – möchte ich wetten – einer neuen Speisekarte. Eine Lücke in meiner sonst lückenlosen Erinnerung: der kleine Eckladen, wo wir immer Kaugummi, fliegende Untertassen und Schokoriegel kauften, ist nicht mehr da. Stattdessen jetzt ein Sainsbury's Local. Offenbar ist nicht einmal Arnhill vollständig immun gegen den Lauf des Fortschritts.

Ansonsten sehe ich meine schlimmsten Befürchtungen bestätigt. Nichts hat sich verändert. Das Dorf ist leider genau so, wie ich es in Erinnerung habe.

Ich fahre weiter die Hauptstraße entlang, vorbei an dem schäbigen Kinderspielplatz und dem kleinen Dorfanger. In der Mitte die Statue eines Bergarbeiters. Denkmal für die Kumpel, die bei dem Grubenunglück von 1949 ums Leben kamen.

Jenseits der Highlights des Dorfs sehe ich auf einem kleinen Hügel das Schultor. Arnhill Academy heißt die Schule jetzt. Die Gebäude sind frisch verputzt, der alte Englisch-Block, von dessen Dach einmal ein Kind gestürzt ist, wurde abgerissen und durch eine Sitzecke im Freien ersetzt. Man kann einen Scheißhaufen in Glanzpapier wickeln, aber es bleibt trotzdem ein Scheißhaufen. Ich muss es wissen.

Ich fahre auf den Lehrerparkplatz hinter dem Gebäude und klettere aus meinem altersschwachen Golf. Zwei andere Autos stehen dort – ein roter Corsa und ein alter Saab. Schulen sind auch in den Sommerferien selten ganz leer. Lehrer müssen Stundenpläne und Unterrichtsmaterial erstellen oder Krisengespräche führen. Oder Vorstellungsgespräche.

Ich schließe den Wagen ab und gehe möglichst ohne zu hinken um das Gebäude herum zum Haupteingang. Heute tut das Bein weh. Was vom Fahren kommt, aber auch von dem Stress, hier zu sein. Manche Leute bekommen Migräne; ich bekomme das Pendant dazu in meinem schlimmen Bein. Eigentlich sollte ich meinen

Stock benutzen. Aber ich hasse das. Damit komme ich mir wie ein Behinderter vor. Die Leute sehen mich mitleidig an. Ich hasse es, bemitleidet zu werden. Sein Mitleid sollte man sich aufsparen für die, die es verdienen.

Als ich die Treppe zum Eingang hinaufgehe, zucke ich vor Schmerz zusammen. Auf einer glänzenden Tafel über dem Portal steht »Gut, besser, am besten. Gib niemals auf. Bis dein Gut besser und dein Besser das Beste ist.«

Sehr erbaulich. Wozu mir natürlich Homer Simpsons Gegenentwurf einfällt: »Kinder, ihr habt euer Bestes versucht und seid kläglich gescheitert. Lasst es euch eine Lehre sein und versucht es erst gar nicht.«

Ich drücke auf die Gegensprechanlage neben der Tür. Als es knistert, beuge ich mich vor und sage:

»Ich möchte zu Mr Price?«

Noch ein Knistern, eine schrille Rückkopplung, dann ein Summen. Ich reibe mir das Ohr, stoße die Tür auf und gehe hinein.

Als erstes bemerke ich den Geruch. Jede Schule hat ihren eigenen. In den modernen Schulgebäuden riecht es nach Desinfektionsmitteln und Bildschirmreiniger. In Privatschulen nach Kalk, Holzfußböden und Geld. Arnhill Academy riecht nach vergammelten Hamburgern, Klosteinen und Hormonen.

»Hallo?«

Eine streng dreinblickende Frau mit kurzgeschorenem Haar und Brille hebt hinter dem Glaskasten des Empfangs den Kopf.

Miss Grayson. Wohl kaum. Ist die nicht längst im Ruhestand? Dann sehe ich es. Das fette braune Muttermal an ihrem Kinn, mit der steifen schwarzen Haarborste darin wie eh und je. *Gott.* Sie ist es wirklich. Das heißt, vor all diesen Jahren, als ich sie für eine uralte Schachtel hielt, war sie erst – was? – vierzig? So alt wie ich jetzt.

»Ich möchte zu Mr Price«, wiederholte ich. »Ich bin's, Joe … Mr Thorne.«

Ob sie mich erkennt? Offenbar nicht. Es ist ja auch lange her, und sie hat unzählige Schüler durch diese Türen kommen sehen. Ich bin nicht mehr der dünne kleine Junge in zu großer Schuluniform, der hastig durch die Vorhalle huschte, voller Angst, von ihr beim Namen gerufen und ausgeschimpft zu werden, weil mir das Hemd aus der Hose hing oder ich nicht den Vorschriften entsprechende Turnschuhe anhatte.

Miss Grayson war nicht nur schlecht. Oft hatte ich sie mit einigen der schwächeren, schüchternen Schüler in ihrem Büro gesehen. Sie klebte Pflaster auf zerschrammte Knie, wenn die Schulschwester nicht da war, setzte die Kinder hin und gab ihnen Fruchtsaft zu trinken, während sie auf einen Lehrer warteten, oder ließ sich von ihnen beim Abheften helfen, alles mögliche, um ihnen ein wenig Entlastung von den Qualen des Schulhofs zu verschaffen. Eine kleine Zuflucht.

Trotzdem hatte ich eine Heidenangst vor ihr.

Immer noch, denke ich. Sie stöhnt – macht mir unmissverständlich klar, wie sehr ich ihre Zeit, meine Zeit und die Zeit der Schule verschwende – und greift nach dem Telefon. Ich frage mich, warum sie heute überhaupt hier ist. Sie gehört nicht zum Lehrkörper. Andererseits überrascht es mich nicht. Als Kind konnte ich mir Miss Grayson außerhalb der Schule gar nicht vorstellen. Sie war Teil des Gebäudes. Allgegenwärtig.

»Mr Price?«, bellt sie. »Ich habe hier einen Mr Thorne für Sie. Okay. Ja. Gut.« Sie legt den Hörer auf. »Er kommt gleich.«

»Schön. Danke.«

Sie wendet sich wieder ihrem Computer zu, ich bin entlassen. Kein Tee oder Kaffee.

Und gerade jetzt schreien alle meinen Neuronen nach einer Koffeinspritze. Ich hocke mich auf einen Plastikstuhl und versuche nicht wie ein sündiger Schüler auszusehen, der auf den Direktor wartet. Mein Knie pocht. Ich lege die gefalteten Hände darauf und massiere es verstohlen mit den Fingern.

Durchs Fenster sehe ich ein paar Kinder, ohne

Schulkleidung, am Tor herumlungern. Sie trinken Red Bull und sehen sich kichernd was auf ihren Smartphones an. Ein Déjà vu überschwemmt mich. Ich bin wieder fünfzehn, hänge an demselben Tor herum, trinke Panda Cola und … worüber haben wir uns kichernd gebeugt, als es noch keine Smartphones gab? *Smash Hits* und geklaute Pornohefte, nehme ich an.

Ich senke den Blick auf meine Stiefel. Das Leder ist ein bisschen abgestoßen. Ich hätte sie putzen sollen. Ich brauche *dringend* einen Kaffee. Um ein Haar knicke ich ein und bettle um eine verdammte Tasse, als ich Schuhe auf dem gebohnerten Linoleum quietschen höre und die Doppeltür zum Hauptkorridor aufschwingt.

»Joseph Thorne?«

Ich stehe auf. Harry Price entspricht vollkommen meinen Erwartungen – oder doch nicht ganz. Hager und zermürbt, Mitte fünfzig, ausgebeulter Anzug, Slipper. Das Haar schütter und grau, nach hinten gekämmt; ein Gesicht, als sei er ständig kurz davor, furchtbare Neuigkeiten zu erfahren. Eine Wolke müder Resignation umschwebt ihn wie schlechtes Aftershave.

Er lächelt. Ich sehe schiefe, nikotinfleckige Zähne. Was mich daran erinnert, dass ich seit der Abfahrt in

Manchester keine Zigarette mehr geraucht habe. Dies und der Schmacht auf Kaffee macht mich so fertig, dass ich nur noch die Zähne zusammenbeißen kann.

Dann strecke ich die Hand aus und schaffe meinerseits ein hoffentlich freundliches Lächeln. »Schön, Sie kennenzulernen.«

Er mustert mich. Ich bin größer als er, mindestens eine Handbreit. Glattrasiert. Guter Anzug, ziemlich teuer. Dunkles Haar, allerdings jetzt mit manchen grauen Stellen. Dunkle Augen mit vielen roten Äderchen. Man sagt, ich hätte ein ehrliches Gesicht. Was nur beweist, wie wenig die Leute wissen.

Er nimmt meine Hand und schüttelt sie kräftig. »Mein Büro ist gleich nebenan.«

Ich rücke meine Schultertasche zurecht, versuche möglichst wenig zu hinken, und folge Harry in sein Büro. Showtime.

»Das Empfehlungsschreiben Ihres vorigen Direktors klingt sehr vielversprechend.«

Selbstverständlich. Ich habe es selbst geschrieben.

»Danke.«

»Das alles hier macht einen sehr guten Eindruck.«

Lügen ist eins meiner Spezialgebiete.

»Aber …«

Jetzt kommt's.

»Seit Ihrer letzten Stellung hatten Sie eine recht lange Pause – über zwölf Monate.«

Ich greife nach dem schwachen Milchkaffee, den Miss Grayson endlich vor mir auf den Schreibtisch knallt. Ich nehme einen Schluck und versuche, nicht das Gesicht zu verziehen.

»Ja, richtig, ich habe ein Sabbatjahr eingelegt. Nach fünfzehn Jahren Lehrertätigkeit musste ich einfach mal meine Batterien aufladen. Über meine Zukunft nachdenken. Zu einem Entschluss kommen, wie es weitergehen sollte.«

»Und darf ich fragen, was Sie in Ihrem Sabbatjahr gemacht haben? Ihr Lebenslauf ist da ein wenig vage.«

»Nachhilfe. Gemeindearbeit. Dann eine Zeitlang als Lehrer im Ausland.«

»Ach? Wo denn?«

»Botswana.«

Botswana? Wo zum Teufel kam das jetzt her? Keine Ahnung, wo das überhaupt genau liegt.

»Das ist sehr lobenswert.«

Und erfinderisch.

»Ganz uneigennützig war das nicht. Das Wetter war besser.«

Wir lachen beide.

»Und jetzt wollen Sie wieder Vollzeit als Lehrer arbeiten?«

»Ich bin bereit für die nächste Etappe meiner Laufbahn, ja.«

»Dann wäre meine nächste Frage: Warum möchten Sie hier an der Arnhill Academy arbeiten? Aus Ihrem Lebenslauf würde ich schließen, dass Sie sich die Schulen praktisch aussuchen können.«

Aus meinem Lebenslauf könnte man schließen, ich hätte längst den Nobelpreis verdient.

»Na ja«, sage ich, »Ich komme von hier. Ich bin in Arnhill aufgewachsen. Ich würde der Gemeinde gern etwas zurückgeben.«

Er schiebt unbehaglich Papiere auf seinem Schreibtisch herum. »Ihnen sind die Umstände bekannt, warum die Stelle neu zu besetzen ist?«

»Ich lese Zeitung.«

»Und was sagen Sie dazu?«

»Tragisch. Entsetzlich. Aber eine einzige Tragödie sollte sich nicht auf eine ganze Schule auswirken.«

»Freut mich, das zu hören.«

Freut mich, den Satz geübt zu haben.

»Obwohl«, füge ich hinzu, »mir natürlich klar ist, dass Sie alle noch ziemlich aufgewühlt sein müssen.«

»Mrs Morton war eine sehr beliebte Lehrerin.«

»Ganz bestimmt.«

»Und Ben, nun ja, war ein sehr vielversprechender Schüler.«

Mir schnürt sich die Kehle zu, aber nur ein bisschen. Ich habe gelernt, meine Gefühle zu unterdrücken. Doch kurz setzt es mir zu. Ein Leben voller Verheißungen. Dabei ist das Leben nie etwas anderes. Eine Verheißung. Keine Garantie. Wir bilden uns gern ein, wir hätten einen festen Platz in der Zukunft, haben aber nur eine Reservierung. Das Leben kann jeden Augenblick storniert werden, ohne Vorwarnung, ohne Rückerstattung, ganz gleich, wie weit man auf der Reise gekommen ist. Selbst wenn man kaum Zeit hatte, sich die Umgebung anzusehen.

Wie Ben. Wie meine Schwester.

Ich merke, Harry spricht immer noch.

»Das ist natürlich eine heikle Situation. Man hat Fragen gestellt. Wie konnte die Schule nicht mitbekommen, dass eine ihrer Lehrerinnen psychisch instabil war? Waren womöglich Schüler in Gefahr?«

»Ich verstehe.«

Ich verstehe, dass Harry sich mehr um seine Stellung und die Schule sorgt als um den armen Benjamin Morton, dem von dem einzigen Menschen auf der Welt, der ihn hätte beschützen müssen, das Gesicht zertrümmert worden war.

»Ich will damit sagen, ich muss bei der Besetzung dieser Stelle Vorsicht walten lassen. Eltern müssen Vertrauen zu uns haben können.«

»Absolut. Und ich verstehe durchaus, wenn Sie einen besseren Kandidaten haben …«

»Das habe ich nicht gesagt.«

Hat er nicht. Das weiß ich selber. Und ich bin ein guter Lehrer (meistens). Tatsache ist, Arnhill Academy ist ein Drecksloch. Weit unter Durchschnitt. Mit schlechtem Ruf. Er weiß es. Ich weiß es. Für diese Schule einen anständigen Lehrer zu bekommen wird schwerer sein, als einen Bären zu finden, der nicht in den Wald scheißt, erst recht unter den gegenwärtigen »Umständen«.

Ich reite weiter darauf herum. »Darf ich ganz aufrichtig sein?«

Es macht sich immer gut, das zu sagen, wenn man nicht die Absicht hat, aufrichtig zu sein.

»Ich weiß, Arnhill Academy hat Probleme. Gerade deswegen möchte ich hier arbeiten. Ich suche eine Herausforderung. Ich kenne diese Kinder. weil ich selbst mal eins von ihnen war. Ich kenne die Gemeinde. Ich weiß genau, mit wem und was ich es zu tun habe. Das schreckt mich nicht. Tatsächlich dürften Sie bald feststellen, wie wenig mich schreckt.«

Ich spüre, ich habe ihn überzeugt. In Bewerbungsgesprächen bin ich gut. Ich weiß, was die Leute hören wollen. Und vor allem, ich erkenne, wenn sie verzweifelt sind.

Harry lehnt sich auf seinem Stuhl zurück. »Nun, ich denke, ich habe keine weiteren Fragen mehr.«

»Gut. Also, hat mich gefreut, Sie …«

»Ach, übrigens, noch etwas.«

Oh, Scheiße …

Er lächelt. »Wann können Sie anfangen?«

LESEPROBE

2

Drei Wochen später

Im Haus ist es kalt. Kalt wie in einem Gebäude, das seit einiger Zeit verschlossen und unbewohnt ist. Die Kälte zieht einem in die Knochen und bleibt dort, auch wenn man die Heizung voll aufgedreht hat.

Und es riecht. Nach Leerstand und billiger Farbe und Nässe. Die Fotos auf der Website werden dem nicht gerecht. Sie lassen auf eine Art heruntergekommene Eleganz schließen. Malerische Vernachlässigung. Die Wirklichkeit ist anders: bitter und baufällig. Nicht dass ich es mir leisten kann, wählerisch zu sein. Irgendwo muss ich schließlich wohnen, und selbst in einem Kaff wie Arnhill ist dieses Haus das einzige, das ich bezahlen kann.

Natürlich ist das nicht der einzige Grund, warum ich mich dafür entschieden habe.

»Alles in Ordnung?«

Ich drehe mich zu dem glatthaarigen Mann im Türrahmen um. Mike Belling von Belling & Co. Vermietungsagentur. Nicht von hier. Zu gut gekleidet, zu wortgewandt. Ich merke ihm an, er will nur von hier weg, zurück in sein Londoner Büro, und sich die Kuhscheiße von seinen glänzend schwarzen Schuhen abwischen.

»Nicht ganz, was ich erwartet habe.«

Sein Lächeln schrumpft. »Nun, laut unserer Objektbeschreibung handelt es sich um ein traditionelles Wohnhaus ohne viel modernen Komfort, das seit einiger Zeit leersteht …«

»Gewiss«, sage ich unschlüssig. »Sie sagten, der Boiler ist in der Küche? Vielleicht sollte ich erst einmal einheizen. Danke, dass Sie mich reingelassen haben.«

Er bleibt verlegen stehen. »Da wäre noch etwas, Mr Thorne …«

»Ja?«

»Der Scheck für die Kaution?«

»Was ist damit?«

»Das ist sicher nur ein Versehen, aber … wir haben ihn noch nicht erhalten.«

»Ach?« Ich schüttele den Kopf. »Die Post wird wirklich immer schlimmer.«

»Na ja, kein Problem. Wenn Sie vielleicht …«

»Selbstverständlich.«

Ich ziehe das Scheckheft aus meiner Jackentasche. Mike Belling reicht mir einen Stift. Ich lehne mich an die Armlehne des fadenscheinigen Sofas und stelle einen Scheck aus. Ich reiße ihn raus und gebe ihn ihm.

Er lächelt. Er wirft einen Blick auf den Scheck, und das Lächeln verschwindet. »Fünfhundert Pfund? Kaution und erste Monatsmiete machen zusammen tausend.«

»Richtig. Aber jetzt habe ich das Haus mit eigenen Augen gesehen.« Ich blicke mich um und verziehe das Gesicht. »Offen gesagt, das ist eine Bruchbude. Kalt und feucht, und es riecht. Sie könnten schon froh sein, wenn sich hier Hausbesetzer einnisten würden. Und Sie waren nicht einmal so freundlich, vor mir herzukommen und die Heizung anzumachen.«

»Ich kann das leider nicht akzeptieren.«

»Dann suchen Sie sich einen anderen Mieter.«

Jetzt muss er Farbe bekennen. Ich sehe ihn zögern. Niemals Schwäche zeigen.

»Oder finden Sie vielleicht keinen? Vielleicht will niemand dieses Haus mieten, nach dem, was sich hier abgespielt hat? Sie wissen schon, diese Lappalie von wegen Mord und Selbstmord, von der Sie mir nichts erzählt haben.«

Seine Miene erstarrt, als habe ihm jemand ein heißes Schüreisen hinten reingerammt. Er schluckt. »Gesetzlich sind wir nicht verpflichtet, Mieter darüber zu informieren, was …«

LESEPROBE

»Nein. Aber moralisch? Das wär doch ganz nett?« Ich setze ein gewinnendes Lächeln auf. »In Anbetracht dessen halte ich einen erheblichen Nachlass auf die Kaution für das Mindeste, was Sie mir anbieten können.«

Seine Kiefer malmen. Neben seinem rechten Auge zuckt es. Er würde gern grob werden, mich vielleicht sogar schlagen. Aber das kann er nicht, denn dann würde er seinen behaglichen Job verlieren, zwanzig Riesen im Jahr plus Provision, und wovon soll er dann seine schicken Anzüge und glänzend schwarzen Schuhe bezahlen?

Er faltet den Scheck und schiebt ihn in seine Mappe. »Alles klar. Kein Problem.«

Ausgepackt habe ich schnell. Ich bin keiner von denen, die sich nicht von ihren Sachen trennen können. Was die Leute mit Zierrat haben, ist mir ein Rätsel, und Fotos sind gut und schön, wenn man Familie und Kinder hat, aber ich habe keine. Meine Kleidung trage ich, bis sie abgetragen ist, und ersetze sie durch genau die gleiche.

Natürlich gibt es Ausnahmen von dieser Regel. Zwei Dinge habe ich mir bis zum Schluss aufgehoben und nehme sie als letzte aus meinem kleinen Koffer. Das eine ist ein verschlissenes Päckchen Spielkarten. Ich stecke es in die Tasche. Manche Kartenspieler haben Glücksbringer bei sich. Ich habe nie an Glück oder Pech geglaubt, bis ich zu verlieren begann. Dann schob ich die Schuld auf mein Pech, auf die Schuhe, die ich gerade anhatte, auf die beschissene Konstellation der Sterne. Auf alles, nur nicht auf mich selbst. Die Karten waren mein umgekehrter Talisman – eine ständige Mahnung, wie sehr ich alles vermasselt hatte.

Das zweite ist sperriger und in Zeitungspapier gewickelt. Ich hebe sie aus dem Koffer und lege sie aufs Bett, so sachte, als wäre sie ein lebendiges Baby, und wickle sie vorsichtig aus.

Pummelige Beinchen ragen aufwärts, winzige Hände sind zu Fäusten geballt, glänzend blonde Haare enden in zerdrückten Locken. Leere blaue Augen starren mich an. Oder zumindest eins davon. Das andere klappert lose in der Höhle, blickt schräg zur Seite, als hätte es etwas Interessanteres erblickt und hielte es nicht für nötig, seinen Gefährten zu informieren.

Ich nehme Annies Puppe und setzte sie auf die Kommode, von wo sie mich mit ihrem schiefen Blick Tag und Nacht betrachten kann.

Den Rest des Nachmittags und den Abend werkle ich herum, um mich aufzuwärmen. Das Bein schmerzt, wenn ich zu lange sitze. Die Kälte und Feuchtigkeit im Haus sind nicht gerade hilfreich. Die Heizkörper scheinen nicht in Ordnung zu sein – vermutlich irgendwo Luft in den Leitungen.

Im Wohnzimmer steht ein Holzofen, aber eine gründliche Suche im Haus und in dem kleinen Schuppen draußen fördert kein Stückchen Holz zutage. Immerhin entdecke ich in einem Schrank einen alten Elektroradiator. Ich schalte ihn ein, die Glühstäbe braten sich durch eine dicke Staubschicht, und in der Luft verbreitet sich Brandgeruch. Dennoch sollte das Ding eine gewisse Wärme abgeben, falls es mir nicht vorher einen tödlichen Stromschlag versetzt.

Das Haus scheint mir trotz seines schlechten Zustands einmal ein behagliches Heim gewesen zu sein. Bad und Küche sind abgenutzt, aber sauber. Der Garten hinter dem Haus ist weitläufig, fußballfreundlich und von offenem Land umgeben. Ein nettes, gemütliches, *sicheres* Haus, in dem ein kleiner Junge aufwachsen kann. Nur dass er das nie geschafft hat.

Ich glaube nicht an Gespenster. Meine Oma erklärte mir immer gern: »Es sind nicht die Toten, vor denen du dich fürchten musst, Kleiner. Sondern die Lebenden.« Sie hatte beinahe recht. Ich glaube aber tatsächlich daran, dass man den Widerhall schlimmer Geschehnisse noch lange Zeit spüren kann. Sie prägen sich in die Struktur unserer Wirklichkeit wie Fußabdrücke in Beton. Was sich da eingeprägt hat, ist längst verschwunden, aber die Spur lässt sich nie mehr verwischen.

Vielleicht bin ich deswegen bis jetzt noch nicht in sein Zimmer gegangen. Mit dem Haus könnte ich mich anfreunden, aber es fragt sich, ob das Haus sich mit mir anfreunden will. Wie denn auch? Etwas Schreckliches ist in diesen Mauern geschehen, und Mauern vergessen nicht.

Ich habe nichts zu essen eingekauft, habe aber auch keinen Hunger. Sobald der Uhrzeiger über die Sieben gerutscht ist, öffne ich eine Flasche Bourbon und schenke mir einen Vierfachen ein. Meinen Laptop kann ich nicht benutzen, weil ich noch keine Internetverbindung eingerichtet habe. Fürs Erste kann ich nicht viel mehr tun als herumsitzen, mich an die neue Umgebung gewöhnen und möglichst wenig an den Schmerz in meinem Bein und das vertraute, schwache Grummeln in meinen Eingeweiden denken. Ich nehme das Päckchen Spielkarten und lege es auf den Couchtisch, ohne es zu öffnen. Dafür sind die Karten nicht da. Stattdessen höre ich Musik auf meinem Handy und lese einen hochgelobten Thriller, dessen Ende ich mir schon denken kann. Dann stehe ich in der Hintertür, rauche eine Zigarette und starre in den zugewucherten Garten.

Der Himmel ist dunkler als ein Grab in der Hölle, kein einziger Stern durchbohrt das Schwarz. Ich hatte vergessen, wie finster es auf dem Lande ist. Zu lange in der Stadt gelebt. In Städten wird es nie richtig dunkel, und auch nicht so still. Ich höre nur meinen Atem und das Knistern des Zigarettenfilters.

Wieder frage ich mich, warum ich eigentlich zurückgekommen bin. Ja, Arnhill ist abgelegen, ein halb vergessener Punkt auf der Landkarte. Aber das Ausland wäre sicherer gewesen. Ein paar tausend Meilen zwischen mir, meinen Schulden und Leuten, die einem eine Pechsträhne nicht nachsehen. Nicht, wenn man nicht zahlen kann.

Ich hätte meinen Namen ändern können, vielleicht einen Kellnerjob irgendwo in einer Strandbar bekommen. Bei Sonnenuntergang Margaritas schlürfen. Stattdessen habe ich mich für das hier entschieden. Falls nicht das hier sich für mich entschieden hat.

Ich glaube nicht an Schicksal. Ich glaube aber, dass gewisse Dinge fest in unseren Genen verdrahtet sind. Wir sind programmiert, auf bestimmte Weise zu agieren und reagieren, und das formt unser Leben. Ändern können wir daran so wenig wie an unserer Augenfarbe oder an den Sommersprossen, die wir in der Sonne kriegen.

Oder das alles ist Blödsinn und nur eine praktische

Ausrede, um der Verantwortung für unser Handeln auszuweichen. Tatsache ist, eines Tages wäre ich sowieso zurückgekommen. Die E-Mail hat mir die Entscheidung nur leichter gemacht.

Sie landete vor knapp zwei Monaten in meinem Posteingang. Eigentlich erstaunlich, dass sie nicht gleich in den Junkordner verschoben wurde.

Absender: ME1992@hotmail.com
Betreff: Annie

Fast hätte ich sie sofort gelöscht. Der Absender war mir unbekannt. Wahrscheinlich ein Troll, irgendein makabrer Scherz. An manche Dinge sollte man nicht mehr rühren. Es kann nichts Gutes daraus werden, sich noch einmal damit zu befassen. Das einzig Vernünftige war: die Nachricht löschen, den Papierkorb leeren und die Sache vergessen.

Nach dieser Feststellung klickte ich sie auf:

Ich weiß, was mit Ihrer Schwester geschehen ist. Es geschieht wieder.